WINTERS FLUCH

WINTER BLACK SERIE: BAND 2

MARY STONE

Übersetzt von

BARBARA OSTROP

❀ Erstellt mit Vellum

Meinem Mann.

Danke für deine Bereitschaft, dich um unser Zuhause und seine vielen Bewohner zu kümmern, während ich meinem Traum folge.

DESCRIPTION

Zu wissen, dass jemand sterben wird, ist der schlimmste aller Flüche …

Zwei verstiegene Verbrechergenies stürmen zuerst eine Bank und ziehen dann eine blutige Spur hinter sich her: Sie kopieren die schwersten Raubüberfälle der USA. Während das FBI mit der örtlichen Polizei zusammenarbeitet, treiben die raffinierten Nachahmungstäter ihre Tour zur Eskalation.

Und das FBI-Team hat auch interne Probleme. Sun Ming, Winter Blacks Partnerin und Intimfeindin, hat ihre eigene Agenda, während Winters Gedanken immer wieder zum Preacher abschweifen, dem berüchtigten Serienmörder, der ihre Eltern getötet hat und den Schlüssel in Händen hält, der sie zu ihrem verschollenen kleinen Bruder führen könnte.

Dazu kommt, dass Winter versuchen muss, ihre wachsenden Fähigkeiten zu verbergen, da die „Gabe“, die ihr als Mädchen von der Begegnung mit dem Preacher zurückgeblieben ist, sich in einen Fluch verwandelt, der sie körperlich und seelisch zu zerstören droht.

Winters Fluch, Band 2 von Mary Stones süchtig machender Winter-Black-Serie, ist ein Pageturner mit einem Katz-und-Maus-Spiel, das Sie bis zur letzten Seite auf die Folter spannen wird.

Laden Sie sich noch heute Ihre eigene Ausgabe herunter!

1

Ashlyn Freitas hatte Verspätung, aber trotzdem schaute sie auf dem Weg zur Arbeit in ihrem üblichen Starbucks vorbei und holte sich einen Decaf Latte. Was hatte man denn davon, sich zur Filialleiterin hochzuarbeiten, wenn man nicht mal ab und zu ein paar Minuten zu spät kommen konnte?

Von ihrem Becher stieg nach Vanille duftender Dampf auf, und beim Hinausgehen trank sie einen Schluck des heißen Kaffees. Auf dem Weg zur American Bank and Trust nebenan klackerten ihre soliden blauen Absätze über den Bürgersteig.

An der Tür kam ihr Lenny, der schon etwas ältere Sicherheitsmann, wie immer zuvor. Die Knöpfe seines dunkelblauen Hemdes spannten den Stoff, als er sich eilig aufsetzte und sich mit einem verlegenen Lächeln Pop-Tart-Krümel vom Bauch wischte. Er erhob sich von seinem üblichen Posten, einem Stuhl bei der Tür. Wenn jemand beständig war, dann er.

Als er die Eingangstür aufschloss und sie durchwinkte,

begrüßte Ashlyn ihn fröhlich. Er lächelte so breit, dass das Fehlen eines Backenzahns auffiel. „Guten Morgen, Chefin."

„Guten Morgen, Sicherheitsmann."

Auch hier: Beständigkeit. So begrüßten sie einander schon die letzten zwölf Jahre.

Den Teil mit der „Chefin" hatte er allerdings erst vor acht Monaten hinzugefügt, als die Beförderung, für die sie sich halb totgeschuftet hatte, endlich Wirklichkeit wurde.

Sie ging an den noch unbesetzten Schaltern vorbei und eilte dahinter durch den Gang, der zu den Büroräumen führte. Ihr eigenes war das größte. Es gab ihr immer noch einen kleinen Kick, wenn sie in das geräumige Zimmer mit Fenster trat, das mit einem großen Kirschholzschreibtisch und einem schlanken Computer ausgestattet war. Sie hatte hart für dieses Büro gearbeitet und liebte alles daran, von der majestätischen Topfpalme bis zum Kombidrucker, den sie mit keinem Kollegen zu teilen brauchte.

Ashlyn stellte ihren Kaffee neben der Tastatur ab, schlüpfte aus ihrem marineblauen Leinen-Blazer und hängte ihn über die Rücklehne ihres Bürosessels. Dann schaltete sie zum letzten Mal den Computer ein.

In zwei Stunden und zwölf Minuten würde sie tot sein.

Um vier Minuten vor zehn hallte der erste Schuss durchs Gebäude. Im ersten Moment glaubte Ashlyn, ein Auto habe eine Fehlzündung gehabt. Sie warf unwillkürlich einen Blick nach draußen zum El Camino Real, wo der Verkehr reglos vor einer roten Ampel verharrte. Noch bevor sie die Straße mustern konnte, hörte sie Louise, eine vor Kurzem eingestellte Schaltermitarbeiterin, schreien. Der hohe, schrille Laut brach beinahe genauso schnell ab, wie er begonnen hatte.

Ashlyn sprang von ihrem Stuhl auf, der rollte nach hinten und krachte gegen einen Aktenschrank. Ihr Herz flatterte in der Brust, und ihre Handflächen wurden sofort feucht.

Wieder ertönte ein Schuss, und unmittelbar vor ihrer Bürotür hörte sie ein Ächzen und das Aufschlagen eines Körpers. Sie versuchte mit zitternder Hand, die Tür aufzuschieben, doch das Holz stieß gegen etwas Schweres. Sie schob kräftiger, aber die Tür öffnete sich nicht weiter als dreißig Zentimeter.

Dort, wo sie den Blick freigab, verschandelte eine sich ausbreitende rote Lache den frisch gesaugten Teppichboden.

Ashlyn wich zurück, und in ihrer Kehle stieg Galle auf. Vor ihren Augen tanzten schwarze Punkte, und für einen schrecklichen Moment glaubte sie, ohnmächtig zu werden.

„Komm schon, Ashlyn." Die Worte klangen in ihren eigenen Ohren jämmerlich und schwach, besonders in den vier Wänden ihres Büros. Sie war für so etwas ausgebildet, rief sie sich in Erinnerung. Sie schluckte kräftig. Sicherheitsseminare. Von der Bankzentrale angeordnetes Online-Training, in dem sie sich auf billigen, mit schlechten Schauspielern produzierten Videos anschauen musste, was sie bei einem Raubüberfall zu tun hatte.

Natürlich hatten die banalen Instruktionsvideos sie nicht auf den Anblick des auf dem Boden des Korridors ausgestreckten Lenny vorbereitet, wie er mit einem bestürzten Ausdruck in den gebrochenen Augen zur Decke hinaufstarrte.

Einen Moment lang schaute sie aus dem Fenster und wünschte, sie könnte ausbrechen und sich in der wunderbaren Normalität des Stadtzentrums verlieren, wo es wie jeden Montagmorgen von Menschen wimmelte. Der Drang, hinauszuklettern, wegzulaufen und die Situation hinter sich zurückzulassen, war beinahe überwältigend.

Doch das war nicht möglich. Mit einer hastigen Bewegung, die die blonden Ton-in-Ton-Strähnchen ihres Kurzhaarschnitts in Schwingung versetzte, schnappte sich Ashlyn das Telefon vom Schreibtisch und wählte sicherheitshalber die 911. Die drei Schaltermitarbeiter hatten jeder eine Notfalltaste unter der Theke. Doch als jetzt in ihrem Telefon die Verbindung zur Notrufzentrale zum Leben erwachte, hörte sie einen der Schaltermitarbeiter ihren Namen rufen. Es war Greg, und seine Stimme klang verängstigt und schrill.

Einen Moment lang erstarrte sie. Vor ihr inneres Auge trat das Bild ihres Mannes Robert. Wie er sie heute Morgen über seinem Joghurt mit Granola hinweg angelächelt hatte, mit achtundfünfzig noch immer so gutaussehend und einnehmend wie einmal mit vierundzwanzig. Er hatte seine Firma für so viel Geld verkauft, dass sie den Rest ihres Lebens behaglich davon leben könnten, und sich zur Ruhe gesetzt. Er hatte sie gebeten, dasselbe zu tun – das Geld würde für sie beide reichen –, und redete nun öfter darüber, einen Caravan zu kaufen und damit ein wenig durchs Land zu fahren.

Sie legte das Telefon sanft auf den Tisch, als die blechern klingende Stimme der Frau in der Notrufzentrale eine Frage wiederholte. Hätte sie Robert doch seinen Wunsch erfüllt. Aber sie war so stolz auf ihre Beförderung gewesen.

Sie kämpfte die Tränen zurück und straffte sich.

Sie war nicht der einzige Mensch in der Bank. Inzwischen hatte bestimmt jemand die 911 gewählt. Die Polizei war bereits unterwegs. Das musste sie glauben.

Aber sie war die Filialleiterin und konnte nicht einfach auf die Beamten warten.

„Ich komme raus“, rief sie, bemüht, ruhig zu klingen. „Greg, ich kriege die Tür nicht auf, würden Sie mir bitte helfen?“

„Machen Sie schon“, erklang die gedämpfte Stimme einer Frau. „Und beeilen Sie sich.“

Viel zu schnell ging die Tür ein Stück weiter auf, da Lennys Leiche draußen weggewälzt wurde. Als sie jemanden jämmerlich würgen hörte, zog sich, davon angesteckt, auch ihr eigener Magen zusammen. Sie trat durch die erweiterte Öffnung nach draußen und bemühte sich, nicht darüber nachzudenken, wie ihre Schuhe auf dem nassen Teppich schmatzten.

„Es tut mir leid, Mrs. Freitas", klagte Greg. Er wirkte jünger als seine sechsundzwanzig Jahre und hatte die dunkelbraunen Augen im bleichen Gesicht weit aufgerissen. Mit zitternden Armen zerrte er Lennys schlaffe Leiche noch weiter von der Tür weg. „Ich sollte die Chefin rufen."

„Schon gut." Sie lächelte matt und bedeutete ihm mit einer Kopfbewegung, sich tiefer in den hinteren Bereich der Bank zurückzuziehen. Das tat er und huschte tief gebückt davon, als hätte er Angst, eine Kugel in den Rücken zu bekommen.

Hoffentlich würde er die anderen Angestellten warnen, damit sie sich ein Versteck suchten.

Mit gestrafften Schultern trat Ashlyn aus der Tür und setzte unwillkürlich ihr professionellstes Lächeln auf. „Ich bin Ashlyn Freitas. Wie kann ich Ihnen helfen?"

Vor ihr, auf der anderen Seite der Theke in der leeren Schalterhalle, standen zwei Nixons.

Es handelte sich um einen Mann und eine Frau; beide Gangster waren groß, etwa einen Meter achtzig. Sie trugen bequeme, unauffällige Bürokleidung. Ihre Gesichter waren jedoch durch anzüglich grinsende Richard-Nixon-Gummimasken verdeckt. Als sie Kinder waren, hatte Ashlyns Bruder einmal an Halloween eine ähnliche Maske getragen, nur um ihren Dad zu ärgern, einen eingeschworenen Republikaner.

Durch die Augenlöcher in den Masken glitzerten ihr zwei Augenpaare entgegen. Die des Mannes waren strahlend blau, und ihr Ausdruck war nicht zu deuten. Die der Frau waren braun und funkelten vor wilder Freude.

„Helfen Sie bitte den jungen Damen, diese Tasche für uns

zu füllen. Schnell." Der Mann deutete mit einer großen Pistole auf eine geräumige schwarze Segeltuchtasche.

„Keine Färbeeinheiten, sonst bringe ich Ihre Scheiß-Familie zur Strecke", fügte die Frau zähnefletschend hinzu. „Und sagen Sie mir nicht, Sie hätten nicht genug Bargeld da. Ich habe einen Blick in Ihr System geworfen und weiß bis auf den Penny genau, wie viel hier liegt."

„Natürlich."

Wer war diese Frau, dass sie Zugang zu ihrem System gefunden hatte? Oder bluffte sie nur? All diese Fragen schwirrten Ashlyn durch den Kopf.

Mit zitternden Fingern gab Ashlyn den Code ein, der hinter den jeweiligen Bankschaltern den Geldbehälter des Ausgabeautomaten öffnete. Ihre Hände bewegten sich ungeschickt und zuckend. Die ganze Situation fühlte sich unwirklich an.

„Räumt die hier leer", forderte sie Louise und Chantel auf. Beide Frauen sahen so aus, als würden sie gleich in Ohnmacht fallen. Chantel bebte von stummen Schluchzern, und Tränen liefen ihr die runden Wangen hinunter. Sie war im sechsten Monat schwanger.

Bemüht, freundlich zu sprechen, mahnte Ashlyn die junge Frau zur Ruhe, da sie Angst hatte, die Gangster könnten sich durch die Tränen provoziert fühlen, sie zu erschießen. Chantel unterdrückte ihr Weinen.

Ashlyn blickte zur weiblichen Nixon auf. „Der Rest befindet sich in einem anderen Raum."

Die weibliche Nixon deutete mit einer Kopfbewegung auf ihren Partner. „Nehmen Sie ihn mit. Und keine Mätzchen, sonst muss ich noch ein paar von ihren Mitarbeitern erschießen, Frau Filialleiterin."

„Ich begleite Sie." Die Stimme des Mannes klang angenehm und höflich, beinahe gütig, und hatte einen leichten irischen Akzent.

Seine Augen jedoch waren eiskalt, ein klares, kühles Blau, in dem keinerlei Emotionen lagen. Sie glaubte keinen Moment, dass er weniger gefährlich war als seine Begleiterin. Auch er trug eine Pistole, und er schnappte sich die Segeltuchtasche. In einer Parodie von Höflichkeit bedeutete er ihr, ihm voranzugehen.

Sie öffnete die gesicherte Tür des Raums, in dem das Bargeld aufbewahrt wurde, und warf ungeschickt mit beiden Händen die von Banderolen gehaltenen Zwanzig-, Fünfzig- und Hundertdollarbündel in die Tasche, die er ihr hinstreckte.

„Beeilen Sie sich, Lady", brummte der Mann. „Ich fürchte, dass meine Partnerin gleich die Geduld verliert."

Sobald die Aufgabe erledigt war, kehrten sie in die Schalterhalle zurück. Der männliche Nixon packte nun auch die Scheine aus den Geldbehältern in die Tasche und schwang die Last dann über die Schulter. „Können wir gehen, Herzchen?", fragte er die weibliche Nixon.

Danke, lieber Gott. Sie gehen.

Ashlyn Freitas sackte fast vor Erleichterung in sich zusammen. Sollten die beiden doch entkommen. Sie wollte, dass sie verschwanden. Wer wusste, was passieren würde, wenn die Polizei auftauchte. Dann würde man sie als Geiseln nehmen. Und vielleicht töten.

Wie den armen Lenny.

Ihre Beine fühlten sich so an, als würden sie gleich unter ihr nachgeben, gummiweich. Mit einer willentlichen Anstrengung schob sie Lennys Schicksal aus ihren Gedanken.

„Wir gehen", antwortete die Frau. „Es fehlt nur noch eines."

Sie richtete die Pistole auf Ashlyn, die nur einige Schritte entfernt stand.

„Moment …“ Der Mann trat einen halben Schritt vor, doch er war zu langsam.

Beinahe im selben Augenblick ertönte ein ohrenbetäubender Knall, von einem Blitz begleitet, dem sofortige Dunkelheit folgte. Ashlyn, die nichts mehr sah, spürte, wie sie rückwärts geschleudert wurde und gegen etwas Hartes krachte. Der grelle Schrei einer Frau hallte durch ihren Kopf und verstummte. Es war sonderbar … sie empfand keinen Schmerz. Sie spürte überhaupt nichts.

Ashlyn Freitas, Filialleiterin der American Bank and Trust in San Clemente, Kalifornien, war tot, bevor sie auf dem Boden aufschlug.

2

Winter blendete den Streit zwischen den Special Agents Sun Ming und Miguel Vasquez aus, der im Großraumbüro in der Nähe ihrer Box tobte. Sie blickte nicht von ihrem Computerbildschirm auf.

Als FBI-Agentin hatte sie Zugang zu einer Vielzahl von Werkzeugen zum Aufspüren von Verbrechern. Sie beabsichtigte, jedes einzelne zu nutzen, um einen der gefährlichsten Serienmörder der modernen Geschichtsschreibung zu identifizieren. Gerade war sie bis über beide Ohren in Mörderfotos versunken.

„Black", blaffte jemand barsch.

Diese Stimme drang zu ihr durch. Sie klang, wie wenn ein Auspuffrohr über Schotter schleift.

Sie rollte ihren Stuhl rasch zurück, schob etwas unter die Akten auf ihrem Schreibtisch und stand auf. „Sir?"

Mit einer von seinem untersetzten, muskulösen Körper ausstrahlenden Gereiztheit marschierte der Leiter der Task Force für Gewaltverbrechen des Bezirks Richmond, Special Agent in Charge Max Osbourne, zu ihrer Box. Selbst Sun und Miguel zogen sich einen Schritt zurück und brachen ihren Streit ab.

Sein scharfer Blick durchbohrte Winter. „Ist Ihr Arm richtig verheilt?"

Hinter Max hob Noah Dalton den Kopf über die Wand seiner eigenen Box und schüttelte mit einem warnenden Blick den Kopf. Der Blick war leicht zu interpretieren. Er bedeutete Ärger.

Winter und Noah hatten die FBI-Ausbildung in Quantico gemeinsam durchlaufen, und nach dem letzten Fall, in dem sie als Team ermittelt hatten, wusste sie, dass sie ihr Leben in seine Hände legen konnte. Das hatte sie ja auch tatsächlich einmal getan. Noahs Kopf verschwand wieder, und Winter öffnete den Mund, um Max zu sagen, dass noch ein weiterer Check-up anstand, bevor man sie für den regulären Dienst freigeben würde.

Unglückseligerweise wartete Max aber Winters Antwort nicht ab.

„Vasquez, zurück an Ihren Schreibtisch", befahl er dem Mann, der sich noch immer langsam von Winters Box zurückzog. „Mir egal, wenn der Arzt sagt, Sie seien kampffähig. Sie sehen beschissen aus."

Das stimmte. Miguels Gesicht war ungewöhnlich bleich, abgesehen von zwei wütend roten Flecken auf seinen Wangenknochen. Er war gerade erst von der Liste der nicht Einsatztauglichen gestrichen worden und noch nicht wieder hundertprozentig in Ordnung. Mit steifen Schultern murmelte er etwas Unfreundliches auf Spanisch und kehrte zu seinem Platz zurück, dank seiner Blinddarmoperation mit langsamen, vorsichtigen Bewegungen.

Sun, die sich eindeutig als Siegerin fühlte, lächelte noch breiter. Sie drehte sich um, um an ihren eigenen Schreibtisch zurückzukehren, doch Max hielt sie auf.

„Black, Sie arbeiten jetzt mit Ming zusammen."

Schlagartig wechselte Suns Gesichtsausdruck von selbstgefällig zu entsetzt, und Winter hätte das komisch gefunden, wäre sie nicht genauso geschockt gewesen. Osbourne lachte einfach nur leise, ein raues Glucksen, das er so selten hören ließ, dass es wie eingerostet wirkte.

„Kommen Sie schon, Sie beide. Sie sind ja wohl teamfähig. Ming, Sie leiten die Ermittlungen. Bringen Sie Black aufs Laufende."

Er kehrte in sein Büro zurück, ohne sich um die Dynamik zu kümmern, die er gerade in Gang gesetzt hatte.

Sun und Winter hassten sich bis aufs Blut.

Als Winter der Abteilung für Gewaltverbrechen gerade frisch zugeteilt worden war, hatten ihre Kollegen ihren Mangel an Erfahrung gutmütig ausgenutzt. Sie hatten ihr die Verantwortung für die wahren Berge von Schreibkram aufgebürdet, die bei ihrer Arbeit anfielen.

Winter hatte ihren Abschluss in Quantico gleichzeitig mit Noah gemacht, und sie waren auch gleichzeitig eingestellt worden, aber Noah hatte immerhin schon Berufserfahrung als Polizist. Dazu kam seine umgängliche Art, und so hatte er sich mühelos in die Abteilung integriert. Für Winter galt das weniger. Er hatte abgewartet, um ihr Gelegenheit zu geben, das Problem selbst zu lösen. Schließlich aber hatte er ihr gesteckt, welches Spiel man mit ihr trieb.

Winter hatte an Sun ein Exempel statuiert, um allen klar zu machen, dass sie künftig für niemanden mehr als Verwaltungsassistentin zur Verfügung stand. Sun war sozusagen der größte Hund im Hof gewesen oder zumindest der, der am lautesten gebellt hatte, und Winter hatte sie vor versammelter Mannschaft zusammengefaltet.

Nach dem Ausdruck in Suns dunklen Augen zu schließen, hatte sie ihr das nicht verziehen und würde es auch nicht so bald tun.

Sun unterbrach das angespannte Schweigen. Ihre Worte

klangen, als hätte man sie mit dem Messer aus ihr herausgekitzelt. „Jetzt ist es zu spät für eine Informationssitzung. Komm morgen um sieben, dann bringe ich dich auf den neuesten Stand. Pack eine Reisetasche. Wir werden fliegen."

Sie wartete die Antwort nicht ab.

„Na toll", sagte Winter leise zum Rücken der Davongehenden und ließ sich in ihren Bürosessel zurücksinken. „Ich kann's gar nicht erwarten."

Sie zog das kleine Skizzenbuch hervor, das sie unter eine Aktenmappe geschoben hatte, als Max Osbournes sie beim Namen gerufen hatte. Von dem dicken weißen Papier sah das Gesicht eines Mörders zu ihr auf.

Mit seinem rundlichen Gesicht und den weichen, bescheiden wirkenden Zügen sah der Mann dort aus wie jemandes gütiger Großvater. Oder mit dem kurz geschnittenen Bart und den rosigen Wangen vielleicht wie ein Weihnachtsmann im Kaufhaus. Aber seine Augen hatten eine tintenschwarze Färbung. In ihnen strudelte das Böse. Das war zu erkennen, es schien körperlich spürbar, auch wenn sie keine ausgebildete Zeichnerin war.

Der Preacher.

Als sie dreizehn gewesen war, hatte er sie auf die denkbar brutalste Weise ihrer Familie beraubt und sie als tot liegen lassen. Nach über einem Jahrzehnt würde sie das vollbringen, was den anderen mit dem Fall betrauten FBI-Agents nicht gelungen war. Sie würde das gestörte Arschloch finden und zur Strecke bringen.

„Wer ist das denn?" Noah, der sich über ihre Schulter beugte, sprach mit beiläufiger Stimme, doch der Blick seiner grünen Augen war scharf, als er dem ihren begegnete.

Sie blickte zu ihm auf. Er kannte ihre Geschichte. Und er war eigentlich zu klug, um ihr nachzuschnüffeln.

„Machst du Feierabend?", fragte sie stattdessen, klappte das Skizzenbuch zu und steckte es in ihre Handtasche.

„Ja. Wie wär's, wenn du mich zu meinem Wagen begleitest? Um diese Jahreszeit wird es draußen früh dunkel." Er grinste, was ein Grübchen in seine Wange treten ließ. „Weißt du, im Dunkeln habe ich Angst."

Winter verdrehte die Augen, inzwischen ziemlich immun gegen seinen mühelosen Charme. „Gern." Sie packte ihre Sachen und schlüpfte in ihren leichten, wollenen Caban-Mantel. Noah zog mit einer lässigen Handbewegung, die sie kaum bemerkte, ihren Zopf aus dem Kragen.

„Weißt du", begann er, sobald die Lifttür zuglitt. „Du solltest Sun eine Chance geben."

„Zu was? Mir ein Messer in den Rücken zu stoßen? Wenn du ihr Gesicht heute so gesehen hättest wie ich, wüsstest du, dass sie drüber nachdenkt."

Noah schüttelte den Kopf und seufzte. „Ihr beide seid euch ganz schön ähnlich, weißt du."

Winter verzog finster das Gesicht. Sich gegen eine so idiotische Behauptung zu verteidigen, wäre dämlich, aber sie konnte es ihm nicht durchgehen lassen. „Ich …"

Er hob beschwichtigend die Hände. „Was ich sagen will: Beide seid ihr starke, intelligente, fähige Frauen. Und keine von euch würde ich flexibel nennen. Sie mag ja so umgänglich sein wie ein Stachelschwein, aber sie ist gut, sonst hätte Max sie längst gefeuert."

Das Klingeln des Lifts, der im Erdgeschoss ankam, schnitt ihre saftige Antwort ab.

„Du bist einfach zu nett, Dalton. Immer versuchst du, den Friedensstifter zu spielen."

Noah zuckte mit den breiten Schultern und trat einen Schritt vor, um die Tür aufzuhalten. „Wenn alle miteinander klarkommen, Darling", sagte er, den Texas-Akzent extra dick drübergelegt wie Barbecue-Sauce auf Steak, „läuft alles viel einfacher."

Der Himmel war dunkel, und Blitze zuckten am Horizont. In der vergangenen Woche war es in Richmond selbst für Anfang Dezember kalt gewesen, doch jetzt schob sich eine Warmfront vor. Es kündigten sich heftige Unwetter an.

Das Wetter passte zu ihrer Stimmung. Aufgewühlt und grimmig.

In der Ferne grollte drohender Donner, und auf dem Weg zu ihren Autos peitschte ein Windstoß die Luft. „Und wie soll ich Ihrer Meinung nach mit Sun umgehen, Dr. Phil?"

Beim Lächeln schimmerten seine Zähne im Dunkeln. „Tu einfach, was sie dir sagt, und beiß dir auf die Zunge."

Winter kramte in ihrer Handtasche nach ihrem Schlüsselbund. „Na klar, genau *so* arbeite ich ja immer. Worum ging's eigentlich bei dem Geschrei zwischen Miguel und ihr?"

„Anscheinend teilt er nicht ihre Ansicht über den Fall, in dem sie seit Neuestem ermittelt. Er meinte, sie sei verrückt."

Winter schnaubte. „Gerade war er noch wegen eines geplatzten Blinddarms im Krankenhaus, und schon meldet sich sein Todestrieb wieder?"

„Er hat allerdings nicht ganz unrecht. Die meisten Banken halten nicht so viel Bargeld vorrätig, dass sich die Sache lohnen würde. Kluge Ganoven lassen einen bewaffneten Raubüberfall normalerweise bleiben: zu riskant."

„Ein bewaffneter Raubüberfall? Etwa American Bank and Trust in San Clemente?"

Noah nickte und verzog das Gesicht. „Allein wegen der Kaltblütigkeit der Morde waren die Nachrichten voll davon. Ein Sicherheitsmann und die Filialleiterin der Bank sind tot. Sun denkt, dass es etwas anderes ist als der übliche stinknormale Bankraub, und hat Osbourne überredet, ihr den Fall zu übergeben."

„Es liegt mir fern, anderer Leute Bauchgefühl zu kritisieren", sagte Winter, die gerade die Tür ihres alten Civic aufschloss, selbstironisch. „Aber haben wir keine Dienststelle in San Diego?"

„Das FBI ermittelt bei Bankraub einfach nicht mehr so hartnäckig wie früher, und in San Diego ist viel los, da haben sie alle Hände voll zu tun. Natürlich gehen auch wir Raubüberfällen nach, aber seit 9/11 ermittelt eher die örtliche Polizei, außer in gravierenden Fällen. Derzeit interessiert sich niemand beim FBI für diese Sache oder hat Zeit dafür. Außer Sun."

„Und ab morgen noch ich. Juhu."

Sie ließ sich hinters Steuer gleiten. Die ersten dicken Regentropfen klatschten herab und sprenkelten die Windschutzscheibe.

„Jetzt mal ernsthaft, geht es dir eigentlich schon gut genug? Bist du so weit, dass du in einen neuen Fall einsteigen kannst?" Mit besorgter Miene hielt Noah die Tür lose in der Hand.

„Es geht mir bestens." Das stimmte. Vor einer Woche waren an ihrem Arm die Fäden gezogen worden, und sie hatte die verschriebenen Schmerzmittel gar nicht gebraucht. „Zum Glück hast du dich ja nicht an *Speed* orientiert und beschlossen, auf die Geisel zu schießen."

Sie bemühte sich, Noah beruhigend anzulächeln, doch es fühlte sich gezwungen an.

Sicher, die Wunde in ihrem Arm war verheilt, aber sie hatte einen neuen wiederkehrenden Albtraum, der sich zu ihrem ohnehin schon blutrünstigen Repertoire gesellte. Darin kamen die winzigen missgebildeten Skelette verscharrter Kinder und der heiße Lauf einer Pistole vor, die ihr in den Nacken gedrückt wurde.

„Wie geht es Parrish?"

Die Frage klang so, als hätte jemand sie Noah unter Folter abgerungen. Winter musste wider Willen lächeln. Er mochte den Chef der Abteilung für Verhaltensanalyse nicht besonders. „Ich dachte, du kannst den Supervisory Special Agent nicht ausstehen."

Noah blickte finster und rümpfte die Nase. „Der SSA ist ein verkrampftes Arschloch, und ich bin mir ziemlich sicher, dass er dich auch weiterhin zur dunklen Seite überreden will, ich meine dazu, zur Verhaltensanalyse zu wechseln. Aber ein Agent, der sich zwei Kugeln einfängt, um einen anderen zu schützen, und lange genug lebt, um mit den Narben zu prahlen, hat zumindest Respekt verdient."

„Ich schreibe dir nachher, wie es steht. Ich fahre gleich zu ihm. Und jetzt geh, bevor dich ein Blitz trifft." Der Regen prasselte inzwischen heftiger herab, und das zuckende Licht, das über den Parkplatz flackerte, wurde greller.

Noah wirkte nicht glücklich darüber, dass sie Aiden besuchte, verabschiedete sich aber mit der Parodie eines militärischen Grußes und einem Grinsen, bevor er locker zu seinem Pick-up trabte.

Von seinem Spott verärgert, schlug Winter die Autotür ein bisschen lauter zu, als nötig gewesen wäre. Zwischen Noah Dalton und Aiden Parrish herrschte eine merkwürdige, kleinliche Rivalität, und beide brachten sie damit auf die Palme. Während des letzten Falls, in dem sie zu dritt ermittelt hatten, musste Winter ständig gegen den Impuls ankämpfen, sie mit den Köpfen gegeneinanderzuschlagen. Wenn die beiden sich nicht wechselseitig unter Beschuss nahmen, verbündeten sie sich gegen sie.

Sie ließ den Motor an und schaltete wegen der beschlagenen Scheiben das Gebläse ein. Die roten Rückleuchten von Noahs Ford schimmerten durch die Feuchtigkeit, die ihre Windschutzscheibe bedeckte. Mit einem Summen kündigte ihr Handy eine Nachricht an: *Ich fahre nicht vor dir los.*

Als Antwort schickte sie ihm ein Mittelfinger-Emoji.

Fast unmittelbar darauf erhielt sie ein trauriges kleines gelbes Gesicht zurück.

Seufzend wischte sie die beschlagene Scheibe mit dem Mantelärmel ab. Noahs unangebrachte Ritterlichkeit war zu tief in ihm verwurzelt, um sie jetzt noch zu ändern. Der Versuch, seine Beschützernatur zu dämpfen, wäre etwa so aussichtsreich, wie mit dem Kopf gegen eine sehr gutaussehende Backsteinwand zu schlagen. Sie legte die Fahrstellung ein und bemühte sich, den großen roten Pick-up zu übersehen, der den Parkplatz mit höflichem Abstand zu ihr verließ.

3

In einer wilden Zurschaustellung natürlicher Pyrotechnik schossen Blitze über den Himmel, als Winter mit einer Tüte voll chinesischem Essen in Aidens Wohngebäude eilte. Sie roch das Krabben-Rangun, und ihr Magen knurrte laut. Da sie während der Arbeitszeit nicht ihrer persönlichen Ermittlung nachgehen wollte, hatte sie sich angewöhnt, ihr Mittagessen zu streichen.

Aidens Wohngebäude lag im Zentrum von Richmond und bot den totalen Kontrast zu Winters in unverwüstlichen Beigetönen gehaltenem, eingeschossigem Apartmenthaus voller kleiner Ein-Zimmer-Wohnungen. Der Boden der Eingangshalle war mit Marmor gefliest und sah mit den bequemen ledernen Sitzmöbeln und einer Theke, hinter der Tag und Nacht Sicherheitspersonal wachte, eher wie die Lobby eines Hotels aus.

Die uniformierte Portierin nickte Winter zu, als sie durch den Eingang zu den Liften ging. Seit Aidens Entlassung aus dem Krankenhaus war Winter hier eine regelmäßige Besucherin geworden. Es gefiel ihr zwar nicht, ihren ehemaligen Mentor in einem menschlicheren Licht zu sehen, doch sie war ihm etwas schuldig für all die Unterstützung, die sie in den Jahren nach dem Tod ihrer Familie von ihm erhalten hatte. Und so oft sie auch bei ihm gewesen war, sie hatte niemals einen anderen Besucher angetroffen.

Außerdem waren die Kugeln, die sein Körper aufgefangen hatte, ursprünglich für sie bestimmt gewesen.

Er war ein Einzelgänger. Nichts an ihm lud zu Mitgefühl ein. Aiden Parrish war kühl, kultiviert und manchmal manipulativ. Er wirkte wie die Verkörperung des geschliffenen FBI-Agent. Doch in den letzten Monaten hatte sie hin und wieder den Menschen unter der Lackschicht gesehen.

Aiden war nicht charmant und umgänglich wie Noah. Er war scharfzüngig, sarkastisch, attraktiv und verwirrend.

Mit dem Handy hatte sie ihm vom Chinesen aus eine Nachricht geschickt und machte sich jetzt nicht die Mühe, an seiner Wohnungstür zu klopfen. Seine Heilung schritt voran, aber das Gehen bereitete ihm noch immer Schmerzen. Die Physiotherapie, die er für das verletzte Bein bekam, würde seine vollständige Mobilität wiederherstellen, doch so weit war es noch nicht.

Wie jeder normale Mann nahm er die ihm aufgezwungenen Einschränkungen nicht mit guter Miene hin.

„Ich habe Ihnen doch gesagt, dass Sie mir nicht jeden Abend Essen bringen müssen."

Winter, die an die unterkühlte Begrüßung gewöhnt war, stellte die Tüte auf die Küchentheke. Vor einem Panoramafenster, das Ausblick über die Stadt bot, ruhte Aiden in einem Sessel. Das verletzte Bein hatte er auf einen schwarzen ledernen Fußhocker gelegt, und nach den Falten zu schließen, die seine Mundwinkel herabzogen, war die Physio am Nachmittag hart gewesen.

„Jeden Abend komme ich doch gar nicht", wehrte sie sich. „Dienstag mussten Sie bei diesem schicken italienischen

Restaurant bestellen. Welcher Wein passt zu chinesischen Maultaschen?"

„Die Sorte, die man im Tetrapack kauft", antwortete er mit ausdrucksloser Stimme, ohne den Blick von dem Unwetter zu wenden, das vor seinem Fenster tobte. „Da ich die nicht habe, schenken Sie bitte Riesling ein, ja?"

Sie nahm eine Flasche und zwei Gläser und brachte sie zum gläsernen Couchtisch. Genau wie Aiden selbst war seine Wohnung gepflegt und modern. Die Einrichtung hatte nichts von der Wärme und Skurrilität des aus den Fünfzigerjahren stammenden Hauses ihrer Großeltern, in dem Winter teilweise groß geworden war, aber sie passte perfekt zu ihm.

„Nur eines", ermahnte sie ihn und reichte ihm ein Glas Wein.

„Natürlich."

Obwohl er seine Genesungszeit zu Hause verbrachte und seit einem Monat nicht zur Arbeit gegangen war, trug Aiden einen schwarzen Kaschmirpullover und eine dunkle Hose. „Besitzen Sie keine Jogginghose?", neckte Winter ihn, um die Stimmung aufzulockern, als sie die braune Papiertüte zum Tisch trug.

„Nein." Nun taute er ein bisschen auf und sah sie mit einem Glimmen in den Augen an. „Und sollten Sie mir eine schenken, spende ich sie einer Kleiderkammer, bevor Sie auch nur wieder im Wagen sitzen."

Winter zuckte mit den Schultern, deckte zwei Teller und ließ sich im Sessel ihm gegenüber nieder. Sie beugte sich vor und zog einen weißen Karton mit gebratenem Eierreis aus der Tüte. „Schon wieder eine Idee für ein Weihnachtsgeschenk futsch."

Sie teilte das Essen aus und reichte ihm seinen Teller und dazu ein kleines rotes Papierpäckchen mit Essstäbchen.

„Sie wissen ja, dass ich in der Küche richtige Stäbchen

habe, oder? Die hier …", er hielt das Päckchen mit zwei Fingern hoch, „lassen alles nach Zungenspatel schmecken."

Sie schnaubte unfein und riss ihr eigenes Päckchen auf. „Ich besitze eine einzige Bratpfanne, Sie dagegen haben ein eigenes Stäbchen-Set. Geben Sie es zu, die sind aus massivem Weißgold mit eingravierten Initialen."

Sie hatte ihn aus der ersten Phase herausgeholt: Gereiztheit.

Als sie mit ihrer Mahlzeit fertig waren, hatte das Unwetter draußen sich gelegt. Obwohl Aiden es hasste, wenn sie ihn bediente, brachte Winter ihm seine Schmerztabletten und ein Glas Wasser, um sie herunterzuspülen. Das war die zweite Phase.

Sie wusste inzwischen, wie es lief. Wenn sie ankam, war er ungeduldig und bissig; sie gab ihm zu essen, und er beruhigte sich ein wenig. Nun war er bereit, sich zu entspannen, und würde wahrscheinlich seine Medikamente nehmen. Während sie darauf wartete, dass die Wirkung einsetzte, ging sie zur dritten Phase über. Sie redete über die Arbeit.

„Ich habe einen neuen Fall."

Es war ein faszinierender Anblick, wie Aiden sofort umschaltete und sich auf das Thema konzentrierte. „Was für einen?"

„Haben Sie die Nachrichten über den Raubüberfall auf die American Bank and Trust gesehen? Sun Ming hat um den Fall gebeten, und Max hat mich ihr zugeteilt. Anscheinend bin ich gesünder und habe eine bessere Überlebenschance als Vasquez."

Aiden lächelte. „Sun Ming? Sie ist brillant."

Winter achtete sorgfältig auf eine ausdruckslose Miene. „Das habe ich schon gehört."

„Eine der besten Agentinnen Ihrer Abteilung."

„Mhm."

„Sie könnten viel von ihr lernen."

„Wenn mir das noch einmal jemand reinwürgt, hau ich ihn ins Gesicht." Aiden grinste nun breit, was sie nur noch mehr aufbrachte. Sie holte zum verbalen Gegenschlag aus. „Der Letzte, der das behauptet hat, war Noah."

Aidens Grinsen verschwand, als hätte es nie existiert, und Winter lachte.

„Ganz im Ernst, sie ist nicht so hart, wie sie zu sein scheint." Aiden rutschte im Sessel zurück, um bequemer zu sitzen.

Winter legte zweifelnd den Kopf schief. „Spricht da der Verhaltensanalytiker?"

„Nein, sondern der Mann, der eine Beziehung mit ihr hatte."

Winter wäre weniger verblüfft gewesen, wäre Aiden aufgesprungen und hätte gejodelt. „Sie und Sun Ming hatten was laufen?"

„Machen Sie kein so überraschtes Gesicht. Ich habe auch ein Leben außerhalb der Arbeit, wissen Sie."

„Sagt der Mann, der gerade eine Affäre mit einer Kollegin zugegeben hat. Nicht gerade das beste Argument." Winter verschränkte die Arme vor der Brust und lehnte sich mit zusammengezogenen Augenbrauen nun selbst im Sessel zurück. Er wich ihrem Blick nicht aus, ein angedeutetes Lächeln auf den Lippen.

Sie hätte sich selbst in den Hintern treten können. Natürlich hatte Aiden Parrish ein Privatleben. Er sah gut aus, war unverheiratet und wahrscheinlich erst Ende dreißig oder Anfang vierzig, eine Erkenntnis, die sie immer wieder bestürzte, da sie ihn schon so lange kannte. Er war im Beruf erfolgreich, hatte einen glasklaren Verstand und ein rastloses Wesen. Und wenn man von Suns Zickigkeit absah, war sie mit ihrem glänzend schwarzen Haar, der cremeweißen Haut und dem schlanken Körper ein Hingucker.

Nur hatte Aiden immer wie ein Einzelgänger gewirkt.

„Ich will keine Einzelheiten hören“, erwiderte Winter. Bei dieser entschiedenen Erklärung lachte er glucksend, doch das war ihr egal. Sie mochte sich die beiden nicht zusammen vorstellen. Das Bild war einfach zu merkwürdig. „Ich muss mit ihr zusammenarbeiten, wissen Sie.“

„Ich wollte auch keine Einzelheiten auftischen. Sie hat mehr Stacheln als ein Kaktus, aber darunter ist sie ein guter Mensch. Und eine gute Agentin. Geben Sie ihr eine Chance. Mehr sage ich gar nicht.“

Er schloss kurz die Augen, und Winter sah, dass er müde wurde. Die Schmerzmittel waren ziemlich stark. Sie räumte das Geschirr ab, stellte es für Aidens Haushälterin in die Spüle, holte eine Flasche Wasser und deponierte sie bei Aidens Sessel.

Bevor sie zurücktreten konnte, ergriff er sie leicht am Arm. „Danke.“

Sie tat es mit einem Lachen ab, verkrampfte sich jedoch ein wenig. „Wofür? Dafür, dass Sie meinetwegen angeschossen worden sind?“

Seine Finger packten sie fester, und durch ihren Blusenärmel hindurch fühlte sie die Wärme seiner Hand an ihrem Unterarm.

„Dafür, dass Sie kommen, obwohl ich sage, dass Sie es nicht tun sollen. Und ich bin nicht Ihretwegen angeschossen worden.“

„Ich bin direkt in die Schusslinie gelaufen.“ So war es. Schon beim Gedanken daran glühte sie vor Scham.

„Nehmen Sie sich nicht so wichtig“, riet Aiden ihr mit mildem Tadel. „Jeder macht Fehler, und meine Entscheidungen können Sie nicht kontrollieren. Es ist nicht Ihre Schuld.“ Als er endlich ihren Arm losließ, trat sie zurück und schnappte sich ihren Mantel und ihre Handtasche. „Wie geht es Ihnen? Hatten Sie mal wieder Kopfschmerzen?“

Die Frage war aufgeladen. Er hatte einen ihrer Anfälle

von „Kopfschmerzen“ miterlebt. Sie warf ihm einen scharfen Blick zu. Er wusste einiges über ihre Fähigkeiten, aber es sah ihm nicht ähnlich, sie darauf anzusprechen.

„Nein. Es geht mir gut.“

„Würden Sie es mir sagen?“

Würde sie? Nachdem er seine leitende Stellung ausgenutzt hatte, um zu versuchen, sie aus der Abteilung für Gewaltverbrechen abzuziehen, war zwischen ihnen die Kacke am Dampfen gewesen. Während der letzten Wochen hatten sie einen zeitweiligen Waffenstillstand geschlossen, aber der war zerbrechlich.

„Vielleicht“, antwortete sie so ehrlich, wie sie konnte. „Ich weiß es nicht.“

„Haben Sie in letzter Zeit am Preacher-Fall gearbeitet?“

„Das ist ganz schön direkt, selbst für Ihre Verhältnisse. Warum fragen Sie?“

„Einfach so.“ Er sah sie mit einem selbstironischen Lächeln an. „In den letzten Wochen hatte ich viel Zeit, über alles Mögliche nachzudenken.“

Das Skizzenbuch in ihrer Handtasche schien schwerer zu werden. Sie könnte ihm berichten, dass sie zum ersten Mal seit der Nacht, in der sie dort beinahe getötet worden wäre, durch das Haus ihrer Kindheit gegangen war. Dass sie dort das Gesicht des Mörders ihrer Familie in einer Vision gesehen hatte. Und gehört hatte, wie er sich bei ihr entschuldigte, bevor er sie so kräftig auf den Kopf schlug, dass sie ins Koma fiel. Seit der Vision wusste sie, dass er gesagt hatte, er sei wegen ihres kleinen Bruders da – des sechsjährigen Justin – und nicht ihretwegen.

Aiden würde ihr glauben. Doch sie konnte sich nicht sicher sein, was er mit dieser Information anfangen würde. Bei seinem Versuch, sie aus der Abteilung für Gewaltverbrechen abzuziehen und einer ungefährlicheren Schreibtischarbeit in seiner eigenen Abteilung für Verhaltensanalyse zuzuteilen, hatte er eines überdeutlich gemacht: Er wollte sie beruflich nicht dort sehen, wo sie dem Serienmörder allein nachjagen könnte.

Winter warf ihm einen abschätzenden Blick zu. „Würden Sie einen Teil Ihrer Nachdenkzeit auf den Preacher-Fall verwenden? Und wir vergleichen unsere Aufzeichnungen?“

Er schaute sie einen Moment lang eindringlich an und nickte dann. „Vielleicht tue ich das. Fahren Sie vorsichtig. Draußen schüttet es.“

„Mache ich immer.“ Ihre Verkrampftheit löste sich. Die Spannungen im Raum waren verflogen.

„Erzählen Sie mir, wie es mit Sun läuft“, neckte er sie. Dass Aiden sie neckte, kam selten vor. „Rufen Sie mich an, falls Sie eine Schulter brauchen, an der Sie sich ausweinen können.“

Winter lächelte. Mit gebleckten Zähnen.

„Ich erzähle es Sun. Sie wird eher so eine Schulter brauchen als ich.“

WENN SIE NUR WÜSSTE, wie viel Zeit er tatsächlich mit dem Preacher-Fall verbrachte, dachte Aiden, der Winter nachsah. Jetzt, da er in seiner Wohnung eingesperrt war und keine andere Gesellschaft hatte als sich selbst, war es natürlich schlimmer. Sie konnte nicht ahnen, wie sehr ihre Bitte ihm zusetzte.

Aiden rückte das linke Bein in eine bequemere Position. Trotz der Schmerzmittel pulsierte es und tat höllisch weh.

Der Serienmörder war einer seiner ersten Fälle gewesen. Aiden war damals selbst gerade erst aus Quantico gekommen und hatte mit einer älteren, erfahreneren Agentin zusammengearbeitet. Cassidy Ramirez. Beide hatten es seitdem in ihrer Laufbahn weit gebracht. Er hatte die Abteilung für Verhaltensanalyse übernommen, und sie war stellvertretende Direktorin der FBI-Dienststelle in Richmond.

Zu den Black-Morden hatten sie damals ein Jahr lang ermittelt. Der Preacher, wie er genannt worden war – Aiden hatte diesen Spitznamen immer gehasst –, hatte mit diesem Fall seinen letzten Mord begangen. Er lag über ein Jahrzehnt zurück, doch Aiden konnte sich immer noch an Winters Eltern erinnern, Bill und Jeanette Black. Daran, wie sie gefunden worden waren.

Bill, ein stiller, nachdenklicher College-Dozent, war neben seiner Frau im Bett erschossen worden.

Jeanette, eine schöne Frau mit dunkelblauen Augen, blassem Teint und dichtem, seidig-schwarzem Haar. Der Preacher hatte sie neben ihrem toten Mann gequält. Danach hatte das Schwein ihr die Kehle durchgeschnitten und ihre Leiche geschändet. Anschließend hatte er mit ihrem Blut Kreuze und einen Bibelvers an die Wand gemalt.

So war das Schwein zu seinem Spitznamen Preacher – Prediger - gelangt, und in der Abteilung für Verhaltensanalyse vermutete man, er habe noch etwas anderes an die Wände schreiben wollen, als er vom Eintreffen der dreizehnjährigen Tochter gestört wurde. Der Tochter, die heute ihrer Mutter unglaublich ähnlich sah.

Der Verrückte hatte Winter einen so kräftigen Schlag auf den Kopf versetzt, dass sie einige Monate im Koma gelegen hatte, und sie als tot zurückgelassen. Warum nicht auch sie vergewaltigt und gequält worden war, stellte das FBI vor ein Rätsel.

Es war nicht das einzige Rätsel des Falles.

Das Schwein hatte Winters kleinen Bruder Justin mitgenommen. Es war ihnen nie gelungen, den Jungen zu finden. Nachdem der Preacher Winter am Leben gelassen hatte, war das die einzige weitere Abweichung von seinem Muster. Tatsächlich hatte sie das verwirrt. Alles andere passte zum üblichen Vorgehen des Täters, aber er hatte nie irgendein Interesse an Kindern gezeigt. Oder übrigens auch an seinen männlichen Opfern. Alle verheirateten Frauen waren entweder in der Abwesenheit ihres Gatten ermordet worden, oder dieser erhielt einfach einen Kopfschuss. Getötet ohne Emotionen. Wenn man bedachte, was die Frauen erwartete, war das noch human.

Die ganze brutale Tat im Haus der Blacks war eine Abweichung vom Profil des Serienmörders. Aiden mochte keine Abweichungen, insbesondere dann nicht, wenn es ihm nicht gelang, sie zu analysieren und zu entschlüsseln.

Der Preacher wurde inzwischen mit vierzig Morden oder Mordversuchen in Verbindung gebracht. Offenbar hatte er sie im Laufe von dreißig Jahren an weit verstreuten Orten des Landes begangen. Sein modus operandi war nicht vorhersehbar, jedoch einigermaßen beständig. Er nahm eine junge Frau zwischen zwanzig und fünfunddreißig aufs Korn und beschattete sie vermutlich, manchmal über Wochen oder Monate. Soweit erkennbar, zog er keinen bestimmten Frauentyp vor, abgesehen davon, dass alle attraktiv waren.

Zum Beispiel Susan Illis, Bibliothekarin in Spokane. Sie war eine zierliche Brünette. Amber Valente, eine rothaarige Krankenschwester aus Maryland. Mikaela Smith, eine Afroamerikanerin aus Grand Rapids, Michigan. All diese Frauen waren Singles gewesen, die allein lebten und daher leichter zu überfallen waren. Später hatte es auch einige verheiratete Frauen gegeben. Allerdings nie welche mit Kindern. Der erste Mann, den der Preacher getötet hatte, lieferte bereits das Muster für alle anderen Morde an Männern: ein einziger Kopfschuss.

Die Morde begannen, soweit polizeilich bekannt, im Jahr 1974 und endeten mit dem Mord an Winters Eltern und dem Verschwinden ihres Bruders. Zu Beginn der Tragödie hatte man die Morde nicht mit dem Preacher in Verbindung gebracht. Keines der damals bekannten Opfer hatte einen Mann oder Kinder. Keine der Frauen lebte mit jemandem zusammen.

Doch die Qualen, die Jeanette Black zugefügt worden waren, trugen unverkennbar den Stempel des Preachers. Allein die Brutalität des Mordes hätte Aiden gesagt, dass es derselbe Täter war, und die mit dem Blut des Opfers geschriebenen Bibelverse ließen wenig Raum für Zweifel.

Die Fragen, die sie nie hatten beantworten können, lauteten, warum der Mörder von seinem Muster abgewichen war und was mit Justin, dem sechsjährigen Sohn, geschehen war. Der Preacher war mit dem Jungen verschwunden. Keine der Spuren des Falls hatte zu etwas geführt, und trotz Hunderter Stunden Beinarbeit hatten sie keine Fortschritte gemacht.

Der Preacher-Fall war ein wunder Punkt sowohl für Aiden als auch für Ramirez, inzwischen Stellvertretende Direktorin. Mochte die Aufklärungsquote von Morden US-weit auch bei sechzig Prozent liegen, in ihrer Einheit hatten sie sich immer etwas darauf zugute gehalten, diesen Prozentsatz zu schlagen. Das Scheitern der Ermittlungen gegen diesen vielfachen Mörder war ihnen beiden peinlich gewesen. Sie konnten der einsamen Überlebenden dieser blutigen Oktobernacht keine Gerechtigkeit widerfahren lassen, und dasselbe galt für Dutzende von Opfern, die im Laufe der Jahre getötet worden waren. Und wer mochte wissen, wie viele mehr es gab?

Seine damaligen Schuldgefühle hatten Aiden veranlasst, mit der jugendlichen Winter in Kontakt zu bleiben. Selbst jetzt konnte er sie noch im Krankenhausbett vor sich sehen. Eine magere, schlaksige Jugendliche, die drei Monate lang so gut wie leblos dagelegen hatte, bis sie endlich aus ihrem Koma erwachte. Und bald darauf erfuhr, dass sie ihre Familie verloren hatte.

Im Laufe der Jahre hatte sie sich von einem verstörten

Kind zu einer entschlossenen Frau entwickelt, und jetzt wollte sie, dass er sie dabei unterstützte, mit den Ermittlungen noch einmal von vorn zu beginnen.

Aiden stemmte sich aus dem Sessel hoch und nahm den langsamen, schmerzhaften Weg durch seine Wohnung in Angriff. Während Winters Besuchen stand er niemals auf. Sollte man es doch männlichen Stolz nennen, aber er verabscheute den Gedanken, sie – oder sonst jemand – könnte ihn so schwach sehen.

Mit einem hatte sie allerdings recht. Er hatte massenhaft Zeit zum Nachdenken. Ohne sein schmerzendes Bein zu beachten, setzte er sich an seinen Schreibtisch und fuhr seinen Laptop hoch. Alle alten Papierdokumente und Beweisfotos im Preacher-Fall hatte er schon vor Jahren eingescannt und digital übertragen.

Nun war die Zeit gekommen, alles noch einmal durchzugehen. Vielleicht würde er auf etwas stoßen, was ihm beim ersten Mal entgangen war.

4

„Nicht schlecht für einen Probelauf." Heidi Presley musterte Ryan O'Connelly, der ihr an dem zerschrammten Resopaltisch gegenübersaß. „Zweihundertzwanzigtausend."

Mit nachdenklicher Miene hielt Ryan einen Stapel Hunderter, die noch in der Banderole steckten, in der Hand und blätterte die Scheine mit dem Daumen durch. Vielleicht war seine Nachdenklichkeit aber auch gespielt. Falls er gern Zeit mit Nachdenken verbrachte, kam dabei jedenfalls nicht viel heraus.

Die Scheine flatterten leise raschelnd über seine Daumenspitze. Sie beobachtete, wie er auf das Geld hinunterschaute, das aus der schwarzen Segeltuchtasche quoll. Lag Habgier in seinen Augen? Oder Bedauern? Ihr war sein Blick nicht entgangen, als sie die Filialleiterin erschossen hatte.

In dem Moment hatte er verdammt noch mal richtig sexy ausgesehen.

Der Gedanke stieg aus dem Nichts auf und überraschte sie. Sie biss die Zähne zusammen und schob ihn weg.

Heidi war nicht für eine Beziehung zu haben. Nach

einem katastrophalen Versuch im College, ihre Jungfräulichkeit loszuwerden, hatte sie keinerlei weitere dahingehende Neigungen verspürt. Was prima war, da Männer die Gewohnheit hatten, sie einfach zu übersehen.

Ihr war das ganz recht. Wenn Männer sie nicht beachteten, hieß das wahrscheinlich, dass sie sie unterschätzten. Und diese Sorte Männer mochte sie … die dummen. Sahen sie gut aus, war das ein Bonus. Hauptsache, ihr Gehirne hatten die Tumbheit von Felsbrocken.

O'Connelly war auf eine altmodische Weise gutaussehend, etwa wie Gary Grant oder Sean Connery. Wie ein altmodischer Filmstar, der einen Einbrecherkönig spielte. Er war groß und schlank, eher sehnig als muskulös, mit kantigem Gesicht. Das dunkle Haar wellte sich ganz leicht. Kristallblaue Augen, die eiskalt schauen konnten oder humorvolle Wärme zeigten und deren Ausdruck sich oft blitzschnell änderte. Und er hatte einen irischen Akzent.

Das unwillkürliche kleine Beben, das sie durchlief, wenn er sie auf seine spöttische Weise „Herzchen" nannte, nervte sie total.

Heidi riss sich zusammen. Sie interessierte sich durchaus für O'Connelly, aber nicht wegen seines Aussehens, und Sex gehörte nicht zu ihren Plänen.

Er blickte zu ihr auf und nagelte sie mit seinem Blick fest. „Bankraub?", fragte er gerade heraus. „Raubüberfälle? Damit verdient man kein richtiges Geld. Zweihundertzwanzig sind Peanuts im Vergleich zu dem, was du mit deinen Fähigkeiten in der digitalen Welt auf anderem Weg erreichen könntest, und da müsstest du dir niemals die reizenden weißen Hände schmutzig machen."

„Ich brauche dir meine Gründe nicht zu nennen. Ich muss einfach nur wissen, ob du dabei bist." Heidi verschränkte die Arme vor der Brust und starrte ihn an. „Du kannst das Geld als Zeichen meines guten Willens behalten."

Auf dieses großzügige Angebot reagierte er nicht einmal mit einem Wimpernzucken. Er streichelte einfach weiter das Geldbündel. „Ich muss wissen, was du mit mir im Sinn hast. Einzelheiten, Herzchen."

Sein Tonfall war hart, aber sein Lächeln brach mit einem plötzlichen Strahlen hervor, das sie verblüffte. „Ich hatte bisher eine glanzvolle Karriere und habe einen gewissen Ruf erworben. Warum sollte ich jetzt meinen Arsch in die Hände einer Amateurin legen?" Bei der sexuellen Doppeldeutigkeit wurde sein Lächeln noch breiter. „Sozusagen."

Unverschämter Kerl. Heidi zuckte mit keiner Wimper.

„Du hast mein Hackertalent erwähnt", antwortete sie. „Wie konnte ich dich wohl problemlos aufspüren, während die Polizei dir vergeblich hinterherjagt?"

Er zog die Augenbrauen zusammen, doch das Lächeln wich nicht aus seinem Gesicht. „Ach, und jetzt kommt auch noch eine kleine Erpressung dazu? Ich möchte ja nicht angeben, aber dir ist vielleicht nicht ganz klar, mit wem du es zu tun hast."

„Und dir umgekehrt ebenso wenig", schoss Heidi in ruhigem Tonfall zurück. „Keiner kann heute mehr spurlos verschwinden. Glaub mir. Es war ein Klacks, dir zu folgen. Wenn du diese drei Jobs für mich erledigst, werde ich deine digitalen Fußabdrücke so gründlich verwischen, dass dich niemand schnappt."

Sie befanden sich in einer Pattsituation, aber sie hatte ihm jeden Ausweg verbaut und hielt ihm außerdem eine dicke, saftige Mohrrübe vor die Nase. Sie wusste es. Und er wusste es ebenfalls.

Ryan zwinkerte ihr zu. Die Geste kam überraschend. Und Überraschungen mochte sie nicht.

„Dann bin ich wohl dabei", sagte er. „Drei Jobs."

„Genau, drei", bestätigte sie und tat um seinetwillen so, als hätte er jemals die Wahl gehabt. „Ich melde mich wieder."

„Nun, Herzchen", sagte Ryan kopfschüttelnd. „Wer nimmt, der muss auch geben. Verrat mir, was genau wir tun werden."

„Etwas Fantastisches. Mehr brauchst du nicht zu wissen."

Er zuckte mit den Schultern, als spielte es keine Rolle.

Aber sie wusste, wie sehr er es verabscheute, dass sie am längeren Hebel saß. Das war jedoch kein Problem. Hauptsache, ihm war klar, wer hier zu sagen hatte. Über die Tischplatte schob sie ihm ein Wegwerfhandy zu. „Ich schicke dir die Anweisungen per Textnachricht."

Er nahm das Handy und steckte es in seine Jackentasche. „Ich frage das nicht gern, aber ich nehme doch an, dass du bei diesem kleinen ‚Probelauf' alles im Blick hattest? Ich laufe nicht der Polizei in die Arme, wenn ich von hier aufbreche?"

Heidi nickte. „Ich habe dafür gesorgt, dass keiner uns mit dem Überfall in Verbindung bringen kann."

„Und die Gewalt? War das wirklich nötig?"

„Zimperlich, O'Connelly?"

„Gar nicht. Ich fand's nur übertrieben." In seinen Tonfall trat eine Spur von Herablassung. „‚Keine Färbeeinheiten, sonst bringe ich Ihre Scheiß-Familie zur Strecke?' Das klang wie ein Spruch aus einem schlechten Film. Und sie dann trotzdem umzulegen? Wir hatten das Geld doch schon. Ich begreife nicht, warum du die Bankerin erschossen hast. Sie war kooperativ. Es kam mir … unsportlich vor."

Heidi hätte ihm am liebsten über den Tisch hinweg eine gelangt, um den überheblichen Ausdruck aus seinem Gesicht zu wischen. Bei ihren Plänen verfolgte sie mit jedem einzelnen Schritt einen Zweck, und sie hatte ihn nicht mit ins Boot geholt, um sich ihm gegenüber ständig zu rechtfertigen.

Sie antwortete so eisig, dass er davon eigentlich in Froststarre hätte verfallen müssen: „Diese Hinrichtungen waren für *deine* Augen bestimmt. Du weißt jetzt, dass ich es ernst meine und total hinter unserem kleinen Projekt stehe."

Er schob seinen Stuhl zurück, stand auf und schaufelte die Banknoten wieder in die Tasche. „Ein Versprechen mit Handschlag hätte es auch getan. Ich bin ein vertrauensvoller Kerl. Du brauchst niemandem mehr den Kopf wegzupusten, um mir zu beweisen, dass du es ernst meinst, Herzchen. Die Schweinerei würde ich gern vermeiden."

Ryan blickte sich in dem schäbigen Strandbungalow um, den Heidi gegen Barzahlung angemietet hatte – unter einem falschen Namen, den sie nur für diese Gelegenheit verwendete, und im Schutz verschiedener Sicherheitsvorkehrungen. „Werden wir also von hier aus weitermachen?"

„Nein. Ich schicke dir Anweisungen, wohin es als Nächstes geht." Sie holte ein kleines Bündel aus ihrer Handtasche, wo es neben ihrer Ruger gelegen hatte, und schob es ihm über den Tisch zu. „Kreditkarten und ein Ausweis mit deiner derzeitigen Identität."

„Ich plane meine Reisen selbst."

„Du wirst das hier verwenden." *Besser, du gewöhnst dich gleich dran, Jungchen,* dachte sie. *Hier halte ich die Fäden in der Hand.*

„Wie du meinst."

„Hast du eine Möglichkeit, das Geld irgendwo zu deponieren?"

Ryan lachte. „Ich bin ein alter Hase in dem Geschäft. Ich werde es nicht mit uns herumschleppen, falls du das meinst."

Heidi nickte ihm knapp zu und entließ ihn ohne ein weiteres Wort, indem sie ihren Laptop hervorholte. Sie hörte, wie er aufbrach, und vernahm dann das leise Flöten, mit dem er zu seinem Leihwagen schlenderte. Sie wusste, dass er kein Anfänger war und keine dummen Fehler begehen würde.

Sie wusste alles über Ryan O'Connelly.

Außerdem würde es ihm nicht freistehen, Fehler zu begehen. Dafür hatte sie gesorgt.

Die Frau war ein Albtraum.

Ryan warf die Tasche auf den Rücksitz des silberfarbenen Land Rovers und setzte sich hinters Steuer. Er hatte bereits beschlossen, jeden Dollar des Blutgeldes für einen guten Zweck zu spenden. Er wollte das Geld nicht. Es war mit einem Fluch beladen. Er rieb sich die Stelle, wo seine Saint-Dismas-Medaille hätte hängen sollen.

Verflucht war er ohnehin schon.

Als er vor einem Monat eine kryptische E-Mail erhalten hatte, deren Absenderzeile ein Durcheinander von Buchstaben und Zahlen war, hatte er sie als Spam abgetan. Von seinem letzten Auftrag, einem Kunstdiebstahl, hatte er genug Geld gehabt, und so verbrachte er gerade seine Zeit in Jamaika - mit einem Herzchen, das er dort kennengelernt hatte.

Die äußerst kurze E-Mail lautete:

Ich weiß, wo du bist, Ryan.

Das war ihm eigenartig vorgekommen. Irgendwie gruselig, wie in dem Film, in dem der Bösewicht Menschen darauf aufmerksam machte, dass er Informationen über ihre Untaten habe. *Ich weiß, was du letzten Sommer getan hast.* Doch Ryan war abgelenkt, dafür hatte die tolle Ionie gesorgt. Die wunderbare Jamaikanerin mit dem liebevollen Naturell, dem durchtriebenen Sinn für Humor und viel kreativer Fantasie arbeitete in dem Hotel, in dem er abgestiegen war. Er hatte sich ein bisschen ins Zeug legen müssen, aber nachdem er sie überredet hatte, in sein Zimmer zu kommen und aus ihrem Höschen zu schlüpfen, hatten sie nicht genug voneinander kriegen können.

Nach zwei Tagen, in denen er seinen bleichen Arsch am

Strand gebräunt, Rum getrunken und das einheimische Ganja geraucht hatte, erhielt er die zweite E-Mail von derselben verschlüsselten Adresse. Diesmal enthielt sie nur eine Telefonnummer.

Man nannte ihn nicht umsonst die Katze. Nicht nur war es unmöglich, ihn gegen seinen Willen zu entdecken, bewegte er sich doch vollkommen lautlos und war unberechenbar … er war auch wahnsinnig neugierig. Er hatte ein bisschen hin und her überlegt und schließlich beschlossen, die Nummer anzurufen und seine Neugier zu befriedigen. Jetzt wünschte er, er hätte es sein lassen.

Neugier ist der Katze Tod. Beim Gedanken an dieses Sprichwort überlief ihn ein Schauder.

Die Frau, die seinen Anruf entgegennahm, stellte sich als Heidi vor. Zunächst wickelte sie ihn mit Schmeicheleien ein. Er war gerade betrunken genug, um ihr zu glauben, sie bewundere ihn und sei gleich bei seinem ersten hochkarätigen Diebstahl vor einigen Jahren auf ihn aufmerksam geworden. Damals hatte Ryan im Auftrag eines unbedeutenden saudischen Prinzen, dessen Begehrlichkeit erwacht war, einen Kunstgegenstand von einem Sammler in Brüssel gestohlen.

Die Ausführung des Diebstahls war makellos gewesen – *ohne* jedes Blutvergießen, vielen Dank auch – und hatte ihn bei jenen, die sich für so etwas interessierten, zum Geheimtipp gemacht. Man hatte ihn mit allem Möglichen beauftragt, er sollte Schmuck und Gemälde organisieren oder Tresore in Banken, Hotels oder Privathäusern plündern. Aus den Rängen der kleinen Ganoven war er zu einem gesuchten Profi aufgestiegen, der in der ganzen Welt operierte – wo immer seine Kunden ihn hinschickten.

Er hatte ein gesundes Selbstwertgefühl, aber in dieser Hinsicht brauchte er nicht zu übertreiben. Er war wirklich gut.

Er hatte Heidi nicht angelogen. Ryan hatte einen ausgezeichneten Ruf. Er war noch nie in Gefahr gewesen, geschnappt zu werden, und inzwischen so wohlhabend, dass er eigentlich nicht mehr zu arbeiten brauchte. Er konnte es sich leisten, wählerisch zu sein und nur Aufträge anzunehmen, die ihn reizten oder bei denen es dem Bestohlenen auf witzige Weise recht geschah.

Das Eingeständnis beschämte ihn, aber an jenem Tag hatte er am Telefon mit ihr geflirtet. Hatte zu viel geredet. Zum Teufel, sie hieß Heidi. Angesichts ihrer leisen, erotischen Stimme und ihres Namens hatte er sich ein Prachtweib ausgemalt. Wahrscheinlich groß und blond. Blaue Augen waren nahezu garantiert. Nach ihrem Gespräch hatte er sie wie eine Mischung aus nordischer Prinzessin und nebenberuflichem Dessous-Model vor sich gesehen. Und angesichts ihres bewundernswerten Hackertalents trug sie vielleicht eine sexy Bibliothekarinnenbrille mit schwarzer Fassung.

Die große Nähe zu Ionie war ihm vielleicht schon ein bisschen als beengend erschienen, und so hatte er sich eingeredet, sich am Telefon in die fantasierte Göttin verliebt zu haben. Schuld war sein Hang zur Romantik. Und der Rum.

Nach einigen weiteren Gesprächen im Verlauf der nächsten Tage war er bereit gewesen, sich mit ihr zu treffen. Er flog in die Staaten, obwohl er inzwischen wieder ausreichend nüchtern war, um sich ernsthaft zu fragen, ob es klug war, Ionie, seine wunderbare jamaikanische Gespielin, zu verlassen.

Als er sich am Flughafen von Bismarck, North Dakota, mit Heidi traf, entsprach sie seinen Erwartungen in keiner Weise.

Sie war groß, aber hier hörte die Ähnlichkeit mit der Traumgöttin auch schon auf.

Um der Wahrheit die Ehre zu geben, hatte sie etwas von

einem Mannweib. Fast so groß wie er selbst und breite Schultern für eine Frau. Etwa sein Alter. Mitte dreißig. Ihr Haar war lang, aber mit seinem schlichten, schmutzfarbenen Braunton sah es unter der weißen Trucker Cap ein bisschen strähnig aus. Sie trug eine weite Jeans und ein Flanellhemd, das alle weiblichen Kurven, die darunter liegen mochten, verbarg. An den Füßen hatte sie ein paar staubige braune Stiefel. Das Bild eines Cowboys.

Ihr Gesicht war in Ordnung. Hohe Wangenknochen. Reine Haut und ein gebräunter Teint. Ihre Augen waren schlammbraun. Die Lippen voll, der Mund jedoch nach unten gezogen, als lächelte sie nie.

Ryan hätte am liebsten auf dem Absatz kehrtgemacht und wäre wieder ins Flugzeug gestiegen. Zwar hatte er ja in Wirklichkeit keine Ahnung gehabt, wie sie aussah, aber dennoch fühlte er sich angeschmiert.

Er begrüßte sie dann jedoch mit seinem netten, charmanten Lächeln. Sogar ihre Hand ergriff er und küsste sie. Frauen standen auf seine ritterliche Art. Nur diese nicht. Vielmehr musterte sie ihn mit einem kalten, verschlossenen Blick, als wäre er Scheiße an ihren Schuhsohlen.

Mit einem Summen unterbrach das Wegwerfhandy seine Gedanken. Vor einer roten Ampel nahm er es zur Hand und warf einen Blick aufs Display.

Eine Reservierungsbestätigung. Statt die Nacht in dem reizenden kleinen Hotel zu verbringen, das er in Long Beach gebucht hatte, sah es jetzt so aus, als würde er einen Nachtflug vom Flughafen Los Angeles nehmen. Er warf das Handy auf den Beifahrersitz und stieß verärgert die Luft aus.

Hätte sie ihm das verdammt noch mal nicht vorhin sagen können?

Das alles gefiel ihm nicht. Ganz und gar nicht.

Nach nur wenigen Minuten in Heidis Gesellschaft hatte er damals die Falle erkannt. Sie hatte ihn bestürzend mühelos manipuliert. Sie wusste *alles* über ihn. In dem schmuddeligen kleinen Diner in Bismarck machte sie ihm klar, ohne es direkt auszusprechen, dass sie der Polizei diese Informationen übergeben würde, sollte er bei dem geheimnisvollen kleinen Plan, den sie ausgeheckt hatte, nicht mitspielen.

Irgendwelche Tricks könne er sich sparen. Falls sie verschwände, würde ein Notfallmechanismus anspringen. Man würde ihn trotzdem schnappen.

Doch nach seiner Überzeugung war es besser, eine Giftschlange direkt vor Augen zu haben, als zu wissen, dass sie irgendwo herumkroch, ohne dass man ahnte, wo genau. Heidi und er waren Partner … vorläufig.

Er würde bei ihrem Spiel mitmachen, aber er würde nicht zur Spielfigur werden.

Nebenbei hatte er noch etwas zu erledigen.

5

Als Agent Black um Viertel vor sieben den Konferenzraum betrat, ging Sun gerade ihre Notizen durch. Sie war seit halb sechs Uhr im Büro und hatte gehofft, Winter würde zu spät kommen. Die Erkenntnis, dass ihre neue „Partnerin“ ebenfalls eine Frühaufsteherin war, enttäuschte sie ein wenig.

„Setz dich“, fuhr Sun sie an. „Wir haben nicht viel Zeit.“

„Dir auch einen guten Morgen“, antwortete Winter mit ruhiger Stimme. Im harten Licht der Deckenlampen wirkten ihre dunkelblauen Augen ruhig. Mit energischen Bewegungen zog sie sich die Jacke aus und nahm Notizbuch und Stift aus ihrer Handtasche. Sie setzte sich Sun gegenüber an den Tisch und klappte ihr Notizbuch auf. „Was wissen wir bisher?“

„Ich möchte erst einmal ein paar Grundregeln festlegen, du *Anfängerin*.“ Zu ihrer Befriedigung sah Sun, dass Winters Blick zu ihrem hochschoss und sie die Augenbrauen zusammenzog. „Die Ermittlungsleiterin in diesem Fall bin ich, das muss glasklar sein. Dein Verhalten seit deinem Eintritt in die

Abteilung bei anderen Fällen dulde ich nicht. Du bist *mir* gegenüber verantwortlich."

Winter legte ihren Stift weg, lehnte sich auf ihrem Stuhl zurück und verschränkte die Arme vor der Brust. „Vielleicht würdest du gern näher erläutern, von welchem Verhalten du sprichst."

„Ich habe dich seit deinem Einstand hier beobachtet." Sun zählte die Punkte an den Fingern ab. „In weniger als einem Jahr hast du deutlich gezeigt, dass du in dieser Einheit zur Teamarbeit unfähig bist. Du hast eine elitäre Mentalität, arbeitest auf eigene Faust und brichst notfalls die Regeln, um einen Verdächtigen zu fassen. Du hast einen anderen Agent in Gefahr gebracht, was ihn beinahe das Leben gekostet hätte."

„Hat SSA Parrish dir das so gesagt?", fragte Winter. Ihre Stimme war ruhig. Gefährlich ruhig.

„Das war nicht nötig", antwortete Sun. „Ich habe die Berichte gelesen." Sie hatte sich alles zurechtgelegt und dann geraten, und mit aufgeworfenen Lippen registrierte sie, dass dieser Punkt an sie ging. „Du wirst nicht auf eigene Faust losziehen, und du wirst dieses unreife Bedürfnis ablegen, im Zentrum der Aufmerksamkeit stehen zu wollen. Du bist eine unerfahrene Agentin. Frisch aus Quantico. Einen Instinkt hast du noch nicht entwickelt, du hast keinen Hintergrund als Polizistin oder Soldatin und praktisch keine Berufserfahrung. Ich habe keine Ahnung, warum man dich eingestellt hat, und halte es immer noch für einen Fehler."

Bei diesen Worten beobachtete sie Winters Reaktion genau. Es kam keine. Sie verstand sich verdammt gut darauf, ein Pokerface zu machen. Sun hatte sich heftigere Gegenwehr erhofft.

„Ich mag dich nicht", antwortete Winter nach einem Moment. Ihre Stimme war ausdruckslos, und sie klang beinahe gelangweilt. Ihre Körperhaltung war entspannt, die Hände lagen verschränkt vor ihr auf dem Tisch, lose und locker. Ihr Gesicht hätte aus Marmor sein können, so wenige Regungen ließ es erkennen. „Du magst mich auch nicht, aber wir haben eine Aufgabe zu erledigen. Ich wäre dir dankbar, wenn du dich bei Osbourne beschweren und um einen anderen Agent als Partner bitten würdest … *falls* du einen findest, der bereit ist, deine Nähe zu ertragen. Oder du kannst mich über den Fall in Kenntnis setzen. Ich interessiere mich nicht für deine Meinung zu meinem Verhalten, und du verschwendest meine Zeit."

„Das würde dir so gefallen, nicht wahr?" Mit reiner Willenskraft verbannte Sun ein wütendes Beben aus ihrer Stimme. „Dass ich dich vom Haken lasse und du wieder damit anfängst, dich an die Männer im Büro ranzuschmeißen?"

Winter riss verblüfft die Augen auf und brach in Gelächter aus. Es hallte durch den kleinen Raum, und aus dem Augenwinkel sah Sun, wie andere Agents – John „Bull" Durham und Brian Camp – die Köpfe über die Wand ihrer Boxen streckten, um zu sehen, was los war.

„Du bist verrückt", keuchte Winter und grinste ihr Gegenüber an, was sie selten tat. „Total verrückt."

Sun, die sich der Blicke ihrer Kollegen bewusst war, verzog den Mund zu einem schmallippigen Lächeln. „Du tust so lieb und unschuldig, aber ich weiß, wie du diese Stelle bekommen hast."

„Harte Arbeit? Ausgezeichnete College-Noten?", schlug Winter vor. „Mit Dalton zusammen war ich die Beste des Jahrgangs in Quantico. Jetzt informier mich bitte über die Sachlage. Derzeit fällt es mir schwer, dich ernst zu nehmen. Unfassbar, dass man sagt, du seist brillant."

Unter ihrem dünnen Firnis der Ruhe kochte Sun innerlich. Das lief nicht wie erwartet. Die Schlampe lachte sie aus.

Sun holte den Ordner hervor, in dem ihre Aufzeichnungen zu dem Fall abgeheftet waren, und klatschte ihn so laut auf den Tisch, dass es wie ein Schuss knallte. „Bewaffneter Raubüberfall. Auf die American Bank and Trust in San Clemente, Kalifornien."

„Zwei Tote", fügte Winter hinzu, ohne die Akte auch nur anzuschauen. „Ein Sicherheitsmann und die Filialleiterin. Die mit Richard-Nixon-Fratzen maskierten Verdächtigen sind mit zweihundertzwanzigtausend Dollar entkommen. Drei Zeugen, aber keine weiterführenden Spuren. Warum wolltest du diesen Fall haben?"

Wenn Blicke töten könnten, würde Winter sich gerade in Todesqualen auf dem Boden winden. Sun hatte die Kontrolle über das Gespräch verloren und musste sie wiedererlangen. Gleich innerhalb der ersten Minuten war Winter auf etwas Gefährliches gestoßen.

Sun riss sich zusammen. Wenn sie jetzt noch mehr Wut zeigte, würde das die Anfängerin nur neugieriger machen. Sie hatte bereit die Fähigkeit zu Schlussfolgerungen bewiesen, die anderen entgingen.

„Hast du jemals vom Raubüberfall auf die United California Bank gehört?" Mit leicht geändertem Tonfall stieß Sun die Worte aus.

„Einer der größten Banküberfälle der US-Geschichte. Damals in den Siebzigerjahren."

„Wenn deine Leistungen am College wirklich so herausragend waren, solltest du den Fall tatsächlich kennen. 1972 wurden der United California Bank in Laguna Niguel von einer Gruppe Krimineller um Amil Dinsio neun Millionen Dollar in Bargeld und Wertgegenständen geraubt."

„Der Kerl hat vor ein paar Jahren ein Buch darüber geschrieben."

Sun nickte. „Die Kriminellen gingen davon aus, dass im Tresorraum das Wahlkampfgeld für Nixons zweite Amtszeit aufbewahrt wurde. Das stimmte zwar nicht, doch es gelang ihnen, mit Dynamit ein Loch in die Decke des Raums zu sprengen und im Verlauf einiger Tage mehrmals dorthin zurückzukehren, um ihn auszuplündern. Damals machten Banken übers Wochenende zu."

„Worin besteht die Verbindung zwischen dem jetzigen Raubüberfall und dem von 1972, abgesehen von den Nixon-Masken?"

Sun hatte während des Gesprächs angestrengt nachgedacht und bereits beschlossen, welche Informationen sie Winter geben und welche sie zurückhalten würde.

„Die Dinsio-Bande fand Nixons Geld nicht, weil es nicht dort war. Es lagerte in einer American Bank and Trust in San Clemente. Ich glaube, dass die Nixon-Masken eine Verbeugung vor dem Überfall auf die United California Bank waren." Sun bemühte sich, nicht darauf zu reagieren, wie Winter sie mit einem unverwandten, fragenden Blick beobachtete.

Winter legte ihren Stift weg. „Das ist eine mehr als gewagte Schlussfolgerung. Die Bankräuber von San Clemente haben kein Loch in die Decke des Tresorraums gesprengt. Die Dinsio-Bande hat keine Bankangestellten getötet. Die jetzigen Bankräuber sind nicht über drei Tage hinweg zurückgekehrt, und sie sind definitiv nicht mit neun Millionen entkommen. Außerdem könnten die Nixon-Masken auch von dem Film *Point Break* inspiriert sein."

„Der Überfall auf die American Bank and Trust ist nur der erste in einer Serie." Sun fiel es schwer, die Erregung aus ihrer Stimme zu verbannen, aber verdammt noch mal, das war ein Knüller. Dieser Fall würde ihre Karriere richtig in Schwung bringen. „Es ist ein Übungsdurchlauf für das, was als Nächstes kommen wird." Allein schon beim Aussprechen dieser Worte spürte sie ein erwartungsvolles Kribbeln.

„Woher willst du das wissen?"

„Nenn es ein Bauchgefühl. Man hat mir gesagt, so was kennst du auch", fügte Sun höhnisch hinzu.

Winter zuckte mit den Schultern. „Wie du meinst. Wann brechen wir auf?"

Winter hatte ihre Darstellung geschluckt, dachte Sun. Sie konnte sich entspannen. Ein wenig.

„Wir checken um neun am Flughafen ein. Noch heute Abend haben wir ein Treffen mit der Polizei von San Clemente. Hoffentlich stört es dich nicht, aber in der Business-Class war nur noch ein einziger Platz frei. Du fliegst in der Economy."

„Kein Problem", antwortete Winter, die ihre Sachen einpackte, im selben beiläufigen Tonfall. „Wegen so einer Kleinigkeit wie der Beförderungsklasse würde ich niemals herumzicken. Wir sehen uns in San Clemente."

WINTER HATTE das letzte Wort behalten, was auch immer das wert war.

Schäumend vor Wut ging sie zu ihrem Schreibtisch, um ihren Laptop einzupacken. Sun kostete sie den letzten Nerv. Winter hatte gewusst, dass die Zusammenarbeit kein Zuckerschlecken werden würde. Dafür brauchte sie keine besonderen Fähigkeiten. Aber die Wirklichkeit erwies sich als noch schlimmer.

„Hi." Noah stand da, sein übliches Lächeln auf den Lippen. Es verblasste ein wenig beim Anblick ihres Gesichts. „Dann war das wohl kein verheißungsvoller Anfang?"

Winter sah ihn mit finsterer Miene an und setzte ihre Handtasche krachend auf dem Schreibtisch ab. „Eine Untertreibung", knurrte sie.

„Hast du du noch Zeit für einen Kaffee? Ich weiß, dass ein bisschen Koffein mit Schokogeschmack dich immer aufmuntert."

„Ich muss um neun am Flughafen sein. Koffein hilft da auch nicht weiter."

„Schaden kann es jedenfalls nicht." Ohne ihre Antwort abzuwarten, warf er sich ihre Reisetasche über die Schulter. „Na komm. Auf der Fahrt zum Flughafen machen wir bei einem Drive-in Halt. Ich chauffiere dich. Du bist noch nie in Beulah gefahren, oder?"

Während des ganzen Weges zum Parkplatz redete er mit seiner nervigen guten Laune auf sie ein.

„Hast du nichts zu tun?", fragte sie, nachdem sie den unglaublich hohen Einstieg des Ford bewältigt und sich angeschnallt hatte.

„Doch, sicher", antwortete er fröhlich. „Nachher bin ich für ein Beschatterteam eingeteilt, aber zufällig habe ich gerade noch genug Zeit, um dich zu fahren. Was hältst du von Beulah?" Er tätschelte das Armaturenbrett mit so unverhohlenem Stolz, dass sie ein Lachen unterdrücken musste.

„Ein großer Wagen." Der Pick-up könnte ihren Civic zum Frühstück verspeisen und hätte immer noch Hunger. „Was für einen Ruf habe ich in der Abteilung?"

Vom plötzlichen Themenwechsel überrascht, warf Noah ihr einen Blick zu.

„Sei ehrlich", verlangte sie. „Ich will nichts von deinem Friede-Freude-Eierkuchen-Scheiß hören."

„Okay", sagte Noah mit seinen gedehnten texanischen Vokalen, und sie hatte das Gefühl, dass er damit Zeit schinden wollte. „Ich denke, die Leute halten dich für ein bisschen abweisend. Intelligent. Gute Instinkte. Ich bin mir ziemlich sicher, dass Doug aus der Computer-Forensik dich süß findet. Keiner weiß etwas von deinen Extras. Denke ich zumindest."

„Sun hat gesagt, ich würde mich an die Männer im Büro ranschmeißen."

Noah blieb volle fünf Sekunden der Mund offen stehen.

Das musste er erst einmal verdauen. Dann aber brach er in Gelächter aus. „Darling, falls das stimmt, bin ich der Erste, der bei dir ansteht. Hat sie rausgefunden, dass wir in Harrisonburg im selben Hotelzimmer geschlafen haben?"

Bei der Erinnerung machte Winter ein finsteres Gesicht. „Das war vollkommen harmlos, und du weißt es."

„Ja." Er seufzte bedauernd, doch in seinen grünen Augen stand ein Funkeln. „Wir hätten mehr Spaß gehabt, wenn es nicht *ganz* so harmlos gewesen wäre."

Die Anspannung in ihren Schultern löste sich ein wenig, und sie ließ sich gegen die Rücklehne sinken. Der Pick-up war bequem, auch wenn sie selbst niemals einen so riesigen Wagen fahren würde.

„Ich dachte, du triffst dich mit dieser Kellnerin aus dem Louie's. Der kleinen Blonden. Janet?"

„Jessie", verbesserte er sie mit einem wehmütigen Lächeln, das das Grübchen in seiner rechten Wange hervorlockte. „Es waren tolle zwei Wochen, aber sie hat mich abserviert und lieber den Barkeeper genommen." Er blinkte nach links und lenkte den Wagen vor einen Starbucks. „Sie sagte, ich sei zu alt für sie."

„Du bist ja auch wirklich zu alt für sie. Wie alt bist du genau? Dreißig?"

„Einunddreißig."

„Sun hält bei dem Fall etwas vor mir zurück. Etwas Wichtiges."

„Ein weiterer Themenwechsel?" Sein Lächeln wurde breiter und neckte sie. „Du willst mir nicht einmal zuhören, wie ich über mein gebrochenes Herz lamentiere?"

„Wenn ich Gejammer über gebrochene Herzen hören will, schalte ich einfach das Radio ein."

Er trommelte mit dem Daumen auf dem Lenkrad herum. „Ist das jetzt ein ganz normales Bauchgefühl, die gute alte Intuition, oder hast du … hm, etwas *gesehen*?"

„Nein, gar nichts gesehen."

Das wäre wirklich grässlich: einen ihrer die Sinne vernebelnden Kopfschmerzanfälle erleiden und mit blutender Nase auf dem Boden erwachen, unter Suns Blick, die sie mit ihren überheblichen, dunklen Augen anstarren würde. Winter schauderte zusammen.

„Es ist eher ein starkes Gefühl. Ihre Gründe, die Ermittlungen in diesem Fall zu übernehmen, sind bestenfalls dürftig und schlimmstenfalls weit hergeholt. Ich glaube, Max hat nur zugestimmt, sie quer durchs Land zur anderen Küste zu schicken, weil er sie eine Weile los sein wollte. Und ich bin das Bauernopfer, weil jemand sie begleiten muss."

„Man braucht keine besonderen Fähigkeiten, um das herauszufinden, Darling."

Als sie ihren Kaffee in Händen hielten, brachte Winter ihn über die Informationen aufs Laufende, die Sun ihr zu dem Fall gegeben hatte. Den Streit und die bissigen Kommentare ließ sie weg. Nicht weil sie glaubte, dass er es weitererzählen würde – dafür war er ein zu netter Kerl –, sondern weil es nicht so klingen sollte, als beklagte sie sich.

„Bleib einfach in Deckung, aber halte die Augen auf", riet er ihr. „Wenn du das Gefühl hast, dass irgendwas nicht stimmt, hast du wahrscheinlich recht. Sei vorsichtig."

Am Flughafen fuhr er in die Spur zum Absetzen von Passagieren.

„Danke fürs Chauffieren. Und für das verbale Valium."

Noah schnaubte. „Wirklich? Verbales Valium? Vielleicht hat mir Jessie ja deswegen den Laufpass gegeben."

6

Agents wie Sun waren schuld, wenn das FBI den schlechten Ruf hatte, die Beamten der örtlichen Polizeikräfte herumzukommandieren. Winter war kein kontaktfreudiger Mensch, zumindest fiel der Umgang mit anderen Menschen ihr nicht so leicht wie Noah, doch wenn Sun in die Rolle des bösen Bullen schlüpfte, blieb Winter nichts anderes übrig, als den Gegenpart zu übernehmen, um den Schaden zu begrenzen.

Sun hatte bereits jeden auf die Palme gebracht, mit dem sie in Kontakt gekommen war. Offensichtlich behandelte sie nicht nur ihre Kollegen arrogant. Jeder um sie herum wurde mit Sticheleien überschüttet.

„Ich muss die Zeugen erneut vernehmen", sagte Sun. „Wer immer es zum ersten Mal gemacht hat, sollte keine Polizeimarke tragen dürfen."

Shannon Marchwood, die Sheriffin von San Clemente, errötete unter ihrer gebräunten Haut. Das dunkle Haar zum Pferdeschwanz zurückgebunden, war sie eine schmale Frau in den Vierzigern, die sich nichts gefallen ließ. Sie war nicht groß, doch als sie sich zornig aufrichtete, überragte sie Sun um eine Handbreit.

„Schauen Sie, ich habe bereits mit zwei FBI-Agents von San Diego über den Fall gesprochen", spie Shannon heraus. „Sie haben ihren Bericht angefertigt, ein paar Fragen gestellt und mir versprochen, uns zu unterstützen, sollten wir Hilfe brauchen. Dasselbe gilt für die Leute vom Waffenkontrollamt. Wir haben nicht um Beistand gebeten. Meine Abteilung hat alles im Griff."

Sun setzte mit finsterer Miene zu einer Entgegnung an, doch Winter mischte sich vermittelnd ein. „Sheriff Marchwood, wir sind hier, um Ihnen zur Hand zu gehen, nicht als Bedrohung. Wir werden nichts tun, was Ihre bisherigen Ermittlungen entwertet oder Ihr weiteres Vorgehen gefährdet. Vielleicht wollte Agent Ming sagen, dass wir gern dabei wären, wenn Sie die Zeugen noch einmal vernehmen. Um zu sehen, ob ihnen noch etwas eingefallen ist, seit Sie zum letzten Mal mit ihnen geredet haben."

Sun hatte keineswegs übersehen, dass der Name der Sheriffin auf den Vernehmungsprotokollen stand. Sie hatte die Frau absichtlich provoziert.

Shannon holte tief Luft und setzte sich mit einer steifen, abwehrenden Körperhaltung wieder hinter ihren Schreibtisch. „Natürlich. Ich mache für morgen früh Termine aus."

„Sie machen die Termine …" Sun verzog kämpferisch die Lippen, als Winter ihr erneut ins Wort fiel.

„Morgen früh ist prima", erklärte Winter. „Wir müssen noch die Aufzeichnungen der Sicherheitskameras durchgehen, oder?"

Sun bedeutete Winter mit einem warnenden Blick, dass sie es ihr heimzahlen würde.

Tja.

Die Sheriffin brachte sie in einen Konferenzraum, in dem ein Fernseher stand. Sie rief das Video vom Laptop auf. „Es ist nichts da“, erklärte sie. „Wer immer die Täter sind, sie waren gründlich genug, das Sicherheitssystem zu hacken und die Aufnahmen zu löschen.“

Sie betrachteten den Bildschirm, wo das Video im Schnelldurchlauf zeigte, wie Kunden in die Bank hinein- und wieder hinausströmten. Der Sicherheitsmann rechts des Eingangs lungerte hinter seinem Schreibtisch herum und wirkte nicht besonders wachsam. Die Leute an den Schaltern arbeiteten geübt und flink. Niemand verhielt sich eigenartig, und auch sonst gab es nichts Auffälliges. Abgesehen vom Datum am unteren Rand des Videos.

„Die Täter haben die Aufnahmen durch die Bilder des Vortags ersetzt“, murmelte Sun.

„Stimmt“, erwiderte Shannon. „Ich werden Ihnen beiden die Dateien mailen, aber wir sind sie durchgegangen und haben nichts Auffälliges entdeckt. Außerdem haben wir alle Angestellten und ehemaligen Angestellten daraufhin überprüft, ob jemand vielleicht Insider-Kenntnisse ausgenutzt hat oder einen Groll hegte. Das scheint nicht so zu sein.“

Die Besprechung ging weiter, doch Winter hörte nicht mehr richtig hin, weil etwas in dem Video ihr ins Auge sprang.

Noch immer im Schnelldurchlauf zeigten die Aufnahmen der Sicherheitskamera jetzt den Tag nach dem Raubüberfall. Sie waren schwarz-weiß, aber unmittelbar unterhalb des Bankschalters ganz links schimmerte ein roter Punkt. Er flackerte, wenn Leute davor traten, blieb aber an derselben Stelle. Er war winzig, vielleicht münzgroß.

Diese Art Phänomen hatte Winter schon früher erlebt.

Zum Beispiel im College. Als damals ein Student Kommilitonen überfiel und Bargeld und Schmuck raubte, war sie ihm auf die Schliche gekommen. Denn die geraubten Gegenstände glühten für sie so deutlich, dass Winter das Licht aus seiner geschlossenen Schreibtischschublade sickern sah, wo er das Raubgut versteckt hatte.

So etwas war danach noch öfter passiert. Aus irgendeinem Grund glühten manchmal Objekte, die mit einem Gewaltverbrechen in Beziehung standen, in einem hochroten Licht, das niemand außer Winter sah.

Inzwischen stellte sie diese Fähigkeit nicht mehr in Frage, aber Sun und Sheriff Marchwood konnte sie mit so etwas nicht kommen. Bestenfalls würde man sie als Esoterikerin behandeln. Schlimmstenfalls als Verrückte abstempeln … *und* als Esoterikerin behandeln.

Winter hatte schon genug damit zu tun, sich nicht selbst für eine Spinnerin zu halten.

Sun gab sich inzwischen freundlicher, hatte aber bei ihren Fragen an Marchwood immer noch einen ärgerlich herablassenden Tonfall.

„Könnten wir den Tatort vielleicht noch heute sehen?", fragte Winter, sobald sie etwas einwerfen konnte, ohne eine der Frauen bei der verbalen Rangelei zu unterbrechen.

Die Sheriffin nickte. „Ich kann ihn mit Ihnen begehen. Sie kennen den Weg dorthin?"

Sun, die darauf bestanden hatte, hinterm Steuer zu sitzen, kannte ihn.

Das Schweigen im Wagen war aufgeladen und gereizt. Nach einigen Minuten ergriff Sun als Erste das Wort. „Müssen wir unser Gespräch von heute Morgen wiederholen?"

Winter schluckte eine Entgegnung herunter. „Notiert", sagte sie stattdessen. „Aber du wirst keine Informationen von der Polizei erhalten, wenn du so herablassend bleibst."

„Ich habe dich nicht um deinen Rat gebeten. Verkneif es dir von jetzt an, mich als die Böse dastehen zu lassen."

Sun beendete die Unterhaltung, indem sie das Radio

einschaltete und die Lautstärke des im Leihwagen voreingestellten Senders aufdrehte.

Reizendes Gespräch, dachte Winter und schaute aus dem Fenster.

Sie war zum ersten Mal in Kalifornien. Wegen der anderen Zeitzone war es hier erst siebzehn Uhr. Sie war froh, dass sie vor dem Aufbruch aus Richmond das Wolljackett mit einem Blazer aus Baumwolle vertauscht hatte, da beinahe siebenundzwanzig Grad herrschten. Die Straße war von Palmen gesäumt, und Gebäude in Lehmbauoptik mit schmiedeeisernen Geländern glänzten weiß in der Sonne.

Die Bank lag an einer Kreuzung einer mäßig stark befahrenen Straße, des El Camino Real. Im selben Gebäude gab es auch einen Starbucks. Vor der Bank stand eine Ampel, und rundum lagen Einzelhandelsgeschäfte. Erstaunlich, dass keine Zeugen an jenem Morgen gesehen hatten, wie zwei Nixons die Bank mit einer großen Tasche verließen.

Winter nahm sich vor, zu überprüfen, ob die Polizei die Verkehrsüberwachungskameras oder die Außenkameras benachbarter Geschäfte in ihre Ermittlungen einbezogen hatte. Die Täter hatten sich dafür entschieden, ihr Fluchtfahrzeug nicht in zweiter Reihe zu parken, sondern mussten mehrmals um den Block gefahren sein, bis sie eine geeignete Parklücke fanden. Da die Bank noch immer geschlossen war, waren die meisten Parkplätze frei.

Als sie aus dem Leihwagen stiegen, bemerkte Winter unmittelbar vor dem Gebäude einen Parkplatz, dessen weiße Linien frisch gemalt aussahen. Er war schräg gestreift, wie zum Be- und Entladen gedacht. Die Farbe schimmerte.

Vielleicht war sie ja tatsächlich neu.

Marchwood trat vor dem Gebäude zu ihnen. Bevor sie die Tür aufschließen konnte, wies Winter sie auf den Stellplatz hin. „Sie leben hier", sagte sie. „Können Sie sich erinnern, ob das schon immer eine Ladezone war?"

Der Blick der Sheriffin wurde aufmerksam. „Die Farbe sieht frisch aus.“

Selbst Sun horchte auf. „Haben Sie Zugang zum Filmmaterial der Verkehrsüberwachungskameras?“

Marchwood nickte, hatte bereits ihr Handy am Ohr. „Davis, überprüfe doch bitte am Camino Real die Aufzeichnungen der Kamera an der Ampel vor der Bank.“ Winter hörte die neue Erregung in der Stimme der Frau. „Ich weiß, aber ich möchte, dass du mit dem Tag vor dem Raubüberfall beginnst. Gib mir Bescheid, ob jemand einen der Parkplätze dort weiß streicht.“

„Sie haben einen guten Blick“, sagte sie zu Winter, als sie auflegte. „Unfassbar, dass mir das nicht aufgefallen ist.“ Winter gegenüber verhielt sie sich nun herzlicher, doch Sun strafte sie immer noch mit Eiseskälte.

In der Bank war es so frostig, als würde die Klimaanlage auf Hochtouren kühlen. Neben der Theke, wo das eine Opfer erschossen worden war, klebte noch immer eine dicke Schicht geronnenen Bluts. Einiges davon war auf dem Boden verschmiert worden, wahrscheinlich durch die Sanitäter, nachdem die Polizei den Zugang freigegeben hatte.

Dann verstand Winter, warum die Klimaanlage lief. Bei wärmeren Temperaturen wäre der kupferartige Geruch des vielen Bluts sonst überwältigend gewesen.

Aufgrund der Zeugenaussagen wussten sie bereits, was vorgefallen war, doch Marchwood berichtete es ihnen erneut.

Maskiert waren die Täter während einer publikumsarmen Zeit hereingekommen. Sie waren zur Theke getreten. Der Sicherheitsmann hatte gerade die Angestelltentoilette hinten in der Bank aufgesucht. Er war auf dem Rückweg und näherte sich durch den Gang hinter den Schaltern, als die weibliche Nixon ihn erschoss. Beim Hinfallen blockierte er die Tür der Filialleiterin. Alles geschah so schnell, dass keiner der Schalterangestellten Zeit hatte, die Notruftaste zu betätigen.

Die Täter befahlen dann, die Filialleiterin zu holen. Sie hatte von ihrem Schreibtisch aus den Notruf gewählt, das Telefon aber einfach beiseitegelegt, als sie ihr Büro verließ. Kurz darauf rief ein Schaltermitarbeiter, dem es gelungen war, nach hinten zu entkommen, die Polizei.

Man schickte einige Beamte los – die American Bank and Trust lag ganz in der Nähe der kleinen Wache beim Rathaus von San Clemente auf der anderen Seite der Autobahnbrücke -, doch zu dem Zeitpunkt waren bereits alle Einheiten wegen zweier Notfälle im Einsatz, die sich zur selben Zeit ereignet hatten. Die ersten beiden Beamten, die schon unterwegs waren, kehrten um, doch sie trafen erst neun Minuten nach dem Absetzen des Notrufs ein.

Innerhalb von fünf Minuten hatten die Verdächtigen das Geld in der Hand. Innerhalb der nächsten dreißig Sekunden erschoss die weibliche Täterin die Filialleiterin und verließ mit ihrem Begleiter das Gebäude. Keine der Schaltermitarbeiterinnen konnte sagen, wie es draußen weiterging. Zu diesem Zeitpunkt waren sie von der Ermordung ihrer Chefin so traumatisiert, dass sie nicht aus dem Fenster schauten.

Als Marchwood mit ihrem Bericht fertig war, ging Winter zu dem Schalter, an dessen Fuß sie vorhin im Video den rot glühenden Punkt gesehen hatte. Unter einer Zierleiste war unten am Boden eine Art religiöse Medaille eingeklemmt.

Es ärgerte Winter immer, wenn die Ermittler in einem Krimi einen Kuli oder etwas dergleichen verwendeten, um ein Beweisstück aufzuheben. Wie viele Leute mochten den Kuli bereits angefasst haben, so dass es zu Verunreinigungen kam? Von einem frischen Abstrichtupfer aus der Spurensicherungsausrüstung in ihrer Handtasche riss sie die Papierhülle ab und stocherte damit die Medaille unter der Leiste hervor. Trotz der überall verteilten Blutspritzer war das Metall unbefleckt, und das Silber glänzte im Licht der Deckenleuchten.

„Was schaust du dir an?“, fragte Sun.

„Hat hier jemand eine sterile Pinzette?“

„Geht es damit?“ Marchwood kauerte sich neben Winter nieder und reichte ihr eine Spitzzange. „In dem Streifenwagen, in dem ich gekommen bin, ist der Schalter der Klimaanlage kaputt“, erklärte sie. „Darum hat jeder, der ihn fährt, eine Zange dabei.“

Da das Werkzeug voller DNA sein würde, umwickelte Winter die Backen der Zange mit sauberem Mull. Dann benutzte sie sie, um die Medaille herumzudrehen. Unten war sie blutverschmiert. Das bewies, dass sie vor dem Mord noch nicht dort gelegen hatte.

„Haben Sie auch einen Beweismittelbeutel in der Hosentasche?“, fragte Winter Marchwood.

Mit einem angedeuteten Lächeln zog die Sheriffin einen heraus und reichte ihn ihr. „Wer nicht?“

Winter ließ die Medaille hineinfallen, versiegelte den Beutel und hielt ihn dicht vor die Augen, las die Schrift um den Kopf des Heiligen, der auf der Vorderseite der Münze prangte.

„Saint Dismas“, las nun auch die Sheriffin. „Haben wir irgendwelche Katholiken im Haus?“

„Saint Dismas wird manchmal zusammen mit dem Heiligen Nikolaus als Schutzpatron der Diebe genannt“, mischte Sun sich mit vor Erregung bebender Stimme ein. Sie lächelte die beiden Frauen an, etwas, was Winter noch nie bei ihr gesehen hatte … oder allenfalls als hämisches Grinsen. Es verwandelte ihr Gesicht auf verblüffende Weise. „Ich schaue *Jeopardy*“, räumte sie ein.

Marchwoods Handy klingelte. Sie hörte einen Augenblick hin, und ein Lächeln trat in ihr Gesicht.

„Ich war mir anfangs bei Ihnen beiden nicht sicher", sagte die Sheriffin, nachdem sie das Gespräch beendet hatte. „Aber inzwischen glaube ich, dass Sie meine Glücksbringer sein könnten. Eine der Verkehrsüberwachungskameras war genau richtig angebracht und hat einen Mann erfasst, der die Parkplatzstreifen aufgemalt hat. Und wir kennen ihn sogar."

„Sie sehen darüber nicht gerade glücklich aus", merkte Sun an. „Warum nicht?"

„An dem Morgen des Notrufs waren unsere Einheiten, wie gesagt, bereits wegen zweier Notfälle im Einsatz. Bei dem einen ging es um mutmaßlichen Mord. Jemand hatte den Fund einer Leiche am Strand gemeldet. Es war die Leiche von Jack Hanley, unserem Picasso im Video."

7

Kalifornien wäre ihm des Wetters wegen lieber gewesen, aber New York hatte im Dezember doch einen gewissen Charme. Die Weihnachtsdekorationen und Lichter und das Gewimmel der gegen die betäubende Kälte eingemummten Passanten auf Shoppingtour. Eine jüngst gefallene, dünne Schneeschicht bedeckte die vom Smog grauen Flussufer und umsäumte die Eispfützen, die im grellen Schein der nachmittäglichen Wintersonne bereits leicht angetaut waren.

Auf Jamaika gab es ebenfalls keinen Schnee, dachte Ryan. Er wollte auf Jamaika sein.

Er fasste sich an den Hals, wo normalerweise sein Glücksbringer hing. Doch Saint Dismas war irgendwo abgefallen. Kein gutes Omen für seine gegenwärtige Geschäftsbeziehung. Saint Dismas beschützte die Diebe.

Die Leere, wo die Metallmünze und das Kettchen hätten hängen sollen, jagte ihm einen kleinen abergläubischen Schauder über den Rücken. Doch daran war jetzt nichts mehr zu ändern. Er musste sich die Zeit nehmen, sich eine neue Medaille zu kaufen. *Falls* das möglich war.

Er warf einen Blick auf die lange Liste auf seinem Handy, wo sich Dutzende von lächerlichen, ins kleinste Detail gehenden Anweisungen drängten, und zog sich die Wollmütze tiefer in die Stirn. Eine Sonnenbrille bedeckte seine Augen. Sein schwarzer Daunenmantel war dick aufgeplustert – die Sorte, in der der Träger einen halben Zentner schwerer wirkte. Seine Nasenspitze war vor Kälte taub, unter dem Mantel schwitzte er jedoch.

Die Gedankengänge hinter Heidis Anweisungen konnte er nicht nachvollziehen. Es war wie eine von einem verrückten Eichhörnchen organisierte Schnitzeljagd.

Verstaue dein Gepäck in einem Schließfach am Flughafen. Und zwar in Nr. 365.

Besuche das Metropolitan Museum of Art exakt um zwölf Uhr Mittag. Stelle dich drei Minuten unter das Porträt von Madame X.

Nimm ein Taxi zum Empire State Building. Gib dem Fahrer ein Trinkgeld von zehn Dollar fünfzig.

Gehe zu Macy's. Kaufe ein Paar einer bestimmten eleganten Schuhmarke, und zwar eine halbe Nummer größer als deine eigentliche Größe.

Und immer so weiter.

Was zum Teufel sollte er tun, falls Macy's die Schuhe nicht in der richtigen Größe vorrätig hatte? Oder falls das Porträt von Madame X im letzten Moment an ein anderes Museum verliehen worden war?

Das alles bedeutete eine verdammte Zeitverschwendung. Er war kreuz und quer durch die ganze Stadt gerannt, manchmal buchstäblich. Er war erschöpft. Auf der Liste stand nirgends: *Gönne dir eine wohlverdiente Pause in einem Coffee-Shop und trink einen Kaffee.*

Jetzt schleppte er alle Sachen, die er den Tag über gekauft hatte, zur Adresse des Hotels in der Lower East Side, das Heidi ihm genannt hatte. Er freute sich darauf, die Beine hochzulegen, doch diese Gegend hier sah gar nicht vielversprechend aus.

Ryan war ein entspannter Mensch. Lässig. Jeder ist sich selbst der Nächste, sicher, aber leben und leben lassen. Beim Anblick des Hotels, das die sadistische Schlampe für ihn reserviert hatte, überkam ihn sofort ein brennender Zorn.

Es lag in einem schmuddeligen Gebäude über einem Reparaturladen für Elektrogeräte, der so aussah, als stammte er aus der Mitte des letzten Jahrhunderts. Die schmale Treppe roch nach alter, verschütteter Milch. Die Empfangstheke war mit Hühnerdraht vergittert wie das Podium für die Musiker in einem schlechten Honky-Tonk. Als er der gelangweilt dreinschauenden Angestellten seinen Namen nannte, schob sie ihm einen Schlüssel über die Theke, ohne von dem winzigen Fernseher vor ihr aufzublicken.

Das Sahnehäubchen war dann noch, dass er drei Stockwerke zu Fuß hinaufgehen musste, da der Lift streikte.

An der dritten Treppe öffnete er den Reißverschluss seines Mantels und hätte schwören können, dass man in der kalten Luft Dampf aufsteigen sah. Er versuchte, nicht darüber nachzudenken, dass er stattdessen längst unter der feinen Batist-Bettwäsche eines Four Seasons liegen könnte.

Mit verzogener Miene, weil er zwei Zimmer weiter ein Paar begeistert bumsen hörte, ging Ryan durch den Flur. Die angegebene Tür öffnete er mit dem Schlüssel, obwohl ein halbherziger Stoß die gleiche Wirkung erzielt hätte. Doch dann blieb er, die Hand auf der Türklinke, stehen und sog die Luft ein. Halb verdeckt vom modrigen Geruch des Teppichs im Gang roch er Parfüm. Frisch. Ein sexy, hier verwirrend unpassender Hauch von Moschus.

Er drückte die Klinke herunter und ließ zu, dass die Tür mit einem Quietschen aufschwang. Im ersten Moment meinte er, sich geirrt und das falsche Zimmer betreten zu haben. Die Frau, die auf dem Einzelbett saß, schien aus nichts als Beinen zu bestehen.

Schwarze Stiletto-Sandalen mit Knöchelriemchen. Sie trug eine schwarze Strumpfhose, und ein kurzer knallgrüner Rock schmiegte sich wie eine zweite Haut um ihre übereinandergeschlagenen Beine. Ein tief ausgeschnittenes schwarzes Top. Haar, so rot wie ein irischer Sonnenuntergang, das ihr in losen dichten Wellen über die Schultern fiel. Spitzbübische blaue Augen in einem Gesicht, das wie das von Heidi aussah … aber doch auch wieder nicht. Es war irgendwie schmaler. Schärfer umrissen. Auch mit ihren Augen hatte sie etwas angestellt und Make-up verwendet, um ihnen einen dunklen, exotischen Touch zu verleihen. Ihr Mona-Lisa-Lächeln glänzte von rotem Lippenstift.

Ohne das automatische Ziehen in seiner Lendengegend zu beachten, trat Ryan ein und machte die Tür hinter sich zu. Sie dämpfte die Geräusche, die von den Nachbarn kamen, aber nicht ganz. Er setzte die Tüten und Taschen auf dem Boden ab.

„Du hast dich ja mächtig aufgebrezelt."

Als sie mit einem Zusammenziehen der Augenbrauen reagierte, kam ihm der Gedanke, dass er gar nicht wusste, wie Heidi Presley *wirklich* aussah – falls sie denn so hieß, was er bezweifelte. Sie war nicht das schlichte Cowgirl, das er in South Dakota kennengelernt hatte. Aber ebenso wenig war sie die adrette, schick gekleidete Geschäftsfrau mit den kurzen kastanienbraunen Locken, die in Kalifornien mit einer Richard-Nixon-Maske vor dem Gesicht eine Bank ausgeraubt hatte. Wahrscheinlich könnte er der wirklichen Frau auf der Straße begegnen, ohne sie auch nur ansatzweise wiederzuerkennen.

Sie war schwer zu fassen.

„Du hast meine Anweisungen heute gut befolgt", sagte sie.

„Sehr schön." Ihre Stimme jedenfalls war unverändert. Kühl und schroff.

„Bis jetzt", verbesserte Ryan sie in einem milden Tonfall. „Falls du glaubst, ich würde zum Teufel noch mal auf dieser wanzenverseuchten Matratze schlafen, *hier* drin ..." Er umfasste das Zimmer, das kaum größer war als das Bett, mit einer Handbewegung.

Oben an der Decke war ein winziger Ventilator angebracht und sollte die stickige, miefige Luft ein wenig umquirlen. Einen Nachttisch gab es nicht. Die einzige Möblierung war ein wackeliger dreibeiniger Hocker mit einem kleinen Fernseher darauf, der am Fußende des Bettes stand.

„Du würdest in diesem Bett schlafen, wenn ich es von dir verlangte", sagte sie. In ihren Augen glomm ein gefährliches Licht, auch wenn sie in demselben geduldigen Tonfall sprach, mit dem man einen Beagle tadeln würde. „Wir sind Partner, aber ich habe dir hoffentlich ausreichend klar gemacht, wer am längeren Hebel sitzt. Zufällig hat deine ‚Assistentin' dir ein Zimmer im Park Lane Hotel gebucht. Dein Gepäck wurde bereits in einer Luxus-Suite mit ausgezeichnetem Blick auf den Central Park abgegeben."

Die Woge von Erleichterung, die Ryan durchschoss, kam ihm fast jämmerlich vor, und er hoffte, dass sie sich nicht in seinem Gesicht abzeichnete. Seine unterprivilegierte Kindheit hatte er weit hinter sich gelassen. Dies hier erinnerte ihn zu sehr an die Bruchbude, in der er groß geworden war.

Etwas an der Art, wie sie ihn betrachtete, verriet ihm, dass er seine Reaktion nicht gut genug verborgen hatte.

„Warum dann diese Scharade? Warum lässt du mich durch die ganze Stadt latschen und triffst sich hier mit mir?"

„Dich zu überzeugen, dass du mitmachen solltest, war nur der erste Schritt. Ich musste wissen, ob du Anweisungen fraglos befolgen kannst. Du hast den Test bestanden."

„Und andernfalls?"

Sie erhob sich und griff nach der Jacke, auf der sie gesessen hatte. Er zwang sich dazu, nicht zurückzuzucken, als sie dicht zu ihm trat. Mit ihren nuttigen High Heels überragte sie ihn, er musste zu ihr aufschauen, um ihrem Blick zu begegnen. So hübsch auch die Farbe ihrer Augen war, sie waren kalt und flach wie ein zugefrorener See.

„Gehen wir. Lass die Tüten hier zurück."

Heidi schlüpfte an ihm vorbei nach draußen. Statt zu der Treppe zu gehen, die er eben hinaufgestiegen war, begab sie sich zu dem Treppenhaus am anderen Ende des Gangs. Es führte vier Stockwerke abwärts zu einem Notausgang, der auf die Gasse hinter dem Gebäude hinausging. Als sie die Tür aufschob, ertönte kein Alarm.

Draußen stand ein silberner Lexus mit dunkel getönten Scheiben.

„Du bist Oliver Brown, ein Professor aus Oxford, der ein Sabbatjahr einlegt", erklärte ihm Heidi unterwegs. „Auf dem Rücksitz liegt eine Tasche. Du wirst deiner Rolle entsprechend aussehen. Ich habe das Hotel informiert, dass du an einem Roman arbeitest und deinen Raum mindestens eine Woche lang nicht verlassen wirst. Du möchtest keine Reinigung und abends keinen Turndownservice."

Er griff nach hinten und zog einen grauen Aktenkoffer heran. Darin befanden sich eine Schildpattbrille, ein Päckchen getönter Kontaktlinsen, eine grau melierte Perücke und Wangenpolster. Diese Sorte hatte er schon früher verwendet. Sie waren nicht angenehm, weil man sich damit wie ein Futter hamsterndes Backenhörnchen fühlte, doch die Polster würden die leichte Höhlung in seinen Wangen auffüllen und sein Gesicht runder wirken lassen.

„Wie lang werde ich denn *tatsächlich* dort sein?"

„Nur zwei Tage." Einen Moment lang wandte sie den

Blick vom dichten Verkehr ab. „Und du wirst dein Zimmer *tatsächlich* nicht verlassen."

Erneut spürte er Verärgerung in sich aufsteigen. „Sagst du mir, wie es danach weitergeht?"

„Nein. Du erfährst es, sobald du Bescheid wissen musst."

Das war Quatsch. Es war verrückt. Hielte er jetzt eine Pistole in der Hand, würde er sie spontan erschießen und auf die Folgen pfeifen. Ryan hatte noch nie jemanden getötet, doch diese Ausnahme würde er bereitwillig machen.

Sicher, er würde ganz brav in seinem Zimmer im Park Lane Hotel bleiben. Zum Teufel, vielleicht würde er sogar mit seinen Memoiren beginnen, da ja anscheinend jeder mit ein paar Computerkenntnissen alles über ihn herausfinden konnte. Aber sobald sich eine Gelegenheit böte, wäre er weg.

Heidi spürte entweder seine aufrührerischen Gedanken oder hatte ein unheimliches Händchen fürs Timing.

„Ich habe dir einen Laptop dagelassen", sagte sie in einem sarkastischen Tonfall. „Du möchtest bestimmt das Dossier lesen, das ich über dich zusammengestellt habe. Ich halte es für eine meiner besten Arbeiten."

Er zwang sich zur Ruhe. Inzwischen erkannte er die Gegend, durch die sie fuhren. In diesem Teil New Yorks war er abgestiegen, als er vor zwei Jahren hier einen Auftrag hatte. Sie waren beinahe beim Park Lane Hotel angelangt, und zumindest würde er dort ein wenig Abstand zu der Erpresserin haben.

Er setzte die Kontaktlinsen ein, die aus seinen blauen Augen haselnussbraune machten, und kombinierte sie mit der Brille. Dann steckte er die Wangenpolster in den Mund und hatte sofort feiste Backen. Ein Augenbrauenstift, mit dem er sanfte Schattierungen malte, und ein fahles Gesichtspuder ließen ihn in dreißig Sekunden um zwanzig Jahre altern.

Er war in aller Bescheidenheit überzeugt, ein Talent für

Verkleidungen zu haben, und das musste Heidi gewusst haben, denn sie hatte ihm das Material gekauft, das er sich auch selbst besorgt hätte. Die Perücke war das Tüpfelchen auf dem i. Die Sachen wanderten in den Koffer zurück, abgesehen von dem neuen Ausweis und den Kreditkarten, die die Verwandlung perfekt machten.

Was sie mit seinem Foto angestellt hatte, war ihm nicht ganz geheuer. Irgendwie hatte sie sein Gesicht auf dem Bild künstlich altern lassen. Die Ähnlichkeit, die es so mit seinem Onkel Frank bekam, stieß ihm übel auf.

„Zieh statt des Daunenmantels den Mantel an, der auf dem Rücksitz liegt", wies Heidi ihn an, als sie vor dem Hotel hielt. „Ich melde mich in zwei Tagen", rief sie ihm in Erinnerung. „Rühr dich nicht vom Fleck."

Ryan schlüpfte in den schwarzen Lodenmantel, schnappte sich den Koffer und stieg aus. Die eiskalte Luft, die ihm entgegenschlug, kam ihm wärmer vor als das Innere des Lexus, und zum ersten Mal, seit er Heidi im Hotelzimmer angetroffen hatte, hatte er das Gefühl, wieder atmen zu können.

Im Vorbeigehen nickte er dem Türsteher zu. Er hatte zwei Tage.

Er würde sie nutzen.

Es war besser gelaufen, als sie erwartet hatte.

Heidi fuhr vom Straßenrand los, ohne sich zu vergewissern, ob O'Connelly auch wirklich eintrat. Sie hatte noch einiges zu erledigen, bevor sie in ihrem eigenen Hotel übernachten konnte, und er würde tun, was sie ihm aufgetragen hatte.

Es befriedigte sie, dass sie Ryan O'Connelly richtig eingeschätzt hatte. Wie die meisten Männer – wie die meisten *Menschen* – war er schwach.

Mit einem Lächeln dachte sie daran zurück, wie verwirrt und verärgert er gewirkt hatte, als sie ihn im Kunstmuseum inkognito kontrollierte. Er hatte den Blick umherschweifen lassen, auf seine Armbanduhr geschaut und dann noch einmal den Raum überprüft. Diese drei Minuten mussten ihm wie eine Ewigkeit vorgekommen sein, aber er hatte ihre Anweisungen auf den Buchstaben genau ausgeführt.

Er sah aus und verhielt sich wie ein Relikt aus der guten, alten Zeit, als ein Profi-Dieb eine geheimnisvolle, charmante Erscheinung war und Einbrecher über die Silberleinwände schlichen. Er war intelligent und flink, und wenn er es wirklich darauf anlegte, bekam er mit seinem Charme die durchschnittliche Frau innerhalb von zwölf Sekunden ins Bett. Außerdem sah er so gut aus, dass er dasselbe ganz nebenbei auch ohne Charme in zwanzig Sekunden schaffte.

Aber das alles war nur Show. Eine Rolle, die er sich mit neunzehn Jahren zugelegt hatte. Ryan O'Connelly war kaum mehr als ein Pappkamerad.

Außerdem war Heidi keine durchschnittliche Frau.

Sie hatte ihre Hausaufgaben gemacht und recherchiert. Sein richtiger Name lautete Patrick O'Connell, und trotz des irischen Akzents, den er kultivierte, war er in den Slums von Chicago geboren. Seine Mom war eine Stripperin, die die Freuden des Crack entdeckt hatte, als der kleine Patrick gerade erst sieben war. Als er zehn war und Chrissie O'Connell an einer Überdosis starb, nahm sein Onkel, ein Säufer, ihn bei sich auf, aber das Leben des Jungen wurde dadurch nicht besser. Onkel Frank war ein aggressives Arschloch, das gern seine Fäuste einsetzte.

Immerhin brachte er Patrick eine wertvolle Fähigkeit bei: zu stehlen, ohne erwischt zu werden.

Die meisten Menschen würden es wohl bewundern, wie Patrick O'Connell sich in Ryan O'Connelly verwandelt hatte.

Heidi war es scheißegal.

Nicht hinter seinem Mumm oder seinen Grübchen war sie her. Und nicht einmal hinter seinen gewiss praktischen Diebeskünsten. Sie hatte genug Talent, um die Sache auf eigene Faust durchzuziehen, und zwar weit besser als Ryan.

Nein, Ryan war einfach nur eine Requisite. Sie brauchte den Ruhm der *Katze,* nicht mehr und nicht weniger. Seine offensichtliche Bereitschaft, sich manipulieren zu lassen, war bloß ein Bonus.

Nachdem sie heute gesehen hatte, wie er ihre Anweisungen Wort für Wort ausgeführt hatte, ging sie davon aus, dass sie eine gute Wahl getroffen hatte.

Gelassen lenkte sie den Wagen durch den dichten Verkehr. Sie hatte zwar nur wenig Erfahrung mit dem Fahren auf überfüllten Straßen, aber es kam ihr zugute, dass sie systematisch dachte. Als die Geschäftshäuser rarer wurden und billigen Wohnblocks wichen – wahrscheinlich immer noch mit gesalzenen Mieten –, hielt sie nach einem ganz bestimmten Haus Ausschau. Mit einer raschen, entschlossenen Bewegung zog sie ihren Rock noch einmal ein paar Fingerbreit hoch, um mehr Bein zu zeigen.

Auf der Vortreppe eines Wohnblocks saß ein junger Mann. Als sie vor ihm am Straßenrand hielt und die Scheibe hinunterließ, um ihm flirtend mit den Fingerspitzen zuzuwinken, sprang er auf wie ein dressierter Seehund. Breit lächelnd begab er sich zur Beifahrertür.

Nun konnte er sie richtig sehen – das Make-up und ihr hautenger Fummel ließen darauf schließen, dass sie eine reiche Frau mit schlechtem Geschmack und fragwürdigen Hobbys war – und begann beinahe zu hecheln.

„Hast du mir das besorgt, worum ich dich gebeten hatte?“ Mit ihrer Stimme ahmte sie Marilyn Monroe nach. Ohne es direkt auszusprechen, versprach ihr erotischer Tonfall, noch den lüsternsten Wunsch des Jungen zu erfüllen.

Er hielt eine voluminöse Segeltuchtasche hoch.

„Gut gemacht." Ein träges Lächeln spielte um ihre Lippen, denn sie wusste genau, wie sie aussehen musste. *Mächtig aufgebrezelt,* so wie Ryan es gesagt hatte. Es gefiel ihr. „Steig ein, und ich fahre mit dir wohin auch immer."

Er tat es mit einer jämmerlichen Bereitwilligkeit.

Es war wirklich zu einfach gewesen, dachte sie später, als sie über den Schutt eines brachliegenden Grundstücks in Queens ging. Das Knistern der Flammen war inzwischen so laut, dass sie es hören konnte.

So einfach, dass es fast keinen Spaß gemacht hatte, ihn zu töten.

8

Nun ermittelten sie schon seit zwei Tagen, doch zum Überfall auf die American Bank and Trust hatte Winter mehr Fragen als Antworten. Nach den herzzerreißenden Zeugenaussagen, die sie am Morgen des Vortags gehört hatte, hatte sie sich von dem Gedanken verabschiedet, in ihren wenigen freien Minuten noch an ihrer persönlichen Ermittlung arbeiten zu können. Sie steckte voll und ganz in diesem Fall. Sollte Sun, aus welchen Gründen auch immer, recht haben und sie es mit dem Probelauf einer Serie ähnlicher Überfälle zu tun haben, mussten Sie die Täter finden, bevor weitere Menschen starben.

Inzwischen gab es bereits mindestens drei Tote.

Offenbar hatte Sun sich mit der Tatsache abgefunden, dass Winter eher eine Bereicherung als eine Last war. Der Fund der religiösen Medaille hatte nach Suns Meinung gezeigt, dass Winter ein gewisses Anfängerglück beschieden war. Am Vortag hatten sie Freunde und Verwandte von Jack Hanley befragt, und Sun hatte Winter sogar die Leitung der Gespräche überlassen.

Unter Tränen erzählte ihnen ein Mann namens Robbie

Carter, dass Jack nur tot sei, weil er sich um einen Job auf Craigslist beworben habe.

„Er sagte, er würde tausend Dollar für fast nichts verdienen", erzählte Robbie ihnen und wischte sich eine Schweißperle von der dunklen Haut. „Er sollte einfach nur ein paar Striche auf die Straße malen, ohne sich erwischen zu lassen. Wenn er nüchtern war, hat er schon öfter prima Jobs über Craigslist bekommen, aber nie einen so gut bezahlten."

Robbie hatte seinen Freund selbst zum „Job" gefahren. In der vereinbarten Nacht hatten sie um zwei Uhr früh Robbies Firmen-Pick-up genommen und Verkehrskegel aufgestellt. Robbie war Anstreicher von Beruf und lieh Jack eine Spritzpistole. Robbie wartete im Pick-up, während Jack die Arbeit erledigte.

Jack, der die erste Hälfte vorab bekommen hatte, lud seinen Freund Robbie im Anschluss auf ein Bier ein. Aus einem wurden sechs. Gegen fünf Uhr morgens setzte Robbie Jack vor dem Haus einer Freundin ab, wo Jack derzeit auf der Couch nächtigte. Er ermahnte Jack sogar noch, nicht zu verschlafen, um den Übergabetermin für die zweite Hälfte des Lohns nicht zu versäumen.

Am nächsten Morgen war Jack tot.

Soweit Winter es beurteilen konnte, hatten alle Freunde Jacks, auch die Frau, bei der er untergeschlüpft war, auf die Nachricht von seinem Tod mit echter Trauer reagiert. Sun, so schroff wie immer, hatte mühsam davon überzeugt werden können, dass Jack nicht um der tausend Dollar willen von einem seiner Bekannten ermordet worden war. Bei der Überprüfung des Hintergrunds dieser Leute stieß man auf keine gewalttätige Vorgeschichte.

Der in San Clemente mit dem Fall betraute Detective, Shelby Patterson, hatte Suns Verdächtigungen verworfen. Es gab keinen Grund, an Robbies Geschichte zu zweifeln.

Die Anzeige bei Craigslist war längst zurückgezogen worden. Bisher hatte der Support des Anzeigenportals keinerlei nützliche Informationen beisteuern können. Anscheinend hatte eine Computerpanne diese und mehrere andere Anzeigen gelöscht, und es fehlten weitere Aufzeichnungen.

Bei ihren Ermittlungen zur American Bank and Trust erzielten sie erst am dritten Morgen erneut einen Durchbruch.

Detective Patterson hatte sie gebeten, sich um neun mit ihm in der Polizeiwache zu treffen. Er war groß und mager, etwa fünfzig Jahre alt, hatte das Gesicht eines traurigen Bluthunds und eine Glatze, die im Licht der Deckenlampen schimmerte. Sein Denken und sein Sprechen waren träge und methodisch, und er trieb Sun die Wände hoch.

Allein schon deshalb musste Winter den Mann mögen.

„Nun", begann Patterson mit seiner tiefen, schleppenden Stimme. Beim Blick auf seine Notizen rückte er seine Zweistärkenbrille zurecht. „Wir haben eine Medaille des Saint Dismas, eine Craigslist-Anzeige, zwei Nixon-Masken … lassen Sie mich das aufschreiben."

Er stand auf und ging zum Whiteboard am hinteren Ende des Konferenztischs. Seine Handschrift war sauber, und er wirkte beim Schreiben genauso langsam und gründlich wie bei allem anderen.

Sun machte bereits ein genervtes Gesicht.

„Wir glauben also, dass die Täter die Anzeige bei Craigslist aufgegeben haben?", fragte Winter, um irgendwelchen spitzen Kommentaren von Sun zuvorzukommen. „Und dass sie den Mord dann selbst gemeldet haben, damit die Polizei nicht ausreichend schnell auf den Notruf der Bank reagieren konnte?"

„Genau", stimmte Patterson zu. Er hörte auf zu schreiben und drehte sich um.

Sun knirschte mit den Zähnen. Das Geräusch war deutlich zu hören.

„Wegen der Verbindung zu Nixon bin ich mir allerdings nicht sicher", fügte Patterson mit einem entschuldigenden Blick auf Sun hinzu.

„Es ist keine Verbindung zu Nixon", brach es aus Sun heraus. Ihr blasses Gesicht war gerötet, und ihre schwarzen Augen funkelten. „Die Nixon-Masken sind eine Verbeugung vor dem Überfall auf die United California Bank in Laguna Niguel im Jahr 1972."

„Das kann ich nicht wirklich nachvollziehen." Patterson zuckte mit den Schultern, nur eine angedeutete Bewegung, und wandte sich wieder dem Whiteboard zu. „Sicher, San Clemente liegt in der Nähe von Laguna Niguel, aber das Ganze lief vollkommen anders."

„Lassen Sie uns zunächst mit Suns Theorie arbeiten", schlug Winter vor. „Die Täter könnten irgendwelche mit jenem Überfall verbundenen Namen benutzt haben, für das Anmieten eines Leihwagens oder einer Wohnung, falls sie nicht aus der Gegend kamen. Etwas in dieser Art."

Die Tür des Konferenzraums flog auf, und Sheriffin Marchwood stürmte herein, das Gesicht vor Erregung leuchtend. „Wir haben gerade einen Anruf von einer katholischen Kirche in Laguna Niguel erhalten", verkündete sie. „Vor der Kirche wurde am Tag des Banküberfalls eine mit zweihundertzwanzigtausend Dollar gefüllte Tragetasche als anonyme Spende gefunden. Offensichtlich", fügte sie mit einem schiefen Lächeln hinzu, „war sich die Kirchenleitung nicht einig, ob man den Betrag behalten oder melden sollte."

„Sie haben das Geld gespendet? Warum denn das?", fragte Sun. „Was ergibt es für einen Sinn, eine Bank auszurauben, dabei drei Menschen zu ermorden und das verdammte Geld dann zu spenden?"

Marchwood zuckte mit den Schultern. „Wer weiß schon,

warum Menschen tun, was sie tun. Einer von ihnen trug ein katholisches Symbol bei sich. Vielleicht haben sie Schuldgefühle. Patterson, lassen Sie uns losfahren und mit dem Priester reden."

Der Angesprochene nickte und nahm seine Sachen. „Wollen Sie beide mitkommen?"

„Jetzt fahren Sie schon", antwortete Sun, die bereits ihren Laptop aufklappte. „Wir suchen nach den Tätern, nicht nach dem Geld."

Patterson sah Winter mit hochgezogenen Augenbrauen an, und die machte ein mitfühlendes Gesicht. Beim Hinausgehen lächelte er.

„Ich übernehme den Mietwagenverleih", erklärte Sun, ohne aufzuschauen. „Und du rufst Immobilienvermieter an. Frag nach den Namen von der Liste, die ich dir gerade gemailt habe. Das sind die Mitglieder der Bande, die 1972 den Banküberfall begangen hat."

„Warum bist du so sicher, dass das etwas mit unserem Fall zu tun hat?", fragte Winter erneut. „Wenn man sich zu sehr auf eine Theorie versteift, könnte man übersehen, was wirklich geschehen ist."

Erneut gab Sun keine richtige Antwort. Sie parierte, und zwar mit Wucht. „Wer leitet hier die Ermittlungen? Die Frau, die Erfahrung hat. Tu, was ich sage, klar?" Sie wählte bereits die erste Nummer. „Achte besonders auf Stadthäuser in der Nähe der Bank, vielleicht mit Blick auf die Bank."

Seufzend trank Winter einen Schluck Kaffee. Es würde ein langer Vormittag werden.

Doch sie irrte sich. Die Immobilienverwaltungsgesellschaft, die sie anrief, hatte für die laufende Woche einen Strandbungalow an ein Paar namens James und Amelia Dinsio vermietet.

„Du verscheißerst mich wohl!", krähte Sun und sprang so schnell von ihrem Stuhl auf, dass das kinnlange Haar um ihren grinsenden Mund schwang. „Die Brüder Amil und James Dinsio waren die Köpfe hinter dem Laguna-Niguel-Überfall." Sie klappte bereits ihren Laptop zu. „Wir müssen hin."

Es fühlte sich verkehrt an.

„Warum sollten die Verdächtigen sich noch dort befinden? Sie haben eine ein paar Meilen entfernte Bank ausgeraubt und das Geld gespendet. All das ergibt nicht den geringsten Sinn. Ruf Marchwood und Patterson an. Das ist ihr Fall. Finde heraus, was sie tun wollen."

Alle Erregung rutschte aus Suns Zügen. „Wir sind das FBI, *Agent* Black."

„Und wir *unterstützen* die Polizei vor Ort, Agent Ming."

„Ruf du sie an, und zwar von unterwegs", sagte Sun, die bereits auf dem Weg zur Tür war.

Hinter Winters Augen meldeten sich pochende Kopfschmerzen. Sie schnappte sich ihre Sachen und kippte in der Hoffnung, dass das Koffein helfen würde, den Rest Kaffee hinunter. Sie durfte vor Suns Augen keinen Anfall erleiden. Niemals.

Während sie Marchwoods Nummer wählte und Sun folgte, versuchte sie, die stärker werdenden Kopfschmerzen mit Willenskraft zu besiegen.

Sheriffin Marchwood nahm beim zweiten Läuten ab. „Wir haben die Fluchtwohnung gefunden", sagte Winter ohne Einleitung und ließ sich auf die Beifahrerseite des Leihwagens gleiten. Sie erläuterte, wie die Namen sie zu dem Haus geführt hatten, und erklärte, es sei für die ganze Woche gemietet. Dann nannte sie die Adresse.

Marchwood bat sie, vorbeizufahren und zu schauen, ob es bewohnt wirke. Sun erklärte sich widerstrebend bereit, in der Nähe zu warten, bis die Sheriffin, der Detective und weitere Polizisten von San Clemente einträfen.

Das Ferienhaus lag außerhalb der Stadt an der Küstenstraße. Näher bei Laguna Niguel und näher bei Los Angeles, falls die Täter von dort einen Flug nehmen wollten.

Je weiter sie fuhren, desto schlimmer wurden Winters Kopfschmerzen. Sie kramte im Handschuhfach und dann in ihrer Handtasche nach Taschentüchern. Mit jeder Sekunde, die verstrich, wurden ihre Bewegungen ruckhafter und ihre Suche dringlicher, da die Schmerzen sich ständig verschlimmerten.

„Was machst du eigentlich?“, fragte Sun und wandte den Blick kurz von der Straße. Ihre Hände am Lenkrad verkrampften sich. „Du siehst eigenartig aus. Ist dir schlecht?“

„Nein, ich suche einfach nur ein Taschentuch“, log Winter.

„Ich habe welche in meiner Handtasche.“

Winter nahm sie auf den Schoß und wühlte darin herum, benommen vom heftigen Hämmern des Pulses in ihren Schläfen. Ihr Sichtfeld färbte sich an den Rändern grau. Endlich schlossen sich ihre Finger um das Päckchen Taschentücher. Sie ließ Suns Handtasche fallen, riss das Päckchen auf und knüllte mehrere Taschentücher zu einem Knäuel zusammen. Das hielt sie sich unter die Nase.

Der Wagen schwenkte nach rechts, und mit einem Rest von Bewusstsein hörte Winter Sun schreien: „Fang ja nicht an, hier drinnen zu kotzen!“ Dann wurde ihr schwarz vor Augen, und gleichzeitig steigerte sich der Kopfschmerz zu einem Crescendo schriller Pein.

SUN SCHALTETE die Warnblinkanlage ein und riss das Steuer nach rechts. Knirschend rollten die Reifen über den Schotter am Straßenrand. Winter war zusammengesackt, und ihre Hand war auf den Schoß gesunken. Die Taschentücher, die sie darin hielt, waren rot durchtränkt.

Sun fluchte. Wie würde sich das in ihrem Lebenslauf machen? Gleich nach den ersten paar gemeinsamen Tagen die neue Partnerin umgebracht.

Mit einem Blick in den Seitenspiegel vergewisserte sie sich, dass von hinten kein Auto kam, sprang aus dem Wagen und ging vorne herum zur Beifahrertür. Als sie sie öffnete, bemühte Winter sich bereits, sich aufzurichten. Ihr auch zu den besten Zeiten blasses Gesicht war kreidebleich, abgesehen von einem Blutrinnsal, das in einem trägen Strom aus ihrem rechten Nasenloch sickerte.

Ihre dunkelblauen Augen schauten blicklos.

„Winter!"

Sun wollte sie nicht anfassen, aber sie schrie Winter ins Gesicht und stieß sie kräftig gegen die Schulter. „Reiß dich zusammen. Was zum Teufel ist mit dir los?"

Winter erschauderte ein einziges Mal, ein Beben, das ihren ganzen Körper schüttelte, und die Augen rollten zurück, bis der Anfall, oder was auch immer es war, vorüberging. Als erwachte sie aus einer Trance. Total unheimlich. Sun war nicht abergläubisch, aber gerade fühlte sie sich wie ihre japanische *obaasan.* Beinahe wünschte sie, ein *omamori* bei sich zu haben – eines der kleinen Amulette, das ihre Tante in einem Seidenbeutel um den Hals trug. Sie erneuerte es jedes Jahr, um Unglück abzuwehren.

„Verdammt", keuchte Winter. „Es tut mir leid."

Mit gutem Grund, dachte Sun, der noch immer unbehaglich zumute war.

„Du hattest eine Art Anfall. Was brauchst du? Wasser? Ich kann so was nicht gut. Bitte nicht übergeben."

„Das werde ich nicht."

Winter nahm das Päckchen Taschentücher, zog ein paar weitere heraus und tupfte sich unter der Nase ab. „Was hast du eigentlich für einen Tick mit dem Kotzen?" Ihre Stimme war schwach, ihr Sarkasmus jedoch unüberhörbar.

„Emetophobie. Angst vor Erbrochenem. Schon seit meiner Kindheit."

Die Farbe kehrte allmählich in Winters Gesicht zurück.

Die Krise mochte vorüber sein, doch Suns Herz raste immer noch.

Kotze, Blut, Erbrochenes ... die Körperflüssigkeiten anderer Menschen machten sie fertig und riefen bei ihr eine unter dem medizinischen Namen vasovagale Synkope bekannte Reaktion hervor. Es lief darauf hinauf, dass sie sich wie eine Fainting Goat verhielt - eine Ziegenrasse, die bei Gefahr in eine Schreckstarre verfällt. Und das machte sie rasend. Eine jahrelange Therapie hatte die Reaktion abgemildert, aber sie hatte nicht die vollständige Kontrolle darüber. Und das machte sie sogar noch rasender.

Bei Einsätzen kam sie manchmal mit Körperflüssigkeiten in Berührung. Nicht oft, sonst müsste sie vielleicht über einen Berufswechsel nachdenken. So schlimm war es.

Grundsätzlich mied sie alles, was auch nur die Möglichkeit unfreiwilliger Ausscheidungen barg. Laut dem Zertifikat, das sie vorschriftsgemäß alle zwei Jahre erneuerte, war sie in Herz-Lungen-Wiederbelebung examiniert. Doch diesen Wisch hielt sie nur in Händen, weil sie Glück gehabt hatte. Beim ersten Mal hatte sie einen Unterweiser gehabt, der sah, wie sehr ihr das Problem mit den Körperflüssigkeiten anderer Menschen zu schaffen machte, und ihre Bescheinigung einfach abstempelte. Seitdem suchte sie ihn alle zwei Jahre auf.

Winter schloss die Augen und lehnte den Kopf an die Nackenstütze, während Sun sie misstrauisch im Blick behielt.

„Jetzt beruhig dich mal", sagte Winter, ohne die Augen aufzuschlagen. „Hin und wieder habe ich einen Migräneanfall. Der ist nun vorbei, und das nächste halbe Jahr oder länger habe ich wahrscheinlich Ruhe. Sollte ich hören, dass irgendjemand in unserer Abteilung erwähnt, was du heute gesehen hast, mache ich dir das Leben zur Hölle. Scherzkotze auf deinem Schreibtisch. Auf dem Parkplatz eine Pfütze aus Gemüsesuppe vor der Fahrertür. Ich werde Leute dafür *bezahlen*, dass sie vor deinen Augen kotzen. Und jetzt steig wieder ein."

Sie waren keine Freundinnen, entschied Sun, die beim Einsteigen einen Schauder wegen der Bilder unterdrückte, die Winter ihr ausgemalt hatte. Sun war nicht zum FBI gegangen, um Freunde zu gewinnen, und sie würde das jetzt auch nicht ändern. Aber inzwischen waren sie eher Kolleginnen oder zumindest Konkurrentinnen als Feindinnen.

Nun gut.

Der Sieg in einem Kampf zwischen Ebenbürtigen war befriedigender. Es war nur fair, wenn jede von ihnen eine der Schwächen der anderen kannte. Das wahrte das Gleichgewicht.

Außerdem bewunderte Sun unwillkürlich alle, die ebenso gut drohen konnten wie sie selbst.

WINTERS KOPFSCHMERZEN WAREN WIE WEGGEBLASEN. So war es auch bisher immer gewesen. Wenigstens hatte sie vor diesem Anfall eine längere Vorwarnzeit gehabt. Frühere „Migränen" hatten sich manchmal innerhalb von Sekunden aufgebaut.

Doch ansonsten war es die gleiche Erfahrung: Sobald der Anfall seine volle Wucht entfaltet hatte, überkam die Vision sie in grellbunten Farben. Das Innere des bescheidenen, strandmäßig eingerichteten Ferienhauses ließ erkennen, dass es jahrelang von achtlosen Urlaubsgästen benutzt worden war. In dem kleinen Wohnzimmer mit dem Sofa, aus dessen Ecke ein wenig von der Polsterfüllung quoll, befand sich niemand. Rechts von sich sah sie durch eine offene Tür ein Schlafzimmer, dessen Fenster zum Meer wies. Eine Badezimmertür, die vom Wohnzimmer abging, stand ebenfalls offen.

Sie konnte die Küche zur Linken sehen. Siebzigerjahrestil, Geräte in Gelborange und ein schmuddelig brauner Linoleumboden. Ein ramponierter Resopaltisch und vier Stühle mit Kunststoffpolster. Dazu eine glühende Geschirrspülmaschine, die den Raum in einen unheilvollen rötlichen Schimmer tauchte.

Dann endete die Vision. Der Anfall war vorbei.

„Sicher, dass mit dir alles in Ordnung ist?"

„Alles bestens. Wie schon gesagt, mach dir deswegen keine Sorgen."

Winter konnte Sun jetzt schlecht beschwören, nach der Ankunft im Bungalow alle Küchengeräte zu meiden. Sie war ohnehin schon eine merkwürdige Gestalt und wollte Sun keine weitere Munition gegen sie in die Hand geben.

Aber etwas stimmte nicht.

Das spürte sie genau.

Wenn sie Visionen hatte, gab das rote Glühen ihr einen Hinweis ... aber es bedeutete keine Bedrohung. Doch Winter fühlte die Bedrohung bis ins tiefste Innere.

Wie konnte sie andere warnen, ohne selbst in der Spinner-Schublade zu landen? Und ausgelacht oder gefürchtet zu werden.

Mit „Bauchgefühl" ließ sich auch nicht alles begründen.

Ihr blieb keine Zeit mehr, darüber nachzudenken. Sun bog vom Highway auf eine schmale Seitenstraße ein, eine Sackgasse, an deren Ende ein verblichener grüner Bungalow stand. Gleich hätten sie ihr Ziel erreicht.

Vor dem Ferienhaus parkte ein Streifenwagen von San Clemente. Sheriffin Marchwood und Detective Patterson waren als Erste eingetroffen. Die Haustür stand offen.

Winter öffnete den Mund, um Sun zur Eile aufzufordern, doch es war zu spät.

Eine Wand des kleinen Hauses zerbarst in einer Explosion, und Trümmer der Hausverkleidung und zersplittertes Holz flogen zwanzig Meter weit. Als hätte das Gebäude seinen letzten Atemzug getan, brach das halbe Dach schief abtauchend nach innen ein. Sie hörten das Krachen durch die geschlossenen Wagenfenster hindurch.

Sun trat auf die Bremse, sodass das Auto in einem verrückten Winkel zum Streifenwagen stehen blieb. Sie waren bereits aus dem Fahrzeug gesprungen und rannten zum brennenden Bungalow, als eine Gestalt aus der Haustür taumelte und auf dem Boden zusammenbrach.

„Shannon!", schrie Sun.

Die Gestalt rührte sich nicht mehr.

Sie trafen gleichzeitig bei ihr ein, die Augen gegen die sengende Hitze, die in Wellen aus dem Haus strömte, zu Schlitzen verengt.

Winter hatte keine Zeit, sich deswegen Sorgen zu machen.

Marchwoods Augenbrauen und Wimpern waren weggesengt. Ihr Gesicht war bereits schmerzhaft rot, und auf der Haut bildeten sich die ersten Blasen.

„Verdammte Scheiße." Sun starrte voll Entsetzen auf die Frau und rührte sich nicht.

„Sun!", schrie Winter. „Beweg dich, ruf Hilfe!"

Sun reagierte nicht.

„Sofort!"

Winter wartete nicht ab, ob Sun reagierte. Sie packte Marchwood unter den Armen und schleifte sie vom Haus weg dorthin, wo die Wagen parkten. Sie hielt den Atem an, um das versengte Fleisch nicht zu riechen, und bemühte sich, nicht darüber nachzudenken, was diese Art des Transports mit der verbrannten Haut der Frau machen würde.

Außerdem drängte sie alle Gedanken an Detective Patterson zurück.

Es hätte genauso gut Sun und sie selbst treffen können.

Nur weil Sun wegen der Vision am Straßenrand gehalten hatte, waren sie nicht vor den beiden anderen erschienen. Winter zuckte zusammen, als der Rest des Daches mit einem kreischenden Poltern einbrach.

So schnell sie konnte erstickte sie alle Glutfunken, die noch an der Kleidung der Sheriffin glühten, und prüfte mit angehaltenem Atem den Puls. Hinter sich hörte sie Suns Stimme, hoch und zittrig, und begann mit der Herz-Lungen-Wiederbelebung. Suns Stimme verklang.

Und auch sonst nahm Winter ihre Umgebung nicht mehr wahr, nicht einmal die Zeit, während Sekunden verstrichen und zu Minuten wurden.

Nur noch eines hatte Raum in ihrem Bewusstsein, das Zählen. Herzdruckmassage und das Bemühen, einem anderen Menschen den eigenen Atem einzublasen. Schmerzende Arme, die vor Anstrengung zitterten, doch sie wusste, dass sie nicht aufhören durfte. Sie atmete für Shannon Marchwood. Stimulierte ihr Herz. Sandte Sauerstoff durch ihren erschlafften Körper. Verhinderte, dass eine dauerhafte Gehirnschädigung zurückblieb, wenn sie wiederbelebt wurde.

Falls sie wiederbelebt wurde.

Statt über diese Frage nachzudenken, konzentrierte Winter sich auf das dumpfe Pochen in ihren Händen, die sie übereinandergelegt rhythmisch auf Shanons Brustbein niederdrückte, und zwar so kräftig, dass sie am nächsten Tag blaue Flecken an den Fingern haben würde.

Irgendwann später wurde Winter sich vage des Schrillens von Notfallsirenen bewusst, doch sie machte weiter. Laute fragende Stimmen ertönten, doch sie beachtete sie nicht. Schließlich zog jemand sie zurück.

„Komm schon.“ Es war Sun. Ihr Gesicht war grimmig, doch sie ergriff Winters Arm sanft und führte sie zum Wagen.

Winter wurde schwindlig, die Sonne leuchtete zu grell, und sie zwinkerte, um diese Empfindung loszuwerden. „Wir müssen dableiben. Das ist ein frischer Tatort.“

„Es wimmelt hier von Polizisten, Feuerwehrleuten und Sanitätern. Im Moment hat der stellvertretende Sheriff von San Clemente das Sagen, aber Orange Countys Sheriff's Department schickt Verstärkung. Ich habe Max Oxbourne angerufen. Er spricht sich mit dem OCSD und dem FBI-Büro in San Diego ab, ob sie weitere Agents benötigen. Hier ist alles in guten Händen.“

Sun steuerte Winter fast unter Einsatz von Gewalt zum Wagen und öffnete ihr die Beifahrertür. Sie stieß Winter geradezu hinein und drückte dabei ihren Kopf nach unten, wie wenn man einen Verdächtigen auf den Rücksitz eines Streifenwagens bugsiert.

Sie setzte sich hinters Steuer, wies Winter knapp an, sich anzuschnallen, und nahm ihre Handtasche auf den Schoß. Dort kramte sie ein Päckchen Erfrischungstücher heraus, ein Fläschchen Desinfektionsmittel, eine halb geleerte Wasserflasche und einen Kaugummi und reicht alles an Winter weiter.

Dann fuhr sie wortlos nach San Clemente zurück.

9

Fast auf die Minute genau achtundvierzig Stunden nachdem Heidi ihn vor dem Park Lane Hotel abgesetzt hatte, erhielt Ryan eine kurze Nachricht.

Floating Mountain Tea House. 18:30 Uhr.

Er hatte das Dossier, das sie über ihn zusammengestellt hatte, gelesen. Sie hatte ihn wirklich bei den Eiern. Doch in den vergangenen beiden Tagen hatte er eine Menge Zeit zum Nachdenken gehabt. Er war für sie bereit.

Das Tea House lag etwa anderthalb Meilen von seinem Hotel entfernt. Am Himmel verkündeten dunkle Wolken bevorstehenden Schneefall, aber Ryan entschied sich trotzdem dafür, zu Fuß zu gehen. Zwei Tage in nur einem einzigen Zimmer waren zwei Tage zu viel. Er wollte einen klaren Kopf haben, wenn er mit Heidi sprach.

Sie hatte diesmal einen Hipster-Look gewählt. Schwarzes Haar, schulterlang und offen getragen bis auf ein paar Zöpfchen, die von ihren Schläfen nach hinten fielen. Dazu eine Buddy-Holly-Brille mit schwarzem Rahmen. Jeans und kein Make-up. Ein dicker, scheußlich grüner Pullover verlieh ihrer schlanken Gestalt ein wenig mehr Fülle.

In einer Nische neben einem Fenster, das Blick auf die 72nd Street bot, saß sie bereits im Schneidersitz auf einem Kissen. Ein wie ein Lehrbuch anmutender Band lag aufgeschlagen vor ihr auf dem niedrigen Tischchen, daneben ein Notizbuch und ein Stift. Sie könnte als Collegestudentin durchgehen, die für eine Prüfung lernte.

Im Tea-House hielten sich noch einige weitere wie überhebliche Künstlertypen wirkende Gäste auf. Die meisten trugen Ohrhörer und saßen mit ihren Büchern auf dem Boden. Einige Pärchen, deren Tischchen ein wenig abseits standen, redeten leise.

Er bestellte einen schwarzen Tee, der hoffentlich ohne komische Zutaten kommen würde, und setzte sich zu Heidi. Noch immer in der Rolle des Oliver – vermutlich sollte er den Professor darstellen, der ihr als Studentin entsprach – ließ er sich mit einer gewissen vorgetäuschten Steifbeinigkeit auf dem Sitzkissen nieder.

Ohne ein Wort zu sagen, rückte sie die kleine Topfpflanze zur Seite und schob ihr Buch über die Tischplatte. In einer ordentlichen, präzisen Schrift hatte sie etwas auf dem oberen Rand der Seite notiert.

Das Phoenix Hotel, S. 263.

Er blickte zu Heidi auf. Hinter den Brillengläsern hatten ihre Augen wieder das normale, unauffällige Braun. Sie waren ausdruckslos.

Das Phoenix war eines der exklusivsten Hotels in New York. Ryan hatte zugegebenermaßen eine Schwäche für Luxus und war im Internet auf einen Artikel über das Haus gestoßen. Wenn ein ganz normaler Mensch sich dort ein Zimmer nehmen wollte, war er mit fünfzehnhundert Dollar pro Nacht dabei. Sollte ein wirklich wohlhabender Gast im Hotel absteigen, konnte er ein paar Tausender pro Nacht ausgeben und erhielt eine schickere Unterkunft. Ein unwahrscheinlich reicher Mensch mietete eine Suite für eine halbe Million im Monat.

Das Hotel existierte seit den Dreißigerjahren und war im vergangenen Jahrzehnt renoviert worden. Angeblich sollten einige vom Glück begünstigte Menschen dort dauerhaft wohnen. Mit ihren jährlichen Unterkunftskosten könnte man den Hunger in einem armen Entwicklungsland für ein Jahr besiegen.

Er blätterte zur Seite 263 des Buches, wohl ein Lehrbuch über Verbrechen im modernen New York, und las die Abschnitte zur Attacke auf das Hotel Phoenix.

Im Jahr 1972 hatten Samuel Nato und Bobby Comfort schon viel Erfahrung mit erfolgreichen Hotelüberfällen gesammelt. Verbündet mit der Verbrecherfamilie der Lucchese, hatten sie bereits die meisten schimmernden Edelsteine der Luxushotelszene New Yorks heimgesucht, darunter das Sherry-Netherland, das Regency, das Drake, das Carlyle und das Saint Regis.

Nach dem Überfall auf das Phoenix krönte ein Eintrag in das Guinnessbuch der Rekorde als erfolgreichste Hotelräuber der Geschichte ihre Karriere.

Eines erschien Ryan allerdings erstaunlich. Trotz der Verbindung der Bande mit Schwerstkriminellen und der Tatsache, dass auch Ali-Ben zu ihnen gehörte, ein Profikiller der albanischen Mafia, zogen sie den Überfall ohne Blutvergießen durch. Sie hatten drei Dutzend Handschellen dabei und nahmen das Hotel an Neujahr aufs Korn, als nur wenig Personal da war und alle Gäste einen Kater hatten.

Einem nach dem anderen legten sie Sicherheitsleuten und Hotelpersonal ganz höflich Handschellen an und platzierten sie nebeneinander auf dem Boden der Lobby. Sie bemühten sich, ihre Gefangenen gut zu behandeln, und ließen alle, die krank wirkten, beim Fesseln der Hände aus.

Sie gingen sogar so weit, für einen Mann, der einen Herzanfall erlitt, einen Arzt zu rufen – einen anderen Hotelgast.

Dann brachen sie Dutzende von Schließfächern auf, die reichen Gästen gehörten, deren Namen sie aus der Presse kannten. Kurze Zeit später zog sich die Bande mit einer Beute von vielen Millionen Dollar an geraubtem Bargeld und Schmuck zurück. Vorher hatten sie den Gefesselten noch eingeschärft, dass sie jeden, der sie identifizierte, ermorden würden. Das war im Wesentlichen das ganze Ausmaß an Gewalt, und so hatten sie es sich leisten können, höflich zu bleiben, dachte Ryan.

Über das letzte Detail der Geschichte musste er lächeln. Auf dem Weg nach draußen gab die Bande jedem Hotelangestellten zwanzig Dollar Trinkgeld. Und zufälligerweise konnte kein Einziger von ihnen bei der späteren Befragung durch die Polizei Informationen liefern, die zur Identifikation der Bandenmitglieder beitrugen.

Für gute Manieren, Stil und die Bereitschaft, Gefügigkeit zu belohnen, musste man einfach Wertschätzung empfinden.

Nachdenklich blickte er zu Heidi auf. Sollte sie einen so stilvollen Überfall planen, könnte er sich mit der Idee anfreunden. Bis er einen anderen Ausweg fand, musste er vorläufig mit ihr zusammenarbeiten. Und so etwas wie das hier war verdammt viel attraktiver als der Gedanke an einen weiteren gewalttätigen Bankraub.

Er dachte an die Filialleiterin, die verkrümmt auf dem Boden des Empfangsbereichs gelegen hatte, einen bestürzten Ausdruck im verbliebenen Rest ihres Gesichts. So etwas sagte ihm nicht zu, und es hinterließ einen schlechten Nachgeschmack. Er gab Gewieftheit den Vorzug vor Gewalt und Blutvergießen.

Während er das Bevorstehende in Gedanken durchging, trank Heidi ihren Tee und beobachtete ihn. Sie wartete auf eine Antwort.

„Nur zu zweit?“, fragte er mit einer Stimme, die dünn klang.

Heidi zuckte mit den Schultern. „Das reicht.“

„An Neujahr?“

„Heute Nacht.“

Bei dieser Ansage wurden Ryans Handflächen feucht, und er packte den Becher fester, bevor er ihm entgleiten konnte. Er war gut – ein erfahrener, versierter Dieb mit angeborener Intelligenz und einem Talent für die Arbeit –, aber zum Teufel noch mal.

Sie war wahnsinnig.

10

In einem adretten schwarzen Anzug, der gerade so eng saß, dass er trotz des sich darunter wölbenden Bauchs nicht billig wirkte, ging Oliver Brown, ein Professor der Oxford University, der sich in seinen mittleren Jahren ein Sabbatjahr gönnte, gemessenen Schritts durch die in einem Schachbrettmuster geflieste Lobby des Phoenix.

Hinter dem ungeschliffenen Glas seiner Schildpattbrille schien sein Blick den vergoldeten Zierrat der Lobby anerkennend zu mustern. Die mit Kristallschmuck überladenen Kronleuchter. Und die samtgepolsterten Sitzmöbel, die den grünen Akzent der Seidentapete an der Wand hinter der Empfangstheke aufgriffen.

Doch in Wirklichkeit machte der gerissene Ryan sich ein Bild von den Ausgängen, den Fluren und der Zahl der Angestellten, die energischen Schrittes durch die Lobby eilten. Sie alle trugen eine förmliche, schwarz-weiße Uniform und weiße Handschuhe. Vermutlich plante Heidi, diese Tatsache zu nutzen, um ebenso uniformiert ins Ambiente zu passen. Er würde sich nicht mit Oliver Browns dickem Bauch aus einer Klemme winden müssen.

Hinter der Theke des Hotel-Concierge standen zwei Männer, der eine von ihnen, nach seinem grau melierten, militärischen Haarschnitt, dem muskulösen Körperbau und dem wachsamen Blick zu schließen, ein Sicherheitsmann. Sein Blick wanderte arglos über den gut gekleideten, unauffälligen Professor hinweg.

Nahe einem Mahagonitisch mit Klauenfüßen stand eine blonde Dame, die man gerade noch nicht übergewichtig nennen konnte. Sie war schon etwas älter und hatte den selbstzufriedenen, satten Blick einer Angehörigen der besseren Gesellschaft. In einem pflaumenblauen Hosenanzug und mit an Ohren und Handgelenken diskret aufblitzendem Goldschmuck erwartete sie den Professor und betastete dabei das Blatt einer Paradiesvogelblume, das aus einer vergoldeten Vase ragte. Ihre geistesabwesende Art bei dieser kleinen Bewegung war wahrscheinlich genauso wohlkalkuliert wie alles andere, was sie tat.

Nicht zum ersten Mal musste Ryan Ms. Presleys Verkleidungskünste bewundern. Möglicherweise war sie sogar noch besser als er. Hätte er sie nicht erwartet, wäre er vielleicht trotz seiner guten Beobachtungsgabe direkt an ihr vorbeigegangen.

Sie war ein Chamäleon.

„Oliver", rief sie und steuerte an der Theke des Concierges vorbei auf ihn zu. „Wie schön, Sie zu sehen." Mit einem verführerischen Lächeln, das ihn fast zum Würgen brachte, streckte sie ihm die französisch manikürte Hand entgegen.

Er ergriff sie mit servilem Überschwang. „Meine liebe Constance, das Vergnügen liegt ganz auf meiner Seite", erwiderte er und führte Heidis kalte Finger an die Lippen.

„Wie war Ihr Aufenthalt bisher?", säuselte Heidi ganz Lächeln und gute Manieren.

„Großartig. Endlich habe ich die Zeit gefunden, das

Kapitel fertigzuschreiben, das mich schon seit zwei Wochen plagt. Sie sind wie immer die Schönheit in Person. Sollen wir einen Drink nehmen?“ Er bedachte sie mit einem leicht raubtierhaften Lächeln, das ein schon etwas älterer Mann mit feisten Wangen und Bauch es einer attraktiven Frau schenken könnte, die lauwarmes Interesse für ihn erkennen lässt. „Ich freue mich darauf, unsere Bekanntschaft zu erneuern.“

Es war, als träten sie für ein Publikum, das nicht hinschaute, in einem ausgesprochen langweiligen Theaterstück auf.

Sie lachte angemessen melodiös – ha, ha, ha – und hängte sich bei ihm ein.

Abgang von der Bühne nach links.

Sie besuchten die Rotunde mit der spektakulären Wendeltreppe und den großartigen Wandgemälden. Im Perrine speisten sie teuer zu Abend und begaben sich von dort ins Two E, einer schicken Lounge, in der man abends ausgezeichneten Live-Jazz hören konnte.

Dann gingen Constance Foster und Oliver Brown gemeinsam auf Constances Zimmer, eine teure Suite im einundvierzigsten Stock.

Dort verschwand Constance im Bad, um ihren pflaumenblauen Hosenanzug gegen ein bequemeres Kleidungsstück zu tauschen. Doch statt in ein Dessous zu schlüpfen, kam Heidi in einer frisch gewaschenen schwarz-weißen Uniform heraus, das Haar ihrer brünetten Perücke zu einem Knoten zurückgesteckt. An den Händen trug sie strahlend weiße Handschuhe und an den Füßen statt Pumps schwarze knöchelhohe Schuhe mit Gummisohlen.

Als Ryan das zweite Schlafzimmer der Suite verließ, trug auch er eine Uniform, die der von Heidi entsprach. Heidi wollte, dass er die Perücke nicht wechselte. Sie schraubte gerade einen Schalldämpfer auf ihre Pistole.

„Deine liegt auf dem Bett“, bedeutete sie ihm mit einer Kopfbewegung und musterte ihn aufmerksam.

Ihr prüfender Blick erfüllte ihn mit Unbehagen. Er hatte sich nach Kräften bemüht, seine Haltung zu ändern. Der charmante, sorglose Ryan war zurück, zumindest oberflächlich gesehen. Nicht das in die Enge getriebene Nervenbündel, das zwei Tage lang im kleinen Zimmer des Park Lane Hotels auf und ab marschiert war und nach einer Möglichkeit gesucht hatte, diesem Schlamassel zu entkommen. Er war so weit gewesen, dass er sich zur Not den eigenen Arm abgebissen hätte.

Er hasste das Gefühl, irgendwo festzustecken. Seit jeher. Das war einer der Gründe, weshalb er Heidis Drohungen so viel Gewicht beimaß, denn er würde sich eher umbringen, als ins Gefängnis zu gehen.

Doch in jenen zwei Tagen war ihm sein Fehler klar geworden: Er ließ sich anmerken, dass er eingeschüchtert war. Um hier wieder heil herauszukommen, musste er bluffen.

Er lächelte sie an. „Danke, Herzchen, und wo sind die Handschellen? Ich weiß nicht, wie wir nur zu zweit drei Dutzend mitführen sollen, aber ich bin dabei, wenn du es bist.“

Ohne eine Spur von Belustigung zog sie die Augenbrauen zusammen. „Handschellen sind nicht effektiv. Kugeln schon.“

Sein Magen rebellierte, doch das Lächeln wich nicht aus seinem Gesicht.

„Vielleicht solltest du mir deinen Plan erklären, da wir jetzt wohl bald loslegen. Ich dachte, wir würden den damaligen Hotelüberfall zitieren.“

„Da hast du dich geirrt.“ Sie legte ihre Waffe auf einen Tisch, auf dem bereits, von ihm abgewandt, ein aufgeklappter Laptop stand, und ließ sich in Griffnähe zur Pistole in einem Sessel nieder. „Der damalige Raub hätte viel effektiver durchgeführt werden können. Die Überwachungskameras des einundvierzigsten bis vierundvierzigsten Stockwerks zeigen ab zwei Uhr sechsunddreißig früh eine Endlosschleife an. Um diese Uhrzeit werden die Hotellifts oberhalb unseres Stockwerks den Dienst einstellen. Die entsprechenden Türen im Treppenhaus werden sich nur mit meiner Schlüsselkarte öffnen lassen. Wir haben etwa zweiundfünfzig Minuten, um drei Zielpersonen zu überfallen."

Ryan bemühte sich um eine entspannte Körperhaltung und einen sorglosen Tonfall, doch seine Unruhe war mit voller Wucht zurückgekehrt. „Und wer sind die?"

„Qaaid Al-Muhammad ist der Erste auf der Liste. Ein saudischer Prinz, zweitrangig, aber reich genug, um den kompletten zweiundvierzigsten Stock für sich zu reservieren. So ein Mann wird zweifellos Bargeld bei sich haben."

Ryan war entsetzt. „Wird er allein sein? Ein Superreicher wie er bestimmt nicht. Ausgeschlossen."

„Er hat Leibwächter", fuhr sie ihn mit unüberhörbarer Ungeduld an. „Aber in der gesamten Suite immer nur zwei auf einmal. Er möchte sich nicht beengt fühlen. Sie wechseln sich ab."

Na großartig. Leibwächter. Wahrscheinlich dazu ausgebildet, jeden umzubringen, der es auf das Leben ihres Arbeitgebers abgesehen hatte.

„Im dreiundvierzigsten Stock wohnt Richard Covington. Ein Finanzgenie auf der Überholspur, der nächste Warren Buffet. Als ich das letzte Mal geschaut habe, war er über siebzig Milliarden Dollar schwer."

Und hatte wahrscheinlich ein dementsprechendes Sicherheitssystem, vermutete Ryan. Der Gedanke, sie könnten so ein Vorhaben praktisch aus dem Stand erfolgreich durchziehen, war Wahnsinn.

„Im selben Stockwerk wohnt unsere dritte Zielperson, Charlotte Edwards. Sie ist sechsundneunzig und die letzte lebende Erbin eines Industriemagnaten, der sein Vermögen Anfang des letzten Jahrhunderts erworben hat."

Jetzt hätte Ryan am liebsten das Gesicht in den Händen vergraben. Eine alte Dame. Sie würden eine alte Dame ermorden. Mit reiner Willenskraft schaffte er es, den Abscheu aus seinen Zügen zu verbannen.

Aber Heidi spürte sein Unbehagen. Ihre Lippen verzogen sich zu einem spöttischen Lächeln. „Diese Dame ist deine Aufgabe. Zimperlich, wie du bist, solltest du sie einfach mit einem Kopfkissen ersticken. Wir erledigen den Prinzen zuerst gemeinsam und teilen uns dann auf."

Eine alte Frau. Oh nein. Dazu war er nicht fähig.

Ryan fühlte sich wieder vollkommen in die Enge getrieben und suchte verzweifelt nach einem Ausweg. Doch Heidi ließ ihm keine Alternative. Mit einem einzigen harten Blick zwang sie ihn, ihr auf den Fersen zu folgen.

Das ganze Geschehen war für einen Mann von seinem Talent erniedrigend.

Und dann wurde es verstörend.

Es widerte Ryan an, wie ‚effektiv' Heidi vorging. An der Tür zur Suite des Prinzen brachte sie einen Masterschlüssel zum Vorschein. Sie schloss auf und trat ein, von Ryan gefolgt. Zwei Männer – vermutlich die Leibwächter – lümmelten in einem luxuriös eingerichteten Wohnzimmer herum und sahen fern.

Bevor ihnen richtig klar wurde, dass sie nicht mehr allein waren, verwandelten ihre Hälse sich in eine klebrige, blutige Masse. Der Schalldämpfer sorgte dafür, dass Heidis schnell hintereinander abgegebene Schüsse nicht viel lauter waren als das Klacken eines Tackers. Ryans Magen geriet in Aufruhr, und er schaute weg.

„Vergewissere dich, dass sie tot sind", zischte sie ihm zu und eilte in die Richtung, in der er die Schlafzimmer vermutete.

Er konnte sich nicht überwinden, das Gemetzel an den beiden Männern zu untersuchen, geschweige denn, nach ihrem Puls zu fühlen. Das war auch nicht nötig. Ganz offensichtlich hatte Heidi ihr Ziel getroffen.

Zwei weitere gedämpfte Schüsse drangen aus einem anderen Teil der Suite. Schon tauchte Heidi mit zwei kleinen Aktenkoffern in der Tür auf. „Hier sind wir fertig."

In den Hotelflur zurückgekehrt, lud sie die Beute auf einen Schiebewagen des Roomservice, den sie aus einem Vorratsraum geholt hatte, und verbarg sie unter einem weißen Tischtuch. Obendrauf stellte sie ein Silbertablett, was den Anblick noch überzeugender machte.

Er gab sich nicht die Mühe zu fragen, woher sie es zur rechten Zeit besorgt hatte. Oder woher sie die Masterschlüssel und die Uniformen hatte. Alles war von ihr bis ins letzte Detail geplant, und ihm taten die Menschen leid, denen sie die Sachen abgenommen hatte.

Wenn er jetzt darüber nachdachte, könnte das erklären, warum sie ihn in diesem nuttigen Outfit empfangen hatte, als sie ihn vor einigen Tagen in dem Hotelzimmer erwartete. Sie hatte es nicht seinetwegen angezogen, wofür er dankbar war, damals wie heute.

Er hatte sie lange genug in Aktion gesehen, um zu wissen, dass sie ihre Werkzeuge entsorgte, sobald sie sie nicht mehr brauchte.

Er stählte sich gegen den Gedanken an das, was im Anschluss kommen würde. Nicht nur in den nächsten paar Minuten, sondern wenn das alles vorbei war. Wenn er seine Verpflichtung abgearbeitet hatte oder diese Erpressung, oder was auch immer es sein sollte, durchgestanden war. Er durfte nicht darüber nachdenken.

Jetzt war einfach die Zeit, seine Rolle zu spielen und darum zu kämpfen, auf die Füße zu fallen, wie er es letztlich immer tat.

In die Suite der zurückgezogen lebenden alten Erbin einzudringen, war nicht schwierig. Er hatte einen Schlüssel bekommen. Aber er hatte nicht erwartet, dass die Frau im Esszimmer sitzen und eine Patience legen würde. Ryan tastete nach seiner Waffe, von Abscheu über das Gewicht in seinen Händen erfüllt. Das Metall war unangenehm kalt, selbst durch seine weißen Handschuhe hindurch.

Charlotte Edwards war so zart, dass man sie fast umhauchen konnte, und sie riss die scharfen grünen Augen auf, als sie ihn in der Tür erblickte. Sie trug einen gesteppten Morgenrock aus lavendelblauer Seide, der um ihre schmale Gestalt schlackerte, und eine kleine Halbbrille, die an einer Perlenkette von ihrem Hals herabhing. Ihr dünnes weißes Haar stand von ihrem runzligen Gesicht ab wie der Flaum einer Pusteblume. Sie war nicht größer als ein zehnjähriges Kind.

Mit einer entschlossenen Bewegung legte sie die Karten auf dem Tisch ab. „Ich brauche Sie wohl nicht zu fragen, warum Sie hier sind. Viel Besuch bekomme ich ja nicht." Ihre Stimme war so dünn und zart wie die ganze Person, doch es lag resignierter Humor darin.

„Bitte entschuldigen Sie die Störung", sagte Ryan in seinem sanftesten Tonfall. „Darf ich Sie bitten, ins Wohnzimmer zu gehen?" Er wies ihr mit einem Schwenk der Pistole die Richtung, und sie stand mit zittrigen Bewegungen auf und griff nach einem Dreifuß-Gehstock, der neben ihrem Stuhl stand. Mit quälend langsamen, mühsamen Schritten arbeitete sie sich vorwärts, und er hätte sie am liebsten angeschrien, sich zu beeilen.

Das mit massiven, reich verschnörkelten Holzmöbeln eingerichtete Wohnzimmer wurde nur von einer kleinen Kugellampe erhellt, die auf einem Seitentisch stand. Ihr rötliches Licht beleuchtete Orientteppiche, die zarte Muster in warmen Burgunderrot- und Blautönen aufwiesen. Golden gerahmte Ölgemälde schmückten die beigefarbenen Wände. Das Zimmer war wie eine Kultstätte für die Eleganz des viktorianischen Zeitalters.

Charlotte ließ sich aufs Sofa sinken. „Der Tresor befindet sich hinter dem Matisse. Das Gemälde lässt sich nach rechts schwenken."

Die Frau sah so aus, als würde ein Niesen sie umbringen, und er sollte sie erschießen? Eilig ging er zu dem Gemälde, das sie bezeichnet hatte, einen Aufruhr von Selbstekel im Bauch.

Sie nannte ihm den Code.

Drinnen stand eine Versammlung ordentlich gestapelter Metallkästen.

„Im obersten liegt das Bargeld", erklärte sie von sich aus. Es klang, als wollte sie hilfreich sein. „In den kleineren Kästchen befindet sich der Schmuck. Falls Sie vorhaben, mich zu töten, können Sie ruhig alles nehmen. Andernfalls lassen Sie mir bitte das kleinste Kästchen zurück. Darin liegt eine Halskette, die mein Vater mir zu meinem siebzehnten Geburtstag geschenkt hat, und ich hatte vor, mich damit begraben zu lassen. Sie hat reinen Erinnerungswert."

Er nahm den großen Kasten und einige der kleineren. Während er sie auf den Boden stellte, schwirrte ihm der Kopf, so krampfhaft suchte er einen Ausweg. „Hören Sie", sagte er sich umwendend. Er steckte die Pistole weg und trat zum Sofa. „Ich bin ein Dieb."

„Das habe ich bereits herausgefunden, junger Mann. Ich bin alt, aber nicht dumm. Und trotz Ihrer schlechten Perücke sehe ich, dass Sie tatsächlich ein junger Mann sind."

Er lächelte über ihren bissigen Tonfall. Sie war mutig.

„Ich hätte sagen sollen, dass ich ein Dieb bin und kein Mörder. Diese Art von Job mache ich normalerweise nicht. Hier hereinschleichen und diesen hübschen Matisse für einen Sammler in Deutschland entwenden, meinetwegen.

Aber nicht peng-peng und das Geld nehmen. Heute Nacht soll ich sie allerdings töten." Beim Blick in ihre klaren Augen fiel sein Entschluss endgültig. „Das werde ich aber nicht tun."

Mit Augen, die vor Neugier leuchteten, verschränkte Charlotte die verkrümmten Hände im Schoß und legte den Kopf schief. „Erzählen Sie jedem, den Sie bestehlen, Ihre Geschichte und Ihre Gründe?"

Ryan musste unwillkürlich lachen. Sie war entzückend. Mit ihrer ungewöhnlichen Persönlichkeit hatte sie ihn aus der düsteren Stimmung dieses Abends herausgerissen.

„Um es kurz zu sagen, meine Partnerin ist ein böser Mensch und sehr gründlich. Ich habe nicht die Wahl, ob ich hier mitmachen will oder nicht. Aber Sie kommen mir wie eine sehr nette Dame vor, und so werde ich einen dieser hübschen Stühle erschießen, falls sie überprüft, ob die Waffe abgefeuert wurde. Sie muss unbedingt glauben, dass ich Sie getötet habe. Andernfalls wird sie zurückkehren und es selbst erledigen. Ich werde ein paar von Ihren Kästchen nehmen, auch wenn ich es nicht gern tue."

Charlotte nickte und musterte sein Gesicht mit ihren scharf blickenden Augen. „Sie erlauben sich also kein Spielchen mit mir. Sie erschießen mich wirklich nicht."

„Nein, Ma'am."

„Gut." Sie lächelte ihn breit an, zog eine kleine Pistole aus den Falten ihres Morgenrocks und legte sie neben sich aufs Polster. „Dann muss ich Sie nicht zuerst erschießen."

„Charlotte", sagte Ryan, ergriff ihre kleine Hand und drückte sie. „Ich glaube, ich mag Sie."

„Sonderbarerweise scheint dieses Gefühl auf Gegenseitigkeit zu beruhen. Die ganze Sache ist tatsächlich sehr aufregend. Viel besser als Patiencen legen." Charlotte stemmte sich hoch. Noch immer mit fast ihrem ganzen Gewicht auf den Stock gestützt, doch schwungvoller als bei seiner Ankunft, ging sie vom Wohnzimmer in den hinteren Bereich der Suite. „Wenn Sie schon vorgeben, mich zu ermorden, tun Sie es wenigstens im Schlafzimmer, wo ich es bequem habe, bis jemand meinen gar nicht so toten Körper findet."

„Unbedingt." Ryan war von der kleinen alten Dame bezaubert, aber innerlich bebte er auch vor Besorgnis. Die Zeit wurde knapp, und er hielt sich schon zu lange hier auf. Heidi würde inzwischen mit ihrem Spekulanten fertig sein. Er musste in die Gänge kommen.

Mit Hilfe einer Art kleinen Rampe, die auf der einen Seite ein Geländer aufwies, stieg Charlotte in ein hohes Himmelbett. „Die Freuden des Alters." Sie zog die Nase kraus. „Bald wird man mein Bett wie bei einem Baby mit einem Gitter versehen, damit ich nachts nicht herausfalle."

„Ma'am", sagte Ryan und hob die Pistole, während sie unter die mit Brokatbettwäsche bezogene Daunendecke schlüpfte. „Es war mir ein Vergnügen, Sie kennenzulernen, und ich entschuldige mich für das alles."

Er ließ ihr die Zeit, sich die Ohren mit den Händen zuzuhalten, und schoss dann zwei Mal auf eine dick gepolsterte Ottomane in der Ecke. Etwas von der Füllung flog durch die Luft, und Charlotte kicherte. „Diese Liege habe ich eh nie gemocht." Sie ließ sich dramatisch rückwärts aufs Kopfkissen fallen, den einen Arm ausgestreckt und den anderen mit der geballten Faust aufs Herz gelegt. „Wie mache ich mich?"

„Großartig, meine Gute. Ich schließe die Tür hinter mir ab. Passen Sie auf sich auf, Miss Charlotte, und hoffentlich werden Sie hundertzwanzig."

11

Heidi hatte noch nie die Beherrschung verloren.

Sie betrachtete die Sauerei, die sie angerichtet hatte, und verzog das Gesicht.

Richard Covington war sehr, sehr tot.

Sie hatte ihn nicht nur deshalb als Zielperson ausgewählt, weil seine Räumlichkeiten in unmittelbarer Nähe der anderen beiden Opfer lagen, sondern auch wegen ihrer Erwartung, bei ihm große Mengen an Bargeld und zahlreiche teure Wertgegenstände vorzufinden. Sie hatte ihn erst in letzter Minute in ihren Plan aufgenommen. Daher war ihre Recherche, wie sie sich eingestehen musste, bei ihm nicht angemessen sorgfältig gewesen. Doch als sie ihn aufweckte und Geld von ihm verlangte, hatte sie nicht erwartet, dass er sie auslachen würde.

Sie mochte es nicht, wenn man sie auslachte.

Und jetzt, dachte sie mit einem leisen Schauder, war sie von ihrem Plan abgewichen. Tatsächlich hatte sie während des Mordes einen kleinen Aussetzer gehabt.

Bemüht, das unangenehme Gefühl loszuwerden, das von

ihr Besitz ergriffen hatte, verließ Heidi die Suite. Sie hatte ihre eigenen Pläne durchkreuzt. Es war unfassbar.

Am anderen Ende des Hotelkorridors kam Ryan aus der Suite der alten Dame. Er hatte die Hände voller Metallkästen und fuhr bei Heidis Anblick zusammen. Beinahe wirkte er schuldbewusst. Als sie sich näherte, weiteten sich seine Augen.

Sie schaute an sich hinunter. Auf ihrer schwarzen Uniform waren keine Flecken zu sehen, aber ihre Handschuhe waren rot besudelt.

„Alles in Ordnung, Herzchen?"

„Halt den Mund." Sie schaute auf ihre Armbanduhr. Jetzt blieb keine Zeit mehr, Ryans Arbeit zu überprüfen. Auch das gehörte nicht zum Plan. „Wir haben noch drei Minuten, um in meine Suite zurückzukehren und die Aufzüge wieder einzuschalten, bevor der Sicherheitsdienst auf seiner Runde vorbeikommt."

„Hm, mir scheint, du hinterlässt eine Spur", bemerkte er.

Hinter ihr zogen sich blutige Schuhabdrücke über den geschmackvoll gemusterten beigefarbenen Teppich.

Verdammte Scheiße.

„Gehen wir."

Sie zog die Schuhe aus und eilte weiter, in Gedanken aufgeregt darum bemüht, die Situation wieder unter Kontrolle zu bekommen.

Der ursprüngliche Plan hatte vorgesehen, dass sie in ihre Suite zurückkehrten. Sie hatte dieselbe bestochene Person, die ihr den Schiebewagen in den Vorratsraum gestellt und die Masterschlüssel für sie ergattert hatte, auch dazu veranlasst, ihr eine Hotelbettdecke zu bringen. Die hatte sie beizeiten in ‚Frau Dr. Fosters' Rollkoffer gepackt. Sie hatte geplant, die Decke in der Suite zurückzulassen – sie war unauffälliger als ein Stapel Kleidung – und den Koffer mit ihrer Beute vollzupacken. Bevor die Leichen entdeckt wurden, hatte sie in den frühen Morgenstunden auschecken wollen.

So würde es jetzt nicht mehr laufen.

Sie öffnete die Tür zu ihrer Suite. „Planänderung. Wir müssen rasch aufbrechen."

Das war eine Untertreibung.

Heidi setzte sich an ihren Laptop und bootete die Aufzüge und die Kameras neu. Nur die Kamera von Richard Covingtons Stockwerk ließ sie in Endlosschleife weiterlaufen. Man würde den Zeitstempel zwar wohl bemerken, aber nicht so schnell wie die blutige Spur, die sich von Covingtons Tür durch den Korridor zog. Laut dem ursprünglichen Plan hätten sie massenhaft Zeit gehabt, um auszuchecken und zu verschwinden. Je nach den anschließenden Umständen hätten sie einen Vorsprung von mehreren Stunden gewinnen können. Vielleicht sogar von Tagen. Das galt nun nicht mehr.

Erneut überkam sie ein schlechtes Gefühl. Sie hatte das alles so lange geplant. Kontrolle war alles. Sie hatte die Situation und Ryan O'Connelly im Griff. Doch sich selbst auch? Vielleicht ja nicht.

„Räum den Rollkoffer aus", wies sie Ryan an, ohne ihn eines Blickes zu würdigen. Sie nutzte das Sicherheitssystem des Hotels, um die Fortschritte der Wächter zu überwachen. „Nimm die Decke heraus und pack stattdessen die Aktenkoffer und Kästen hinein."

„Was ist mit dem Zeug von diesem Covington?"

Von Covington gab es kein Geld. Richard Covington hatte sein ganzes Vermögen in einem idiotischen Schneeballsystem verspekuliert. Das zum Thema ‚der nächste Warren Buffet'. Er war pleite und stand kurz davor, vom Hotel an die Luft gesetzt zu werden. Was für eine Zeitverschwendung. Und er hatte die Unverschämtheit besessen, sie auszulachen, als er es ihr berichtete.

Tja, lange hatte er nicht gelacht.

Sie reagierte sich an Ryan ab, und ihr wütender Tonfall mahnte ihn zur Vorsicht: „Wenn ich wollte, dass du noch mehr einpackst, hätte ich es dir gesagt. Stell mir verdammt noch mal keine Fragen."

Er sah sie mit einem nachdenklichen Blick an, widersprach aber nicht.

Gut. *Hätte* er dagegengehalten, hätte sie vielleicht ihren Plan geändert und ihn gleich an Ort und Stelle entsorgt. Dann würde ihr letztes Projekt zwar nicht mehr funktionieren, doch sie war seiner überdrüssig und zudem gereizt, um das Mindeste zu sagen.

„Zieh die Uniform aus und steck sie in die Reisetasche."

Schweigend – eine kluge Entscheidung – machte er sich daran, den Koffer zu packen. Er wusste nicht, wie dicht er davor gestanden hatte, vorzeitig aus dem Weg geräumt zu werden.

Sie überprüfte die Kameras erneut. Der übliche Sicherheitsmann, ein großer, muskulöser Kerl, der den Namen Andre trug, wie sie herausgefunden hatte, befand sich im dreißigsten Stock. Anscheinend plauderte er gerade mit dem Fahrstuhlführer. Sie hatten noch Zeit.

In fliegender Eile bestellte sie über die Uber-App auf ihrem Handy ein Taxi.

Im zweiten Badezimmer der Suite zog sie ihre blutige Kleidung aus. Während sie die Uniform zu einem Bündel zusammenballte und in die Reisetasche steckte, in der sie ihre Kostümierung hergebracht hatte, schaute sie in den Spiegel. Ihre Wange war besudelt. Beim Gerinnen hatte das Blut kleine Krusten gebildet. Mit vor Abscheu gerümpfter Nase setzte sie ihre Perücke ab und scheuerte sich das Gesicht mit einem Waschlappen sauber.

Heidi machte sich keine Sorgen wegen DNA-Spuren an den Handtüchern oder verlorenen Haaren, die von den

Spurensicherungsleuten eingesammelt werden mochten. Ihre Fingerabdrücke hatte sie sorgfältig weggewischt, aber ihretwegen konnte das FBI bei dem Versuch, sie zu identifizieren, auch Erfolg haben. Mit jemandem wie ihr hatte man dort noch nicht zu tun gehabt. Sie hatte nicht vor, sich schnappen zu lassen. Und nach Abschluss ihres Projekts hatte sie bereits ihr Verschwinden geplant. Dort, wo sie hingehen würde, würde niemand sie finden.

Rasch kleidete sie sich in eines der Outfits von ‚Frau Dr. Foster' - wieder ein Hosenanzug, diesmal braun. Sie setzte die blonde Perücke auf und schminkte sich rasch. Wenn sie ein wenig Glück hatten, würde der Sicherheitsmann noch eine Weile mit dem Fahrstuhlführer beschäftigt sein, was ihnen ein paar zusätzliche Minuten verschaffen könnte. Allerdings hatte das Glück heute Nacht nicht auf ihrer Seite gestanden. Sie würde nicht darauf wetten.

Als sie aus dem Badezimmer kam, war Ryan bereits angekleidet und zum Aufbruch bereit, fix und fertig mit Bauch und Wangenpolstern. Mit Schminke hatte er sein Gesicht wieder alt und faltig gemacht, und er sah genauso aus, wie sie es sich wünschte. Ein Professor mittleren Alters, der für niemanden eine Bedrohung darstellte, abgesehen vielleicht von seinem Schneider, der sich auf seinen zunehmenden Körperumfang einstellen musste.

Sie schaute sich ein letztes Mal rasch im Zimmer um – hier hatte sie keine Sprengfalle angebracht – und vergewisserte sich, dass nichts zurückblieb. Ein Blick auf ihr Laptop, das noch immer die Videos der Überwachungskameras zeigte, verriet ihr, dass der Sicherheitsmann gerade im fünfunddreißigsten Stock die Runde machte.

Wenn sie jetzt sofort losgingen, würden sie ihm nicht im Lift begegnen.

Sie verließen das Zimmer so heiter, als zögen sie keinen Koffer voller Raubgut hinter sich her. Heidi legte den kurzen

Weg zum Lift zurück und drückte auf den Schalter nach unten.

In ihrem Schulterholster, das unter ihrem Blazer verborgen war, spürte sie das Gewicht ihrer Ruger. Notfalls würde sie sich den Weg aus dem Hotel freischießen.

Als spürte Ryan / Oliver ihre Anspannung, warf er ihr beim Aufgleiten der Lifttür einen beruhigenden Blick zu.

„Na, na, meine Liebe, es gibt keinen Grund, nervös zu sein." Hinter seinen haselnussbraunen Kontaktlinsen funkelten seine Augen angesichts der Doppeldeutigkeit dieser Bemerkung. „Ich weiß, dass du das Fliegen wirklich hasst, dabei sollte man meinen, bei deinen vielen Reisen müsstest du inzwischen ein alter Hase sein."

Der Fahrstuhlführer, ein pickliger junger Mann, der höchstens zwanzig sein mochte, lächelte mit der höflichen Distanziertheit eines gelangweilten Hotelangestellten, der schon alles gesehen hat. „Ein früher Flug?", fragte er, bemüht, fröhlich zu klingen. Vielleicht war ja ein Trinkgeld drin.

Heidi nickte knapp.

„Allerdings", stöhnte Ryan. „Ich verabscheue es wirklich, vor Anbruch des Tages aufzustehen. Ich könnte mir nicht vorstellen, nachts zu arbeiten. Wie halten Sie das nur durch?"

Lächelnd drückte der junge Mann den Schalter fürs Erdgeschoss. „So schlimm ist es gar nicht. Ziemlich ruhig. Ein bisschen langweilig. Manchmal wünschte ich, es würde was Aufregendes passieren", fügte er im Bühnenflüsterton hinzu. „Aber sagen Sie das nicht meiner Chefin."

Mit einem Klingelton kündigte der Lift einen Halt in Stockwerk fünfunddreißig an, und Heidi verkrampfte sich.

Sie fuhren ein paar Stockwerke hinunter, und die Tür glitt erneut auf. Der Sicherheitsmann Andre trat ein. Angesichts des Betriebs im Lift machte er große Augen. Es war erst kurz nach vier.

„Ein Frühflug", erklärte der Fahrstuhlführer.

„Zu früh“, fügte Ryan in düsterem Tonfall hinzu.

Der Sicherheitsmann lächelte mitfühlend. „Eine Plage, diese frühen Starts. Wohin geht es denn?“, fragte er und lehnte sich gegen die Wand des Lifts.

„Wir fliegen über Weihnachten nach Deutschland“, antwortete Ryan ohne einen Moment des Zögerns. „Nach Düsseldorf. Constance wird mich dort herumführen. Du warst schon Dutzende von Malen dort, nicht wahr, Connie?“

Sie hätte ihn am liebsten angeschrien, den Mund zu halten. Er brauchte keinen Smalltalk zu machen. Sie mussten einfach nur aus dem Hotel entkommen und zu dem Unterschlupf flüchten, den sie angemietet hatte. Schnelles und präzises Handeln waren entscheidend.

Die Polizei und das FBI würden sich bei der Suche nach Ihnen im Kreis drehen.

„Darling?“

Mit einer willentlichen Anstrengung kam sie ins Hier und Jetzt zurück. Sie riss sich zusammen.

„Ja, natürlich, mein Guter.“ Sie lächelte schmallippig. „Um diese Jahreszeit ist Düsseldorf wunderschön. Es gibt da eine kleine Kneipe am Rhein, die dir sehr gefallen wird. Du hebst ja so gerne einen.“

„Sie ist kein Morgenmensch“, bemerkte Ryan zum Sicherheitsmann, der ein leises Lachen unterdrückte.

Im Erdgeschoss vibrierte auch schon ihr Handy. Ihr Uber war eingetroffen.

„Gute Reise“, wünschte ihnen der Fahrstuhlführer, enttäuscht, dass es anscheinend kein Trinkgeld gab.

Der Sicherheitsmann sah ihnen allerdings nach, als sie den Lift verließen und zum Ausgang gingen. Das bemerkte sie in dem winzigen Rückspiegel der Brille, die auf ihrer Nase saß.

Seine Musterung verärgerte sie und zerrte an ihren Nerven. Selbst ohne die Brille hätte sie seinen Blick garantiert im Rücken gespürt. Es kam ihr wie Stunden vor, bis sie hörte, dass die Aufzugstür wieder zuglitt.

Ryan, der neben ihr ging, stieß die Luft aus.

Mit raschen Schritten marschierten sie über das Schachbrettmuster des Bodens und waren schon halb durch die Lobby. Die Rezeption war dunkel, jetzt, vor der ersten Morgenschicht, war noch niemand da. Draußen stand ein silberfarbener Minivan im Licht der Hotelleuchten. Sie mussten nur noch die Drehtür passieren, dann waren sie draußen.

Doch dann ging die Aufzugstür wieder auf.

Der Sicherheitsmann trat heraus. „Entschuldigung!"

Heidi erstarrte und drehte sich um. Ihre Hand glitt unter ihren Blazer, die Finger schlossen sich um den Pistolengriff.

„Ja?", fragte Ryan mit gespielter Ruhe und legte ihr zügelnd die Hand auf den Ellbogen.

Sie versuchte unauffällig, sie abzuschütteln, doch er packte fester zu.

Einen Gegenstand in der ausgestreckten Hand, eilte Andre durch die Lobby. „Das hier ist Ihnen aus der Tasche gefallen."

Es war Ryans Wegwerfhandy. Das billige kleine Gerät, von dem sie in einem Walmart in Topeka ein halbes Dutzend gekauft hatte. Nicht gerade die Sorte Telefon, die von einem Oxford-Professor mittleren Alters zu erwarten war.

„Danke", sagte Ryan, nahm es entgegen und schob es in die Manteltasche. „Fast wäre es mir lieber gewesen, Sie hätten es nicht gefunden." Er seufzte bedauernd. „Seit ich vor zwei Wochen zu meinem Sabbatjahr aufgebrochen bin, ruft meine Sekretärin mich ständig darauf an."

„Ma'am", sagte der Sicherheitsmann und sah Heidi mit zusammengezogenen Augenbrauen scharf an. „Sie haben da was ..." Er deutete unbestimmt auf seine linke Halsseite.

Sie führte die Hand automatisch zu der bedeuteten Stelle.

Als sie sie zurückzog, waren die Fingerspitzen dunkel von einer halb geronnenen Schmiere. Richard Covingtons Blut. Beim Aufblicken erkannte Heidi, dass der Sicherheitsmann mit der Hand zur Innentasche seines Jacketts fuhr.

Hinter ihm, jenseits der langgestreckten Lobby, sah sie, wie die Augen des Fahrstuhlführers sich weiteten, als Heidi den Ellbogen aus Ryans Hand riss und ihre Pistole zog. Sie hatte den Schalldämpfer abgeschraubt, und beim Schuss hallte der Knall laut zwischen den Marmorwänden der Lobby wider.

Der Fahrstuhlführer verschwand zur Seite. Wahrscheinlich drückte er Schalter und betete, dass die Aufzugstür sich rechtzeitig schließen würde, während sein Kollege mit zwei Löchern in der Brust auf dem Boden zusammenbrach. In seiner ausgestreckten Hand hielt der Sicherheitsmann ein leicht zerknülltes Papiertaschentuch.

Heidi wollte zum Lift eilen, um auch noch den anderen Zeugen auszuschalten, doch Ryan packte sie erneut am Arm.

„Nein", befahl er, das Gesicht unter dem Make-up bleich. „Das Auto wartet."

Sie fuhr voll Abscheu und Zorn vor ihm zurück und drehte sich wieder zum Lift um. Für Schwäche hatte sie keine Zeit.

Die Aufzugstür war bereits zu. Sie hatte die Gelegenheit verpasst.

Heidi stürzte sich auf Ryan, packte ihn am Stoff seines Hemds und drückte ihm die Mündung der Ruger unters Kinn.

Vor Wut ging ihr Atem stoßweise. „Hier habe ich zu sagen. Nicht du."

Er zuckte zusammen, als der heiße Stahl seine Haut berührte, und nickte. Sie wusste, dass er sich vor Angst fast in die Hose machte, und genoss es, doch er ließ ihren Blick nicht los. „Richtig, aber unser Uber wartet schon draußen.

Du könntest den Liftboy töten, aber dann würde wieder jemand anderes kommen, und den müsstest du auch töten. Es würde noch mehr Zeit kosten, die wir nicht haben. Lass es sein."

Es machte sie stinkwütend, und Ryan kotzte sie an, doch er hatte recht.

Sie ließ ihn los und packte den Griff des Rollkoffers.

Zeit zum Rückzug in ihren Unterschlupf. Den Plan dort noch einmal auf Schwachstellen abklopfen. Die nächste Phase durfte nicht ähnlich chaotisch verlaufen. Alles musste perfekt sein.

Sie beruhigte sich mit einem tiefen Atemzug. Das Entscheidende war, die Kontrolle zu behalten.

12

Sun ließ Winter in ihrem Hotelzimmer zurück und schloss leise die Tür hinter sich. Winter hatte während der ganzen Rückfahrt nach San Clemente geschwiegen, und Sun konnte es ihr nicht verübeln. Sie selbst hatte auch keine Lust zum Reden.

Über Sheriffin Marchwoods Verfassung gab es noch nichts Neues. Aus dem Hotel hatte Sun mit dem stellvertretenden Sheriff telefoniert. Auf dem Weg zum Krankenhaus hatte die Sheriffin ihr Bewusstsein nicht wiedererlangt, doch dank Winter schlug ihr Herz, und schließlich hatte sie auch selbstständig geatmet. Man hatte sie in ein Krankenhaus von Los Angeles gebracht, dem eine hochmoderne Verbrennungsklinik angeschlossen war. Detective Patterson wurde noch vermisst und war vermutlich tot.

Sun beschloss, später wieder anzurufen, um sich auf den neuesten Stand bringen zu lassen, und schob den Gedanken an die Opfer beiseite. Gerade suhlte sie sich in Selbstekel. Sie duldete keine Schwäche bei anderen, aber heute hatten ihre eigenen Kräfte sie im Stich gelassen.

Beim FBI hatte sie sich ganz bewusst den Ruf eines übellaunigen scharfen Hundes zugelegt, doch man schätzte auch ihren Scharfsinn und ihre Besonnenheit in allen Lebenslagen. Heute hatte sie in dieser Hinsicht versagt. Sie war so hilflos gewesen wie eine Anfängerin aus Quantico, die erst noch ausgebildet werden muss.

Oder sogar schlimmer. Die Anfängerin Winter hatte sich der Herausforderung gewachsen gezeigt und alles Notwendige erledigt, während Sun vor Unentschlossenheit erstarrt war. Wenigstens war sie nicht in Ohnmacht gefallen, dachte sie grimmig.

Das Eingeständnis demütigte sie. Und obgleich sie Winter allmählich als fähige Agentin respektierte, war sie vor allen Dingen neidisch.

Sun nahm die Fernbedienung vom Nachttisch und schaltete den Fernseher ein. Aus dem Lautsprecher schmetterte eine sinnfreie Sitcom, und mit wütendem Fingerdruck regelte sie die Lautstärke herunter. Sie zappte durch die Sender, bis sie zu CNN gelangte, und ließ sich in die Kissen sinken. Sie würde Winter etwas Zeit zum Erholen lassen und sich den Fall dann erneut mit ihr vornehmen. Nachdem die Explosion Spuren und Hinweise zerstört hatte, brauchten sie endlich einen Durchbruch.

Vielleicht hatte ihre Partnerin, das Wunderkind, ja einen Einfall, dachte sie erbittert.

Während Jake Tapper sich über den neuesten Skandal im Weißen Haus verbreitete, las sie das Laufband mit den Eilmeldungen am unteren Bildschirmrand, ohne wirklich darauf zu achten. Es gab immer Eilmeldungen. Mit nicht eiligen Meldungen gaben sich die Medien heutzutage gar nicht mehr ab.

Aber die nächste Kurzmeldung erregte ihre Aufmerksamkeit.

Das Hotel Phoenix in New York war ausgeraubt worden. Mehrere Menschen waren tot, darunter zwei Hotelgäste und eine dauerhafte Bewohnerin. Außerdem hatten die Täter zwei Leibwächter und einen Sicherheitsmann erschossen. Sie waren vor Tagesanbruch entkommen.

Das Hotel Phoenix. Schauplatz eines ersten hochkarätigen Raubüberfalls in den Siebzigerjahren. Mit einem Klumpen im Magen stellte sie den Fernseher stumm und holte ihren Laptop hervor. Sie rief ihr persönliches Gmail-Konto auf. Wie vermutet, wartete eine Nachricht auf sie. Verschlüsselt verschickt, genau wie die Mail, die sie unmittelbar nach dem Bankraub in San Clemente bekommen hatte, enthielt sie nur wenige knappe Worte:

Ups. Zu langsam.

Außer sich vor Wut rief sie Max Osbourne an.

„Sun." Er nahm gleich beim ersten Läuten ab. Seine harte Reibeisenstimme klang noch schneidender als üblich. „Ich wollte Sie gerade anrufen. Wie ist die Lage bei Ihnen? Gibt es etwas Neues über Marchwood?"

„Noch nicht. Aber ich rufe wegen etwas anderem an. Der Raubüberfall auf das Hotel Phoenix. Haben Sie davon gehört?"

„Ja", antwortete er. „Anscheinend war eines der Opfer ein zweitrangiger saudischer Prinz. Man hält es für einen politisch motivierten Anschlag, bei dem die anderen Gäste nur getötet wurden, damit es wie ein Raubüberfall aussieht."

„Das stimmt nicht." Suns Tonfall war dringlich. „Wir haben es mit denselben Tätern zu tun. Die Sache steht mit dem hiesigen Fall in Verbindung."

„Das ist eine gewagte Annahme", erwiderte er skeptisch.

„Genauso, wie es eine gewagte Annahme war, den Banküberfall in San Clemente als Spitze eines Eisbergs zu betrachten."

Sun war bereits von ihrem Bett aufgestanden und warf Kleider in ihren Koffer. „Nein. Das hier untermauert meine Theorie", beharrte sie. „Das Phoenix wurde in den Siebzigerjahren zum ersten Mal ausgeraubt. Die Kriminellen machten einen Beuterekord, der als größter Hotelraub aller Zeiten in die Annalen einging. Das ist kein Zufall."

Sie durfte ihm nicht von den verschlüsselten E-Mails berichten. Sie brauchte diesen Erfolg. Er würde ihrer FBI-Karriere den richtigen Schub verleihen, und sie würde ihn rastlos nutzen, bis sie ganz oben angelangt war.

Sie musste weitere zehn Minuten auf Max einreden, um ihn zu überzeugen, dass sie einer Verbindung auf der Spur war, so weit hergeholt sie auch wirken mochte. „Sie wollen in San Clemente also alles einfach so zurücklassen?" Er konnte es kaum fassen. „Sie arbeiten dort seit drei Tagen an dem Fall. Jetzt haben Sie einen toten Polizisten und eine möglicherweise tödlich verletzte Polizistin, und Sie wollen einfach Ihre Sachen packen und nach New York fliegen?"

„Schauen Sie, mir ist klar, das klingt verrückt." Sun bemühte sich, mit ruhiger und überzeugender Stimme zu sprechen. „Aber ich weiß, dass ich recht habe. Sie hatten bisher noch nie einen Grund, an mir zu zweifeln. Hier ist alles in guten Händen. Lassen Sie mich …" Sie stockte und verbesserte sich. „Lassen Sie *uns* der Sache nachgehen. Ich verspreche Ihnen, dass ich recht habe. Agent Black stimmt mir zu und ist hundertprozentig mit an Bord."

Bei dieser Lüge war ihr nicht ganz wohl. Aber wenn man den größeren Zusammenhang betrachtete, war es ohnehin egal.

Max schwieg eine Weile.

„Gut. Buchen Sie einen Flug. Ich weise Ihnen noch zwei weitere Agents zu. Der Bankraub von San Clemente war schlimm, aber das in New York ist ein Riesending. Sie werden sich mit der dortigen Polizei absprechen müssen. Die rechnet zwar mit Leuten vom FBI, aber man wird trotzdem nicht glücklich sein, wenn Sie mit wilden Theorien aufkreuzen. Politisch ist die Sache brisant. Die Beziehungen zu Saudi Arabien sind derzeit ohnehin gespannt, und der Mord an dem Prinzen wird nur noch Öl ins Feuer gießen. Kommen Sie zuerst hierher, um das Team neu aufzustellen. Bis Sie da sind, habe ich Dalton und Durham informiert, und die beiden stehen zu Ihrer Unterstützung bereit."

„Danke, Max."

Sie legte auf und machte sich mit ihrem hastig gepackten Koffer auf den Weg zum Nachbarzimmer. Winter musste sich ausruhen, doch Sun entschied, dass die Anfängerin genug Ruhe bekommen würde, wenn sie in der Luft waren. Sun hatte zum zweiten Mal eine Nachricht erhalten, die direkt von den mutmaßlichen Tätern stammte. Sie war intelligent genug, die Sache erfolgreich abzuwickeln. Das war ihre Chance auf echten Erfolg.

Winter, die erschöpft aussah, lag noch immer im Bett, als Sun den Raum betrat, doch sie setzte sich rasch auf.

„Was ist los?", fragte sie. „Ich habe gehört, dass du mit Max gesprochen hast."

„Wir müssen los. Wir fliegen erst nach Richmond und von dort nach New York. Es hat einen weiteren Überfall gegeben, und ich bin überzeugt, dass wir es mit denselben Leuten zu tun haben."

Winter stellte keine Fragen, wofür Sun dankbar war. Sie würde es auch so schon schwer genug haben, alle anderen mit an Bord zu holen. Ihr Bauchgefühl sagte ihr jedoch mit absoluter, instinktiver Sicherheit, dass dies der zweite Überfall war. New York war jetzt der Ort, an dem sich die mutmaßlichen Täter aufhielten. Sie mussten sie aufspüren, bevor sie ein weiteres Mal zuschlugen. Oder herausfinden, was sie als nächstes Ziel aufs Korn nehmen würden. Immer nur zu reagieren war nicht genug. Sie mussten sich einen Vorsprung erarbeiten.

Sie würde die Täter zur Strecke bringen, bevor sie Gelegenheit hatten, eine dritte E-Mail zu schicken.

. . .

Winter war erschöpft. Sie wünschte sich nichts sehnlicher, als im Bett zu liegen und zu schlafen, bis ihr Kopf wieder frei von der verunglückten Shannon Marchwood war. Aber Sun war nicht bereit gewesen, ein Nein zu akzeptieren. Sie hatte hektisch reagiert. Verbissen. Mit der unbeholfenen Sympathie zwischen ihnen war es vorbei. Selbst das wachsende Kameradschaftsgefühl hatte sich erledigt.

Die alte Sun war wieder da.

Winter fragte sich, warum. Warum die plötzliche Dringlichkeit? Warum die vollständige Kehrtwende in ihrer Einstellung? Etwas an Suns Beziehung zu diesem Fall stimmte nicht, aber Winter war zu erschöpft, um sich jetzt damit auseinanderzusetzen.

Die Wartezeit auf dem Flughafen war erfreulich kurz gewesen, was Winter gut in den Kram passte. Außerdem hatte Sun ihren Platz in der Business-Class verloren, und Winter beobachtete vergnügt, wie die Angestellten der Fluglinie bei Suns Wutanfall noch nicht einmal mit den Wimpern zuckten.

Ungünstig für Winter war allerdings, dass sie nebeneinandersaßen und Sun den Fensterplatz gefordert hatte. An jedem anderen Tag hätte Winter den Stier bei den Hörnern gepackt und ihr gesagt, sie könne entweder den Sitz am Gang nehmen oder aufs Klo gehen. Ihre Entscheidung.

Doch um ihre Nerven zu schonen, hatte sie es hingenommen, und hoffte nun, dass die Frau sie einfach in Ruhe lassen würde.

Nach dem Take-off, sobald sie die geplante Flughöhe erreicht hatten, holte Sun ihren Laptop hervor und machte sich sofort an die Arbeit. Winter schmiegte sich einfach nur in den Sitz und schloss die Augen. Doch gleich darauf rüttelte Sun sie am Arm. Ihre Augen glänzten.

„Schau“, sagte sie, auf den Bildschirm deutend. „Der

Überfall auf das Hotel Phoenix. Der größte Raubüberfall in der Geschichte der USA."

Seufzend beugte Winter sich zu ihr hinüber und las. Zumindest genug, um das Wesentliche zu erfassen. Sie fand sich mit dem Gedanken ab, dass sie erst würde schlafen dürfen, wenn Sun das losgeworden war, was sie zu sagen hatte.

„Okay. Wie beim Überfall in San Clemente kann ich das, was du sagst, im Prinzip nachvollziehen. Aber wie haben sie es auf der diametral entgegengesetzten Seite des Landes nur wenige Tage später geschafft, einen Raubüberfall in einem der bestausgestatteten Luxushotels von New York City durchzuführen?"

Sun zuckte mit den Schultern. „Die Planung hatten sie längst abgeschlossen. Dieser Überfall war nur der zweite Schritt. Wir müssen herausfinden, wie der dritte aussehen wird, und für ihn bereit sein. Das wird der knifflige Teil."

„Wir nehmen uns also die berühmtesten Coups des zwanzigsten Jahrhunderts vor und stellen an allen denkbaren Zielen Polizisten auf? Das klingt nicht wirklich machbar. Und schon gar nicht innerhalb weniger Tage."

„Max vergrößert das Team um Dalton und Durham. John Durham ist ein nutzloser Depp, den man schon vor Jahren hätte entlassen sollen, aber Dalton könnte sich als nützlich erweisen."

Noah würde garantiert nützlich sein. Mit John Durham – Spitzname Bull - hatte Winter nie zu tun gehabt. Er war schon älter, stand kurz vor der Pensionierung und hatte ein bulliges, untersetztes Äußeres und einen Kugelkopf, mehr wusste sie nicht über ihn. Oder allenfalls noch, dass er gern Zoten erzählte, den jungen Frauen auf die Beine starrte und den Gedanken der politischen Korrektheit ablehnte.

Wenigstens gäbe es nun zwei weitere Leute, die Sun von

ihr ablenken würden. Außerdem war Noah einer davon, was hieß, dass sie einen Verbündeten hatte.

„Wie du meinst. Die Ermittlung leitest du", rief Winter ihr in Erinnerung. Daran hatte Sun nie irgendwelche Zweifel gelassen. „Ich schlafe jetzt. Weck mich kurz vor der Landung."

Sun antwortete nicht. Sie steckte schon wieder in ihrer Laptop-Welt.

Winter schloss die Augen erneut und versuchte, das Weinen eines Kleinkinds ein paar Sitze hinter ihnen zu überhören. Und ebenso die Finger, die neben ihr im Maschinengewehrtempo über die Tastatur klapperten. In ihrem Kopf hämmerte es, aber nicht auf die Weise, die eine Migräne ankündigte. Das schleimig klingende Husten einer Frau in der mittleren Reihe ließ sie zusammenzucken.

Sie wäre am liebsten unter eine Bettdecke gekrochen und eine Woche lang liegen geblieben. Doch da kein Bett in Reichweite war, wollte sie für den Rest des Nonstop-Flugs nach Virginia einfach nur schlafen.

Ich hatte in letzter Zeit viel über mein Mädel nachgedacht. Ich trank einen Schluck aus der Flasche, die neben meinem Fernsehsessel stand. Der Alkohol rann mir angenehm kühl durch die Kehle. Es war großartig gewesen, sie in Harrisonburg zu sehen. Und nachdem ich nun Gelegenheit gehabt hatte, darüber nachzudenken, gefiel es mir auch, dass sie nun, als erwachsene Frau, für das FBI arbeitete.

Es war fast mein Verdienst. Hätte ich nicht ihre Mutter für die Vergeltung ausgewählt und ihren Bruder vor einem Leben in Sünde bewahrt, wäre mein kleines Mädel wahrscheinlich später Friseuse oder Model geworden oder hätte sich mit einem anderen sinnlosen Frauenberuf abgegeben.

Man konnte tatsächlich sagen, dass ich ihr einen Gefallen getan hatte.

Ich hatte sie geschaffen. Hatte sie geprägt und geformt.

Ich hob die Hände. Hände, die das Leben vieler, vieler Menschen geformt hatten.

Hände, die die Welt ein Stück weit in Ordnung gebracht hatten.

Die Hohlköpfe im Fernsehen plapperten wild aufeinander ein, stritten sich über das neue Steuergesetz, das im Kongress durchgebracht werden sollte. Diese verdammten Heiden versuchten ständig, den kleinen Mann auszubluten. Als ob die Regierung uns nicht schon genug von unserem hart erarbeiteten Geld wegnähme.

Der Beitrag wurde unvermittelt von einem anderen Bericht abgelöst, einer Nachricht aus New York. Ein Raubüberfall in einem Hotel für feine Pinkel. Ein paar reiche Leute waren tot. Die Drecksäcke hatten es wahrscheinlich verdient. Wer weiß, wo sie das Geld herhatten, das sie für diesen Luxuspalast ausgaben. Ein einzelnes Zimmer kostete wahrscheinlich mehr pro Nacht als mich früher die monatliche Rate meiner Haushypothek.

Reiche Leute hatten es ohnehin nicht verdient, am Leben zu sein. Ein paar weniger von denen war kein großer Verlust.

Man kann nicht Gott dienen und gleichzeitig dem Mammon, sagte das gute Buch. Um diese Narren zu warnen, hatte ich es ja geschrieben. Aber hörten sie auf mich? Nein. Das taten sie nicht. Anscheinend nie.

Ich horchte ein bisschen auf, als es hieß, auch ein Prinz aus dem Nahen Osten sei bei dem Überfall getötet worden. Das war interessant. Ausländer mochte ich nicht besonders und schon gar keine Araber, aber ein derartig großer internationaler Zwischenfall so nah bei Virginia, wo mein Mädel arbeitete? Vielleicht würde man sie auf den Fall ansetzen. Sie war eine gute FBI-Agentin. Sehr intelligent.

Weil ich sie dazu gemacht hatte.

Vielleicht würde sie in einer Pressekonferenz auftreten wie bei der Sache in Harrisonburg, und ich könnte erneut ihr hübsches Gesicht betrachten. Sie hatte damals nichts gesagt, sondern nur im Hintergrund gestanden, mit diesem ernsten Ausdruck, den sie immer hatte. Aber sie sah gut aus im Fernsehen. Ernst und nüchtern in ihrem schwarzen FBI-Anzug, das lange schwarze Haar zu einem Zopf geflochten und mit ihren verstörend blauen Augen, die alles beobachteten, was um sie herum vor sich ging.

Ja, mein Mädel war ein Hingucker, unbedingt. So hübsch wie nur sonst was, genau wie früher ihre Momma.

Ob sie wohl ebenfalls eine Sünderin war? Mit Sicherheit. Das waren sie doch alle. Voller Zorn stellte ich mir die Frage, welche meiner Gebote mein kleines Mädel wohl übertreten hatte.

Aber vielleicht hatte sie auch zu viel zu tun, um ernsthaft zu sündigen. So viel, dass ich mir beinahe faul vorkam. Ich war seit zehn Jahren im Ruhestand … Damit meine ich nicht die Arbeit, mit der ich meinen Lebensunterhalt verdiene, sondern meine Berufung. Vielleicht wurde es Zeit, dass ich mich wieder ans Werk machte.

Ja, dachte ich, während ich den Bericht über den Hotelraub verfolgte: Vielleicht wurde es Zeit, die Welt wieder von Sünden zu befreien. Etwas Gutes zu tun. Ich war selbstzufrieden geworden.

Mein Mädel würde meine Berufung nicht verstehen. Wie alle jene, die den Gesetzen der Menschen folgten, verstand sie so etwas nicht.

Sie würde glauben, dass ich mich irrte. Sie würde mich fassen wollen.

Und vielleicht würde ich es zulassen. Es könnte ein Heidenspaß werden.

Es wäre eine Freude, sie erneut Auge in Auge wiederzusehen, als erwachsene Frau. Nach all den Jahren hatte sie bestimmt Fragen, die nur ich beantworten konnte. Sollte sie mich wirklich lieb bitten, würde ich vielleicht ein paar Geheimnisse mit ihr teilen, über die sie vermutlich schon nachgedacht hatte. Wir könnten ein kleines Tête-à-Tête haben, und ich könnte all ihre schöne blasse Haut sehen und ihr darüber ausgebreitetes schwarzes Haar, genau wie bei ihrer Momma.

Dann würde ich sie ebenfalls von ihren Sünden befreien.

Mutter.

Tochter.

Ich würde den Kreis schließen, und diesmal würde die Welt vielleicht auf meine Botschaft hören.

Auf mich.

13

Noah hatte in den letzten Tagen viel an Winter gedacht und sich gefragt, wie sie wohl mit Sun klarkam. Als die beiden das Büro betraten, Sun so konzentriert wie eine angriffslustige Wespe und Winter mit erschöpftem, bleichem Gesicht, hatte er seine Antwort.

„Dalton, Durham, in den Konferenzraum." Suns Stimme war scharf, und sie blieb auf dem Weg in den Besprechungsraum nicht stehen.

Winter tappte hinter ihr her, grüßte Noah mit einem Winken und schenkte ihm im Vorbeigehen ein angedeutetes Lächeln. Ein spöttisches Lächeln, das ausdrückte: *Jetzt ist sie auch dein Problem.*

Er nahm sein Notizbuch und folgte dem untersetzten Bull Durham.

„Gut", sagte Sun, bevor sie auch nur Zeit gehabt hatten, sich zu setzen. „Wir haben einen zweiten, ähnlich gelagerten Fall. Die mutmaßlichen Täter des Bankraubs von San Clemente haben mit dem Hotel Phoenix in New York weitergemacht. Mehrere Menschen sind tot, zwei von ihnen wurden ausgeraubt."

Ihre Augen leuchteten vor Begeisterung, was Noah extrem unangemessen fand.

„Eine bestimmte Einzelheit haben wir den Medien vorenthalten. Wir haben eine Zeugin. Charlotte Edwards, eine ältere Dame, die seit Jahren im Hotel wohnt, hat überlebt. Wir fliegen jetzt nach New York, um sie zu befragen. Hat noch jemand etwas hinzuzufügen?"

Noah hob den Finger. „Woher wissen wir, dass die beiden Vorfälle miteinander in Verbindung stehen?"

Suns Blick wurde ein wenig wärmer, als sie ihn betrachtete.

Verdammt. Am liebsten hätte er laut gestöhnt. Er hatte längst zu spüren gemeint, dass sie sich für ihn interessierte, aber nichts unternommen, um sie zu ermutigen, und gehofft, er habe es sich nur eingebildet. Noah war wirklich nicht auf eine Affäre am Arbeitsplatz aus. Er warf einen kurzen Blick auf Winter. Gut, mit einer kleinen Einschränkung.

Insgeheim befürchtete er, dass Sun ihn kastrieren würde, sollte er einen Annäherungsversuch ablehnen. Die Frau konnte einem Angst machen.

„Die beiden Vorfälle stehen miteinander in Beziehung. Garantiert." Damit wandte Sun sich von ihm ab, und Noah atmete auf. „Bull? Hast du irgendwelche Fragen?"

„Die New Yorker Polizei glaubt, dass die eigentliche Zielperson der saudische Prinz war." Bull stocherte mit der Kappe seines Kugelschreibers in den Zähnen. „Bist du dir sicher, dass das nicht stimmt?"

„Was ich weiß, das weiß ich", erklärte Sun. „Soll die örtliche Polizei sich doch auf die falsche Spur setzen. Wir sind jedenfalls auf der richtigen. Ich habe für heute Mittag vier Flüge gebucht. Los geht's."

Fünf Minuten später waren sie in einem Wagen des FBI unterwegs. Sun steuerte, und Noah hatte Bull den Beifahrersitz überlassen. Er saß mit Winter hinten. Lieber keine Beinfreiheit, dafür aber Abstand zu Sun. Er würde sie auf keinen Fall ermutigen, wenn er es irgendwie verhindern konnte.

Er wartete ab, bis Sun und Bull sich über den von Bull ausgewählten Classic-Rock-Sender stritten, und wandte sich dann seiner guten Freundin zu, mit der er in Quantico um den Platz als Jahrgangsbester gewetteifert hatte, bevor sie in Harrisonburg ihren ersten gemeinsamen Fall bestanden. Sie hatte tiefe Schatten unter den Augen und sah so aus, als trüge sie alle Sorgen der Welt auf ihren schmalen Schultern.

„Alles in Ordnung mit dir?“, fragte er leise.

Sie nickte, doch er war nicht überzeugt.

Statt sich genauer zu äußern, holte Winter ihr Handy hervor und tippte eine Telefonnummer ein, so rasch, als habe sie sich diese entschlossen eingeprägt. Gab es ein Problem mit ihrem Grandpa? Noah wusste, dass er krank gewesen war.

Mit angespannter Miene wartete sie darauf, dass jemand abnahm. Als das schließlich geschah, entschuldigte sie sich sofort, was ihr gar nicht ähnlich sah.

„Hier spricht Agent Winter Black. Verzeihen Sie bitte, dass ich Sie noch einmal störe. Ich weiß, Sie haben alle Hände voll zu tun. Gibt es etwas Neues über Shannon Marchwood?“

Ah. Die Sheriffin von San Clemente, die bei der Explosion schwer verletzt worden war. Er hatte bereits von Winters heroischen Bemühungen gehört, ihr das Leben zu retten. Natürlich machte sie sich Sorgen um die Frau.

Er beobachtete, wie die Anspannung in ihrem Gesicht sich verstärkte, dann aber plötzlich verflog.

„Das ist ja wunderbar. Würden Sie mir einen Gefallen tun? Speichern Sie bitte meine Nummer, damit Sie mir SMS schicken können. Halten Sie mich bitte auf dem Laufenden und geben Sie mir Bescheid, wenn sie so weit ist, dass man sie besuchen kann. Ich … wir wünschen ihr schnelle Erholung."

Dann wurde sie rot. Das war interessant. Bei Winter kam das nicht oft vor.

„Hören Sie auf", rief sie ins Telefon und sah nun sogar noch verlegener aus. „Jede hätte das getan."

Sie beendete das Gespräch und lächelte Noah herzlicher an. Sie war jetzt spürbar anders gestimmt.

„Wird Marchwood es schaffen?"

Sun hörte zu. Noah fing ihren Blick im Rückspiegel auf.

„Ja. Aber sie hat noch einen dornigen Weg vor sich", antwortete Winter und atmete langsam aus. „Nach dem Feuerstoß bereitet ihnen die Lunge Sorgen. Außerdem hat sie ziemlich schlimme Verbrennungen zweiten und dritten Grades. Zumindest befindet sie sich in guten Händen. Man hofft, dass sie sich vollständig erholen wird."

Bull streckte seinen kugelrunden Kopf durch die Lücke zwischen den Vordersitzen. „Geht's um die Polizistin, die die Explosion in Kalifornien überstanden hat? Ich habe Max sagen hören, du hättest ihr das Leben gerettet."

Winter wollte Einwände erheben, doch Sun unterbrach sie mit unüberhörbar gereizter Stimme. „Konzentriert euch, Leute. Ich möchte, dass ihr euren Gehirnschmalz auf die Ostküste verwendet", fuhr sie ihre Kollegen an. „San Clemente ist derzeit nicht unsere Sorge."

Ganz schön hart, dachte Noah, nachdem Sun mit eigenen Augen gesehen hatte, wie die Sheriffin fast verbrannt wäre.

Winter begegnete Noahs Blick. Sie verdrehte die Augen und zuckte mit den Schultern. Zwar war die Geste lautlos, doch er meinte fast ihre Stimme zu hören: *Siehst du, womit ich es zu tun hatte?*

. . .

Während der laufenden Ermittlungen war das Phoenix für neue Gäste geschlossen. Die meisten Gäste, die bereits im Hotel wohnten, warteten darauf, von der Polizei befragt zu werden, bevor sie entweder aus New York abreisten oder sich Zimmer in einem anderen Hotel reservieren ließen. Draußen auf der Straße wimmelte es von Reportern, die sich vor dem Flatterband und den Sperren drängten.

Winter hielt den Kopf gesenkt. Reporter riefen Fragen und nahmen mit erhobenen Handys auf, wie die FBI-Leute die gelben Gitter passierten, mit denen der Bereich vor dem Gebäude abgeriegelt worden war. Dutzende Schaulustige diskutierten munter, was die Anwesenheit der vielen Polizisten zu bedeuten hatte. Es war das reinste Halligalli.

Aus dem Augenwinkel musterte sie die Gesichter in der Menge. Die Mörder mochten sich unter den Schaulustigen befinden. Es war nicht ungewöhnlich, dass Verbrecher den Tatort später aufsuchten, um das geschaffene Chaos mit eigenen Augen zu sehen. Allerdings war ein solches Verhalten Dieben eher fremd.

Stattdessen konzentrierte Winter sich nun auf die Aufgabe, die vor ihnen lag.

Sun zeigte den Streifenpolizisten ihre FBI-Marke, und der kleine Trupp wurde durchgewinkt. Sie durchschritt die Lobby, als gehörte ihr das Hotel, und trat zielsicher auf den diensttuenden Sergeant zu. Er war in ein Gespräch mit einem anderen Mann vertieft, der ein Namensschildchen an seinem teuer wirkenden Anzug trug. Wahrscheinlich der Geschäftsführer des Hotels.

Hinter ihnen lagen an verschiedenen Stellen Tatortmarker, und eine Pfütze geronnenen Bluts verdarb den früher so makellosen, mit Marmor gefliesten Boden.

„Agent Ming vom FBI in Richmond“, unterbrach Sun das Gespräch, und streckte dem Sergeant die Hand hin, ohne den Hotelgeschäftsführer zu beachten. „Gibt es hier einen

Raum, in dem Sie uns informieren können? Wann treffen wir die Zeugin?“

Zu Winters Erleichterung mischte sich Noah ein, der sah, dass das Gesicht des Polizisten rot anlief. Der Mann schäumte geradezu. Als würde er Sun gleich sagen, sie solle sich zum Teufel scheren. Sun musste die Öffentlichkeitsarbeit Noah überlassen. Der konnte das besser.

„Sergeant“, unterbrach Noah sie und schenkte dem gestressten Mann ein mitfühlendes Lächeln. „FBI Richmond. Bitte entschuldigen Sie die Störung. Wir sind hier, um Sie auf jede uns mögliche Weise zu unterstützen. Wir warten dort drüben …“ Er deutete auf eine kleine Gruppe von Tischen. „Bis Sie Zeit für uns haben.“

Bevor Sun Einwände erheben konnte, ergriff er sie am Ellbogen und bugsierte sie zur Seite. Winter und Bull folgten.

„Jetzt mal halblang“, zischte Noah. „Du kannst nicht hier reinmarschieren, alle plattwalzen und dann erwarten, dass sie für dich bereitstehen und dich über Ermittlungen informieren, die sie bereits eine Weile führen.“

Suns Gesicht rötete sich vor Zorn und Beschämung. Einen Augenblick lang tat sie Winter leid. Nur einen Augenblick.

„Sorry“, sagte Noah leise. „Ich weiß, dass du die Ermittlungen leitest, aber du solltest es besser wissen. Schalt einen Gang runter, Ming.“

Zum Glück trat der Sergeant zu ihnen, bevor Sun Gelegenheit hatte, Noah den Kopf abzureißen.

„Agents“, sagte er zu Noah gewandt mit einem argwöhnischen Blick auf Sun. Sie hielt klugerweise den Mund und überließ Noah die Führung. „Tatsächlich freue ich mich, Sie alle hier zu sehen. In dieser Riesenscheiße können wir jede Hilfe gebrauchen. Folgen Sie mir, dann zeige ich Ihnen, womit wir es zu tun haben.“

Als Erstes trat der Sergeant zu den Blutflecken auf dem Boden. „Wir gehen die Taten jetzt natürlich in umgekehrter Reihenfolge ab. An dieser Stelle wurde der Nachtwächter getötet. Zwei Schüsse in die Brust. Unserem Zeugen zufolge wurde er ohne Vorwarnung erschossen, als er einem Mann, der gegen vier Uhr früh zusammen mit einer Frau aufbrach, sein verlorenes Handy zurückgeben wollte. Sie waren gemeinsam mit dem Lift nach unten gefahren. Der Fahrstuhlführer hat alles gesehen. Die anderen Morde sind weiter oben im zweiundvierzigsten und dreiundvierzigsten Stock geschehen."

Im zweiundvierzigsten Stock führte er sie zunächst zu einer Luxussuite. Die Eingangstür öffnete sich in ein Wohnzimmer, das keinerlei Kampfspuren aufwies. Doch auf der Couch waren offensichtlich zwei Leute erschossen worden. Dunkle Flecken verunzierten das teure cremefarbene Polster.

„Hier haben sie zum ersten Mal zugeschlagen. Die Täter sind zur Tür hereingekommen. Vermutlich konnten Sie sich einen Masterschlüssel beschaffen. In diesem Raum haben sie zwei Leibwächter erschossen."

„Und der Prinz?", fragte Sun mit noch immer schroffer, aber leiserer Stimme. Winter fiel auf, dass sie blass geworden war. Körperflüssigkeiten. Wie hatte die Frau es mit solchen Phobien überhaupt in den Polizeidienst geschafft?

Der Sergeant winkte ihnen, ihm zu folgen, und ging schnellen Schrittes durch den Flur. Vor der Schlafzimmertür blieb er stehen. „Prinz Al-Muhammad wurde hier im Schlaf ermordet. Wir versuchen zu ermitteln, ob Wertgegenstände entwendet wurden, aber es gibt niemanden, den wir fragen könnten", fuhr er unzufrieden fort. „Seine übrigen Leibwächter halten sich derzeit im Konsulat auf. Zu Versicherungszwecken wurde nichts angemeldet. Wer weiß, womit die Täter davongekommen sind."

Er führte sie zum nächsten Stockwerk hinauf, und dort achtete Winter sorgfältig darauf, nicht in die blutige Fußspur zu treten, die sich noch immer über den Teppich zog.

„Hier ändert sich das Muster." Mit einer Grimasse ging er ihnen zur ersten Tür voran. „Dies war die Suite von Richard Covington, einem reichen Finanzier. Er ist nicht schnell gestorben wie die anderen. Hoffentlich sind Sie nicht empfindlich."

„Die Diebe haben Fußspuren hinterlassen?" Bull blickte erstaunt auf den Boden. „Wer zum Teufel stapft durch Blutpfützen und wischt sich nicht die Sohlen ab?"

Er hatte recht. Die Spur blutiger Abdrücke mittelgroßer Schuhe zog sich von einer Tür zur einer anderen und verblasste schließlich auf dem Weg durch den Korridor zu einer weniger deutlichen Sauerei. Jede Person, die bei Verstand war, hätte wenigstens die Schuhe ausgezogen, bevor sie einen öffentlich einsehbaren Bereich betrat.

Sun betrachtete die Abdrücke. „Ein kleiner Mann oder eine große Frau", entschied sie. „Zeigen Sie uns bitte Covingtons Räume."

Ganz anders als in der Suite des Prinzen sah es in Covingtons Schlafzimmer aus wie in einem Schlachthaus. Auch er war im Bett getötet worden, doch damit endeten die Gemeinsamkeiten auch schon. Überall war Blut. Im hohen Bogen war es bis zur Decke hinaufgespritzt, und das Bett war davon durchtränkt. Die Wände waren damit verschmiert, und über den ganzen Boden zogen sich die Abdrücke von Schuhsohlen.

„Warum die Abweichung?", fragte Winter sich laut. „Die anderen Morde lassen an einen vorsichtigen Profikiller denken, aber dieser hier … der Mörder hat in blinder Wut gehandelt."

„Richtig", sagte der Sergeant. Nach dem Betreten des Raums war er ein wenig erbleicht. Anscheinend war er selbst der Empfindliche. „Das hier zeigt das ungeplante Ergebnis von reinem, durch nichts gemilderten Zorn. Nicht nur hat der Täter oder die Täterin mehrmals auf Covington geschossen, er oder sie ist auch mit einem Messer aus der Küche zurückgekehrt. Ich habe schon eine Menge gesehen, aber diese Verstümmelungen … Ich hoffe nur, dass der Mann schon tot war, bevor der Täter losgelegt hat."

Alle standen kurze Zeit schweigend da. Winter wurde ein wenig schwindelig. Die gruselige Szene vor ihnen erschien mit den zusätzlichen Informationen noch schlimmer. Und für sie persönlich rief das Ganze harte Erinnerungen wach.

Der Sergeant räusperte sich. „Während der eine Täter hier drinnen ausgeflippt ist, hat der andere in der Suite nebenan etwas ganz anderes gemacht."

Er führte sie aus den Räumlichkeiten und durch den Hotelkorridor.

Mit der Hand auf dem Türgriff blieb er vor einer Tür stehen. „Bevor wir hineingehen, müssen Sie wissen, dass die Frau in dieser Suite angeblich tot ist. Sie müssen bei der Befragung behutsam vorgehen und sicherstellen, dass Ihr Wissen nicht nach außen dringt. Bis wir die Täter gefasst haben, wurde Charlotte Edwards *tatsächlich* getötet. Verstehen Sie?"

Als sie zugestimmt hatten, öffnete der Sergeant die Tür. Drinnen saßen zwei uniformierte Polizisten am Esszimmertisch und spielten mit einer älteren Dame Karten. Beim Eintreten der Agents blickte sie auf, die an einen Vogel erinnernden Augen leuchtend vor Neugier. Sie trug einen in Purpurrot und Grün gemusterten Trainingsanzug aus Nylon und sah damit aus wie eine modebewusste Großmutter im Stil der Neunzigerjahre. Und nicht wie die reiche Erbin eines längst verstorbenen Industriebarons.

„Willkommen", trällerte sie bei ihrem Eintreten. Sie wirkte nicht wie eine Frau, die einem brutalen Raubüberfall zum Opfer gefallen und zu Tode erschreckt worden war. Vielmehr schien sie bei all der Aufmerksamkeit und Aufregung aufzublühen.

„Seit Jahren habe ich nicht mehr so viel Besuch gehabt! Hätten Sie gern etwas zu trinken? Etwas zu essen? Vorhin habe ich ein paar Häppchen gemacht. Nur Cracker mit Käse und diese kleinen Cocktailwürstchen, aber sie schmecken sehr gut."

Der Sergeant lächelte sie an. „Nein danke, Ms. Edwards. Ich würde Ihnen gern unsere FBI-Agents aus Richmond vorstellen."

Die alte Frau stand ein wenig unbeholfen auf, nahm ihren Stock in die Hand und humpelte um den Tisch herum zu ihnen. „Wir müssen unser Spiel auf nachher verschieben", rief sie den uniformierten Polizisten zu, nachdem sie den Neuankömmlingen die Hand geschüttelt hatte. Zu den Agents gewandt sagte sie: „Folgen Sie mir in mein Wohnzimmer und machen Sie es sich bequem. Und bitte, nennen Sie mich doch Charlotte."

„Miss Charlotte, für eine Tote sehen Sie wirklich sehr gesund aus", scherzte Noah.

Die Reaktion der alten Dame brachte Winter zum Lächeln.

Charlotte verzog belustigt das Gesicht. „Danke, junger Mann", sagte sie, während sie es sich in einem antiken Sessel mit gedrechselten Beinen bequem machte. „Tatsächlich fühle ich mich für eine Tote auch außergewöhnlich wohl."

„Wäre es Ihnen recht, den Agents Ihre Geschichte noch einmal zu berichten, Charlotte?", fragte der Sergeant in respektvollem Tonfall. „Gewiss ist Ihnen das viele Erzählen allmählich über …"

„Aber keineswegs", erwiderte sie mit einem hellen Lachen. „Ich würde mich freuen."

Mal wieder breit texanisch sagte Noah: „Das wissen wir sehr zu schätzen, Miss Charlotte."

Beglückt von all der Aufmerksamkeit schenkte Charlotte dem attraktiven Agent ein Wimpernklimpern, stellte ihren Stock neben ihrem Sessel ab und faltete die Hände im Schoß. „Mitten in der Nacht kam ein Mann in meine Wohnung", begann sie. „Er war sehr höflich und entschuldigte sich für sein Eindringen, mit einem äußerst charmanten irischen Akzent, sollte ich hinzufügen. Er sagte, er sei gekommen, um mich auszurauben und zu töten."

„Können Sie uns beschreiben, wie er aussah?", fragte Sun.

Charlotte winkte ab. „Lassen Sie mich die Geschichte ohne Unterbrechung erzählen. Hinterher können Sie mir dann Fragen stellen."

Sun presste verärgert die Lippen zusammen und rutschte in ihrem Sessel zurück.

Winter schaffte es nicht, ein leises Lachen zu unterdrücken.

„Jedenfalls forderte er mich auf, ins Wohnzimmer zu kommen", fuhr Charlotte fort. „Ich teilte ihm mit, wo sich der Wandsafe befand, und nannte ihm den Code. Von der Pistole, die zwischen meinen Couchkissen versteckt ist, erzählte ich ihm nichts. Tatsächlich sollten Sie", sie deutete auf Bull, der sich auf einem viktorianischen Zweiersofa niedergelassen hatte, „nicht zu viel herumzappeln, sonst könnten Sie eine Kugel in Ihr Hinterteil bekommen."

Bull verharrte sofort bewegungslos, und der Sergeant lachte laut los. Es war klar, warum er so viel Wert darauf gelegt hatte, die alte Dame zu beschützen. Sie war eine tolle Frau, dachte Winter. Ihre Gramma Beth wäre begeistert von ihr.

„Jedenfalls kam ich gar nicht dazu, die Pistole zu ziehen. Er drehte sich nämlich um und erzählte mir eine äußerst ungewöhnliche Geschichte. Er solle mich töten, sagte er, wolle das aber gar nicht. Wir plauderten ein wenig darüber, wie schrecklich seine Partnerin sei, und er bat mich, ausgesprochen höflich natürlich, in mein Schlafzimmer zu gehen. Er würde mich nun offiziell töten und wolle, dass ich es dabei bequem habe. Er wartete, bis ich im Bett lag, schoss dann zweimal auf meinen Stuhl und ging."

„Wow …", murmelte Noah.

Winter stimmte ihm mit einem Nicken zu.

Charlotte klapste sich vergnügt auf die Schenkel. „Er schloss sogar die Tür hinter sich ab, als könnten nach ihm noch andere unternehmungslustige Diebe hier eindringen. Heute Morgen nach dem Aufstehen habe ich mir alles angesehen. Der liebe Kerl hat nicht einmal das ganze Geld genommen, sondern nur einen kleinen Teil, und er hat auch bloß zwei Schmuckkästen mitgehen lassen. Die kleinsten."

„Klingt so, als ob Sie ihn mögen", sagte Sun mit zusammengezogenen Augenbrauen.

Charlotte strahlte sie unerschrocken an. „Er war ein Spitzbube, aber oh ja, ich mochte ihn. Sehr sogar."

14

„Bei einem der mutmaßlichen Täter weiß ich, um wen es sich handelt", verkündete Sun. Sie machte eine rhetorische Pause, um die Spannung zu erhöhen. Die Gesichter um den kleinen Tisch ließen noch längst keine zufriedenstellende Reaktion erkennen. Vor Erregung hielt es sie kaum auf ihrem Stuhl. Sie hatte einen Teil des Rätsels gelöst.

Das Hotel hatte ihnen für ihre Besprechungen einen kleinen Raum überlassen, und sie saßen gemeinsam um den Tisch. Außerdem hatte man ihnen für die Nacht Zimmer gegeben. Es herrschte plötzlich ein unerwarteter Leerstand, und kostenlose Zimmer waren auch im Interesse der Geschäftsleitung. Man wollte den Fall abschließen, die öffentliche Aufmerksamkeit so gut es ging kontrollieren und möglichst bald zum Normalbetrieb zurückkehren.

„Unglaublich, dass es bisher noch keiner von uns gemerkt hat. Einer der Verdächtigen ist Ryan O'Connelly." Sie blickte sich am Tisch um, halb in der Erwartung, Beifall zu ernten. „Also wirklich, Leute. Ryan O'Connelly? Die Katze?"

„Kommt mir unbestimmt bekannt vor", bemerkte Noah, doch sein Tonfall klang zweifelnd.

„Er ist weltbekannt“, fuhr Sun fort und spürte, wie sie mit jedem Wort ungeduldiger wurde. „Er ist Ire und wahrscheinlich katholisch, was die Saint-Dismas-Medaille und die Spende des erbeuteten Geldes an die katholische Kirche in Kalifornien erklären würde. Allen Schilderungen zufolge ist er attraktiv und höflich, was gut zu Ms. Edwards Bericht passt.“

Noah zog eine Schulter hoch. „Vielleicht.“

Winter hielt klugerweise den Mund.

Sun rief auf ihrem Laptop eine Seite auf und las ihnen eine Beschreibung vor.

„Er ist schwer zu fassen, und FBI, Interpol und alle möglichen internationalen Polizeidienste haben ihn auf dem Schirm. Angeblich arbeitet er auf Bestellung, schleicht sich ins Haus der Zielperson und nimmt sich das begehrte Objekt, bevor jemand etwas mitkriegt. Er umgeht Alarmanlagen und schafft es, immer wieder zu entkommen, wenn es brenzlig wird. In Lourdes ist er einmal durch einen Schornstein geflüchtet. Bisher konnte niemand ihn schnappen.“

„Jetzt weiß ich, von wem du sprichst“, warf Bull ein. „In *Dateline* habe ich mal ein Special über ihn gesehen. Aber er bringt keine Leute um, oder?“

„Bisher nicht“, räumte Sun ein. „Er war immer absolut gewaltfrei. Beinahe ein krimineller Pazifist.“

„Dieser Teil passt nicht“, sagte Bull und kratzte sich an der Wange. „Vielleicht ist es jemand, der den Eindruck zu erwecken versuchte, Ryan zu sein. Indem er einen irischen Akzent aufsetzte und in die Geschichte für Charlotte Edwards bewusst entsprechende Details eingeflochten hat.“

„Nein“, wandte Winter ein. Sie hatte geschwiegen, war aber derselben Meinung wie Sun. „Es passt. Wir haben es hier mit zwei Personen zu tun. O’Connelly hat Charlotte Edwards erzählt, dass er sie nicht töten wolle, aber eine böse Partnerin habe und ihrem Befehl folgen müsse. Aus welchem

Grund auch immer hat er sich mit jemandem zusammengetan, dem Morde keinerlei Skrupel bereiten."

Sun nickte, froh über die Unterstützung. Wobei es sie irritierte, wie viel bereitwilliger die anderen beiden mit an Bord kamen, nachdem Winter den Gedanken, einer der Täter könne O'Connelly sein, abgesegnet hatte.

„Wir müssen uns also die Komplizin anschauen", sagte Noah. „Gibt es bisher irgendwelche Täterprofile, die passen? Haben wir schon mit jemandem in der Abteilung für Verhaltensanalyse gesprochen, damit sie uns etwas zusammenstellen?"

Winter kritzelte in ihr Notizbuch. „Ich schicke Aiden eine Nachricht. Er kann dann seinen Vertreter oder seine Vertreterin kontaktieren. Endlich hat er etwas, worüber er zu Hause nachdenken kann", fügte sie mit einem schiefen Lächeln hinzu. „Er kriegt allmählich einen Lagerkoller."

Sun sah sie scharf an, einen Moment lang von dem Fall abgelenkt. „Aiden? Seit wann nennt ihr euch beim Vornamen?"

Winter blickte auf. Fast sah sie so aus, als hätte sie ein schlechtes Gewissen. „Was meinst du damit? Ich kenne SSA Parrish schon seit Jahren."

Etwas in Winters Augen war schwer zu deuten. Sie starrten einander noch ein wenig länger an, bis es Sun dämmerte … Aiden musste Winter erzählt haben, dass er und Sun einmal eine Beziehung gehabt hatten.

Sun spürte, wie sie rot anlief, und blickte rasch auf ihre Notizen hinunter. Was war nur mit dem Mädel? Noah, dem Sun vielleicht gern näherkommen würde, hatte die Anfängerin unter die Fittiche genommen. Und Aiden Parrish … hatten die beiden etwa über *sie* gesprochen? Unter der Oberfläche begann es in ihr zu brodeln.

Sun hatte mit ihrer ursprünglichen Einschätzung von Agent Black richtig gelegen. Sie war opportunistisch und manipulativ. Sie hatte ihre Beziehung zu Aiden ausgenutzt, um die Stelle in Richmond zu bekommen, und jetzt klammerte sie sich mit tausend Tricks daran fest. Sun fühlte, wie sie sich innerlich verschloss.

„Ja“, antwortete sie. „Du kennst *Aiden* schon lange, nicht wahr? Bitte sei so gut und lass ihn wissen, dass ich für seinen Beitrag dankbar wäre.“

Sie wandte sich von Winter ab. Wies sie zurück. Zumindest körperlich.

„Wenigstens wissen wir jetzt, dass wir es mit denselben Tätern zu tun haben“, sagte Sun, bemüht, sich zu konzentrieren. „Genau wie beim Banküberfall wurden die Aufzeichnungen der Überwachungskameras durch Material vom Vortag ersetzt. Dass die meisten Morde schnell und leidenschaftslos durchgeführt wurden, passt ebenfalls ins Bild. Der Mord an Covington fällt aus dem Rahmen, aber wegen der Parallelen zu San Clemente sollten wir nach Sprengfallen Ausschau halten. Außerdem sollten wir herausfinden, wie die Täter an einen Masterschlüssel gelangt sind. Wir müssen alle Angestellten abklopfen und überprüfen, ob einer oder eine von ihnen vor Kurzem verschwunden ist. Diese Leute sind gründlich. Sie lassen niemanden herumlaufen, dessen Aussage uns auf ihre Spur führen könnte. So jemanden haben sie gewiss getötet, genau wie den Mann, der die Parkfläche vor der Bank aufgemalt hat.“

„Darum kümmere ich mich. Ich mag Beinarbeit“, bot Bull an. Er zog seine dicken grauen Augenbrauen hoch. Sie sahen aus wie haarige Raupen. „Ich bin ein Läufer.“

Sun blickte angeekelt von ihm weg. „Noah, wir beide versuchen, denkbare Ziele für einen nächsten Überfall zu finden. Und Winter …“

Sie wandte sich ihr zu, doch Winter war bleich geworden, und ihr Blick wirkte ein wenig verstört. „Entschuldigung“, murmelte sie und schob ihren Stuhl vom Tisch zurück. „Ich bin gleich wieder da."

Besorgt machte Noah Anstalten, ebenfalls aufzustehen.

„Setz dich, Dalton", fuhr Sun ihn an. „Winter ist kein Baby. Sie kann allein aufs Klo gehen."

Noah tadelte Sun wegen ihres gemeinen Tonfalls mit einem scharfen Blick.

Scherte sie das? Überhaupt nicht.

Nicht wieder. Nicht so bald.

Mit pulsierenden Schmerzen in den Schläfen und hinter den Augen stolperte Winter in den Gang. Der Korridor schien schmaler zu werden, zu verschwimmen, dann wieder Form anzunehmen und sich zu verlängern. Ihr war schwindlig.

Die Toilette lag ein paar Türen weiter. Wenn sie es rechtzeitig dorthin schaffte.

Sie presste ihren Ärmel mit dem Armrücken gegen die Nase und tappte los. Einen Fuß vor den anderen setzen. Sie musste sich konzentrieren.

Ihre Hand lag bereits auf dem Türgriff, als ihr Sichtfeld sich von den Rändern her verdunkelte. Diesmal kam der Anfall schnell, baute sich nicht langsam auf wie beim letzten Mal.

Sie gelangte gerade noch rechtzeitig in den Raum und hoffte, dass niemand in einer Toilettenkabine war. Dann brach sie zusammen und stürzte zu Boden.

Noah war kribbelig vor Ungeduld. Er wollte Winter nachgehen. Es sah so aus, als stünde ein weiterer ihrer Anfälle bevor, und er wusste, wie verheerend diese sein konnten, selbst wenn sie nur kurz waren. Fünf Minuten vergingen, und er wurde immer besorgter.

Endlich unterbrach er Sun, die gerade über einen weiteren Raubüberfall sprach, der als Vorlage für die nächste Nachahmungstat in Frage kam. Seiner Meinung nach war sie in der Phase des Brainstorming, und er würde nicht viel versäumen.

„Bin gleich wieder da", sagte er knapp.

Im Gang war Winter nicht zu sehen. Nirgends rote Tropfen, die darauf hingewiesen hätten, dass sie wieder Nasenbluten hatte. Doch die Toiletten lagen ganz in der Nähe, und er eilte dorthin.

„Winter?", rief er und klopfte an die Tür. Als keine Antwort erfolgte, stieß er sie auf. Hoffentlich waren keine anderen Frauen drinnen.

Sie lag bäuchlings auf den Fliesen. „Winter!"

Beim Klang seiner Stimme lief ein Zucken durch ihren Körper. Noah kauerte sich neben ihr nieder und wälzte sie auf den Rücken. Er zog ein Papierhandtuch aus dem Spender über ihnen und tupfte sanft das Blut unter ihrer Nase weg. Etwas davon war auch auf ihrer Wange verschmiert.

Unvermittelt schlug sie die Augen auf und holte tief Luft. „Sie waren alle tot. Alle."

Es zog ihm den Magen zusammen. „Immer mit der Ruhe, Darling. Wer ist tot?"

Die Farbe kehrte in ihr Gesicht zurück, und sie rappelte sich mühsam zum Sitzen hoch.

„Moment mal. Ich helfe dir." Er stand auf und ergriff ihre kalten Hände, um sie auf die Beine zu ziehen.

„Da lagen lauter uniformierte Männer auf einem Haufen", sagte sie. Ihre Stimme klang stockend. Sie trat vor den Toilettenspiegel und hielt die Papiertücher, die er ihr gegeben hatte, unter einen kalten Wasserstrahl, doch dann starrte sie einfach nur ihr Spiegelbild an. Vollkommen geistesabwesend.

Es war unheimlich.

Als sie ihm ihre … Fähigkeit, oder was auch immer das war, zum ersten Mal gestanden hatte, hatte er gedacht, solche Einblicke müssten ein Segen für einen Polizisten sein. Doch diese Visionen taten ihr nicht gut. Das wusste er instinktiv. Wenn sie so weitermachte, würde sie irgendwann ein Aneurysma erleiden.

Was er zuerst für einen Segen gehalten hatte, war Winters Fluch geworden.

Seine Nackenhaare sträubten sich.

„Uniformen? Waren sie Polizeibeamte?“ Er riss sich aus seinen düsteren Gedanken.

„Nein.“ Sie schüttelte den Kopf und tupfte mit einem feuchten Papiertuch unter ihrer Nase herum. „Keine Polizisten. Vielleicht Wachpersonal? Es lagen überall Waffen herum.“

„Kannst du sagen, wie viele es waren?“

Entnervt schüttelte sie den Kopf. „Nein. Es war nur eine Momentaufnahme. Zehn. Vielleicht mehr. Aber sie waren tot.“

„Okay.“ Er streckte die Hand aus und rieb ihr über den Rücken. Das konnte einfach nicht gesund für sie sein. Er sollte mehr über ihr Leiden herausfinden. Er musste wissen, was die Anfälle auslöste und ob ihr wiederholtes Auftreten Winter bleibenden Schaden zufügen konnte. „Aber dir geht es so weit gut?“

Nachdem sie das Blut weggewischt hatte, knüllte sie die Papiertücher zusammen. „Alles in Ordnung mit mir. Aber wir müssen herausfinden, wo der nächste Überfall geplant ist, sonst werden noch viel mehr Menschen sterben.“

„Das hat einen Moment Zeit.“ Als sie sich an ihm vorbeischlängeln wollte, um die Toilette zu verlassen, trat er ihr in den Weg. „Winter“, sagte er besorgt. „Wir müssen das herausfinden.“

„Eben. Lass mich durch.“

Er blieb stehen. „Nicht das mit den Sicherheitsleuten. Sondern das mit deinen Migräneanfällen. Den Visionen. Oder was zum Teufel das ist.“ Bei seinem Ausbruch sah sie ihn groß an, und er senkte die Stimme. „Du musst damit zum Arzt.“

Ihre Augen blitzten, und sie schob grimmig das Kinn vor. „Den Teufel werde ich. Verzieh dich, Dalton.“

Das kam nicht in Frage.

„Hast du denn keine Angst, dass du einmal nicht wieder aufwachst, wenn dir das dauernd zustößt? Was, wenn es dir beim Fahren passiert? Es ist beinahe so schlimm wie Epilepsie. Du hast keine Kontrolle über diese Anfälle!“ Er brach ab und versuchte, sich zu beruhigen. Seine Stimme hallte von den Wänden wider. „Es könnte gefährlich sein. Immer hast du Nasenbluten. Und verlierst das Bewusstsein. Das ist nicht normal.“

„Ich weiß, dass es nicht normal ist. Da sagst du mir nichts Neues.“

Verdammt. Jetzt wirkte sie verletzt.

Er hätte sie gern in die Arme geschlossen, hatte aber keine Lust auf den Schlag in die Nierengegend, den so ein Versuch ihm einbringen würde. „Schmettere das nicht einfach ab, als hätte ich behauptet, du seist eine Spinnerin. Du weißt, dass ich das nicht tue. Aber du musst einen Arzt aufsuchen.“

„Mach das nicht. Nutz unsere Freundschaft nicht aus“, warnte sie ihn mit gesenkter Stimme. „Keiner weiß von der Sache, und ich vertraue darauf, dass du es so belässt. Bei den Ärzten war ich schon. Das ist für mich abgehakt.“

„Aber du musst herausfinden, was dahintersteckt. Wenn du mal mit einem Arzt eine schlechte Erfahrung gemacht hast, geh zu einem anderen. Ich lasse das nicht auf sich beruhen."

„Mach Platz." Sie drängte sich an ihm vorbei und warf die Papiertücher in den Müll. Die Hand schon am Türgriff, blieb sie noch einmal stehen. „Das meine ich ernst, Noah. Ich komme klar. Lass es einfach auf sich beruhen." Ihr Tonfall war schneidend, doch in ihren Augen lag ein Flehen.

Scheiße. Verdammt. Zum Teufel.

Als sie in den Gang davoneilte, brauchte er einen Moment, um sich zu beruhigen. Es ängstigte ihn einfach zu sehr, dass sie sich bleibenden Schaden zuziehen könnte, wenn sie den Zoll, den die Visionen ihrem Körper abverlangten, weiter ignorierte. Sie sprach von Ausnutzen, aber das sah er anders. Voll Grimm wurde ihm klar, dass er vielleicht ihre Freundschaft würde riskieren müssen, um der Sache tiefer auf den Grund zu gehen.

Winter saß am Konferenztisch, als er zurückkam. Sun warf ihm einen finsteren Blick zu, wandte sich dann aber wieder ihrem Laptop zu. Der Trottel Bull bemerkte die Spannungen gar nicht, die zum Schneiden dick in der Luft hingen.

„Noah", sagte Sun. „Setz dich zu mir. Ich habe hier verschiedene Möglichkeiten, die ich gern mit dir durchgehen würde. Ich möchte deine Einschätzung hören." Sie blickte mit dunkel glänzenden Augen zu ihm auf. „Mir liegt an deiner Meinung."

Sie klimperte mit den Wimpern. Noah sah, wie Sun einen kurzen Blick zu Winter warf, um ihre Reaktion auf dieses offen zur Schau gestellte Flirten einzuschätzen.

Na toll. Noah hätte am liebsten den Kopf auf den Tisch geschlagen. Jetzt steckte er in der Klemme, zerrieben zwischen einer angepissten Freundin und einer Kollegin, die aus welchem Grund auch immer beschlossen hatte, ihm die

Röte der Verlegenheit ins Gesicht zu treiben. Wahrscheinlich nur, um Winter eins auszuwischen.

Er setzte sich neben Sun, mit steifer Körperhaltung und ein wenig von ihr weggeneigt. Doch das half ihm nichts. Sie schob den Laptop einfach halb vor ihn und lehnte sich so weit zu ihm hinüber, dass ihre kleinen Brüste seinen Arm streiften.

Er blickte über den Tisch zu Winter, die mit einem schmallippigen Lächeln einen Anruf tätigte. „Aiden", sagte sie leise in einem ganz anderen Tonfall als dem, den sie bei Noah verwendete. Er biss sich auf die Zähne. „Bitte entschuldigen Sie die Störung. Wie geht es Ihnen? Ich wollte Sie in einer bestimmten Angelegenheit um Ihre Hilfe bitten." Sie hielt inne. Lachte. „Unbedingt. Sie sind der Beste. Ich schicke Ihnen eine Mail."

Frauen waren wirklich Ungeheuer, dachte Noah. Und er konnte es gar nicht erwarten, diesen Fall abzuschließen, um dem zu entgehen, was hier lief. Zwischen zwei Frauen auf Kriegspfad in der Zwickmühle zu stecken, war gefährlich. Eine Schießerei wäre ihm beinahe lieber.

15

Sie hatten es geschafft.

Sie hatten es durchgezogen.

Die Meldung von CNN vor Augen, empfand Heidi den ungewohnten Drang zu lächeln.

„Zwei Täter entkamen in New York City der Verfolgung der Polizei, nachdem sie im Hotel Phoenix einen Raubüberfall und mehrere Morde begangen hatten", las die Nachrichtensprecherin mit erschreckend fröhlicher Stimme vor. „Die Polizei hält sich mit Informationen zurück, doch unseren Quellen zufolge sind die mutmaßlichen Täter in einem Uber geflüchtet. Der Fahrer wurde vernommen, konnte den Beamten aber nur mitteilen, dass er die beiden am LaGuardia Airport abgesetzt hat. Wo sie sich jetzt befinden, ist unmöglich zu sagen."

Auf dem Bildschirm erschien ein körniges Foto, das von der Überwachungskamera in der Lobby stammte. Nach diesem Foto würde man sie niemals identifizieren können, so viel stand fest.

Und nun befanden sie sich an einem Ort, den Heidi

vorher ausgewählt hatte, in Sicherheit. Um die Weihnachtszeit war es in Vermont wirklich wunderschön, dachte sie triumphierend.

„Wie viel hast du bei der alten Dame gefunden", fragte sie Ryan. Sie hatte ihn aufgefordert, eine Bestandsaufnahme der Beute zu machen.

„Sie hatte weniger als erwartet", sagte er mit einem Blick auf den kleinen Haufen Bargeld und Schmuck, der vor ihm lag. „Etwa vierhunderttausend in Scheinen und sechs Schmuckstücke. Eine Brosche, eine Brillantnadel, drei Halsketten, eine davon mit einem hübschen großen Rubin, und ein alter Ehering. Wahrscheinlich noch einmal zweihunderttausend. Allerdings bin ich kein Schmuckexperte. Was ist beim Prinzen rumgekommen?"

„Zwei Millionen." Sie hob befriedigt das Kinn. „Die Koffer waren voller Geldstapel in Banderolen. Da fragt man sich schon, was er hier vorhatte."

„Und?", begann Ryan mit einem aufmerksamen Blick. „Sind wir jetzt fertig, Herzchen? Du hast einen erfolgreichen, wenn auch blutigen Raubüberfall begangen."

Die Befriedigung verpuffte. „Ich hab's dir schon gesagt: Du bist bei drei Jobs dabei", erwiderte Heidi mit einer Munterkeit, die sie nicht empfand. „Bleiben noch zwei."

Er machte eine bestürzte Miene, zog aber gleichzeitig die Augen finster zusammen. „Nur noch *einer.*" Er hob den Zeigefinger, als wollte er diesen Punkt betonen. „Ich war auch beim Banküberfall dabei, schon vergessen?"

„Das war nur ein Probelauf", erklärte sie. Er war solch ein Schwächling. Hübsch, aber schwach.

Er schwieg einen Augenblick und schien sich dann wieder zu fangen. „Nun gut, was kommt jetzt?"

„Das wirst du herausfinden, wenn wir so weit sind."

An seinem Kiefer zuckte ein Muskel. „Natürlich."

Er erhob sich von seinem Platz am Boden, wo er Geldscheine gezählt hatte. Wenn sie ehrlich mit sich war, stieß seine Schwäche sie ab, aber nicht mehr, als seine körperliche Attraktivität sie anzog.

Er sah wirklich gut aus. Er war hochgewachsen und schlank, mit einer interessanten, unaufdringlichen Muskulatur. Und nachdem er sich das ‚Oliver Brown'-Gesicht abgewaschen, die Perücke abgesetzt und die Kontaktlinsen weggeworfen hatte, war er zum Anbeißen. Das Blau seiner Augen leuchtete im Kontrast zu seiner hellen Haut und dem dunklen Haar besonders stark.

Er trat ans Fenster und schaute auf den Schnee hinaus. An einem Skihang in der Ferne flitzten kleine bunte Punkte, die wie Konfetti aussahen, bergab.

„Fährst du Ski?", fragte er mit dem Rücken zu ihr.

„Nein."

„Möchtest du es lernen?" Er warf ihr sein blitzschnell aufzuckendes Lächeln zu.

„Wir sind hier nicht im Urlaub, O'Connelly."

„Wie lang sind wir denn hier?", fragte er. „Vor dem nächsten Job?"

„Zwei Tage."

„Und wie ich dich kenne, Herzchen, hast du alles längst durchgeplant." Seine Stimme senkte sich und wurde ein wenig rau. Er ließ nicht locker. „Da haben wir jetzt vermutlich ein bisschen freie Zeit."

Er brachte sie aus dem Gleichgewicht. Unbehaglich schaute sie in den Koffer, in den sie gerade das Geld zurückpackte. Verärgert bemerkte sie, dass sie einen heißen Kopf bekam. „Ich fahre nicht mit dir Ski."

„Oh, kein Problem. Man kann alles Mögliche machen, so dicht an dicht in einem kleinen Ferienhäuschen."

Flirtete er mit ihr? Sie war hin- und hergerissen, denn

einerseits sollte sie ihn zurechtweisen, andererseits wünschte sie sich, dass er weiterredete. Sie wollte hören, welche empörenden Dinge als Nächstes aus seinem Mund kommen würden.

„Zum Beispiel habe ich etwas gefunden", seine Stimme wurde leiser, da er in die Küche ging, „was ein früherer Gast im Kühlschrank zurückgelassen hat."

Sie warf einen verstohlenen Blick in die Küche. Er stand vorgebeugt vor dem Kühlschrank und schaute hinein. Sie blickte wieder in den Koffer. Es war offensichtlich, worauf er es anlegte. Männer wollten alle nur das eine. Sie war ja nicht naiv.

Als sie das Ploppen eines Korkens hörte, runzelte sie die Stirn.

Lächelnd kam Ryan zurück. Er hielt zwei Sektflöten in Händen, deren funkelnde Bläschen sprudelnd nach oben stiegen.

„Sekt hast du bestimmt schon mal getrunken, oder?", fragte er. Seine Augen schimmerten jetzt in einem sanften Blau, und er betrachtete sie auf eine Weise, bei der es sie gleichzeitig heiß und kalt durchlief. Es fühlte sich gut an.

Eines der Geldbündel fiel ihr aus der Hand und landete leise auf dem Teppich.

„Hier", sagte er und reichte ihr ein Glas. „Auf unseren Erfolg. Feiern wir den brillanten Kopf, der das alles erdacht hat."

Etwas huschte über sein Gesicht, aber so schnell, dass sie es sich vielleicht nur eingebildet hatte. „Also …"

„Komm schon", sagte er, nun wieder mit einem makellosen Lächeln. „Ich verspreche dir, dass dir das nicht schadet. Ein kleiner Sekt."

Sie nahm das Glas entgegen, ohne ihn aus den Augen zu lassen. Munter stieß er mit ihr an, und die Gläser klingelten. „Okay."

„Auf unseren Triumph“, sagte er mit noch breiterem Lächeln.

„Auf unseren Triumph“, erwiderte sie und trank einen Schluck. Der Sekt war gut. Leicht und prickelnd. Süß, aber mit einem Hauch von Säure.

Ein weiterer Schluck, diesmal ein größerer.

Normalerweise trank Heidi nichts. Ihr Vater war ein Säufer gewesen, und damit war Alkohol für sie erledigt. Nur Sekt hatte er niemals getrunken. Sie mochte das Kribbeln, mit dem der Schaumwein durch ihre Kehle floss.

Ryan ließ sich in einen Lehnsessel mit Blick auf die Berge fallen. „Hier ist es schön. Wie lange im Voraus musstest du das Häuschen mieten? Vielleicht komme ich irgendwann noch einmal zurück.“

„Ich habe es vor anderthalb Jahren gebucht.“

Er warf ihr einen Blick zu, und sie meinte, in den blauen Tiefen seiner Augen Respekt zu lesen. „Zum Thema Weitblick.“ Er prostete ihr zu. „So lange arbeitest du schon an diesem Projekt?“

Sie errötete ein wenig. Oder vielleicht war es auch der Sekt. „Ja. Die Planung reicht sogar viel weiter zurück.“

„Dann befinde ich mich wohl in den Händen einer Expertin.“ Ryan leerte sein Glas. „Der Sekt ist gut. Möchtest du noch ein bisschen?“

Sie nickte und reichte ihm ihre leere Sektflöte.

Gleich darauf kam er mit dem gefüllten Glas zurück. „Du hast ganz rote Wangen“, sagte er leise und streifte bei der Übergabe der Flöte ihre Finger mit seinen. Als er die Hand zurückzog, fühlte sie ihre Finger glühen. „Der Sekt ist dir wohl zu Kopf gestiegen.“

„Alles bestens“, entgegnete sie und trank noch einen Schluck. „Es ist einfach nur warm hier drinnen.“

Sie wusste, was er machte. Sie war ja nicht dumm.

„Ein bisschen vielleicht“, gab er zurück. Seine Augen

schienen vor guter Laune zu funkeln … und von noch etwas anderem. „Also, wo kommst du nun wirklich her? Bisher waren wir ja kreuz und quer im ganzen Land unterwegs. Und South Dakota, wo wir uns kennengelernt haben, ist wohl auch nicht dein Heimatstaat."

Warum sollte sie es ihm nicht erzählen? Inzwischen konnte es nicht mehr schaden. Oder zumindest nicht mehr lange.

„Aus dem nördlichen Michigan", antwortete sie.

„Wirklich?" Er setzte sich wieder in den Sessel, diesmal zu ihr vorgebeugt und die Arme auf die Knie gestützt. Entweder interessierte er sich wirklich für das, was sie erzählte, oder er spielte sein Interesse zumindest überzeugend vor. „Woher denn genau? Ich war schon auf Mackinac Island. Da hatte ich mal einen coolen Auftrag. Weiter nach Norden bin ich allerdings nicht gekommen. Wie nennt man euch da oben noch? *Yoopers?*"

„Ja. Ich komme aus Saint Ignace, direkt hinter der Mackinac Bridge."

Er stellte ihr weitere Fragen, und seine blauen Augen schauten dabei so aufrichtig. Wenn sie redete, schien er jedes Wort aufzusaugen.

Sie öffnete sich ein wenig und erzählte ihm kleine Geschichten über das Leben in Saint Ignace unmittelbar nördlich der Brücke. Natürlich nichts Wichtiges. Das würde sie niemals tun. Aber er erfuhr, wie es war, in einem großen alten Haus zu leben, das oben auf dem höchsten Hügel der Stadt stand.

Ihre Familie hatte einige Renovierungsarbeiten durchgeführt. Unter anderem hatten sie einen Lagerraum für Kohle zu einem Wohnzimmer umgebaut. Später hatte ihr einmal ein älterer Nachbar erzählt, Anfang des zwanzigsten Jahrhunderts seien in einem bestimmten Winter Dutzende von Menschen an einer Krankheit gestorben, die in dem kleinen

Ort umging. Der Boden war so tief gefroren, dass die Verstorbenen nicht begraben werden konnten, und so hatte man sie im ‚großen Haus', wie es genannt wurde, gelagert, bis im Frühling die Erde taute. In dem Raum, der dann zum Wohnzimmer der Presleys wurde, hatten sie die Leichen wie Klafterholz gestapelt.

Heidi hatte nie an Gespenster geglaubt, aber ihre Mom war eine nervöse, neurotische Frau. Nachdem sie diese Geschichte kannte, hatte ihre Unberechenbarkeit sich noch verschlimmert. Diesen Teil ihrer Geschichte erzählte Heidi Ryan jedoch nicht.

Ryan schenkte ihnen nach – oder vielleicht füllte er auch nur ihr eigenes Glas auf, sie war sich nicht sicher. Er erzählte ihr von einem Hotel irgendwo in Europa, in dem er einmal abgestiegen war. Mitten in der Nacht hatte etwas oder jemand die Bettdecke von ihm weggerissen. Er hatte einen solchen Schreck bekommen, dass er sofort zur Rezeption geeilt war. Leider hatte er sich nicht die Zeit genommen, sich etwas anzuziehen.

„Ich schlafe immer nackt", beichtete er ihr mit durchtrieben funkelnden Augen.

Vor Überraschung kicherte sie laut. Dabei kicherte sie *nie.*

„Ich glaube, du hast mich betrunken gemacht", gestand sie verwundert. Ihr Kopf fühlte sich so an, als wackelte er ein wenig auf den Schultern, und ihr war warm. Wunderbar warm.

„Vielleicht", antwortete er neckisch. „Wie man es nimmt. Gefällt es dir denn?"

„Vielleicht", echote sie. Sie konnte es nicht fassen, dass sie sich auf eine Neckerei einließ. Scherzhaftes Geplänkel war so *gar nicht* ihres.

„Möchtest du noch ein bisschen?"

Sie nickte. Ryan hatte recht. Es gab etwas zu feiern. Die

ersten beiden Phasen ihres Plans hatten wie am Schnürchen geklappt. Oder fast wie am Schnürchen.

Ryan brachte ihr Glas gefüllt zurück. Diesmal berührten seine Finger die ihren länger.

„Flirtest du mit mir?" Sie musste sich konzentrieren, um nicht zu lallen.

„Möchtest du das denn?"

Sie sah ihn an, seine lässige Attraktivität, das schwarze Haar lose in der Stirn, barfuß in Jeans mit einem karierten Flanellhemd, dessen Kragen ein wenig offen stand.

Sie leerte den Rest ihres Glases und spürte, wie die Wärme sich im Bauch und noch an anderen Stellen ausbreitete. „Vielleicht ja schon."

Gott sei Dank, dachte Ryan mit einem Blick auf Heidi. Sie schlief tief und fest. Ihre Lippen waren leicht geöffnet, und ein leises Schnarchen drang heraus.

Er glitt vom Bett, sorgfältig darauf bedacht, sie nicht zu stören.

Lieber würde er mit einer Schwarzen Witwe schlafen, und eine Zeit lang hatte er sich Sorgen gemacht, er müsse die Verführungsnummer bis zum Ende durchziehen. Es war ihm jedoch gelungen, sie ausreichend betrunken zu machen. Als er zum Nachschenken in die Küche ging, hatte er sein zweites Glas in ihres geschüttet und ihr auch noch den Rest der Flasche verabreicht.

Sie regte sich, und er verharrte, doch sie murmelte nur etwas im Schlaf. Ihre Perücke – jetzt wieder braun – war ein wenig verrutscht, und er meinte, darunter ein paar blonde Strähnen zu erkennen. Angesichts ihres hellen Teints war das naheliegend.

Doch selbst wenn sie so sexy wäre wie das Dessous-Model, das er sich einmal erhofft hatte, würde es keine Rolle mehr spielen. Die Schlampe war völlig irre. Das machte niemanden an.

Er hatte noch immer das Gesicht vor Augen, mit dem der hilflose Sicherheitsmann rückwärts zu Boden gegangen war. Den Mund hatte er vor Schreck darüber aufgerissen, dass eine Frau, die er für einen harmlosen wohlhabenden Hotelgast gehalten hatte, ihn zweimal in die Brust geschossen hatte. Und das nur, weil er ihr ein verdammtes Taschentuch reichen wollte.

Das sowie ihr blutbesudeltes Äußeres, mit dem sie aus Covingtons Suite gekommen war, hatten Ryan verstört. Und dazu noch der eiskalte Gesichtsausdruck, mit dem sie die Leibwächter des Prinzen erschossen hatte. Sie war skrupellos und jagte ihm eine Heidenangst ein.

Er schlich über den Schlafzimmerteppich zu ihrer Reisetasche.

Er hatte Heidi betrunken gemacht und - er verzog das Gesicht - zu verführen versucht, weil er ihre Sachen durchgehen wollte. Der Laptop würde ihm nicht weiterhelfen, da er bereits gesehen hatte, wie sie sich einloggte. Das Passwort war wahrscheinlich vierzig Zeichen lang, und nicht alle waren Buchstaben. Mit ihrem Handy stand es genauso. Doch er musste versuchen, einen Hebel zu finden. Damit sie ihn vom Haken ließ.

Geräuschlos kramte er in ihren Sachen. Das immerhin war seine Stärke. Was er der munteren Miss Charlotte gesagt hatte, stimmte: Er war ein Dieb und kein Mörder.

Heidi war allerdings paranoid, was man ihrem Gepäck anmerkte. Oder vielmehr dem Fehlen einiger Dinge darin. Kein Ausweis, keine persönlichen Gegenstände. Nur das, was mit den bisherigen Überfällen zusammenhing.

Ganz unten in der Duffel Bag entdeckte er ihre große schwarze Pistole. Er strich mit den Fingern über das Metall, das kalt im durch das Fenster hereinfallenden Mondlicht glänzte.

Er könnte sie herausnehmen und Heidi im Schlaf erschießen.

Wahrscheinlich würde er damit Dutzenden von Menschen das Leben retten. Unter anderem auch sein eigenes.

Aber er war kein Mörder.

Außerdem hatte sie ihm ja bereits klargemacht, dass sie einen Totmann-Automatismus eingerichtet hatte, der anspringen würde, sollte ihr etwas zustoßen. In diesem Fall würde das Dossier mit den Informationen, die sie über ihn zusammengetragen hatte, an Gott weiß wen übermittelt.

Und so … suchte er weiter. Bis hinter ihm eine Stimme ertönte, die alles andere als schläfrig war.

„Was machst du da, Ryan?“

Er drehte sich um und hatte bereits ein verlegenes Lächeln aufgesetzt, doch Heidi saß mit einem Blick im Bett, der ihm sagte, dass sie ihm den Quatsch nicht abnehmen würde, den er ihr verkaufen wollte.

„Na ja, Herzchen, ich …“

„Habe ich dir übrigens erzählt“, unterbrach sie ihn mit einem Lächeln, das ihn trotz ihres Plaudertons keineswegs beruhigte, „dass ich dir während deines Aufenthalts in Jamaika ein wenig nachgeforscht habe? Ich bin dir ein bisschen gefolgt. Nur um ein Gefühl dafür zu bekommen, wie du bist. Geschichten über die Legende reichen nicht, man muss sie auch in Aktion erleben.“

Sie schlüpfte aus dem Bett und trat ihm gegenüber, fast ebenso groß wie er. Ein Schauer lief ihm den Rücken hinunter.

„Ich habe dich mit allen möglichen Frauen flirten sehen. Aber es gab da eine, die dir wirklich am Herz zu liegen schien. Ionie hieß sie wohl?“

Ionie. Gottverdammte Scheiße. Nicht Ionie. Er versuchte, sich zu einer ausdruckslosen Miene zu zwingen. Versuchte es und versagte.

Und Heidi, die wusste, dass sie ihn bei den Eiern hatte, lächelte.

16

Winter war froh über ihr Zimmer im Phoenix. Natürlich wäre es ihr lieber gewesen, nicht aufgrund so vieler Morde hier zu übernachten, aber die Unterkunft von FBI-Agents im Außendienst umfasste normalerweise nicht den Luxus, den das Phoenix zu bieten hatte.

Nach gutem Schlaf auf einer Matratze, die bequemer war als ihre zu Hause, und mit einem Mokka und einem Scone im Bauch fühlte sie sich am nächsten Morgen besser.

Wegen des Zeitunterschieds hatte sie noch spät am vorangegangenen Abend im Krankenhaus von San Clemente anrufen können, um sich nach Sheriffin Marchwood zu erkundigen. Die hatte die ersten kritischen vierundzwanzig Stunden überlebt, und das war ein gutes Zeichen. Gut sediert ruhte sie sich aus und würde Hauttransplantationen erhalten, sobald sie dem kräftemäßig gewachsen war.

Es würde grauenhaft schmerzhaft werden, aber wenn Marchwood eine Bombe überleben konnte, dann würde sie auch die Operationen überstehen.

Von einer im Hotel verbliebenen Notmannschaft bedient,

nahm Winter ihr Frühstück zeitig ein, weil sie hoffte, keinem aus ihrer Gruppe zu begegnen. Sun hatte ihr alles Wohlwollen entzogen, das sie in Kalifornien entwickelt haben mochte, und schien sich auf Winter einzuschießen. Dem armen Bull erging es nicht viel besser. Der hatte allerdings ein dickes Fell und ließ Suns Beleidigungen an seinen kräftigen Schultern abprallen.

Noah hatte dagegen die Rolle des Lieblings bekommen. Sun blieb stets dicht an seiner Seite, verschlang jedes seiner Worte und warf Winter alle paar Sekunden giftige Blicke zu. Es war nervig, hatte aber auch etwas Befriedigendes. Einerseits versuchte Sun, Winter empfindlich zu treffen. Andererseits war es Noah extrem peinlich, und nachdem er sie gestern in der Toilette angeblafft hatte, gönnte sie ihm die Verlegenheit.

Winter hoffte, dass er ihre Warnung ernst genommen hatte. Sie waren gute Freunde geworden, aber sollte er ihr Vertrauen enttäuschen, konnte er sich zum Teufel scheren.

Im Konferenzraum, den das Hotel ihnen überlassen hatte, war sie nicht die Erste. Noah saß bereits da. Er begrüßte sie mit einem Nicken und musterte sie mit einem prüfenden Blick. Dann entspannte er sich ein wenig. „Du scheinst dich heute besser zu fühlen."

„Es geht mir gut. Danke." Sie trank einen Schluck Kaffee. „Wie lange sitzt du schon hier? Du siehst fertig aus."

Er zuckte mit den Schultern, den Blick immer noch auf seinen Laptop geheftet. „Seit ein paar Stunden. Glaub es oder nicht, ich hatte heute Nacht ein Date."

Unwillkürlich stellte sie sich Noah und Sun zusammen vor und tat so, als müsse sie kotzen.

„Mit Charlotte Edwards", erläuterte er grinsend. „Nachdem wir gestern Abend schon auf unsere Zimmer gegangen waren, hat sie mich zu sich beordert. Sie sagte, sie bräuchte jemanden zum Pokern. Wie dein Grampa Jack hat sie aus meinem texanischen Akzent geschlossen, ich wäre dafür der Richtige."

„Wirklich?" Winter lachte. Dabei gefiel es ihr gar nicht, wie erleichtert sie war, dass Noah nicht mit ihrer Vorgesetzten angebandelt hatte. „Ich sehe es geradezu vor mir. Hat sie dir noch etwas Neues erzählt?"

„Nur dieselben Sachen wie gestern. Ehrlich gesagt, glaube ich, dass sie sich ein bisschen in Ryan O'Connelly verliebt hat", fügte er hinzu. „Sie wirkte sehr von ihm eingenommen. Sie sagte, er dürfe jederzeit wieder bei ihr einbrechen, und so viel Spaß habe sie seit Jahren nicht mehr gehabt."

Als Sun eintrudelte, gefolgt vom schleppend hinter ihr herstapfenden Bull, lachten sie gerade beide.

Sun warf Winter einen aufgebrachten Blick zu. „Wo warst du? Ich habe schon vor einer Stunde in deinem Zimmer angerufen."

„Du hättest es mit meinem Handy versuchen sollen", antwortete Winter unterkühlt. „Ich habe gefrühstückt. Und falls dir die Frage Sorgen bereitet hat: In Kalifornien glauben sie, dass Shannon Marchwood durchkommen wird. Sie hat die ersten vierundzwanzig Stunden überlebt. Detective Patterson ist allerdings tot. Gestern ist es gelungen, seine Leiche zu identifizieren. Die Geschirrspülmaschine war mit Dynamit bestückt."

Suns Augen weiteten sich. „Natürlich. Der Geschirrspüler. Bei dem Überfall, der hier als Vorbild diente, putzten die Täter das Stadthaus, das sie als Basis benutzt hatten, von oben bis unten, vergaßen aber, die Geschirrspülmaschine laufen zu lassen. Sie war voll mit schmutzigem Geschirr und Fingerabdrücken. Daran hätte ich schon früher denken sollen." Statt über den toten Polizisten zu reden, fuhr Sun mit beeindruckter Miene fort: „Indem sie den Geschirrspüler voller Dynamit packten, ist es ihnen gelungen, den Raub sogar noch enger mit dem ursprünglichen Fall zu verknüpfen. Erinnerst du dich, dass die Bande damals Dynamit verwendet hat, um durch ein ins Dach gesprengtes Loch einzudringen? Genial."

„Darum ging es mir nicht." Winters Stimme bebte vor Abscheu. Suns Denken war total eingleisig.

Statt etwas zu erwidern, holte Sun ihren Laptop hervor und setzte sich. Der Tadel war einfach an ihr abgeperlt.

„Okay, Leute. Ich kenne das nächste Ziel. Wir müssen nach Kalifornien zurückkehren. Diesmal nach Los Angeles. Diese Leute sind brillant, aber wir werden ihnen zuvorkommen."

Sie drehte den Bildschirm herum und zeigte ihnen einen Artikel über einen anderen historischen Raubüberfall – auf das Geldtransport-Depot der Firma Dunbar Armored.

„Woher willst du …"

Sun unterbrach Noah mit erhobener Hand. „Das ist das nächste wahrscheinliche Zielobjekt. Der Überfall von damals gilt als einer der größten Raubzüge in der US-Geschichte. Dahinter steckte Allen Pace, ein regionaler Sicherheitsinspektor. Er kannte die Überwachungskameras und ihre toten Winkel, stellte eine Bande zusammen und führte den Überfall an einem Freitagabend durch, weil dann das Depot wegen der zahlreichen eintreffenden Lieferungen unverschlossen blieb. Sie entkamen mit beinahe zwanzig Millionen."

Es klang plausibel. Sogar wahrscheinlich. Aber etwas daran fühlte sich verkehrt an. Während Noah Fragen stellte und Bull auf seinem Stuhl zusammensackte und so aussah, als bräuchte er dringend einen Kaffee und ein paar zusätzliche Stunden Schlaf, zog Winter ihren eigenen Laptop heran und griff nach ihrem Notizbuch. Sie hatte in der Nacht eine ganze Weile über ihre Vision nachgedacht. Da ihr weitere Hinweise fehlten, hatte sie sich bemüht, sich an das Firmenzeichen auf den Uniformen zu erinnern.

Schließlich konnte sie eine Skizze anfertigen. Und die sah nicht aus wie das Logo von Dunbar. Vielleicht hatte man das Logo im Verlauf der Jahre gewechselt. Sie musste …

„Winter? Passt du auf?“, fuhr Sun sie ungeduldig an.

Winter reagierte nicht, sondern scrollte weiter durch die Seite von Google-Bildern. „Ja“, sagte sie endlich, nachdem sie gerade lange genug gewartet hatte, um Sun sauer zu machen. „Ich glaube, mit einem Geldtransport-Depot liegst du richtig, aber ich habe Zweifel, dass der Ort stimmt.“

„Was meinst du damit?“, fragte Sun. „Wie kommst du auf die Idee, er könnte verkehrt sein?“ Sun klopfte finster mit dem Kuli auf die Tischplatte. „Das Depot lag damals in Los Angeles und ist noch immer da. Der Überfall auf das Hotel Phoenix hat hier stattgefunden, im Hotel Phoenix. Und der einzige Grund, aus dem der Banküberfall nach San Clemente verlagert wurde, bestand darin, dass von der United California Bank in Laguna Niguel nur eine leere Ladenfront übrig geblieben ist. Die Bank von San Clemente war ein Ersatz.“

„Das weiß ich.“

Winter scrollte weiter. Schließlich fiel ihr ein Bild ins Auge. Das Logo ähnelte dem aus ihrer Vision, und ihr Herz schlug schneller. Das war es. Dieses Logo hatte sie gesehen. Sie war sich sicher.

Aufgeregt klickte sie auf das Bild und gelangte zu einem Artikel: „ArmorGuard Security übernimmt Dunbar Armored.“ Der Artikel trug ein Datum vom Anfang des Jahres.

Ihre Finger flogen über die Tastatur, tippten andere Suchworte ein, um die Standorte zu finden.

Bingo.

„Ich glaube, dass der Überfall hier stattfinden wird“, sagte Winter und hob den Kopf, um Suns wütendem Blick zu begegnen. „In New York.“

Noah sah sie interessiert an. Selbst Bull wurde ein wenig munter.

„Und warum?“, fragte der ältere Agent. „Wenn ich nicht fliegen müsste, wäre mir das sehr recht.“

„Hör mir einen Moment lang zu“, bat Winter Sun, denn sie wusste, dass sie diese würde überzeugen müssen. „Du hast recht mit Dunbar. Falls es einen weiteren Überfall gibt, ist Dunbar die logische Wahl. Aber ich glaube, dass der Raubzug hier in New York stattfinden wird. Armor-Guard Security hat Dunbar Anfang des Jahres übernommen. Hier um die Ecke in Brooklyn gibt es ein Geldtransport-Depot. Versetze dich einmal in die Lage der Täter. Würde es nicht selbst nach ausführlicher vorheriger Planung Sinn ergeben, am Ort des letzten Überfalls zu bleiben?“

„Und warum sind sie dann nach dem ersten Mal quer durchs Land geflogen?“ Sun verwarf Winters Argumentation, das sah man sofort. Ihr Gesicht war abweisend verkniffen.

„Vielleicht war die erste Aktion zum Aufwärmen gedacht“, tippte Winter. „Ich weiß es nicht. Ich habe einfach nur das Gefühl, dass wir unsere Aufmerksamkeit zu sehr in die Ferne richten. Die Täter dürften sich sagen, dass wir das Motto dieser Serie inzwischen herausgefunden haben. Wenn wir zum ursprünglichen Ort fliegen, erfüllen wir ihre Erwartung, während sie einfach hierbleiben und sich für den nächsten Überfall bereit machen.“

„Du hast das ‚Gefühl‘?“, spottete Sun, die das Wort geradezu höhnisch herausstieß. „Wir sind das FBI. Wir verlassen uns nicht auf Gefühle. Bei uns geht es um Fakten.“

„Warum operierst du dann seit dem Beginn dieser Ermittlungen auf der Grundlage deines Bauchgefühls?“, platzte Winter heraus.

Noah beobachtete die beiden und wirkte unsicher, ob er

eingreifen sollte. Bull schien von dem Hin und her einfach nur fasziniert.

„Welche Beweise hattest du dafür, dass irgendein Banküberfall in Kalifornien der erste in einer Copycat-Serie sein würde?"

Einen Moment lang wirkte Sun überrumpelt. Sie öffnete den Mund, aber es kam keine Ausrede heraus.

Plötzlich dämmerte es Winter.

„Du wusstest Bescheid." Winter sagte die Worte ganz ruhig, doch in ihrer Stimme schwang eine Drohung mit.

„Wie hätte ich Bescheid wissen sollen?" Suns Entgegnung klang ziemlich verzweifelt.

„Du wusstest Bescheid", wiederholte Winter. „War es ein anonymer Hinweis? Warum hast du niemandem davon erzählt?"

„Halt verdammt noch mal das Maul", donnerte Sun und sprang auf. „Hier leite ich die Ermittlungen. Es steht dir nicht zu, mich in Frage zu stellen."

„Oh doch, wenn es mit dem Fall zusammenhängt, dem ich zugeteilt wurde." Auch Winter stand auf. „Womit hältst du sonst noch hinter dem Berg?"

„Setzt euch." Noah mischte sich energisch ein. „Alle beide, Schluss jetzt. Dass ihr euch gegenseitig an die Gurgel geht, bringt uns nicht weiter."

Bull hatte die Arme vor der Brust verschränkt und sah mit seinem leisen Lächeln so aus, als verfolgte er ein Tennis-Match. „Ich weiß nicht, Dalton", sagte er pfiffig. „Lass die beiden doch. Vielleicht kriegen wir ja ein Schlammcatchen geboten."

„Maul halten, Bull", gab Noah milde zurück, den Blick immer noch auf Ming geheftet. „Sun, wusstest du über die Sache Bescheid?"

Sie hatte sich auf ihren Stuhl sinken lassen. Ertappt. Eine Minute verging. Dann noch eine. Als Noah den Mund öffnete, um erneut nachzuhaken, hob sie die Hand. „Ich habe eine E-Mail bekommen“, gab Sun zu. „Ich habe mir nicht viel dabei gedacht, bis ich die Schlagzeilen zum Raub in San Clemente sah.“

„Und warum hast du niemandem davon erzählt?“ Winter konnte es nicht fassen. Die ganze Zeit hatten sie eine Spur direkt vor der Nase gehabt. Ihr Gesicht lief zornesrot an. „Wir hätten die Adresse unserer IT-Abteilung oder der Computer-Forensik übergeben. Die hätten versucht, sie nachzuverfolgen.“

„Egal.“ Noah sah noch immer verärgert aus, aber er schüttelte den Kopf. „Jetzt wissen wir ja Bescheid. Was stand in der E-Mail?“

Zunächst schaute Sun rebellisch, als würde sie die Auskunft verweigern. „Da stand, ich sei eine der besten Agentinnen des FBI und deshalb ausgewählt worden“, räumte sie ein. „Sie hätten beschlossen, mir einen frühen Hinweis auf eine Serie von Raubüberfällen zu geben, die stattfinden würden, und ich solle auf die Nachrichten aus Kalifornien achten. Dann wüsste ich Bescheid.“

„Ruf Max an.“ Noah klopfte mit den Fingerknöcheln auf die Tischplatte. „Jetzt sofort.“

Sun sah aus, als wollte sie Einwände erheben. Sie blickte von einem zum anderen, doch nirgends fand sie Mitgefühl oder Verständnis.

Selbst Bull, nicht gerade die Spürnase des Teams, hatte begriffen, dass Suns Verhalten die Ermittlungen von Beginn an gefährdet hatte. Er sah sie kopfschüttelnd mit grimmiger Miene an. „Du wirst von Glück sagen können, wenn er dich nicht feuert. Das weißt du, oder?“

„Nein, das wird er nicht tun.“ Sie machte ein eigensinniges, aber auch entschlossenes Gesicht. „Wer außer mir hätte über all die alten Fälle Bescheid gewusst? Wer hätte sich für sie interessiert und die Hinweise so rasch zusammengesetzt?

Ich bin *tatsächlich* die Richtige, um die Ermittlungen zu leiten, und das wussten die Täter."

„Und woher hätte irgendein Dahergelaufener das wissen sollen?", fragte Noah. „Ist hier ein Insider am Werk?"

Sun errötete. „Nein, das glaube ich nicht. Ich habe mal ein Blog über die größten Raubüberfälle der Geschichte geschrieben. Seit Jahren habe ich nicht mehr daran gedacht, mein letzter Post stammt von 2006 oder so. Damals, als es mit dem Bloggen gerade richtig losging. Damals habe ich alte Fälle vorgestellt. Mir fiel erst vor ein paar Tagen ein, dass sie mich auf diese Weise gefunden haben könnten. Das Blog ist immer noch mit meinem LinkedIn-Profil verknüpft. Das habe ich auch schon seit einigen Jahren nicht mehr aktualisiert. Seit meinem Einstand in Richmond."

„Na toll. Okay. Sun, du hast einen Anruf vor der Brust." Noah machte ein angewidertes Gesicht. „Ich beneide dich nicht darum. Bull, du brauchst einen Kaffee. Sollen wir uns alle einen holen gehen, während Sun telefoniert?"

Alle standen auf und verließen wortlos den Raum. Beim Hinausgehen schüttelte Bull den Kopf.

Winter bemerkte, dass Sun sie so ansah, als ob sie sie am liebsten mit Blicken erdolchen würde. „Es ist nicht meine Schuld", erklärte Winter und wandte sich ihrer Erzfeindin Auge in Auge zu. „Du hast selbst entschieden, niemandem davon zu erzählen. Wie weit willst du gehen, um im Rampenlicht zu stehen? Nachdem du mir vorgeworfen hast, ich würde es darauf anlegen?"

Sun antwortete nicht. Mit elender Miene holte sie ihr Handy hervor, während Winter hinausging.

17

„Ich kann es nicht fassen, dass Max ihr das durchgehen lässt“, sagte Bull bedauernd. „Wir werden sie Teflon nennen müssen. Diese Scheiße ist einfach an ihr abgeglitten.“

Es stimmte. Keiner wusste, wie sie es angestellt hatte, aber Sun hatte es nicht nur geschafft, *nicht* gefeuert zu werden, sie leitete auch immer noch die Ermittlungen. Inzwischen saß sie mit Noah auf dem Weg nach Los Angeles im Flugzeug.

„Egal“, erwiderte Winter. „Sie hat Noah dabei, sollte also keinen Unsinn machen können. Ich glaube allerdings wirklich nicht, dass sie das Gesuchte in Kalifornien findet. Das ist eine falsche Spur, um uns auf Trab zu halten.“

„Mich kann man leicht auf Trab halten“, sagte Bull grinsend. „Frag, wen du willst.“

Winter verdrehte die Augen. Er war nervig, aber harmlos.

Sie befanden sich auf dem Weg zum Geldtransport-Depot in Brooklyn. Winter hatte Anweisung erhalten, ihrer eigenen Spur zu folgen, während Sun weiter ihr Ding durchzog. Winter schätzte, dass beim FBI Wetten platziert wurden, wer von ihnen beiden richtig lag. Das scherte sie nicht. Sie glaubte ans Bauchgefühl, und ihres sagte ihr, dass sie sich auf der richtigen Spur befand. Vielleicht würden sie den Tätern endlich zuvorkommen.

„Da wären wir“, brummte Bull. „Ich kann mir einiges vorstellen, was sich leichter überfallen ließe. Mit den ganzen Zäunen sieht das Scheißding aus wie Fort Knox.“

„Na ja, fahren wir rein, dann schauen wir mal, was wir herausfinden.“

Ein Wächter drückte für sie auf einen Summer, und bei seinem Anblick war Winter sich sicher, dass er die Art von Uniform trug, die sie gesehen hatte. Es überlief sie eiskalt. Hoffentlich ließ das in der Vision Geschaute sich ändern. Bisher hatten die Bilder sich immer bewahrheitet, aber warum sollte sie sie überhaupt durchleben, wenn sie nichts gegen das Geschehen unternehmen könnte?

Sie betraten den Bürotrakt, wo die Rezeptionistin sie bat, sich zu setzen, während sie den Geschäftsführer Mike Garofalo rief. Er ließ sie nur ganz kurz warten.

„Willkommen!“ Die Begrüßung klang eine Spur zu munter, um ehrlich zu sein. Mike war ein kleiner Mann, ohne die Absätze, die ihn ein paar Zentimeter größer machten, wahrscheinlich nur eins fünfundsechzig. Sein schütteres, schwarz gefärbtes Haar war über den Kopf gekämmt, um eine kahle Stelle zu überdecken. Es funktionierte nicht.

Sie hörte Bull schnauben. Er hatte sich offensichtlich mit seiner eigenen Glatze abgefunden und wenig Achtung für Männer, die es nicht ebenso hielten.

Sie schüttelte Mikes warme, feuchte Hand. Das Gefühl, das von dem Mann zurückblieb, missfiel ihr, und sie wischte sich die Handflächen an der Hose ab.

„Kommen Sie doch mit in mein Büro. Becky, bitte erst mal keine Anrufe durchstellen.“

Die Rezeptionistin zog die Nase kraus. „Nicht, dass es je welche gäbe“, sagte sie leise, als Winter vorbeiging.

Mikes Büro war unordentlich, überall lagen Papierstapel herum. Er schob ein paar Stapel von einem Stuhl. „Tut mir leid, ich habe nur diesen einen für Sie", sagte er. „Ich bekomme nicht viel Besuch."

„Kein Problem", antwortete Bull und setzte sich.

Winter hätte am liebsten laut gelacht über seinen vollständigen Verzicht auf Grundregeln der Höflichkeit. Sie hatte nichts dagegen – ihretwegen konnte er ruhig sitzen. Ohnehin hatten sie entschieden, ihm die Leitung der Befragung zu überlassen. Sie beugte sich vor und wischte eine imaginäre Fluse von Bulls Schulter. Das war das verabredete Zeichen.

Er warf ihr einen überraschten Blick zu und nickte dann unauffällig.

Sie hatten vorgehabt, den Geschäftsführer zu warnen, dass das Depot eventuell zum Ziel eines Angriffs werden könnte. Winter hatte jedoch den Vorschlag gemacht, einen Plan B bereitzuhalten, falls etwas sich ungut anfühlte oder der Geschäftsführer sich verdächtig verhielt.

Mikes Nervosität war Bull offensichtlich entgangen, aber dennoch tischte er nun ihre Deckgeschichte auf. „Wir sind hier, weil wir glauben, dass einer Ihrer Mitarbeiter in einen Entführungsfall verwickelt sein könnte."

Mike riss die Augen auf. „Ich habe gar nichts über einen Entführungsfall gehört."

„Nein." Bull nickte und machte ein kluges Gesicht. Er senkte die Stimme, als vertraute er Mike geheime Informationen an. „Er wurde streng vertraulich behandelt. Die Sache liegt einige Wochen zurück. Wir könnten einem ganzen Entführerring auf der Spur sein, und wir versuchen, den Kopf zu schnappen. Sie müssen uns hier Geheimhaltung schwören."

Mach keine solche Show, Bull, dachte Winter und schaute sich im Raum um. Es klang, als zitierte er aus dem Drehbuch einer Fernsehserie. Doch zum Glück nahm Mike ihm alles ab. Er wirkte erleichtert über die Richtung, in die die Fragen gingen. Während Bull erklärte, sie würden gern durch das Depot gehen und sich die Mitarbeiter einmal anschauen, musterte Winter die Papierstöße. Ein Stapel zuoberst auf Mikes Schreibtischplatte weckte ihre Aufmerksamkeit.

Darunter drang ein ganz leichter rötlicher Schimmer hervor, als verdeckte der Berg von Unterlagen etwas.

Bull und Mike kamen zum Ende, und Mike bot an, sie durch das Depot zu führen.

Winter begann zu husten.

Bull sah sie zunächst nur an, die Augenbrauen verwirrt zusammengezogen. Sie legte nach, und der anfangs nur vorgespielte Hustenanfall entwickelte eine Eigendynamik. Bull machte nun eine besorgte Miene. Sie hatten das nicht abgesprochen, und sie spürte, dass er sich unschlüssig war, ob er das Husten für ein Signal halten oder ob er aufspringen und ihr den Rücken klopfen sollte.

„Wasser", keuchte sie zwischen zwei Schüben.

Endlich ging Bull ein Licht auf.

„Ein Asthma-Anfall?", fragte er aufspringend.

Nahe dran. Sie nickte.

„Würden Sie ihr bitte ein Glas Wasser holen?", fragte er Mike. „Sie hat das manchmal."

„Natürlich." Mike schob sich an der Wand des Raums entlang, als wäre Winters Husten ansteckend. „Äh, einen Moment. Ich bin gleich zurück."

Er ließ die Tür hinter sich offen.

Für den Fall, dass er sie aus dem Gang hören konnte, hustete Winter weiter und trat gleichzeitig zu dem Aktenstapel. Sie hob ihn an und bedeutete Bull mit einem Nicken, den darunter liegenden Terminkalender hervorzuziehen. Von ihm ging der rote Schimmer aus, den sie gesehen hatte. Er schnappte ihn sich, und sie setzte den Stapel wieder ab.

Gerade als Mike mit dem Wasser zurückkehrte, schob Bull sich den Kalender unter den Hintern. Winter war an ihren ursprünglichen Platz in der Ecke des Raums zurückgekehrt.

Sie nahm den von Mike gereichten Pappbecher entgegen und trank ein paar Schlucke lauwarmes Wasser. „Danke. Ich hasse es, wenn das passiert."

„Ich hab mich auch schon an meiner eigenen Spucke verschluckt", warf Bull hilfreich ein. „Genau so klang es für mich."

„Na ja, wenn Sie meinen, dass mit Ihnen jetzt alles in Ordnung ist." Mike musterte sie zweifelnd.

„Bestens", antwortete Winter lächelnd und gab ihm den Pappbecher zurück. „Gehen Sie uns doch bitte voran."

Mike begab sich in den Gang, und Bull folgte ihm dichtauf, um ihr mit seinem Körper die Deckung zu verschaffen, sich das Buch zu schnappen und in ihre Handtasche zu stecken. Sie bemühte sich zu ignorieren, wie abstoßend warm es von Bulls Hintern war.

Das Depot selbst war nicht besonders eindrucksvoll. Es bestand wesentlich aus einer massiv gesicherten Verladehalle, in der die Transporter rückwärts an die Rampen heranfuhren. Doch angeliefert wurden nicht Paletten mit Baumaterial oder Autoteilen, sondern Bündel von Geldscheinen.

„Wie Sie sehen, werden alle Mitarbeiter nahtlos durch Überwachungskameras erfasst." Er deutete auf die im Abstand von zwei oder drei Metern angebrachten Geräte. „Hier ist es sicher. So sicher wie in Fort Knox."

„Meine Rede", sagte Bull und stieß Winter an. „Fort Knox."

„Wer hier arbeitet, wird einem strengen Background Check unterzogen." Mike spreizte sich vor Stolz. „Hier wird nicht jeder eingestellt. Deshalb bin ich ja so überrascht, dass …" Als einer seiner uniformierten Mitarbeiter eine mit kleinen Tresoren beladene Sackkarre vorbeischob, brach er mitten im Satz ab. „Deshalb überrascht es mich ja so, aus welchem Grund Sie hier sind", fuhr er im Bühnenflüsterton fort, nachdem der Mann sich entfernt hatte.

„Nun", flüsterte Bull ebenso verstohlen. „Bei Menschen weiß man nie. Sie sollten sich mal den Fall anhören, in dem ich vor einer Weile ermittelt habe. Da war eine kleine alte Dame, die …"

Bull verschaffte Winter Zeit, sich umzusehen. Sie achtete nicht auf die Geschichte mit der alten Dame und musterte die Ausgänge, die Laderampen und die Büros, prägte sich die Anlage ein. Sie brauchten alle Informationen, um sich ein Bild zu verschaffen, wie ein Überfall auf das Depot ablaufen könnte. Sie gingen weiter, und Winter achtete darauf, ob etwas herausstach, entweder weil es rot glühte oder weil es einfach ungewöhnlich war.

Sie mochte eine eigenartige Form besonderer Intuition besitzen, aber sie wollte ihre normale Intuition ebenso schärfen, nur für den Fall, dass ihr ungewöhnliches Gespür sie genauso schnell verließ, wie es aufgetaucht war.

Winter, die hinter Bull und dem Geschäftsführer herging, betrachtete alles sorgfältig.

Auch unter den Mitarbeitern fiel ihr niemand auf. Keiner wirkte wie ein finsterer Typ oder reagierte nervös, weil Unbekannte in schwarzen Anzügen – offensichtlich Gesetzeshüter – an ihrem Arbeitsplatz auftauchten.

Mike beendete die Führung nach kurzer Zeit. „Ich muss mich um einige dringende Dinge kümmern", erklärte er, bemüht, wichtig zu klingen. „Ich kehre jetzt in mein Büro zurück. Sie können sich hier nach Belieben umschauen. Geben Sie mir Bescheid, falls Sie, Sie wissen schon … jemanden finden."

Mit klackenden Absätzen ging er raschen Schrittes über den Betonboden davon.

„Plötzlich schien er es sehr eilig zu haben, von uns wegzukommen“, brummte Bull.

„Fast so, als wollte er jemanden anrufen?“, fragte Winter.

Bull rieb sich den kahlen Hinterkopf. „Vielleicht.“

Mike Garofalo schwitzte heftig in seinem warmen Polyesterjackett. Wenn er seine Karten richtig ausspielte, würde er allerdings nicht mehr lange Plastik tragen.

Er ging am Empfang vorbei, ohne Beckys neugierigen Blick zu beachten. Er machte die Tür hinter sich zu, damit sie ihn nicht belauschen konnte, und schaute sich um. Der Hustenanfall der Agentin war ihm merkwürdig vorgekommen, doch er konnte nicht entdecken, dass sie etwas in Unordnung gebracht hatte. Trotzdem war das Ganze schon ein sehr eigenartiger Zufall.

Er griff nach dem Telefon und wählte die Nummer, die man ihm gegeben hatte. Die automatische Stimme der Mailbox forderte ihn auf, seine Nachricht zu hinterlassen. „Ich habe FBI-Agents hier“, sagte er leise. Er leckte sich die trockenen Lippen. „Angeblich halten sie nach einem mutmaßlichen Entführer Ausschau, aber irgendetwas daran kommt mir eigenartig vor. Ich wollte Ihnen nur Bescheid geben.“

Er legte auf und schaute sich erneut im Büro um. Noch immer hatte er ein komisches Gefühl. Einer seiner Post-it-Zettel war zu Boden gefallen. Diese kleinen gelben Drecksdinger flogen ständig überall herum.

Er hob ihn auf und klebte ihn auf den Stapel, auf den er gehörte.

Dann erstarrte er. Keuchend nahm er den Papierstoß und schwenkte ihn zur Seite.

„Verdammte Scheiße“, flüsterte er. Hastig hob er andere Unterlagen hoch und warf sie in der Eile zu Boden.

Das Ding war weg.

Er ließ sich auf seinen Bürostuhl sinken und fühlte, wie sich in seinen Achselhöhlen ein Schweißtümpel sammelte. Auch seine Stirn war feucht. Und nervös wischte er sich Tröpfchen von der Oberlippe.

Denk nach, sagte sich Mike. Was hatte er überhaupt in seinem Terminkalender festgehalten? Er hatte mit Sicherheit nichts über die Person notiert, die ihn vor einigen Monaten aufgesucht hatte. So etwas würde er niemals aufschreiben. Er war doch nicht blöd.

Nachdem er jedes mögliche Szenario durchdacht hatte, war er sich sicher, dass in dem Terminkalender nichts stand, was ihn mit dem Vorfall in Verbindung bringen könnte, der sich demnächst ereignen würde. Er entspannte sich ein wenig. Das einzig möglicherweise Belastende hatte er verschlüsselt notiert.

Falls die FBI-Agents wirklich seinen Kalender genommen hatten, würde Sie außerdem sehen, dass er nichts zu verbergen hatte, dachte er, nun schon besserer Laune. Sollten sie aber doch etwas finden, so hatten sie die Kladde widerrechtlich an sich genommen. Selbst der blödeste Anwalt könnte dafür sorgen, dass selbst der fieseste Richter den illegal beschlagnahmten Kalender als Beweismittel zurückwies.

So oder so war alles in Ordnung.

Er konnte unmöglich etwas mit einer Sache zu tun haben, die sich ereignen würde, während er in seinem Lieblingsrestaurant speiste. Dort kannte man ihn, und sein Vetter war der Oberkellner. Außerdem startete anschließend die Party eines Freundes. In dieser Nacht würden sie Dinge unternehmen, bei denen jeder sie sehen konnte. Alibis, wo er ging und stand.

Er setzte sich bequemer auf seinem Stuhl zurecht.

Alles würde klappen. Während hier die Kacke am Dampfen war, würde er sich mit seiner Freundin amüsieren.

Er überlegte, ob er die Nummer, die er sich eingeprägt hatte, noch einmal anrufen sollte, um Bescheid zu geben, dass die Leute vom FBI seinen Terminkalender hatten, doch wozu? Niemand würde den Code knacken können. Es war nicht nötig, eine gewisse Person zu verärgern, die ihm vielleicht die Schuld am Verlust des Kalenders geben würde. Schließlich hatte er keinen Fehler gemacht.

Außerdem würde alles wunderbar laufen.

Ab morgen Abend jedenfalls.

18

„Du glaubst also wirklich, dass er mit drinhängt?“, fragte Bull, als sie zu ihrem Leihwagen zurückgekehrt waren.

„Es ist einfach nur ein Gefühl.“ Winter sah Bull von der Seite an. „Du hast doch kein Problem damit, oder?“, fragte sie in Erinnerung an Suns Ausbruch.

Bull lachte. „Nein, zum Teufel. Mir egal, was einer tun muss, um einen Fall zu lösen. Wenn’s hilft, kannst du meinetwegen nackt herumtanzen.“ Er hielt nachdenklich inne. „He, du willst nicht zufällig nackt herumtanzen, oder?“

Winter legte genervt den Gang ein. Wie sehr die Gleichberechtigung und der Schutz vor sexueller Belästigung den Arbeitsplatz auch sicherer gemacht haben mochten, beides würde testosterongesteuerte Männer nie davon abhalten, zumindest ein wenig zu flirten. Sie musste sie einfach nur verbal kastrieren, bis Erschießen legalisiert wurde. „Träum weiter.“

Noch immer grinsend warf Bull ihr einen Blick zu. „Also, mit diesem Hustenanfall hast du dich selbst übertroffen. Gut gemacht. Eine Weile habe ich geglaubt, du würdest gleich umkippen oder deine Lunge ausspucken."

Lachend setzte sie aus der Parklücke. „Hoffentlich habe ich nicht grundlos jemandes Terminplanung ins Chaos gestürzt. Aber ich habe das Gefühl, dass wir in dem Kalender etwas finden werden. Mal sehen, ob ich recht habe."

„Du weißt, dass du das vor Gericht nicht verwenden kannst, oder?"

Winter nickte. „Im Moment geht es mir mehr darum, die Ermordung Unschuldiger zu verhindern. Mit der Strafverfolgung beschäftige ich mich später."

„Kommt mir richtig vor." Sein Magen knurrte laut, und er strich sich mit der Hand darüber. „Hast du was dagegen, wenn wir uns den Kalender bei einem Bier und ein paar Chicken-Wings vornehmen? Oder bei einer Portion Nachos? Nachos klingt richtig gut, finde ich." Bulls Stimme war hoffnungsvoll.

Sie lächelte. „Ich bin daran gewöhnt, beim Essen zu arbeiten. Dalton ist ein Fass ohne Boden und kann mit vollem Magen besser nachdenken. Such was Passendes hier in der Nähe."

Bull klickte ein Restaurant an und ließ es vom Navi seines Handys ansteuern.

„He, ähm …" Sie spürte, wie er sie beim Sprechen ansah. Seine Stimme klang neugierig. „Läuft was zwischen dir und Noah? Falls ja, ist das in Ordnung, aber alle in der Abteilung wollen es wissen."

„Alle in der Abteilung sollten sich um ihren eigenen Kram scheren."

Bull lachte. „Weißt du, wenn du das sagst, klingt es wie ein Ja. Stimmt's?"

„Nein, es klingt überhaupt nicht wie ein Ja." Winter, die seinen Blick immer noch auf sich fühlte, verzog das Gesicht. Sie warf einen Blick in seine Richtung, und tatsächlich starrte er sie mit einem leisen Lächeln auf den Lippen an. Offensichtlich erwartete er immer noch eine Antwort. „Nein, Bull“, stieß sie genervt hervor und achtete darauf, jedes Wort deutlich auszusprechen. „Zwischen Dalton und mir läuft gar nichts.“

Bull schnippte mit den Fingern. „Verdammt. Dann streicht Miguel die Einsätze im Pool ein. Ich und …“, er fing den wütenden Blick auf, den sie ihm zuwarf, „äh, ich und alle anderen haben auf Ja gewettet.“

Im Restaurant ging Winter Mike Garofalos Kalender durch. Der Gefragteste war er nicht gerade, soweit sie es beurteilen konnte.

Sie blätterte zum Wochenplaner. Auch der war nicht besonders interessant. Arzttermine. Ein Besuch beim Zahnarzt für eine Verblendung. Berufliche Besprechungen. Und dann war da das morgige Datum, unter dem etwas Verschlüsseltes stand.

„Was hältst du davon?“, fragte Winter Bull, der sich Nachos in den Mund stopfte, als hätte er Angst, jemand würde ihm die Portion wegnehmen.

„Das sieht aus wie ein Haufen Buchstaben und Zahlen“, sagte er, nachdem er einen Moment hingeschaut und einen Krümel auf die Kalenderseite gebröselt hatte.

„Ein Code“, half sie ihm geduldig auf die Sprünge. „Sieht das in deinen Augen nicht wie ein Code aus?“

Bull spähte durch Augenschlitze, als würde das das Aussehen der Zeichen auf dem Papier verändern. „Vielleicht. Gibt es so etwas auch noch an anderen Tagen?“

Sie schüttelte den Kopf und schnippte den Krümel zu ihm zurück, wo er an seinem zerknitterten weißen Hemd hängen blieb. Winter drehte den Kalender wieder zu sich und betrachtete den Code erneut. Sie versuchte es mit ein paar einfachen Buchstaben-Zahlen-Ersetzungen wie A für 1, B für 2 und so weiter, aber nichts passte.

„Haben wir jemanden bei uns im Haus, der auf Verschlüsselungen spezialisiert ist?", fragte sie Bull.

Er nickte und trank einen Schluck Bier. „Bobby Goldsboro. Schick es an ihn."

Sie verwendete die Nummer, die Bull herunterrasselte.

„Selbst wenn wir nicht wissen, wofür es steht, erscheint es bedeutsam, oder nicht?"

Bull trank erneut ein paar Schlucke. „Vielleicht ist es der Tag, an dem sie das WLAN-Passwort im Büro ändern. Es bedeutet nicht unbedingt, dass jemand am Dienstag das Depot ausraubt."

Winter zuckte mit den Schultern. „Du könntest recht haben, aber ich bin nicht überzeugt. Mir erscheint es ungewöhnlich."

„Iss deine Chicken-Fingers und warte auf Bobbys Antwort", riet ihr Bull. „Es sei denn, du möchtest die Dinger mir überlassen."

Jepp. Im Team mit Bull fühlte man sich wie mit einer Neandertaler-Ausgabe von Noah.

Mike Garofalo war offenbar nicht besonders helle oder zumindest nicht besonders gut darin, unknackbare Codes zu ersinnen: Bobby Goldsboro, Richmonds Verschlüsselungsspezialist, rief sie schon an, bevor sie auch nur das Restaurant verließen. Es klang, als wäre er enttäuscht, dass sie ihm nichts Schwierigeres geschickt hatte.

„Es bedeutet: ‚Molly, neunzehn Uhr.'"

„Das ist alles?" Winter war selbst ein wenig enttäuscht, dass dort nicht *Geldtransport-Depot-Überfall* stand. So ein eindeutiger Hinweis hätte gereicht, um die Unterstützung der New Yorker Polizei anzufordern.

Aber Bull hatte recht, es war zu unbestimmt. Der Code konnte bedeuten, dass Mike an diesem Abend seine Frau betrog und die Notiz für den Fall verschlüsselt hatte, sein

Terminkalender käme ihr in die Hände. Garofalo sah Winter ganz nach so etwas aus.

„Jepp. Ich hoffe, der Hinweis erweist sich als hilfreich."

Sie bedankte sich bei ihm und legte auf.

Bull sah sie an. „Möchtest du trotzdem hingehen?"

„Ja."

„Dann lass es uns machen."

Sie konnte ihre Überraschung nicht verbergen. „Einfach so? Nur aufgrund eines Bauchgefühls?"

Er zuckte mit den Schultern. „Erstens haben wir nichts Besseres zu tun. Außerdem riechst du angenehmer als der letzte Kerl, mit dem ich auf Observierungsposten war."

Winter sah ihn einen Moment lang an. An seiner Wange klebte ein Faden Nacho-Käse.

„Du bist ein interessanter Mann, Bull."

19

Heidi hörte die Nachricht ab und verzog das Gesicht. Das FBI war also bereits hinter den Ort des geplanten Überfalls gekommen. Die Agentin, die sie für die Ermittlungen ausgesucht hatte, war ein bisschen zu gut.

Na schön. Sie war ihnen immer noch einen Schritt voraus. Sie wusste Bescheid, dass die Agents Bescheid wussten, aber davon ahnte man beim FBI nichts. Wissen war Macht.

Ryan saß ihr mit versteinertem Gesicht gegenüber. Er war entschieden weniger charmant, seit sie die Drohung gegenüber seiner jamaikanischen Liebsten ausgesprochen hatte. Ihrer Meinung nach sollte er ihr dankbar sein, dass sie ihm nach seiner kleinen Verführungseinlage nicht den Arsch weggeschossen hatte.

„Was gibt's?", fragte er, klang aber eindeutig uninteressiert.

„Offenbar hat das FBI bei unserem nächsten Plan bereits Lunte gerochen."

„Wird der dann also gestrichen?"

Die Hoffnung, die ganz kurz in seinem Gesicht aufflackerte, entging ihr nicht. Sie genoss es, sie zu zerstören.

„Tut mir leid, *Herzchen*, sie wissen nur, wo, nicht wann. Aber eigentlich hoffe ich, dass unsere beiden Agents morgen Abend auftauchen“, fügte sie mit einem nachdenklichen Blick hinzu. „Ich bin für sie bereit.“

WINTERS HANDY KLINGELTE, als sie sich gerade zum Schlafengehen bereit machte. In der Erwartung, dass es Gramma Beth sein würde, schaute sie aufs Display. Ihre Großeltern verbrachten derzeit ein paar Wochen in Florida, bevor sie sich alle über Weihnachten treffen wollten.

Jedenfalls hoffte sie, dass der Fall bis Weihnachten unter Dach und Fach sein würde.

Doch der angezeigte Anrufer war Aiden.

Sie nahm rasch ab.

„Was ist los?“, fragte sie und steckte gleichzeitig ihre nasse Zahnbürste in den Behälter.

Er lachte leise glucksend. „Nichts. Muss immer irgendwas los sein, wenn ich anrufe?“

„Ja, eigentlich schon.“ Sie schaltete das Licht im Bad aus, setzte sich aufs Bett und zog sich die Decke über die Beine. „Wir haben derzeit nicht gerade eine Telefonfreundschaft.“

Doch damals, als vierzehnjähriges Mädchen, hatte sie ihn als Freund betrachtet. Er hatte immer abgenommen, wenn sie anrief.

„Na schön.“ Er stieß einen gespielt jämmerlichen Seufzer aus. „Ich langweile mich. Vielleicht habe ich öfter mal gemeckert, aber es ist still geworden, seit Sie nicht mehr mit dem Abendessen hier hereinplatzen.“

Winter entspannte sich ein wenig, ließ sich ins Kopfkissen zurücksinken und regelte die Lautstärke des Fernsehers herunter. „Wie geht es Ihnen?“, fragte sie. „Machen Sie auch brav Ihre Physiotherapie?“

„Ja.“ Es klang geknurrt. „Ich mache Fortschritte. Die Physiotante ist allerdings eine Sadistin. Ehrlich, sie genießt es, wenn ich leide. Das heizt sie richtig an.“

„Sie will Sie einfach nur gesund machen, damit sie Sie los wird und sich nicht mehr mit Ihnen abgeben muss.“

Verrückt, wie mühelos sie in das lässige Geplänkel verfielen, das typisch für ihre frühere Beziehung gewesen war, dachte Winter. Aiden war öfter für sie da gewesen, als sie zählen konnte. In den Jahren nach der Ermordung ihrer Eltern hatte sie ihn jederzeit anrufen dürfen. Sie und er beredeten damals Dinge, die sie gegenüber ihren Großeltern nicht gern ansprach, weil sie mit dem Fall zu tun hatten.

Aber manchmal hatte sich das Telefonat auch auf andere Themen ausgedehnt. Er konnte anregend plaudern, und damals hatte sie sich über die Ablenkung gefreut. Ihn nun ihrerseits ein wenig abzulenken, war ihre mindeste Hilfe.

„Sie langweilen sich“, wiederholte sie seine Worte. „Was soll ich hier weit weg in meinem schicken Hotelzimmer dagegen machen?“

„Ich dachte, wir reden vielleicht über die Arbeit.“

„Sie sind krank, Aiden. Ein Workoholic. Sie brauchen Hilfe.“

Er lachte. „Vielleicht. Ich habe mich mit dem Täterprofil beschäftigt.“

„Ja? Alles, was Sie uns dazu mitteilen können, wäre hilfreich.“

„Sie müssen vorsichtig sein“, warnte er sie. „Das sind Sie natürlich ohnehin, aber wahrscheinlich haben Sie es mit einer sehr intelligenten, sehr zielgerichteten Soziopathin zu tun.“

Ein Lächeln spielte um Winters Lippen. „Ich weiß, dass Sun schwierig ist, aber so weit würde ich nicht gehen.“

„Winter …"

„Okay. Eine Soziopathin. Denken Sie, dass wir mit Ryan O'Connelly auf der richtigen Fährte sind?"

„Ja. Ich habe alles über ihn gelesen, was ich finden konnte. Es war nicht gerade viel, doch die Theorie, die ihr euch zurechtgelegt habt, wirkt stimmig. Er kommt mir wie ein ganz anständiger Kerl vor, auch wenn er immer wieder Verbrechen begangen hat. Die Person, die Ihnen Sorgen bereiten sollte, ist die Frau."

„Wäre das ungewöhnlich? Dass eine Frau die Drahtzieherin hinter so einem Plan ist?"

Er zögerte kurz, und sie spürte, wie es in seinem Kopf arbeitete. „Frauen können genauso böse sein wie Männer, das ist Ihnen sicherlich klar. Aber nein, ich glaube nicht, dass es sich um eine durchschnittliche Frau handelt. Ihre Handlungen wirken fast immer kalt und kalkuliert. Logisch und beinahe emotionslos. Die detaillierte Vorbereitung lässt einen großen Weitblick erahnen. Nach meiner Vermutung ist sie jung, vielleicht in den Dreißigern. Sie arbeitet in einer Männerwelt – wahrscheinlich IT oder Softwareentwicklung. Das schließe ich daraus, wie mühelos sie die Sicherheitssysteme und die Software der Bank gehackt hat. Sie ist wütend, weil sie zugunsten männlicher Kollegen übergangen wurde. Und sie hat etwas gegen O'Connelly in der Hand, irgendeinen Hebel, und genießt ihre Machtposition sehr. Aber außerdem würde ich sagen, dass tiefer in ihrem Inneren noch etwas anderes brodelt."

„Sie haben den Mord an Covington im Sinn?"

„Richtig", antwortete Aiden düster. „Covington habe ich mir ebenfalls näher angesehen. Er war pleite. Hat sein Geld mit ein paar dubiosen Investitionen verzockt. Keine Ahnung, wie er es weiterhin geschafft hat, als Dauergast im Phoenix zu wohnen. Es war nur eine Frage der Zeit, bis man ihm auf die Schliche gekommen wäre und ihn auf die Straße gesetzt hätte. Doch zu seinem Pech ist das nicht früh genug geschehen.“

„Sie denken, unsere Täterin hat nicht darüber Bescheid gewusst? Sie war wütend, als sie von seinem Bankrott erfuhr, und hat sich an ihm ausgetobt?“

„Genau. In der Art, wie er abgeschlachtet wurde, war nichts kühl Kalkuliertes. Und dann das Blut überall ... die Spuren im Gang. Sie hat die Beherrschung verloren. War rasend.“

Den Eindruck hatte Winter ebenfalls gehabt. Es freute sie, dass Aiden ihre Ansicht bestätigte.

„Was denken Sie über den nächsten Tatort?“, fragte sie. „Ich habe ein eindeutiges Gefühl, und Bull schließt sich mir einfach an. Aber was meinen Sie? Werden die beiden in Kalifornien zuschlagen oder eher in New York?“

Aus der Hörmuschel drang das Klingeln von Eiswürfeln in einem Glas. „Ich bin kein Wahrsager“, antwortete Aiden nach einem Moment des Nachdenkens. „Beides ist möglich. Seien Sie in jedem Fall vorsichtig.“

„Eher müssen schon Sie vorsichtig sein. Nur ein einziges Glas, hören Sie? Alkohol verträgt sich nicht mit Ihren Medikamenten.“

„Was für Alkohol denn?“

„Lassen Sie den Quatsch. Der leckere, achtzehn Jahre alte Glenlivet, den Sie gerade trinken? Diesen Alkohol meine ich.“

„Ja, Mom“, antwortete Aiden mit hörbar belustigter Stimme.

Winter beschloss, Aiden nichts von der für den nächsten Abend geplanten Observation des Depots zu berichten. Es war gut, seine Meinung zu hören, doch sie konnte das Gefühl nicht abschütteln, er würde sich am liebsten einmischen. Dass er auftauchte, seinen Krückstock schwingend, ganz übereifriger Beschützer, hätte ihr gerade noch gefehlt.

Natürlich würde er das nicht tun. Er würde jemanden schicken. Dennoch war es überflüssig.

„Haben Sie sonst noch was zu erzählen?“ Es war fast, als könnte er Gedanken lesen.

„Nein“, antwortete sie unbekümmert. „Ich denke, Sie kennen jetzt alle Neuigkeiten. Vielleicht habe ich morgen mehr zu berichten.“

„In Ordnung. Wie läuft es mit Sun?“

Sie schnaubte.

„So gut?“

„Wenn ich es Ihnen erzähle, brauche *ich* gleich einen Whiskey.“

20

Gerade gab Mike Garofalo seiner Frisur mit einem Klecks Haargel den letzten Pfiff, da klingelte es an der Tür. Er zog die Oberlippe zurück, um sich zu vergewissern, dass keine Reste des zu Mittag verspeisten Spinat-Omeletts zwischen seinen Zähnen hingen.

Alles sauber. Er besprühte sich mit Rasierwasser, und wieder läutete die Türglocke.

Er wollte Molly nicht warten lassen, aber er würde auch nicht für sie zur Tür rennen. Sie kam zu früh – ungewöhnlich.

Normalerweise brauchte sie massenhaft Zeit für ihr Make-up, aber er hatte ihr eine Überraschung versprochen und sie gewarnt, die könne so sehr funkeln, dass der Glanz sie blenden würde. Er klopfte auf die Schachtel in seiner Jackettasche, in der ein diamantbesetztes Tennisarmband lag, und lächelte zufrieden. Molly würde begeistert sein. Mit ihrer erotischen Stimme hatte sie ihm versprochen, zur Abwechslung einmal rechtzeitig zu kommen und ihre Sonnenbrille mitzubringen.

Sie war wohl ungeduldig.

Breit lächelnd öffnete er die Tür, doch nicht Molly stand davor.

„Hi", sagte eine niedliche Blondine mit einem wahnsinnigen Vorbau. „Sind Sie Mike Garofalo?"

„Ja, Süße. Genau." Sein Tonfall war übermütig. Das Leben war gut. Er hatte heute Abend ein heißes Date und die Absicht, die sexy Molly St. Clair ins Bett zu kriegen. Und jetzt stand noch eine weitere umwerfend schöne Frau vor ihm. „Was kann ich für Sie tun?"

„Darf ich kurz reinkommen?", fragte sie. „Eine gemeinsame Freundin sagte mir, ich könnte Ihnen vielleicht bei etwas helfen."

Zum Teufel, vielleicht konnten Molly und sie ihm *beide* bei etwas helfen. „Na klar, Süße. Husch ins Warme."

Sie war überraschend groß, wie er merkte, als er zurücktrat, um sie hereinzulassen. „Danke", sagte sie. Ihre Stimme war sanft und leise. Vielversprechend, dachte er. „Draußen ist es kalt."

Oh ja, und wie. Er heftete den Blick unverhohlen auf ihren Ausschnitt, wo die Nippel sich unter dem dünnen Baumwollshirt unter ihrer offenen Jacke abzeichneten.

Dabei entging ihm der harte Blick, der in ihre Augen trat. Sie brachte eine Pistole mit einem Schalldämpfer zum Vorschein.

„Was soll das, zum Teufel?" Er stolperte einen Schritt rückwärts. „Wer sind Sie?"

Die so süß aussehende Blondine machte sich nicht die Mühe einer Antwort. Mit ruhiger, sicherer Hand drückte sie den Abzug durch und schoss ihm auf kürzeste Entfernung zwei Kugeln in die Brust. Das Letzte, was er hörte, war ein greller Schreckensschrei – Molly war eingetroffen.

Die zwei Schüsse, die gleich im Anschluss fielen, bekam er schon nicht mehr mit.

21

Winter mochte angenehmer riechen als Bulls letzter Partner bei einer Observierung, aber umgekehrt galt nicht dasselbe. Als er ein weiteres Mal unterdrückt rülpste, ließ sie naserümpfend das Fenster ein wenig herunter, damit kalte Luft hereinströmte.

„Tut mir leid", sagte er, klang aber nicht so. Er schlug sich mit der Faust auf die Brust. „Sodbrennen."

„Kein Problem", antwortete Winter gequält und schaute weiter durch die Windschutzscheibe auf den menschenleeren Parkplatz. Es war acht vor sieben, und alles in Winter vibrierte. Falls etwas passieren würde, dann bald.

Bull schien sich keine Gedanken zu machen und spielte Angry Birds auf seinem Handy. Bei jedem Sieg und jeder Niederlage jubelte oder fluchte er.

Rasselnd öffnete sich das Tor im Zaun. „Jemand fährt hinein", sagte Winter leise.

Bull beendete das Spiel, setzte sich aufrechter und drehte sich seitlich, um den Wagen zu beobachten. Von einem Moment zum anderen verwandelte er sich aus einem Blödmann in einen erfahrenen Agent.

„Ein gepanzerter Geldtransporter. Welche Überraschung."

Der Transporter wendete und fuhr rückwärts an eine Laderampe. Sie verfolgten, wie zwei Leute ausstiegen und ins Depot gingen. Sie waren uniformiert und fielen nicht auf. Keine Alarmsirenen. Dennoch beobachteten die Agents das Depot weiter.

Ein paar Minuten später kam einer der Uniformierten zurück, holte etwas aus dem Transporter und verschwand erneut im Gebäude. Der Mann schien es nicht eilig zu haben.

„Könnte eine altmodische Lunchbox sein", bemerkte Bull. „So ein Ding mit einem Griff im Deckel, nach der Art zu schließen, wie er es getragen hat. Wahrscheinlich machen sie Pause."

Fünf weitere Minuten vergingen, ohne dass etwas geschah. Bull griff wieder nach seinem Handy und begann erneut, bunte wütende Vögel mit einer Schleuder über den Bildschirm zu verschießen. Winter blieb hellwach, erfüllt von einem warnenden Gefühl, das sie nicht ganz verstand.

„Jemand kommt raus", sagte sie einige Minuten später.

Die Hände in den Jackentaschen und die Schultern gegen die Kälte hochgezogen, kam eine hochgewachsene Gestalt in einer marineblauen Uniform auf sie zu. Der Mann ging in normalem Tempo und trat zum Fenster der Beifahrerseite.

Winter fuhr nervös mit der Hand zur Waffe, doch in diesem Augenblick schoss ihr ein Schmerzstrahl durch die Augen und explodierte in ihrem Kopf.

„Ich lasse das Fenster runter", sagte Bull, der seine eigene Waffe zog. Seine Stimme klang flach vor Unbehagen. „Aber nur ein bisschen."

„Nicht …", stieß Winter mit zusammengebissenen Zähnen hervor, am ganzen Körper von Schmerz geschüttelt, während alles vor ihren Augen rot glühte. „Es ist …"

Er hörte ihr nicht zu und ließ die Scheibe gut zehn Zentimeter herunter, während der Mann zur Beifahrertür trat. Der Schirm seiner Kappe tauchte sein Gesicht auf dem hell erleuchteten Parkplatz ins Dunkle.

„Kann ich Ihnen helfen?“, rief Bull.

„Nein, ich werfe nur etwas weg.“ Es war kein Mann, sondern eine Frau, und Winter fühlte, wie aus ihrer eigenen Nase etwas Warmes heraussprühte. Diese körperliche Reaktion war damals nach ihrem Zusammenstoß mit dem Preacher zurückgeblieben und stellte noch immer einen Fluch ihres Lebens dar. Und nun meldete sie sich zum schlimmstmöglichen Zeitpunkt.

Von Schmerz gepeinigt, konnte Winter durch roten Nebel nur hilflos zuschauen, wie die Frau etwas Kleines durch den Fensterspalt schob.

Bevor Winter reagieren konnte, schrie Bull: „Was zum Teu…?“

Eine metallisch glänzende Dose fiel auf seinen Schoß, und ihr entströmte eine Art Gas oder Dunst. Bull versuchte, danach zu greifen, doch seine Hand bewegte sich nur langsam. Zu langsam. Sein Kopf kippte nach vorn, und mit krampfartig zuckenden Fingern sackten ihm die Hände auf den Schoß.

Mit angehaltenem Atem tastete Winter ungeschickt nach dem Türgriff, doch ihre Augen brannten, und ihre Hände bewegten sich nicht so, wie sie sollten.

In kürzester Zeit, so schien es ihr, schnürte sich ihre Brust zusammen, und sie bekam keine Luft mehr. Was immer es war, es wirkte schnell. Ihre Bewegungen fühlten sich schwerfällig an, so sehr sie auch dagegen ankämpfte.

Doch es war zu spät. Noch ein Atemzug, und sie verlor das Bewusstsein.

. . .

Das Erste, was Winter wahrnahm, war ein Piepen. Es war zu leise für einen Wecker, aber genauso beharrlich. Dann krampfte sich ihr Magen zusammen.

Mit dem Gefühl, sich gleich übergeben zu müssen, drehte sie sich zur Seite. Ihre Glieder schienen tonnenschwer zu sein. Sie öffnete die Augen einen Spalt und atmete langsam und tief ein, um ihren Magen zu beruhigen. Die Übelkeit ließ nach, aber ihr Kopf tat so weh, als hätte jemand ihre Schläfen mit einem Vorschlaghammer traktiert.

Sie versuchte, sich vom Boden hochzustemmen, doch ihre Arme waren zu schwach für ihr Gewicht. Das Licht im Raum war matt und tat trotzdem ihren Augen weh, deren bleierne Lider sie kaum öffnen konnte.

Schließlich schaffte sie es, sich auf alle viere hochzustemmen, das Haar wie ein loser Vorhang vor dem Gesicht. Ihr Zopf war aufgegangen. Alles roch eigenartig. Beinahe metallisch. Da nun ihre Kräfte allmählich zurückkehrten, kniete sie sich hin und schaute sich um. Sie befand sich in einem Büro, dessen aus Leichtbetonbausteinen gemauerten Wände nicht verputzt waren. Es gab kein Fenster, weder in einer Wand noch in der metallenen Tür.

Auf einem Schreibtisch an der Wand standen einige Computermonitore. Die Bildschirme waren in mehrere Felder gesplittet, aber Winter konnte die Augen nicht scharf stellen, konnte nicht erkennen, was in den einzelnen Rechtecken zu sehen war.

Die Erinnerung kehrte ganz langsam zurück. Sie hatte das Geldtransport-Depot observiert. Auf dem Parkplatz. Die Frau. Die Gaspatrone. Bull.

Er lag ein paar Schritte entfernt reglos da. Die Wirkung des Gases hielt bei ihm offensichtlich noch an.

Mühsam krabbelte sie zu ihm. Ihr Magen zog sich immer wieder zusammen, und in ihrem Kopf hämmerte es. Sie versuchte, ihn beim Namen zu rufen. Ihre Stimme klang kratzig und bebte auf eine Weise, die selbst in ihren eigenen Ohren schwach klang.

„Bull."

Er lag auf der Seite, mit dem Gesicht zur Metalltür, als hätte man ihn direkt dahinter einfach abgelegt.

Sie packte ihn an der Schulter und zog so kräftig sie konnte. Er rollte nicht, sondern plumpste auf den Rücken.

Sein Gesicht sah wächsern aus, und die Augen standen halb offen.

„Bull", flüsterte sie und fühlte nach seinem Puls. Er hatte keinen.

Der Adrenalinstoß vertrieb die Wirkung des Gases schneller, doch sie war noch immer schwach, als sie sein Kinn hob und verzweifelt auf Atemgeräusche lauschte, während sie weiter nach seinem fehlenden Puls tastete.

„Nein …"

Zum zweiten Mal innerhalb weniger Tage führte sie Wiederbelebungsmaßnahmen durch. Diesmal wusste sie jedoch bereits, dass sie keinen Erfolg haben würde.

Sie versuchte es trotzdem. Sie machte weiter, bis ihre Arme so weich waren wie zu lang gekochte Spaghetti und sie einfach nicht mehr die körperliche Kraft besaß, Bulls Brust zusammenzupressen. Sie versuchte immer noch, ihm ihren Atem einzuflößen, doch seine Lippen lagen kalt an ihren.

Es schnürte ihr die Kehle zusammen. Es half nichts. Sie hatte keine Ahnung, wie lange sie bewusstlos gewesen war. Er mochte vor zehn Minuten das Atmen eingestellt haben. Oder schon vor einer Stunde.

Er war tot.

22

Winter drängte ihre Trauer und ihre Schuldgefühle zurück und krabbelte zum Schreibtisch. Indem sie sich an ihm hochzog, kam sie mühsam auf die Beine.

Sie befand sich in einem Überwachungsraum. Die Computerbildschirme waren mit Split Screen auf mehrere Kameras aufgeteilt. Im Depot war es ruhig, nichts rührte sich. Überall lagen reglose Menschen wie weggeworfene Puppen. Auf einem der Monitore sah sie das Bild aus ihrer Vision. Uniformierte Angestellte auf einem Haufen.

Vielleicht waren sie gar nicht tot. Sie selbst lebte ja auch noch.

Sie konnte nicht die einzige Überlebende sein.

Sie drückte die Klinke herunter, doch die Tür war abgeschlossen.

Auf dem Schreibtisch stand ein Telefon mit einer Gegensprechanlage, aber die Leitung war tot. *Server offline*, stand auf dem Display, und von dort kam auch das Piepen. Auf einem der Bildschirme fiel ihr eine Bewegung ins Auge. Dort liefen zwei Mitarbeiter des Depots herum, zumindest zwei Menschen in den entsprechenden Uniformen. Unter Winters

Blicken zerrten sie Kisten von einem Schiebewagen und luden sie hinten in einen wartenden Transporter.

Anders als normale Mitarbeiter trugen sie Gasmasken.

Winters Handy war weg, sodass sie niemanden anrufen konnte. Ihre Waffe war ebenfalls weg.

Und Bull war tot.

Sie sah zu, wie der beladene Geldtransporter losfuhr. Nun waren auch die mutmaßlichen Täter verschwunden.

Am liebsten hätte sie vor Frust und Kummer laut geschrien. Sich auf dem Boden zusammengerollt und der noch immer lauernden Wirkung des Gases nachgegeben. Und die Zeit bis zu dem Moment zurückgedreht, da sie Bull die Observierung vorgeschlagen hatte.

Stattdessen schluckte sie ihre Tränen herunter und ging den Schreibtisch auf der Suche nach etwas durch, mit dessen Hilfe sie aus dem Überwachungsraum entkommen könnte. Sie fand es in Gestalt eines Schraubenziehers.

Mit zitternden Händen schraubte sie die Abdeckung des Türschlosses ab. Es kam ihr so vor, als bräuchte sie dafür Stunden, doch tatsächlich konnte sie schon nach kurzer Zeit den Türgriff herausziehen. Indem sie den Schraubenzieher in die entstandene Öffnung steckte und als Hebel benutzte, gelang es ihr, die Verriegelung zu öffnen.

Zum Glück hatten die Täter das Kipptor beim Hinausfahren offen gelassen, und das Gas hatte sich verflüchtigt.

Der erste Sicherheitsmann, bei dem Winter sich niederkniete, atmete, war aber bewusstlos. Sie durchsuchte seine Taschen und fand ein Handy. Sie ließ sich neben dem Ohnmächtigen auf den Boden sinken und gab mit Fingern, die sich noch immer taub anfühlten, die 911 ein.

„Das ist doch bestimmt genug, oder?“

Sie hatten den gepanzerten Geldtransporter im leerstehenden Lagerhaus einer Fabrik zurückgelassen und das erbeutete Geld in einen bereitstehenden SUV geladen. Jetzt lenkte Heidi den Wagen zu einer neuen, unbekannten Fluchtwohnung, in der sie sich auf die letzte Szene ihres Spiels vorbereiten würden.

Ryan hoffte, dass sie wegen eines Fahrfehlers an den Rand gewinkt würden. Eine Festnahme und selbst das Gefängnis wären besser als das hier.

Sie warf ihm einen Blick zu und schenkte ihm ein merkwürdiges Lächeln.

„Wo bleibt deine Begeisterung, O'Connelly? Du bist ein Dieb. Wir sind gerade mit Millionen entkommen. Du solltest in deinem Element sein."

Es hatte etwas von einem Rausch gehabt, das musste er zugeben. Alles hatte wie am Schnürchen geklappt. Die Wirkung des Nervengases in den kleinen Metallkartuschen musste inzwischen verflogen sein, und das Team von Sicherheitsmitarbeitern und die beiden FBI-Agents würden verwirrt, aber lebendig erwachen. Vor dem Aufbruch hatte er unauffällig ein paar der Wachleute kontrolliert. Sie waren nur bewusstlos.

Außerdem hatte er Heidi eins ausgewischt, auch wenn sie es noch nicht wusste.

Mit der Schlampe wäre es bald aus und vorbei.

„Ja. Das Geld ist toll, und diesmal war es besser, weil wir niemanden töten mussten. Aber kannst du es damit nicht einfach bewenden lassen? Was könntest du noch mehr wollen, Herzchen? Das, was du heute Abend geschafft hast, ist nicht mehr zu toppen."

Heidi zögerte ihre Antwort einen Moment lang hinaus. Als sie schließlich etwas erwiderte, klang ihre Stimme anders. Irgendwie freundlicher. Das jagte ihm einen Schauer der Angst und des Abscheus den Rücken hinunter. „Du hast recht. Du hast deine Sache gut gemacht. Wir müssen noch alles zählen, aber jetzt haben wir sogar mehr erbeutet, als ich erwartet hätte. Wenn du willst, bist du raus. Ich lasse dich gehen."

Ryan glaubte ihr nicht. Er hatte ihre sadistische Ader bereits zu gut kennengelernt. Vielmehr überlief ihn bei ihren Worten eine Gänsehaut. Wie auch immer sie sich den nächsten Überfall vorstellte, sein eigener Beitrag war fest eingeplant.

Ihre Motive, ihr Hintergrund, ihre Gedanken … Heidi Presley war ihm immer noch ein Rätsel. Doch inzwischen wusste er, dass sie von einem einmal gefassten Plan nicht einfach abließ. Sie zog ihn bis zum Ende durch.

Wenn sie jetzt auf nett machte, hieß das für ihn nichts Gutes. Sie würde ihn nicht einfach aus ihren Fängen lassen.

Natürlich würde er nicht so leicht da rauskommen, dachte Heidi beim letzten Abbiegen auf dem Weg zur Fluchtwohnung. Oder, richtiger: Natürlich würde er überhaupt nicht aus der Sache herauskommen.

Alles hatte perfekt geklappt, sogar besser als erwartet.

Nein, das stimmte nicht. Die Agentin, mit der sie gerechnet hatte, war nicht da gewesen, und Heidi war zutiefst enttäuscht, dass sie die ehrgeizige Sun Ming nicht persönlich kennengelernt hatte. Aber Suns Ersatzfrau fand sie interessant, besonders das Nasenbluten, das sie bekommen hatte, als Sun sich dem Observierungsfahrzeug näherte. Es war, als hätte Heidis Allmacht selbst aus einer Entfernung von Metern auf die junge Agentin eingewirkt.

Es war faszinierend gewesen. Unheimlich, aber faszinierend, und Heidi hoffte, der dunkelhaarigen Agentin erneut zu begegnen. Beim nächsten Mal.

Das Nervengas war ein Volltreffer. Es hatte sie berauscht, den FBI-Agents so nahe zu sein. Und erst recht, sie auszuschalten. Den einen für immer, auch wenn das eigentlich nicht ihr Plan gewesen war.

Nun ja.

Das steigerte nur die Spannung, und unter Druck hatte Heidi immer besser funktioniert. Warum sollte es diesmal anders sein?

Schade war nur, dass sie hatte gehen müssen, bevor Agent Black aufwachte. Heidi hätte wirklich sehr gern mit der Agentin geredet und sie kennengelernt.

Vielleicht würde sie diese Gelegenheit ja noch bekommen.

Eines nach dem anderen.

„Nimm die Kisten", befahl sie Ryan, als sie den Motor des SUV ausschaltete.

Er schob das Kinn widerspenstig vor, aber nur einen Augenblick lang, dann knipste er sein strahlendes Lächeln an. „Na klar."

Während er ihrem Befehl nachkam, schloss Heidi die Tür der Fluchtwohnung auf und trat zurück, damit Ryan alles hereinschleppen konnte. Er musste drei Mal gehen, aber sie hatte Geduld.

Geduld zu haben, war ihr immer leichtgefallen. Das war eine ihrer größten Stärken.

„Das dürfte alles gewesen sein", sagte Ryan, als er die letzte Geldkiste auf den Stapel stellte.

Heidi setzte die Gasmaske auf und genoss es, wie überrascht der attraktive Mann sie ansah.

Was für ein Riesenspaß.

23

Am folgenden Tag wurde Winter aus dem Krankenhaus entlassen und kehrte nach Richmond zurück.

Am liebsten wäre sie nicht ins Büro gegangen. Sie schreckte davor zurück, sich ihren Kollegen zu stellen. Miguel, Brian, Bree … lauter Leute, die sie kannte, wie sie Bull gekannt hatte. Aber sie kannte sie nicht wirklich. Würden sie sie mitleidig betrachten oder vorwurfsvoll? Sie konnte es nicht wissen. Sie hatte keinen Anhaltspunkt, weil sie sich alle Mühe gegeben hatte, keine Beziehungen aufzubauen.

Mit Ausnahme von Noah hatte sie sich mit niemandem angefreundet. Das war Absicht. Im FBI hatte sie eine Agenda, aber Freundschaften zu schließen, gehörte nicht dazu. Freundschaften führten nur dazu, dass man verletzt wurde.

Auch mit Noah war sie nur deshalb befreundet, weil er darauf bestanden hatte. Seine Nettigkeit war der Deckmantel für seine Sturheit. Seine Gutmütigkeit war wie eine Naturgewalt und hatte die Mauern, die sie um sich hochgezogen hatte, allmählich erodieren lassen.

Was den Rest der Abteilung betraf, würde sie nun keine

Freunde mehr finden. Winter Black, im Grunde immer noch ein Neuling im Team, traf die Schuld an Bulls Tod.

Als sie Max vom Krankenhaus aus angerufen hatte, war er erschüttert gewesen. Er kannte Bull schon lange. Die beiden hatten kurz nacheinander in Richmond angefangen. Es hatte jedoch nicht den Anschein gehabt, als machte er ihr einen Vorwurf. Seine Reibeisenstimme hatte besorgt geklungen, und er hatte sie gefragt, ob er in ihrem Auftrag jemanden anrufen solle.

Sie hatte es vermeiden wollen, ihren Großeltern einen Schreck einzujagen. Sie waren alt, und Grampa Jack schwächelte ein wenig, seit ihn vor einigen Monaten eine böse Grippe erwischt hatte.

Sie dachte an Aiden. Der saß zu Hause in seinem Sessel, trank Whiskey und verfluchte wahrscheinlich sein Bein – noch etwas, was sie auf dem Kerbholz hatte.

Noah reiste mit Sun zusammen. Inzwischen waren sie sicher nach Richmond beordert worden. Aber Winter würde verhindern, dass ihretwegen jemand von den Ermittlungen abgezogen wurde.

Letztlich ließ sie sich einfach auf eigene Verantwortung aus dem Krankenhaus entlassen und flog zurück, trotz der Ermahnung der Ärztin, sie solle bleiben, bis man eventuelle Nachwirkungen des unbekannten Gases ausschließen könne.

Im Büro war es still, als sie eintrat. Sie hörte das Klackern der Tastaturen. Gespräche gab es dagegen nicht. Keiner unterhielt sich über Sport. Niemand diskutierte über die Wand seiner Box hinweg mit dem Nachbarn einen Fall. Die bedrückte Stimmung in der Abteilung war mit Händen zu greifen.

Max musste sie erwartet haben. Er öffnete seine Bürotür, bevor sie zu ihrer Box gelangte. „Agent Black", rief er leise. „Kommen Sie bitte herein."

Sie spannte sich an. Machte sich auf etwas gefasst.

Doch die ungeschickte Umarmung, mit der sie von ihrem Abteilungsleiter empfangen wurde, überrumpelte sie. Da wäre sie beinahe zusammengebrochen.

„Sie können sich eine Weile freinehmen", bot er ihr an, nachdem er sie losgelassen hatte. Seine Augen waren rot gerändert und blutunterlaufen, als hätte er die ganze Nacht nicht geschlafen.

Sie schüttelte den Kopf und räusperte sich. „Vielen Dank, Sir, aber ich möchte die Täter fassen."

Er nickte, schien das erwartet zu haben. „Noah und Sun sind zurück. Sie befinden sich im kleinen Konferenzraum."

„Hören Sie", begann sie, und ihre Stimme klang, als würgte jemand sie am Hals. „Es tut mir leid …"

„Nein." Von jetzt auf gleich war der aufbrausende Max zurück. Sein Gesicht lief rot an. „Sagen Sie das nicht mal. Ich weiß, wo die Schuld liegt, und bestimmt nicht bei Ihnen", blaffte er. „Zurück an die Arbeit."

Als sie sein Büro verließ, fühlte sie sich ein bisschen besser.

„Winter."

Bei ihrem Eintreten sprang Noah auf und durchquerte den Raum mit drei schnellen Schritten. Er schlang die Arme um sie und drückte sie so fest an sich, dass ihr Gesicht gegen sein Hemd gequetscht wurde. Es roch nach Pfefferminze und Weichspüler. In seiner Umarmung entspannte sie sich ein wenig. Er sagte nichts. Das war auch nicht nötig. Er tröstete sie einfach nur.

SUN FAND ES UNERTRÄGLICH.

Sie hatte sich geirrt. Sie war felsenfest überzeugt gewesen, dass der nächste Überfall in Kalifornien am Tatort des ursprünglichen Raubs stattfinden würde. Aus welchem

Grund hätte sie etwas anderes annehmen sollen? Es passte zum Muster.

Stattdessen stand sie nun wie eine Idiotin da, die sinnlos quer durchs Land geflogen war, weg vom Schauplatz, an dem es dann zur Sache ging.

Während sie es Winter überlassen hatte, es richtig zu machen.

Und jetzt wurde Winter wie eine Art Heldin und Opfer zugleich begrüßt. Noah, dieser große attraktive Mann, hatte überhaupt nicht reagiert, als Sun am Vorabend beim Essen ein paar ziemlich direkte Andeutungen fallen gelassen hatte. Doch sobald die verdammte Anfängerin in den Raum getreten war, war er aufgesprungen wie ein dressierter Pudel. Winter sah bleich und verletzlich aus, ganz die tragische Romanheldin.

Der Versuch, ein Maximum an Mitgefühl zu ernten, entschied Sun voller Abscheu.

Jetzt wiegte Noah Winter in seinen Armen, als könnte sie jeden Moment zusammenbrechen.

Bis Sun sich räusperte. Das Geräusch hallte durch das stille Zimmer. „Das reicht." Ihre Stimme war kalt. „Wir haben einiges zu tun."

Noah warf ihr einen aufgebrachten Blick zu, doch sie wich nicht zurück und starrte ihn nieder. Schließlich mussten sie einen Fall lösen. Er ließ Winter los.

Sun wartete, bis Noah und Winter saßen, und begann.

„Der Geldtransporter wurde heute Morgen zwei Meilen vom Depot entfernt in einer Lagerhalle gefunden. Er war leer geräumt. Zwei Stunden vor dem Überfall wurde ein Doppelmord gemeldet. Wie sich herausstellte, waren die Opfer der Geschäftsführer des Depots und eine Frau namens Molly St. Claire. Den Nachbarn zufolge seine Freundin. Keine Zeugen. Im Depot haben wir einen unserer Leute verloren." Sie sah Winter an, die sichtlich zusammenzuckte.

„Außerdem konnten zwei Leute vom Wachpersonal am Tatort nicht wiederbelebt werden."

Sun wusste, dass sie gefühllos wirkte, dabei bedauerte sie Bulls Tod *wirklich.* Ihr eigener Mangel an Weitblick machte ihr jedoch mehr zu schaffen. Sie war ausgewählt worden, um diese Täter zu fassen, aber bisher leistete sie beschissene Arbeit. Winter machte es nur minimal besser, und trotzdem stand sie am Ende als die Heldin da. Mit ihrer Wettkampfmentalität wollte – konnte – Sun das nicht auf sich beruhen lassen.

„Der Überfall auf das Depot war für uns keine vollständige Pleite", fügte Sun hinzu, bemüht, ihre düstere Stimmung abzuschütteln. „Die New Yorker Polizei konnte von einer der Gaspatronen einen vollständigen Fingerabdruck abnehmen. Er passte nicht zu Ryan O'Connelly."

Noahs Blick wurde scharf. „Von wem stammt er?"

„Von einer Frau namens Heidi Presley." Sie blickte auf ihren Laptop hinunter und verlängerte die Spannung absichtlich. „Ich glaube, wir kennen jetzt die zweite mutmaßliche Täterin. Sie ist Mitarbeiterin eines IT-Unternehmens, arbeitet aber im Home-Office. Sie wohnt im nördlichen Michigan. Keine Vorstrafen. Anscheinend ist sie alleinstehend und lebt im selben Haus, in dem sie aufgewachsen ist. Sie hat es nach dem Tod ihrer Mutter geerbt, die vor anderthalb Jahren in derselben Gegend in einem Pflegeheim gestorben ist. Den Vater hat sie schon länger verloren. Er ist Anfang der Neunzigerjahre an Krebs gestorben."

Noah beugte sich vor. „Sie klingt ganz unauffällig. Wie kommt es, dass wir sie in unserer Datenbank haben?"

„Sie hat freiberuflich für eine Behörde gearbeitet. Etwa vor zehn Jahren hat man sie einer vollständigen Sicherheitsüberprüfung unterzogen. Damals ist nichts Verdächtiges aufgefallen, aber deshalb haben wir sie im System." Wieder blickte sie zu Winter auf. „Ich habe heute Vormittag mit

Aiden Parrish gesprochen. Er meint, dass sie zum Täterprofil passen könnte, aber wir müssen mehr über sie herausfinden. Wir haben einen Durchsuchungsbeschluss für ihr Haus. Ihr beide fliegt noch heute Abend hin."

Okay, das war kleinlich von ihr. Aber es war ihr egal.

Winter reagierte nicht, sondern saß einfach nur da wie ein Kloß.

Noch immer auf ein Maximum an Mitgefühl aus.

Noah zog die Augenbrauen zusammen. „Ist das im Moment klug? Sollten wir das Haus nicht der Polizei vor Ort überlassen? Wenn die Täter sich an das bisherige Muster halten, schlagen sie in weniger als achtundvierzig Stunden erneut zu."

„Ermittlungsleiterin", rief sie ihm in Erinnerung und zeigte auf sich. „Das bin ich."

Sicher, von ihrem Dreierteam, das jetzt noch übrig war, würden dann zwei Mitglieder fehlen, aber sie brauchte die beiden nicht. Dies war ihre letzte Chance, aus eigener Kraft einen Durchbruch zu erzielen. Sie hatte Zeit. Sie hatte eine weitere E-Mail erhalten, und zwar mit einem Termin. Diesmal lag er weiter in der Zukunft. Erst in drei Tagen würden die Täter erneut zuschlagen, zum letzten Mal.

„Ich habe ein paar Kriminaltechniker darauf angesetzt, die E-Mails zu untersuchen und in Heidi Presleys Vergangenheit zu graben. Ich kümmere mich hier um alles und finde heraus, wo der nächste Überfall stattfinden wird. Ihr beide fliegt nach Michigan."

Der einzige Mensch, auf den man sich wirklich verlassen konnte, war ohnehin man selbst.

24

Sie hielten vor einem großen burgunderrot gestrichenen Haus. Die ersten Strahlen der Morgensonne drangen dahinter hervor und glänzten auf dem First des spitzen viktorianischen Daches.

„Schöne Villa", brummte Noah. „Wenn man Horrorfilme mag."

Das Haus wirkte unbewohnt, in keinem der drei Stockwerke brannte Licht.

Auf dem Boden lag hoher Schnee, und der Zugang zur Haustür war nicht geräumt. Der Briefkasten war abmontiert worden, was darauf hinwies, dass die Besitzerin nicht vorhatte, allzu bald zurückzukehren.

Noah warf Winter einen Blick zu. Während des Flugs war sie still gewesen und hatte die meiste Zeit geschlafen. Nach der Landung auf dem Traverse City Airport in Michigan hatte sie auf der Fahrt zum Hotel ebenfalls kaum etwas gesagt. Er selbst hatte allerdings ebenfalls geschwiegen, da er damit beschäftigt gewesen war, den Leihwagen durch einen Schneesturm zu lenken. Im Hotel war jeder seiner Wege gegangen.

Auf Sun war Noah noch immer sauer. Sie hatte die Oberzicke herausgekehrt und nichts als die Ermittlungen im Kopf. An und für sich war das in Ordnung. Aber sie hatte keinerlei Gefühle erkennen lassen und Bulls Tod einfach abgetan. Vor dem Aufbruch hatte sie dann Winter beiseitegenommen und etwas zu ihr gesagt. Winter weigerte sich, darüber zu reden, doch was immer es war, sie war daraufhin totenbleich geworden.

Er würde es herauskriegen.

„Lass uns reingehen und schauen, was wir über Heidi finden", sagte er. „Hoffentlich hat sie uns einen Gefallen getan und gleich ein schriftliches Programm verfasst."

Winter erwiderte nichts, sondern schaute einfach nur auf das dunkle Haus.

„Zuerst musst du aus dieser Stimmung herauskommen", begann Noah.

Es würde schmerzhaft werden, aber es war notwendig. Er ließ den Motor laufen und das Gebläse voll aufgedreht, um gegen die minus zehn Grad draußen anzuheizen. Sie sah ihn an, überrascht von seinem harten Tonfall.

„Du quälst dich wegen Bull und hast Suns Gemeinheiten an dich herangelassen. Im Moment machst du dich mit Selbstvorwürfen fertig."

„Das stimmt nicht", widersprach sie und richtete sich im Sitz ein wenig auf. „Es geht mir gut. Im Moment verschwendest vielmehr du unsere Zeit."

„Du bist ein Schatten deiner selbst." Noahs Worte waren unverblümt. „In dieser Verfassung bist du zu nichts zu gebrauchen. Was hat Sun vor unserem Aufbruch zu dir gesagt?"

Winters Augen schienen einen Ton dunkler zu werden. „Nichts, das nicht stimmte."

„Heraus damit."

Sie starrte ausdruckslos auf den Schnee. Zunächst schien

es so, als würde sie nicht antworten, doch schließlich seufzte sie. „Sie sagte, so etwas passiert eben, wenn eine Anfängerin versucht, sich auf die Überholspur zu setzen. Wenn ich mich von meinem Ehrgeiz blenden lasse und darauf beharre, dass ich es besser weiß als erfahrenere Agents, und meine Kollegen in die Schusslinie bringe. Es sei nicht das erste Mal gewesen und werde auch nicht das letzte Mal bleiben."

„Und das hast du geschluckt?" Er schnaubte. „Warum hast du ihr diesen Haufen Mist abgekauft, aber davor nicht, dass du die Büroschlampe bist?"

„Weil das, was sie sagt, *diesmal* stimmt!"

Endlich hatten ihre Wangen ein wenig Farbe angenommen, selbst wenn es vor Verärgerung war. Er war einfach nur froh, dass er ihr eine Reaktion entlocken konnte. Sie war so unheimlich still gewesen.

„Wie kannst du behaupten, ich hätte nicht die Schuld an Bulls Tod? Die Observierung war meine Idee. Und meine Idee war es auch, dass wir uns auf das Depot in Brooklyn konzentrieren sollten. Hätte ich mich geirrt, wären wir genauso weit. Ein erfolgreicher Raubüberfall, Fingerabdrücke auf einer Gaspatrone … aber Bull wäre nicht tot. Theoretisch hatte ich recht, ich habe auf den richtigen Ort getippt. Aber was ich danach getan habe, hat nichts bewirkt oder vielmehr alles nur noch schlimmer gemacht."

„Sun ist neidisch. Das weißt du, oder?"

Diesmal war es Winter, die schnaubte. „Warum sollte sie denn neidisch sein? Ihr alle singt ständig ihr Lob. Sie ist eine intelligente, unbeirrbare Spürnase … genau das, was eine Agentin sein sollte."

„Ihr fehlt jedes Mitgefühl", gab er zu bedenken, noch immer bemüht, vernünftig zu argumentieren.

„Mitgefühl bringt keinen Mörder zur Strecke."

Es wurde Zeit, die Taktik zu ändern, und der nächste Spruch würde ganz schön reinhauen. „Schau, im Moment watest du in Selbstmitleid", schnauzte er sie an, jetzt zum ersten Mal mit erhobener Stimme. „Lass das."

Ihr Gesicht lief rot an. „Ich ..."

„Nein, lass das." Er begab sich in gefährliche Gewässer. „Bull ist tot. Das war nicht deine Schuld. Nicht du hast ihn mit Gas betäubt. Wusstest du etwa, dass die Täter geplant hatten, waffenfähiges Nervengas zu verwenden?"

Er hatte eine E-Mail mit vorläufigen Berichten erhalten und sie auf dem Flug gelesen. Sie konnte noch nicht Bescheid wissen.

Sie verneinte mit einem Kopfschütteln, stumm. Doch ihr Interesse war nun endlich geweckt.

„Einer der Täter hat es geschafft, sich eine chemische Waffe zu besorgen. Unsere Leute versuchen noch immer dahinterzukommen, wie das gelingen konnte. Dieses Zeug kriegt man nicht einfach im Walmart. Und jetzt sag mal selbst, du warst doch eine Weile mit Bull zusammen. Würdest du behaupten, dass er in guter körperlicher Verfassung war?"

„Er war stark ..."

„Sein Herz nicht. Was hat er bestellt, als ihr zusammen gegessen habt?"

„Nachos." Sie lachte ein wenig. Es klang eher wie ein Schluchzen. „Glaube ich. Schwer zu sagen. Er hat sie so schnell runtergeschlungen."

„Seine Autopsie hat gezeigt, dass einige seiner Arterien fast vollständig verstopft waren. Sein überlastetes Herz könnte der Grund dafür sein, dass das Gas bei ihm tödlich wirkte. Die anderen beiden Männer, die bei dem Überfall gestorben sind, waren ebenfalls gesundheitlich nicht gut in Form. Der eine hatte Diabetes. Und der andere schleppte einen Zentner Übergewicht mit sich herum. Sie waren anfällig."

Er ließ sie das kurz verdauen, bevor er sein eigentliches Argument vorbrachte.

„Du lässt zu, dass die Täter, die uns entkommen konnten, in dieser Sache *siegen*, weil du dich in Selbstmitleid suhlst. Wir haben Hinweise. Wir haben Spuren. Wir müssen ihnen einfach nur folgen. Das FBI und die New Yorker Polizei arbeiten mit Hochdruck an den Ermittlungen. Wir haben Leute, die in Presleys und O'Connellys Vorgeschichte graben. Die ihren digitalen Spuren nachgehen. Sie verfolgen die verschlüsselten E-Mails zurück und analysieren die Telefondaten des ermordeten Geschäftsführers. Und wir beide müssen auch unseren Teil beitragen."

Er deutete auf das unheimliche alte Haus.

„Vielleicht finden wir da drinnen Informationen, die uns bei der Frage weiterhelfen, wo der nächste und Sun zufolge letzte Überfall geplant ist. Reiß dich jetzt zusammen, sonst gehe ich allein dort rein und erledige die Sache."

Winter maß ihn mit einem verärgerten Blick. Schließlich aber legte sich die Anspannung in ihrem Gesicht.

„Danke." Damit stieg sie aus dem Wagen.

Noah seufzte erleichtert, schaltete den Motor aus und folgte ihr durch den Schnee. Er war sich nicht sicher gewesen, ob er das packen würde. Auf ihre Weise konnte Winter genauso furchteinflößend sein wie Sun.

Noah hatte recht. Sie musste sich zusammenreißen. Ihren Zorn nutzen, statt sich von ihm lähmen zu lassen.

Der Bretterboden der Vorderveranda quietschte, als Winter die Treppe hinaufstieg und sich den Schnee von den Füßen trat. Sie war froh, dass sie am Vortag trotz ihrer Benommenheit beim Packen daran gedacht hatte, hohe Schuhe mitzunehmen.

Sie legte die Hand auf den eiskalten Türgriff und versuchte, die Tür zu öffnen. Sie war abgesperrt.

„Darum kümmere ich mich“, bot Noah an, in dessen Manteltasche der Durchsuchungsbeschluss steckte. Ein einziger kräftiger Tritt ließ die Tür krachend nach innen auffliegen.

„Vorsicht“, warnte sie, obwohl sie keine unmittelbare Gefahr spürte. „Heidi steht auf Sprengfallen. Wahrscheinlich rechnet sie nicht damit, dass wir ihr Haus finden, aber man weiß nie.“

Alle Sinne geschärft, drangen Winter und Noah durch die Haustür ein. Die Küche im Farmhouse-Stil war aufgeräumt, der Tisch sauber. Kein schmutziges Geschirr in der Spüle. Keinerlei Hinweis darauf, dass jemand in letzter Zeit gekocht hatte. Winter öffnete einen der Küchenschränke. Vorräte befanden sich nicht darin.

Rechts führten ein paar Stufen zu einem vertieften Wohnzimmer hinunter, das wie ein Anbau oder ein Umbau eines früheren Hausteils wirkte. Dort standen ein Fernseher und eine Couch mit zwei Beistelltischen. Die Möbel waren alt, aber sauber.

Links führte ein Durchgang in ein Esszimmer mit Schränken voller Porzellan. Das Geschirr war antik. Keine herausragende Qualität, aber auch kein Mist. Dahinter befand sich ein Salon mit Bücherregalen und wertvolleren Möbeln. Alles im Haus wirkte wie ein Zeugnis für die penible Reinlichkeit und Ordentlichkeit der Besitzerin.

Das passte gut zu dem Profil, das Aiden von Heidi erstellt hatte.

Auf einem Kartentisch lag ein fertig gelegtes Puzzle. Angesichts der dünnen Staubschicht auf dem Bild der zwei Katzen mit Weihnachtsmannmützen dachte Winter, dass schon lange keiner mehr mit einem neuen Puzzle angefangen hatte. Oder dass der Putzteufel, der hier für makellose Sauberkeit gesorgt hatte, schon lange nicht mehr zu Hause gewesen war.

„Interessante Lektüre", bemerkte Noah, der die Bücher im Regal musterte. „Überwiegend wahre Kriminalfälle. Es ist nur ein Indiz, zeugt aber von einem eindeutigen Interesse."

Auf der anderen Seite des Zimmers schlossen sich eine Toilette und das Treppenhaus an.

„Sollen wir hochgehen?", fragte er.

Das Haus war kaum beheizt, gerade so, dass die Wasserrohre nicht einfroren. Oben war es noch kälter.

Dort lagen drei große Zimmer. Eines war ein Lagerraum mit ordentlich gepackten Behältern voller Kleider und weiterer Bücher. Der zweite Raum, das Hauptschlafzimmer, wirkte ungenutzt.

Ein hohes Bett war mit einer vom Alter vergilbten Häkeldecke bedeckt. Das dunkle Kopfbrett passte zu den Nachttischen und der Frisierkommode mit Spiegel. Antike Möbel. Vielleicht Familienerbstücke.

Auf der Frisierkommode stand ein Hochzeitsfoto. Eine kleine blonde Frau und ein hochgewachsener dunkelhaariger Mann in Kleidung, wie man sie in den Siebzigerjahren als Hochzeitsstaat trug. Die Frau lächelte vorsichtig. Der Mann, deutlich älter als die Braut, machte ein finsteres Gesicht. Die tiefen Falten in seinen Wangen zeigten, dass das sein üblicher Gesichtsausdruck war.

Im Zimmer roch es nach Mottenkugeln. Ein Blick in die Schubladen der Frisierkommode enthüllte, wo der Geruch herkam. Darin lag gefaltete Männer- und Frauenkleidung, als sollte sie gleich getragen werden. Es war unheimlich, da die Besitzer der Kleidung tot waren.

Im Flur zeigte ein kurzer Blick hinter eine weitere Tür ein Badezimmer. Eine altmodische Blumentapete, eine antike Badewanne mit Klauenfüßen, und die Toilette war unglaublich alt, mit einem Wasserkasten, der ein Stück unterhalb der Decke montiert war. Eine Kette hing davon herab, vermutlich zum Spülen.

Am Ende des Flurs stand eine weitere Tür ebenfalls offen. Hier befand sich Heidis Zimmer, wie Winter instinktiv spürte. Eine Stufe führte dorthin hinunter, der Boden lag auf einem tieferen Niveau als der Rest des Obergeschosses. Zu beiden Seiten der Mansarde neigten sich steile schräge Wände, und dunkle Holzdielen knarrten unter den Füßen. Im Zimmer stand ein einfaches Messingbett, über dessen Doppelmatratze eine Patchworkdecke gebreitet war. Davon abgesehen war das Zimmer leer, nicht einmal ein Teppichläufer lag auf dem Boden.

Keine Bilder. Keine Andenken. Keine herumliegenden Bücher. Nichts von dem, was man im Haus eines normalen Menschen finden würde.

„Ein spartanisches Quartier." Noahs Stimme hallte durchs stille Obergeschoss. „Vielleicht ist Heidi eine Stoikerin. Schauen wir jetzt im Keller nach? Auf dem Dachboden?"

„Ich denke, sie dürfte irgendwo ein Büro haben", antwortete Winter, deren Stimme in dem leeren Zimmer ebenfalls ungewöhnlich laut klang. „Irgendwo sollte ein Computer stehen. Sie arbeitet von zu Hause aus."

„Dann also der Dachboden", erwiderte Noah.

Die schmale Treppe führte ein weiteres Stockwerk hinauf. Winter beobachtete, wie Noah auf den schmalen Stufen die großen Füße schräg aufsetzte.

Jetzt kamen sie in Heidis Fledermaushöhle.

Der Raum nahm die ganze Länge des Hauses ein, und hier war es sogar noch kälter als in den beiden unteren Stockwerken. Es gab jedoch ein paar Heizgeräte, die wahrscheinlich für erträgliche Temperaturen sorgten, wenn das Zimmer genutzt wurde. In dem Versuch, ein wenig Wärme im Raum zu halten, hatte man hier und dort ein paar billige Teppichläufer ausgelegt. Drei Dachfenster gaben den Blick auf die verschneite Straße unten frei. Vor der Nische des einen stand ein Schreibtisch.

Dessen Platte war leer, abgesehen von einer Maus und einer Tastatur. Noah machte sich an die Erkundung der Schubladen, während Winter den Raum musterte. Er war zu leer. Heidi musste irgendwo ein Versteck haben.

Sie fand es am hinteren Ende des Raums.

Durch die Spalten zwischen den alten, zerkratzten Kiefernholzdielen schimmerte ein schwaches rötliches Licht hervor. „Hast du dort drüben etwas gefunden?", fragte Winter Noah, der noch immer den Schreibtisch untersuchte. Sie wusste, dass es nicht so sein würde, aber sie wollte den Schein wahren.

Er schob die letzte Schublade zu. „Nichts als Büromaterial. Und was hast du?"

„Ein Versteck." Sie deutete auf ein kleines Loch in den Bodendielen. „Das könnte ein Astloch sein, aber ich glaube, dass man damit etwas aufklappt."

Noah kauerte sich nieder und schob den Finger in die Öffnung. Er zog das Brett nach oben, und mit einem leisen Ruck kam ein kleiner Abschnitt des Holzbodens frei.

Winter spannte sich am ganzen Körper an, von plötzlichem Unbehagen erfüllt, während Noah zufrieden gluckste.

„Volltreffer. Da liegen ein Wegwerfhandy und ein Laptop."

Gleich darauf entdeckte Winter ein abgebrochenes Drahtende, das von einer Seite der Holzplatte herabhing.

„Nimm sie schnell", sagte sie, von einem plötzlichen, schneidenden Gefühl der Dringlichkeit erfüllt. „Ich glaube, hier hat jemand gebastelt."

Er sah sie rasch an, schnappte sich den Laptop und steckte das Handy in die Manteltasche. „Was …"

„Weg hier. Sofort."

Sie waren zwei Stockwerke nach unten gelangt und

befanden sich im Salon, als eine Explosion das große Haus bis ins Fundament erschütterte.

Winters Ohren klingelten vom Knall, und sie schwankte.

Noah packte sie mit der freien Hand am Arm und zerrte sie weiter. Sein Mund bewegte sich, aber das Klingeln in ihrem Kopf war so laut, dass sie die Worte nicht hören konnte. Im Obergeschoss schrillten Rauchmelder los. Immerhin die konnte sie hören.

Als sie aus der noch offen stehenden Haustür stolperten, waren die Nachbarn bereits vor ihre Häuser gestürzt, um zu sehen, was los war. Das ganze Dachgeschoss des Hauses stand in Flammen, und das Feuer loderte hoch hinauf, vermutlich zusätzlich von einem Brandbeschleuniger genährt.

Das Klingeln in Winters Ohren wich einem lauten, ununterbrochenen Summen, das ein Gefühl der Benommenheit erzeugte.

„Gut gemacht." Sie las Noahs Worte mehr von den Lippen ab, als dass sie sie hörte. Seine Stimme klang gedämpft, und sie konnte ihn kaum verstehen. „Du hast uns schon wieder den Arsch gerettet."

25

Ryan kam langsam und mit Unterbrechungen wieder zu Bewusstsein. Er hatte Watte im Hirn und fühlte sich wirr. In seinem Kopf hämmerte es. Als er versuchte, die Hand an die schmerzende Stirn zu legen, konnte er sie nur ein kleines Stück heben, dann wurde sie von irgendetwas zurückgerissen.

Er schlug die Augen auf und blinzelte ein paar Mal. Er befand sich in einem fensterlosen Raum, dessen Wände aus weiß gestrichenen Leichtbetonsteinen gemauert waren. Sie reflektierten ein helles Licht, das ihn blinzeln ließ, und er verdrehte den Kopf, um die Lichtquelle zu finden. Ein Baustrahler, einer dieser superhellen Halogenscheinwerfer, leuchtete heiß neben dem Bett, auf dem er lag. Wahrscheinlich sollte er ebenso als Heizquelle für den feuchtkalten Raum dienen wie als Licht.

Erneut bewegte er die Hände und führte sie nach oben. Doch auch diesmal blieb sein Spielraum auf nicht mal dreißig Zentimeter beschränkt. Als er kräftiger zog, bissen Handschellen in seine Handgelenke. Metall klirrte. Er war an das Bettgestell gefesselt.

Er hatte eine unbestimmte Erinnerung an einen Film mit Kathy Bates. Sie spielte eine Psychopathin, die nicht von Stephen King ablassen wollte. Nein, der Film beruhte auf einem Roman *von* Stephen King.

Der Nebel in seinem Hirn lichtete sich ein wenig, und er hob den Kopf. Glücklicherweise waren seine Beine nicht ans Fußende des Bettes gefesselt. Sie wirkten unversehrt.

Plötzlich überkam ihn die Erkenntnis wie eine Übelkeit erregende Welle. Heidi war seine Psychopathin.

Als hätte der Gedanke sie heraufbeschworen, öffnete sich auf der anderen Seite des Raums eine Metalltür mit rostig quietschenden Angeln. Heidi schlüpfte durch den Spalt und betrachtete ihn kühl.

„Gut. Ich habe dich also nicht getötet."

„Hast du es versucht?" Seine Stimme war nur ein heiseres Krächzen, und er merkte, wie durstig er war.

„Nein. Noch nicht."

Sie hielt ein Glas in der Hand. Wäre sein Mund nicht völlig ausgetrocknet gewesen, hätte er vor Verlangen gesabbert. Sie stellte es auf einen kleinen Tisch neben seinem Bett. Er war so durstig, dass er die Flüssigkeit zu riechen meinte. Aus einer Ecke des Raums zog sie einen Metallklappstuhl heran, setzte sich und betrachtete ihn forschend, als wäre er ein Insekt in einer Sezierschale.

Hatte sie ihn während seiner Bewusstlosigkeit immer wieder so angeschaut? Bei dem Gedanken bekam er eine Gänsehaut.

„Möchtest du mir nicht sagen, was los ist, Herzchen?" Er bemühte sich um einen scherzenden Tonfall. Vergebens.

„Nichts. Noch nicht." Sie beobachtete ihn weiter. Ihre Augen, die heute einen blassen, nahezu farblosen Blauton hatten, waren kühl. „Was mein Versprechen angeht, dich von der Leine zu lassen, habe ich leider gelogen", erklärte sie nüchtern. Als ob er das nicht schon selbst erraten hätte. „Wir müssen noch den letzten Akt geben. Ohne dich funktioniert er nicht. Du bist als Star der Show vorgesehen."

Plötzlich spürte er einen Druck auf der Brust. Eine solche Angst wie jetzt hatte er noch nie durchgestanden, aber etwas sagte ihm, dass das erst der Anfang war. Es würde noch schlimmer werden.

„Das hatte ich mir schon gedacht." Er klirrte mit seiner Handschelle. „Ist das Wasser dort für mich, Herzchen? Nach meinem Nickerchen bin ich ein bisschen durstig."

„Es ist für dich. Aber du bekommst es noch nicht."

Er versuchte sich zu erinnern, was nach ihrer beider Eintreffen in Heidis Fluchthaus in Vermont vorgefallen war, doch da, wo seine Erinnerung hätte sein sollen, herrschte gähnende Leere. Vielleicht befanden sie sich nicht einmal in Vermont. Sein Gedächtnis ließ ihn vollkommen im Stich.

Nein. Das stimmte nicht. Jetzt setzte sein Gedächtnis sich doch auf die richtige Spur, und er wusste wieder, wie er die Kisten hereingetragen hatte. Und wie er beim Umdrehen entdeckt hatte, dass sie eine verdammte Gasmaske trug.

Dann … nichts mehr.

Er leckte sich erneut die Lippen. Verdammt, er war so durstig.

Er musste aufhören, an seinen Durst zu denken, und sich konzentrieren.

Mit der nicht weniger trockenen Zunge fuhr er sich schon wieder über die trockenen Lippen. „Wollen wir dann einfach nur plaudern?"

„Ja. Das würde mir gefallen." Heidi schenkte ihm ein schmallippiges Lächeln und lehnte sich auf dem Stuhl zurück. Sie trug Alltagskleidung. Jeans, Turnschuhe und ein Sweatshirt mit dem Aufdruck *Michigan State*. Ihr Haar war glatt und blond. Ihre Augen hatten diesen verblichen wirkenden Blauton. Vielleicht sah er zur Abwechslung ja einmal ihr wirkliches Äußeres? Die echte Heidi?

Auch das hatte für seine Lebenserwartung nichts Gutes zu bedeuten.

„Wir könnten ein wenig Zeit totschlagen", erwiderte er. Idiotische Wortwahl, dachte er gleich und unterdrückte nur mit Mühe ein Zusammenzucken. „Worüber sollen wir reden? Über Politik? Filme? Popkultur?"

„Ich habe dir schon mal ein bisschen von meiner Lebensgeschichte erzählt", bemerkte sie nachdenklich. „Ich könnte dir noch mehr erzählen."

„Wenn du das möchtest."

Ryan freute sich allerdings nicht darauf. Es erinnerte ihn zu sehr an den Monolog, den ein Bösewicht im Film immer absonderte, bevor er versuchte, den Helden zu töten.

Nicht dass er selbst irgendetwas Heldenhaftes an sich hätte, dachte er voller Selbstekel.

„Mein Vater hat mich sexuell missbraucht, seit ich sieben war."

Diesmal zuckte er wirklich zusammen. Dies hier wies alle Merkmale einer Beichte des Bösewichts auf.

„Das tut mir leid", sagte er, obwohl ihm klar war, dass die Worte armselig klangen. Vielleicht war sie deshalb so verrückt. Er hatte seine eigenen Erfahrungen mit zudringlichen Händen, die einen in einem Alter begrapschten, in dem man noch zu klein war, sie daran zu hindern.

„Meine Mom wusste Bescheid, scherte sich aber nicht genug darum, sie ging nicht dazwischen", fuhr Heidi fort. „Mit zwölf habe ich ihn getötet." Sie machte diese Aussage, als vermeldete sie ein Fußballergebnis.

„Ach ja? Er hatte es wohl verdient."

„Das hat er. Und ich bin ungestraft davongekommen, möchte ich hinzufügen. Ich habe ihm Rattengift unters Essen gemischt und ihn langsam dahinsiechen sehen. Ich dachte, bei der Autopsie finden sie die Todesursache heraus und werfen meine Mom ins Gefängnis, aber wie sich herausstellte, hatte er außerdem noch Krebs. Ein paar Monate später wäre er ohnehin abgekratzt."

„Das ist ja wunderbar. Sehr passend."

Etwas weniger Sarkasmus, Ryan, ermahnte er sich. Eine Psychopathin, die ihn an ein Bettgestell gefesselt hatte, sollte er nicht verärgern. Sie würde ihn ermorden, aber noch lebte er, und wo Leben war, da war Hoffnung. Besser, er provozierte sie nicht dazu, seine Existenz hier an Ort und Stelle zu beenden, während er wie ein dressierter Truthahn hilflos dalag.

„Es war *wirklich* wunderbar." Bei der Erinnerung lächelte sie ein wenig breiter. „Ich habe alles Notwendige in der Bibliothek recherchiert. Natürlich mit richtigen Büchern. Was man im Internet treibt, bleibt nicht privat." Sie warf ihm einen bedeutungsvollen Blick zu.

„Stimmt", war die einzige Antwort, die ihm einfiel.

„Wusstest du, dass Rattengift dieselben Blutverdünner enthält, die bei Schlaganfall- und Herzpatienten verschrieben werden? In der richtigen Dosierung lösen sie alles Mögliche aus. Sagen wir mal, im Haferbrei, den dein Vater jeden Morgen isst. Nasenbluten, ein blutender Gaumen oder Blut im Urin."

„Cool!"

„Ich hatte mir überlegt, meine Mom wegen des Verbrechens zu beschuldigen, aber sie war so schwach. Im Gefängnis hätte sie nicht lange überlebt. Mit ihr habe ich mich später befasst."

Sie gestand den Muttermord im selben Tonfall, in dem jemand anderes ankündigen würde, zum Supermarkt zu gehen, um sich ein Wurstbrötchen zu kaufen. Bei dieser Gefühlskälte lief ihm ein Schauer den Rücken hinunter.

„Ich hätte sie einfach von selbst sterben lassen können, aber das dauerte zu lange. Sie lebte in einem Pflegeheim", erklärte Heidi. „Sie hatte einen Schlaganfall und war danach jahrelang pflegebedürftig. Schließlich habe ich bei ihr den Stecker gezogen, um an das Versicherungsgeld heranzukommen. Das brauchte ich für meinen Plan. Sie hätte noch weitere fünf Jahre dahinvegetiert, und so lange wollte ich nicht warten."

„An dem Plan arbeitest du also schon länger?"

„Mindestens sechs Jahre. Noch niemand hat so viel Zeit wie ich in ein solches Projekt investiert", fügte sie stolz hinzu. „Ich wusste von Anfang an, dass es klappen würde."

„So weit, so gut, denke ich", antwortete Ryan. „Herzlichen Glückwunsch."

Jedenfalls gut für Heidi. Und für ihn selbst? Weniger.

„Ich habe mir alle möglichen True-Crime-Serien angeschaut. *Dateline.* Alte Folgen von *Unsolved Mysteries.* Dokus. Ich recherchierte mit denselben Methoden nach Verbrechen wie damals nach den Informationen über Rattengift. Was die Bibliothekarinnen wohl über mich gedacht haben. Ich habe Hunderte von Büchern gelesen. Mir mehrere verschiedene potenzielle Verbrechen ausgesucht und Szenarios durchgespielt, wie ich das Ganze drehen würde. Auch wenn die Drahtzieher erst mal davonkommen konnten, gilt fast immer eines", sie schnaufte angewidert: „Die meisten machten idiotische Fehler und flogen ihretwegen später auf. Dafür bin ich zu klug."

„Mich hast du jedenfalls übertölpelt."

Schon waren sie bei der Enthüllung der Planungsphase. Er war dem Tod geweiht.

Mit einer Handbewegung wies sie sein selbsterniedrigendes Kompliment zurück. „Das war einfach. Du bist leicht zu manipulieren. Ich musste nur deinem Stolz schmeicheln. Nachdem ich dich einmal am Haken hatte, war es kein Problem, dich dort weiter zappeln zu lassen. Du bist im Wesentlichen egozentrisch und reagierst gut auf Bedrohungen deines Wohlbefindens."

Er musste seine ganze Kraft darauf verwenden, ein ausdrucksloses Gesicht zu behalten und nicht Speichel zu sammeln, um ihr ins Gesicht zu spucken. Noch nie im Leben hatte er sich so ohnmächtig gefühlt.

Heidi gähnte mit übertrieben weit aufgerissenem Mund. „Zu meiner Überraschung habe ich herausgefunden, dass Drohungen gegen andere Personen dich sogar noch besser motivieren. Ionie war ein Gedankenblitz. Ich war nie wirklich in Jamaika, und es ist mir völlig gleichgültig, ob du dort ein Flittchen gebumst hast. Aber ich habe in deine E-Mails geschaut, und deine exotische Liebste hat versucht, dich zu kontaktieren, hat dich angefleht, zurückzukommen, und dir ihre Liebe beteuert. Du wirst gern hören, dass sie für mich keine Zielperson ist."

Das erleichterte ihn, allerdings nicht sehr. Heidis Wort war nicht zu trauen, wie er sehr gut wusste.

Ionie war eine reizende Frau, und er wollte nicht, dass ihr etwas zustieß. Solange Heidi ihren Namen und die Stadt kannte, in der sie wohnte, würde sie nicht sicher sein. Gott stehe ihr bei, sollte Heidi entdecken, dass Ionie ein Kind hatte. Etwas sagte ihm, dass diese Irre nicht davor zurückschrecken würde, Kinder zu ermorden.

„Das ist nett von dir. Ionie hat mich einfach nur im Urlaub ein bisschen abgelenkt", log er. „Schade, dass sie mehr für mich empfindet als ich für sie. Sie sollte deswegen nicht sterben müssen."

Er gab sich Mühe. Aber wenn etwas Heidi nicht direkt betraf, hörte sie nicht zu.

„Ich bin schon sehr gespannt darauf, was du zum letzten Teil meines Plans sagen wirst. Möchtest du jetzt etwas Wasser trinken?"

„Gern." Das war eine Untertreibung. Womit auch immer sie ihn betäubt hatte, eine Nebenwirkung war, dass seine Zunge sich so schrumpelig wie ein alter Schwamm anfühlte.

Fast sanft hob Heidi seinen Kopf an und führte den Becher an seine Lippen. Er trank in gierigen Zügen, da er Angst hatte, sie könnte ihn wegnehmen. Obwohl es schmeckte wie purer Schwefel aus einem schlechten Brunnen, schluckte er so hastig, dass ihm Wasser am Kinn hinunterlief.

„Gut gemacht", lobte sie ihn, als er das Glas geleert hatte. „Zeit für ein Nickerchen, *Herzchen*."

„Im Wasser war was, oder?" Das überraschte ihn nicht. Aber er hätte einen Zaubertrank vom Teufel persönlich getrunken, um seinen schrecklichen Durst zu löschen.

„Ein Schlafmittel", bestätigte sie mit einem Blick in das Glas. „Hoffentlich stört es dich nicht. Ich habe viel zu tun und möchte nicht, dass du hier herumzeterst und mich ablenkst."

Vielleicht bildete er es sich nur ein, aber seine Gliedmaßen fühlten sich bereits schwer an. Und ihm war schwummrig.

Wer weiß, er mochte Glück haben: Vielleicht hatte sie ihm versehentlich eine Überdosis verpasst, und er würde ihren Schlussakt ruinieren.

„Schlaf gut, und bis später."

Sie ging zur Tür und öffnete sie. Dahinter war es dunkel. Vermutlich befand er sich in einem Keller, aber angesichts seiner Bewusstseinslücken könnte er sich ebenso gut in einem Luftschutzraum im kanadischen Winnipeg aufhalten. Als sie schon draußen war, spürte er, dass er pinkeln musste.

Doch es spielte wohl keine Rolle, dachte er beim Eindösen. Er würde lieber im Schlaf wie ein Kleinkind einnässen, als sie um Beistand zu bitten.

. . .

Heidi stieg die niedrige Treppe zum Erdgeschoss hinauf und schloss die Tür hinter sich ab. Den Schlüssel steckte sie in die Hosentasche.

Sie war zufrieden.

Mit wenigen Abstrichen war alles genau so gelaufen wie geplant. Drei Projekte erledigt, und nur das letzte – und wahrscheinlich einfachste und befriedigendste – stand noch offen.

Ryan würde natürlich überrascht sein. Sie hatte mit dem Gedanken gespielt, ihn laufen zu lassen, doch da hatte er noch nicht versucht, sie zu verführen, um ihre Sachen zu durchwühlen. Sie war ihm gegenüber weich geworden, doch er hatte ihr ja gezeigt, was für ein Fehler das war. Mit seinem Fehlgriff hatte er sein Todesurteil unterschrieben.

Sie verzieh niemandem leicht. Tatsächlich verzieh sie sogar niemals.

Sie hatte vor, Ionie im Anschluss aufzuspüren und zu ermorden, nur spaßeshalber. Nach der Vollendung ihres Plans könnte Jamaika eine Zwischenstation auf ihrer Siegesrunde werden. Ryans jämmerliche Versuche, sie von Ionie abzulenken! Für ihn würde es zwar keine Rolle mehr spielen, ob seine Liebste tot war, aber Heidi könnte sich auf eine befriedigende Rache freuen.

Jamaika war eine gute Idee. Nach Saint Ignace würde sie nicht zurückkehren. Ihretwegen konnte das Haus genauso verfaulen wie ihre Eltern. Vielleicht würde das FBI sie schließlich trotz aller Vorsichtsmaßnahmen identifizieren. Dann würden die Agents das Haus finden. Für sie spielte das keine Rolle. Sollten sie doch ihre Zeit verschwenden. Auswirkungen hätte es keine.

In Gedanken an das Haus nahm sie sich eine Dose Pepsi aus dem Kühlschrank des Ferienhauses, das sie für dieses letzte, fantastischste Projekt gemietet hatte.

Die Wahrscheinlichkeit, dass die von ihr ausgewählte

FBI-Agentin sie enttarnen würde, war gering. Selbst wenn Sun Ming *tatsächlich* die beste FBI-Agentin seit J. Edgar Hoover wäre, wie sie es in ihrer prahlerischen Vita behauptet hatte.

Heidis Verkleidungen waren perfekt. Sie hatte alle Spuren verwischt. Angesichts der von ihr errichteten Firewalls würde keiner ihre E-Mails hacken können. Zumindest nicht innerhalb der kurzen Zeitspanne, die die Agents zur Verfügung hätten.

Doch falls es Special Agent Ming zufällig doch gelungen wäre, hinter ihre Identität zu kommen, müsste sie inzwischen das Haus gefunden haben. Und falls sie das Versteck unter den Holzdielen geöffnet hätte, wäre sie bereits tot.

Das wäre ein wenig enttäuschend. Während ihrer kleinen Feier hatte Heidi für Sun einen Platz in der ersten Reihe vorgesehen.

Sie klappte ihren Laptop auf und öffnete das Programm, das ihre Überwachungskameras vereinte.

Sie zeigten kein Bild an.

Heidi war überrascht, aber keineswegs verstört.

Für den Fall eines Schneesturms oder eines Stromausfalls waren ihre Kameras an ein Notstromaggregat angeschlossen. Es gab nur eine einzige Erklärung für den leeren Bildschirm: Die Sprengfalle war explodiert. Interessant.

Sie scrollte durch die Kameradateien, bis sie diejenige mit der Sicht auf die Zufahrt fand. Die ließ sie im Zeitraffer rückwärts laufen. Hätte sie doch eine Schüssel Popcorn zu ihrer Cola. Dieses Video würde alles, was man im Fernsehen zu sehen bekam, um Längen schlagen.

Sie fand den Zeitpunkt, an dem ein Wagen die Zufahrt hinauffuhr. Ein weißer SUV mit zwei Leuten darin. Die beiden blieben noch eine Weile im stehenden Wagen sitzen, stiegen dann aus und stapften durch den Schnee zur Vorderveranda. Sie sahen aus wie Agents, aber keiner der beiden war eine zierliche Amerikanerin asiatischer Abstammung.

Sun hatte ihre Helfer geschickt. Umso besser.

Heidi konnte beide Gesichter genau betrachten. Der Mann war groß und breitschultrig und hatte den Körperbau eines Football-Spielers. Sie verabscheute ihn auf Anhieb. Er war attraktiv wie Ryan, und seiner selbstbewussten Körperhaltung sah man an, dass er es wusste. Die Frau war interessanter, und Heidi erkannte sie sofort. Winter Black. Ihre Augen betrachteten die Welt um sie her mit einem Ausdruck, als nähme sie jede Kleinigkeit wahr. Diese Agentin arbeitete unter Hochspannung.

Mit Intensität konnte Heidi etwas anfangen. Sie fühlte sich davon angezogen.

Es war, als schaute man einen Film, dessen Ausgang man schon kannte, den man aber trotzdem mochte. Sie wechselte die Kameras, um den Weg der beiden durchs Haus zu verfolgen, und blieb auf ihrer Spur, bis sie den Dachboden betraten. Heidi hatte die Kamera genau oberhalb des Verstecks mit ihren Sachen montiert, um gegebenenfalls einen letzten Blick auf die Person werfen zu können, die intelligent genug wäre, das Geheimfach zu finden.

Fasziniert verfolgte sie, wie der Agent überall dort herumkramte, wo es sich anzubieten schien. Die Agentin dagegen schaute sich einfach nur im Raum um. Als hätte sie einen Röntgenblick, hefteten ihre Augen sich auf den Boden, und sie ging gleich zur richtigen Stelle. Der Raum war nicht verwanzt, und so konnte Heidi nicht hören, was die beiden besprachen. Jetzt bereute sie diese Unterlassung.

Heidi hätte fast vor Erregung in die Hände geklatscht, als der selbstbewusste Kerl beim Versteck in die Hocke ging und die Holzabdeckung, unter der es verborgen war, wegnahm. Sie konnte ihn jetzt nicht mehr sehen, weil er sich unmittelbar unterhalb des Sichtwinkels der Kamera befand, doch die Agentin hatte sie genau im Blick. Wie viel vom Sterben der beiden sie wohl mitbekommen würde, bevor die Explosion die Kamera zerstörte? Vielleicht ein paar Sekunden? Die müssten sich lohnen.

Dann aber veränderte sich der Gesichtsausdruck der Agentin, als hätte sie den Auslösedraht entdeckt. Sie bewegte den Mund, und die beiden rannten zum Ausgang. Nun war niemand mehr im Raum. Keine fünfzehn Sekunden später zuckte ein heller Blitz auf, und die Kamera erlosch.

Überrascht wechselte Heidi zur Kamera, die den Flur im Obergeschoss zeigte.

Die Agents rannten die Treppe hinunter.

Erdgeschoss. Sie schafften es fast bis ganz durch den Salon, bevor die Explosion erfolgte. Heidi konnte es nicht fassen. Sie hätte für den Auslösemechanismus eine kürzere Zeit bis zur Explosion einstellen sollen, aber andererseits hätte eigentlich niemand den Draht sehen dürfen.

Heidi wechselte erneut zur Außenkamera. Der große Mann hatte den Arm um die Frau gelegt, die eine Nummer auf ihrem Handy wählte. Er hatte Heidis Laptop unter den Arm geklemmt und grinste deppenartig, als wäre ihm gar nicht klar, wie nahe er daran gewesen war, in Stücke gerissen zu werden.

Sollte er doch glauben, er hätte einen Fund gemacht, überlegte Heidi gänzlich unbesorgt. Sobald der Idiot sich einzuloggen versuchte, würde die Festplatte gelöscht.

Als Heidi das blasse Gesicht der Agentin betrachtete, schauderte sie zusammen … halb erschreckt und halb vor Vorfreude. Dass Heidis Elternhaus aufgespürt worden war, musste dieser Frau zuzuschreiben sein, sagte sie sich mit einer Gewissheit, die sie sich nicht erklären konnte.

Sie lehnte sich im Sessel zurück und dachte darüber nach, ob sie wohl die falsche FBI-Agentin ausgewählt hatte.

Heidi hasste es, falschzuliegen.

26

„Einerseits ist es gut, dass wir selbst hergekommen sind", sagte Noah. „Sonst gäbe es jetzt vielleicht noch mehr Tote. Nicht jeder hat eine Partnerin mit eingebautem Bombendetektor. Andererseits würde ich mir wünschen, Heidi Presley hätte in einer zentraleren Region gelebt. Der nächste Flug nach New York geht erst in fünf Stunden. Traverse City ist nicht gerade ein Taubenschlag."

„Das macht nichts", erwiderte Winter. „So haben wir vor der Fahrt zum Flughafen noch Zeit, das Pflegeheim von Heidis Mom zu besuchen. Wenn wir schon hier sind, sollten wir uns auch ein möglichst vollständiges Bild machen."

Shady Oaks war eine kleine Einrichtung am Rande der Kleinstadt, sauber und gut geführt. Drinnen fehlte der typische Geruch nach Depression und Urin, der in so vielen Pflegeheimen hängt. Die Lobby war einladend, mit kleinen Sitzgruppen und Vasen voller frischer Blumen.

Vom Empfang lächelte ihnen eine hübsche junge Frau Mitte zwanzig entgegen. „Kann ich Ihnen helfen?"

Noah knipste sein Megawatt-Lächeln an. „Vielleicht",

antwortete er. „Allerdings wirken Sie so jung, dass Sie wohl noch nicht lange genug hier arbeiten."

Kichernd ließ sie sich von seinem Charisma in Bann schlagen. Winter hatte die Macht dieses Lächelns schon oft erlebt, und es erstaunte sie immer wieder aufs Neue, als wie wirksam es sich jedes Mal erwies. „Ich bin inzwischen vier Jahre hier", sagte sie.

„Ach, na so was. Dann lag ich wohl falsch. Vielleicht können Sie mir ja doch helfen. Erinnern Sie sich an eine bestimmte Bewohnerin namens Monica Presley? Oh, und Sie dürfen es uns sagen", fügte er hinzu und zeigte ihr seine Marke. „Wir kommen vom FBI. Wir forschen derzeit nach Informationen über Monicas Tochter Heidi."

Die Rezeptionistin – laut Namensschild hieß sie Katie – furchte nachdenklich die Stirn. „Das sagt mir etwas. Ich erinnere mich an Monica, aber nicht an ihre Tochter. Lassen Sie mich herumfragen, ob jemand hier mehr weiß."

Gleich darauf marschierte eine Pflegerin in die Lobby und baute sich vor ihnen auf.

„Braucht das FBI immer so lange? Über ein Jahr?", fragte sie. Die Frau war klein, mollig und trug das braune Haar in straffe Dauerwellen gelegt. Sie sah aus wie Ende vierzig oder Anfang fünfzig. „Es wird allmählich auch Zeit, dass Sie auf meine Anrufe reagieren."

„Auf Ihre Anrufe?", fragte Winter. „Wann war das? Und worum ging es?"

„Das ist schon über ein Jahr her! Beinahe anderthalb Jahre", antwortete sie ungnädig. „Es ging um die arme Monica."

„Monica Presley? Was war mit ihr?" Winter blinzelte, verwirrt von dieser unerwarteten Wendung. Mit dem Besuch im Pflegeheim hatten sie vor allem die Zeit totschlagen wollen. Es überraschte sie, dass eine der Pflegerinnen bereits das FBI kontaktiert hatte.

Das Gesicht der Frau war immer noch ärgerlich verzogen. „Wir haben den Auftrag, Misshandlungen alter Menschen oder Eingriffe in die Behindertenrechte der Patienten zu melden, aber keiner wollte mir zuhören. Weder die Polizei von Saint Ignace noch die Bundesstaatspolizei. Tatsächlich hat Dennis Hodgson, der Leiter unseres Pflegeheims, mir sogar mit Rauswurf gedroht, sollte ich das Thema nicht fallen lassen." Sie lächelte höhnisch. „Er ist gut mit dem Polizeichef befreundet. Wahrscheinlich wollte er einen Skandal vermeiden und hat die Sache vertuscht."

„Um welche Art von Misshandlung geht es?", fragte Noah.

„Vernachlässigung. Und ich würde Mord auch eine Art von Misshandlung nennen, oder etwa nicht? Monica Presley lag nicht im Sterben. Sie hatte einen Schlaganfall erlitten, stimmt, aber man spürte richtig, wie sehr die Tochter darauf brannte, sie aus dem Weg zu räumen. Sie hatte es satt, auf einen Geldsegen zu warten, der sich vielleicht niemals einstellen würde."

„Geld?" Diesmal hakte Winter nach. Das könnte die Frage beantworten, warum die Kirche in Kalifornien nach dem ersten Raubüberfall die Spende erhalten hatte.

„Ja", antwortete die Frau. Sie senkte die Stimme. „Ich möchte nicht in Konflikt mit dem Datenschutz kommen, aber ich denke, wenn man es dem FBI nicht erzählen kann, wem dann?"

Sie warf der Rezeptionistin einen harten Blick zu. Die bedeutete ihr mit erhobener Hand, dass sie nichts weitererzählen würde.

„Auf Monica Presley lief eine Lebensversicherung, die Millionen wert war."

Winter warf Noah einen Blick zu. Beide dachten dasselbe. Eine freiberufliche Programmiererin konnte eigentlich nicht die Mittel aufbringen, um kreuz und quer durchs Land zu fliegen, Leute zu bestechen, waffenfähiges

Betäubungsgas zu beschaffen und im Darknet Materialien zu besorgen.

„Hat Heidi ihre Mutter oft besucht?", fragte Noah. „Wie hat sie sich verhalten, wenn Sie sie gesehen haben?"

„Kalt", antwortete die Pflegerin. „Sie kam pünktlich zweimal pro Woche zu Besuch. Dann saß sie nur am Bett ihrer Momma und tippte auf dem Laptop herum, das sie immer dabeihatte. Monica war schlecht dran, aber sie konnte noch hören. Die meisten Patienten in ihrem Zustand reagieren auf Ansprache, wenn nicht mit Worten, dann zumindest mit Gesten und ihrer Mimik. Monicas Tochter hat nicht einmal versucht, Kontakt mit ihr aufzunehmen. Sie saß einfach nur an ihrem Bett. Wäre sie in einen Coffee-Shop gegangen, hätte sie ihrer Mom auch nicht weniger Aufmerksamkeit schenken können."

„Und als Monica gestorben ist?", fragte Winter. „Hat Heidi sie an diesem Tag besucht?"

„Oh ja. Und die arme Lady hat eine halbe Stunde nach ihrem Aufbruch das Zeitliche gesegnet. Ich weiß nicht, wie Monicas Tochter es angestellt hat, aber sie hat ihre Mutter ermordet. Da bin ich mir sicher. Danach hat sie nicht einmal mehr vorbeigeschaut, um die Sachen ihrer Momma abzuholen. Es gab auch keine offizielle Beerdigung. Nur die Kremation." Die Augen der Pflegerin füllten sich mit Tränen, und sie blinzelte rasch, um sie zu vertreiben. „Ich gehe sonst immer zu den Beerdigungen meiner Patienten, wenn sie während meiner Schicht versterben. Die von Monica ist die einzige Ausnahme."

In diesem Moment kam ein Mann im Anzug herein, an dessen offizieller Miene man den Pflegeheimleiter erkannte. Dennis Hodgson. Die Pflegerin verstummte, und die Rezeptionistin senkte den Kopf.

„Linda, Sie werden in Zimmer zwölf gebraucht", sagte er mit einem besonders nasalen Midwest-Akzent.

„Jawohl, Sir." Die Pflegerin zog respektvoll den Kopf ein und warf Noah und Winter im Gehen hinter dem Rücken ihres Chefs einen beschwörenden Blick zu.

„Kann ich Ihnen helfen?", fragte der Mann. Winter empfand sein Lächeln als gezwungen. Sie wusste bereits, was er dachte. Er wollte nicht, dass sie sich in seiner Einrichtung aufhielten und Fragen stellten. Denn welchen Eindruck würde das auf Besucher machen? Daraus schloss sie, dass sie bereits alle Informationen erhalten hatten, die sie hier bekommen würden.

Noah dachte offensichtlich dasselbe. Mit einem Kopfschütteln lächelte er den Mann an. „Nein, vielen Dank. Wir suchen einen Patienten, der sich hier aufhalten sollte, aber anscheinend sind wir am falschen Ort."

Sie gingen zum Wagen.

„Nehmen wir Hodgson genauer unter die Lupe?", fragte Noah. „Der Kerl gefällt mir überhaupt nicht. Außerdem ist so eine Vertuschung total illegal."

Winter schüttelte den Kopf. „Ich glaube nicht, dass wir etwas finden werden, was ihn mit Heidi in Verbindung bringt. Möglicherweise hält er selber Heidi für die Mörderin ihrer Mutter, aber ich glaube, er ist einfach nur ein ganz normales Arschloch. Heidi lässt keine Zeugen zurück. Hätte sie ihn bestochen, damit er keine Fragen stellt, wäre er bereits tot."

Noah wirkte noch immer beunruhigt. „Es kommt mir trotzdem nicht richtig vor. Diese Pflegerin hat einen Haufen Ärger riskiert, um den Fall anzuzeigen, aber keiner hat ihr zugehört. Wenn das alles vorbei ist, gehe ich dem nach. Das Vertuschen eines mutmaßlichen Mordes an einer hilflosen Person sollte bestraft werden."

Winter betrachtete ihn aufmerksam. „Für einen großen bösen FBI-Agent bist du ein ganz schöner Softie. Du musst auf deinen Ruf achten."

Er zuckte mit den Schultern, und zu ihrer Belustigung sah sie, dass sie ihn verlegen gemacht hatte.

„Lass uns zum Flughafen fahren", sagte er und rieb sich den Nacken. „Während wir auf den Flug warten, können wir einen Happen essen und die Nummern im Wegwerfhandy durchgehen."

Sie beschlossen, den Laptop den Experten zu überlassen, da Heidi gewiss ein Freund von Kill Switches war. Ihr Laptop steckte vermutlich voller einprogrammierter Notausschalter. Dagegen war es ein Leichtes, die Nummern auf dem Wegwerfhandy, das Noah aus dem Haus geborgen hatte, mit den Telefonkunden abzugleichen, denen sie gehörten. Solche billigen Geräte hatten nicht viel an Sicherheit zu bieten.

Während sie im Cherry Country Café des Airports auf ihren Flug warteten, teilte Winter die Telefonnummern zwischen ihnen auf. Einem nach dem anderen recherchierten sie den Besitzern hinterher.

Die Anrufe waren im Verlauf der letzten zwölf Monate getätigt worden, und die Nummern gehörten zu unterschiedlichen Vorwahlbezirken. Eine von ihnen entsprach Mike Garofalos Telefonnummer. Der Geschäftsführer des Depots, der zusammen mit seiner Freundin ermordet worden war.

Eine weitere Nummer gehörte einem Mann namens Romeo Martinez aus New York. Seiner Facebook-Seite war zu entnehmen, dass er zum Hauswirtschaftspersonal des Phoenix gehörte. Winter rief einen ihrer dem Fall zugeteilten Kontaktleute bei der New Yorker Polizei an und bat ihn, sich zu vergewissern, ob Martinez wohlauf sei. Einige Nachrichten auf Martinez' Seite stammten von Leuten, die in den letzten Tagen vergeblich versucht hatten, ihn zu kontaktieren. Es war sehr gut möglich, dass er bereits eliminiert worden war.

„Schau mal, ob du irgendwas zu der hier rauskriegst“, sagte Winter und deutete auf eine Nummer auf der Liste. „Ich habe kein Glück gehabt.“

„Na klar. Ich kenne so ein paar Tricks, wie man nicht verzeichnete Telefonnummernbesitzer findet.“ Noahs Augenbrauen zuckten scherzhaft. „Aber das mache ich nur, wenn du mir deinen Rest Fritten abgibst.“

„Gern.“ Sie schob den Teller zu ihm hinüber. Ohnehin war sie schon satt. Seine Antwort erinnerte sie an Bull. Es war ihr gelungen, die Gedanken an ihn und an Suns Verhalten zurückzudrängen, doch es fiel ihr schwer. Sie musste konzentriert bleiben.

Ihr Handy klingelte, und stirnrunzelnd stellte sie fest, dass sie die Nummer nicht kannte. „Hallo?“

Die Stimme der Anruferin war rau und leise. „Agent Black?“

Eine Gänsehaut überzog ihre Arme.

„Ja? Mit wem spreche ich bitte?“

„Shannon … Marchwood.“

„Oh Gott“, stieß Winter aus, und einen Moment lang vergaß sie alles um sich her. „Wie geht es Ihnen? Sollten Sie überhaupt reden? Ihre Stimme klingt furchtbar.“ Sie zuckte zusammen. Als ob die Sheriffin daran erinnert werden müsste.

Am anderen Ende ertönte ein ersticktes Lachen, das in ein hartes Husten überging. Nach einer langen Pause meldete sie sich wieder. „Nein. Sollte nicht reden. Musste Ihnen danken.“

Winter rief sich die letzte Gelegenheit vor Augen, bei der sie die Frau gesehen hatte. Sie war dem Tod so nahe gewesen, und jetzt sprach sie mit ihr am Telefon. Okay, sie klang furchtbar, aber auch sehr lebendig.

„Sie brauchen sich nicht bei mir zu bedanken“, antwortete Winter, bemüht, das gerührte Beben aus ihrer Stimme zu verbannen. „Mit dem Gesundwerden haben Sie jetzt alle Hände voll zu tun. Gute Besserung, und rufen Sie mich wieder an, wenn Sie reden können."

Im Telefon raschelte und knackte es, und eine andere Stimme ertönte.

„Special Agent Black?"

„Winter. Ja." Winter schluckte die Emotionen herunter, die sie zu überwältigen drohten.

„Ich bin Jodi Marchwood. Shannons Frau. Sie hat darauf bestanden, persönlich mit Ihnen zu sprechen, aber ich wollte auch mit Ihnen reden."

„Ich freue mich riesig, dass es ihr besser geht."

Nicht weinen, keine Tränen, ermahnte Winter sich.

Jodi stieß einen Seufzer aus, der halb erleichtert und halb verärgert klang. „Bis zur Genesung hat sie noch einen weiten Weg vor sich, aber sie wird es schaffen. Natürlich vorausgesetzt, ich bringe sie nicht vorher um. Shannon ist nicht gerade die beste Patientin. Ich will Sie nicht aufhalten, da Sie bestimmt gerade genug zu tun haben. Aber ich wollte mich ebenfalls bei Ihnen bedanken."

Noah beobachtete Winter, ein angedeutetes Lächeln um die Lippen. Sie schaute weg. „Danke, Jodi, ganz ehrlich, es war nicht ... Ich meine ..."

„Oh, doch, das war es." Jodi unterbrach höflich, aber energisch. „Zur gleichen Zeit wie die Explosion im Haus gab es einen Verkehrsunfall. Wegen des Staus auf beiden Spuren der Schnellstraße trafen die Krankenwagen erst ungewöhnlich spät ein. Die Sanitäter sagten mir, wenn Sie nicht eingegriffen und Shannon beatmet hätten ... Ohne Sie würde Shannon jetzt nicht mehr leben. Ich hätte sie um ein Haar verloren. An diesem Tag haben Sie auch mich gerettet."

Als Winter endlich auflegen konnte – vorher hatte sie Jodi ihre E-Mail-Adresse gegeben und sie versprechen lassen, sie über Shannons Fortschritte auf dem Laufenden zu halten –, beobachtete Noah sie immer noch.

Sie fühlte sich emotional so aufgewühlt, dass sie es nicht verbergen konnte.

„Sag nichts, ja?“ Es war ihr egal, dass es wie ein Flehen klang.

„Ich?“ Seine Stimme war unschuldig, in seinen grünen Augen lagen Humor und Verständnis. „Das würde ich doch niemals tun.“

Das Schweigen zog sich in die Länge und wurde immer unbehaglicher. Winter schaute wieder auf die Liste. „Hast du noch weitere Telefonnummern zuordnen können? Deren Besitzer nicht verzeichnet sind?“

„Vielleicht handelt es sich bei der hier um Ryan. Jedenfalls ist das die einzige Nummer, zu der ich gar nichts finde.“

„Nun, es gibt eine Möglichkeit, das herauszukriegen.“ Sie griff nach ihrem eigenen Handy.

„Verwende lieber das Wegwerfhandy“, mahnte Noah sie zur Vorsicht. „Wir sollten auf der anderen Seite niemanden unnötig aufscheuchen. Ich habe Sun bereits die Nummer geschickt. Sie wird sich die Genehmigung besorgen, das Gerät zu orten.“

„Ich wette, dass Heidi überall im Haus Kameras angebracht hatte.“ Beim Nachdenken kaute Winter auf ihrer Unterlippe herum. „Eventuell weiß sie bereits von unserem Besuch dort. Der Anruf könnte uns eine Chance bieten, Kontakt zu ihr herzustellen. Wir sind bereits zu dem Schluss gelangt, dass die Verbrechen nicht zu Ryans üblichem modus operandi passen, und eine unserer Theorien lautet, dass er zur Teilnahme an den Aktionen gezwungen wurde. Vielleicht haben wir Glück, und er ruft zurück oder nimmt ab.“

Der Anruf landete jedoch sofort auf der Mailbox. Eine automatische Anrufbeantworterstimme ertönte und wies den Anrufer an, nach dem Piepen eine Nachricht zu hinterlassen.

„Kein Glück", sagte sie zu Noah. Sie versuchte es ein weiteres Mal, doch das Handy klingelte nicht einmal, bevor es erneut direkt zur Mailbox durchschaltete. Diesmal sprach sie eine Nachricht auf. „Ryan, ich würde gern mit Ihnen reden. Rufen Sie mich bitte so bald wie möglich zurück." Sie rasselte ihre eigene Nummer herunter, nannte aber nicht ihren Namen.

„Wer weiß." Achselzuckend nahm Noah seine Sachen an sich, da in diesem Moment ihr Flug aufgerufen wurde. „Vielleicht ruft er zurück und gibt uns detaillierte Anweisungen, wo wir sie finden können, sodass es zu *keinem* letzten Überfall kommt. Es sind schon merkwürdigere Dinge passiert."

27

Den Blick zur Decke gewandt, blinzelte Ryan erschöpft. Eine fette Spinne spann ihr Netz zwischen zwei Trägerbalken. Sie sah aus wie ein schwarzglänzender Klecks. Er war sich ziemlich sicher, dass es eine Spinne war. Beine konnte er an dem Geschöpf allerdings nicht erkennen.

Nach einer Weile - Stunden oder Minuten, er wusste es nicht - sah er die Spinne scharf. Sie wickelte ein Insekt ein, um sich demnächst daran gütlich zu tun.

Heidi.

Verdammt, sie hatte ihn schon wieder mit einem Mittel betäubt. Die Erinnerung überrollte ihn wie eine ekelerregende Welle.

Er saß tief in der Scheiße.

Den Magen vor Angst zusammengekrampft, blickte er sich im Raum um, aber während seiner Bewusstlosigkeit hatte sich nichts verändert. Glücklicherweise hatte er sich auch nicht nassgepinkelt, allerdings stand das vielleicht sehr bald bevor.

Versuchsweise zog er an den Handschellen, mit denen er ans Bett gefesselt war. Die rechte saß ein bisschen lockerer als die linke, vielleicht um eine Einraststufe. Gut. Endlich etwas, das sich zu seinen Gunsten auswirkte.

Er stählte sich innerlich, zog und zerrte und quetschte den Daumen so weit in die Mitte der Hand wie möglich. Er spürte, wie sein kleiner Finger auskugelte, und unterdrückte einen Schmerzschrei, doch die Hand kam frei.

Es war ein Trick, den er schon einmal angewandt hatte. Es tat grauenhaft weh, funktionierte aber.

Seine Hand würde anschwellen und eine Zeit lang nicht zu gebrauchen sein, aber so war es nun mal.

Jetzt hatte er den einen Arm frei. Blieb noch zu sehen, ob er den anderen ebenfalls befreien könnte. Er musterte alles, was er in Reichweite hatte. Eine Haarnadel wäre ideal, aber so etwas lag leider nirgends herum. Er drehte sich auf die Seite und betrachtete die Handschelle. Einfachverriegelung, noch einmal ein Glücksfall. Handschellen mit Doppelverriegelung waren viel schwieriger zu knacken.

Er betrachtete das Bettgestell selbst. Es war aus Metall und alt. Nicht sehr robust.

Er könnte eine Schraube daraus lösen, aber das würde eine Weile dauern und vielleicht auch gar nicht funktionieren. Er brauchte etwas Verformbares. Einen Nagel, der so dünn war, dass er sich biegen ließ. Ein kleines Stück Metall, das er wie einen Keil verwenden könnte. Er wusste nicht, wann Heidi zurückkommen würde.

Als seine Handflächen zu schwitzen begannen, ermahnte er sich zur Ruhe. Es brachte ihn nicht weiter, wenn er sich jetzt vor Angst in die Hosen machte.

Was, wenn sein Gerumpel mit dem Bett Heidi herbeirief, die dem Geräusch nachgehen würde? Würde sie so sauer sein, dass sie es an Ionie ausließ? Sicher fände sie es nicht belastender, einen Killer in Jamaika anzurufen, als sich eine Pizza zu bestellen. Falls Heidi begriffen hatte, wie glaubwürdig ihre Drohung war, würde sie nicht zögern.

Ionie hatte ein Kind. Christopher. Ein total niedlicher Vierjähriger mit dunklem Teint und weichen braunen Locken, genau wie seine Mutter. Jedes Mal, wenn Ryan zu Besuch kam und ihm ein kleines Spielzeug oder eine Süßigkeit mitbrachte, bevor Ionie ihn zum Spielen zu den Nachbarn schickte, hatte er von einem Ohr zum anderen gegrinst.

Anfangs hatte Ryan Christopher die Leckereien und Geschenke nur mitgebracht, um seine Mutter zu beeindrucken. Doch als Christopher ihm nach den ersten paar Besuchen schon zur Tür entgegenrannte, die mollige Hand ausgestreckt und die dunklen Augen vor Gier und natürlicher Gutmütigkeit leuchtend … da erinnerte etwas an dem Jungen Ryan an sich selbst. Gierig nach allem, was er bekommen konnte, so war er auch gewesen. Dabei immer wohlmeinend und charmant. Nicht, dass er jemals so jung gewesen wäre.

Heidi hatte nicht erwähnt, dass sie von dem Kind wusste, aber er durfte kein Risiko eingehen. Er wollte nicht, dass die gemeine Schlampe in die Nähe eines der beiden gelangte.

Fluchend machte er sich wieder an die Arbeit.

Dann landete er einen Volltreffer und fand im Kopfbrett eine lose Metallleiste. Unter einigem Kraftaufwand konnte er stark genug am Bett rütteln, um die schmale Hülse freizubekommen. An einem Ende stand ein etwas angerosteter kleiner Metallstift etwa zwei Zentimeter vor. Er war gerade so dünn, dass er sich vielleicht als Keil verwenden ließ.

Mit der Geschicklichkeit, für die Ryan berühmt war, schob er den Stift in den Zwischenraum, wo die Stahlzähne in den Schließmechanismus einrasteten. Er musste die Handschelle zusammendrücken, damit es funktionierte. Falls es nicht klappte, würde der Stahlring noch enger sitzen als zuvor, und die Befreiung wäre gescheitert.

Das wäre wirklich zum Kotzen.

Ohne auf den hämmernden Schmerz in seiner rechten

Hand zu achten, hantierte er mit dem Stift und begann zu beten.

Heidi hielt vor dem Haus in Erie, das sie vor mehreren Monaten gemietet hatte. Es war schäbig und alt, mit abgeblätterter weißer Farbe und einem traurigen Gestrüpp im Vorgarten, doch sie würden nicht lange dort bleiben. Ihr Herz schlug schneller. Das war es. Der letzte Akt in ihrem ausgeklügelten Drama.

Sie fragte sich, wie es wohl ihrem Hauptdarsteller ging. Hoffentlich hatte sie ihm nicht zu viel Schlafmittel ins Wasser gemischt.

Sie schnappte sich ihre Laptop-Tasche vom Rücksitz des Leihwagens und dazu die Tüten mit Burgern, die sie bei McDonald's besorgt hatte. Sie war zu aufgeregt, um zu essen, aber ihr Gefangener hatte wahrscheinlich Hunger. Allerdings war ihr das ziemlich egal. Das Essen war nur ein Vorwand gewesen. Der eigentliche Grund für ihre Fahrt zum Drive-in war, dass sie sich das erste Zielobjekt, das Ryan auf seiner Liste vorfinden würde, selbst anschauen wollte.

Google Maps taugte gut für Planungszwecke, aber die Lage vor Ort mit eigenen Augen zu sehen, war viel befriedigender.

Die Tür schwang quietschend nach innen auf, und sie rümpfte die Nase über den Schimmelgeruch des fleckigen beigefarbenen Teppichs. Sie legte den Laptop auf das durchgesessene braune Sofa, mit dem das Zimmer möbliert war. Nur noch einige wenige Tage, rief sie sich in Erinnerung. Dann wäre sie auf dem Weg zu schöneren Gefilden.

Beim Gang durch das düstere Haus knarrte der Fußboden. Die Kellertür war abgeschlossen, genau wie sie sie zurückgelassen hatte. Heidi klemmte die McDonald's-Tüte unter den Arm und holte den Schlüsselbund hervor, an dem auch der Schlüssel zu dem Schloss hing, das sie gleich nach ihrer Ankunft, als Ryan noch von der ersten Dosis Beruhigungsmittel bewusstlos war, in die Tür eingebaut hatte.

Oben auf der Kellertreppe schloss sie die Tür hinter sich ab. Man konnte nicht vorsichtig genug sein.

Hier war der Schimmelgeruch stärker und vermischte sich mit dem fettigen Dunst der halb erkalteten Fritten. Sie klemmte die Tüte fester unter den Arm und schloss den Vorratsraum des Kellers auf, in dem sie ihren ‚Partner' festhielt.

Die Tür schleifte über den Betonboden, und Heidi trat vorsichtig ein. Ryan schlief noch immer, wie sie sah. Leise schnarchend lag er auf dem Rücken, den Mund ganz leicht geöffnet. Sie entspannte sich, aber nicht vollständig. Niemals vollständig.

Da er brav gewesen war, würde sie eine seiner Handschellen öffnen und die Tüte an sein Bett stellen. Dann könnte er etwas essen, sobald er zu sich kam. Sie stellte das Fast Food auf den kleinen wackeligen Tisch neben dem Bett und ging den Schlüsselbund nach dem Schlüssel für die Handschellen durch.

Dann beugte sie sich über Ryan und griff nach seinem Handgelenk. Einen Moment zu spät bemerkte sie, dass die Schelle nicht abgeschlossen war.

Bevor sie reagieren konnte, hieb er ihr die Faust krachend gegen die Schläfe, sodass sie taumelte. Sie stürzte über den Halogenscheinwerfer am Boden und warf ihn um. Die Birne zerbrach auf dem Beton, der Raum versank in Dunkelheit.

Heidi versuchte sich hochzurappeln, stolperte aber über das Lampenkabel. Sie hörte schweres Atmen und einen Rums und vernahm dann, wie die Metalltür sich quietschend öffnete. Das aus dem Hauptraum einfallende Licht reichte ihr zur Orientierung. Sie griff nach ihrer Pistole, die in ihrem Schulterholster steckte. Draußen hörte sie es wieder rumsen, begleitet von gedämpften Flüchen, und sie verzog die Lippen zu einem grimmigen Lächeln.

Stumm kämpfte sie mit zusammengebissenen Zähnen gegen ein Schwindelgefühl an, kam auf die Beine und verließ den Raum. Ryan war quer durch den Keller gelaufen, stand oben auf der Treppe und warf sich mit seinem ganzen Gewicht gegen die schwere Holztür, die sie hinter sich abgeschlossen hatte.

Sie zielte sorgfältig, genau wie ihr Dad es sie gelehrt hatte, als er vor Jahren mit ihr jagen gegangen war. Sie wartete, bis Ryan einen Moment lang verharrte, und schoss.

Der Knall hallte von den Wänden wider und übertönte das Stöhnen, mit dem Ryan gegen das Treppengeländer taumelte. Unter seinem Gewicht zerbrachen die alten Holzpfosten krachend. Er stürzte zwei Meter hinunter und prallte mit dem Rücken auf dem schmutzigen Boden auf.

Heidi ging zu seinem reglosen Körper. Er war nicht tot, aber der Sturz hatte ihm den Atem verschlagen. Sie trat den um Luft Ringenden kräftig in die Rippen. Er reagierte kaum, sondern öffnete nur die Augen und sah wie ein Besiegter zu ihr auf, die blaue Iris trüb von Schmerz. Unter seinen darauf gepressten Fingern sickerte Blut aus der Schusswunde im Oberarm hervor und durchtränkte sein Hemd.

„Mach schon, du sadistische Schlampe", japste er mit einer leisen, flachen Stimme, sobald er genug Luft geschöpft hatte. „Bring's zu Ende."

„Steh auf."

Zunächst glaubte sie, dass er nicht gehorchen würde. Doch dann kam er mit langsamen, gequälten Bewegungen auf die Beine. Wie ein alter Mann schlurfte er zum Vorratsraum zurück.

Sie stand in der geöffneten Tür des dunklen Raums und zielte weiterhin mit der Ruger auf seinen verschwommenen

Umriss. „Wenn du noch einmal Mätzchen machst, schieße ich dir die Kniescheiben weg."

Das sagte sie nur um der dramatischen Wirkung willen, wie sie sich selbst eingestand. Sie erkannte es, wenn jemand besiegt war. Ryans Schultern waren gebeugt, vor Schmerz zitterte er am ganzen Körper, und sein Gesicht … oh, sein Gesicht war das Beste von allem. Hoffnungslosigkeit, Resignation und Schmerz verbanden sich zu einer einzigen trostlosen Mischung.

Da konnte sie ruhig noch ein bisschen nachtreten.

„Nur damit du Bescheid weißt, ich werde dich nicht für diesen kleinen Versuch bestrafen. Aber Ionie? Die ist so gut wie tot. Und ich werde sie schlimm leiden lassen. Solltest du noch einmal zu fliehen versuchen, freue ich mich schon darauf, meine Folterkenntnisse anzuwenden."

Ohne ein weiteres Wort schlug sie die Tür hinter sich zu und sperrte ihn ein. Handschellen waren nicht mehr nötig. Sie war sich ziemlich sicher, dass Ryan es diesmal kapiert hatte. Er würde nicht fliehen.

28

„Hast du schon Glück beim Orten gehabt?", fragte Winter den IT-Mann Doug Jepson, der laut Noah in sie verknallt war.

Er errötete, was bei einem Mann seiner Größe eigenartig und sogar rührend wirkte. Doug sah nicht so aus wie der typische Technikfreak. Er war breitschultrig und muskulös, hatte ein hartes Gesicht und könnte wahrscheinlich als Double für den Schauspieler Terry Crews durchgehen. Er hatte Hände wie Vorschlaghämmer, war mit seiner Tastatur aber so geschickt wie ein Gehirnchirurg – falls dieser Gehirnchirurg in seiner Freizeit als Mafia-Vollstrecker arbeitete.

„Noch nicht", antwortete er mit seiner langsamen Sprechweise im tiefen Bariton. „Wir fangen keinerlei Signal auf. Der Mobilfunkanbieter hat zum letzten Mal vor drei Tagen etwas aus dem Phoenix in New York empfangen. Normalerweise können wir selbst dann noch ein Signal entdecken, wenn der Akku leer ist."

„Danke, Doug." Sie hatte nicht wirklich mit etwas gerechnet, aber es war dennoch enttäuschend. „Geben Sie mir Bescheid, falls sich doch etwas rührt."

Er nickte zustimmend und kehrte zu den Bildschirmen an seinem Arbeitsplatz zurück.

Winter hatte nichts zu tun. Seit ihrer Rückkehr aus Michigan hatte Sun sie beinahe vollständig von den Ermittlungen abgeschnitten. Die dienstältere Agentin hatte sich schon vor Stunden mit Noah in einen Konferenzraum zurückgezogen, nachdem sie Winter die knappe Anweisung erteilt hatte, mit einem eigenen Ansatz zu arbeiten, da sie als Einzelkämpferin am besten vorankomme. Die Frau trieb sie in den Wahnsinn. Sie war unfair, aber es wäre Winter kleinlich vorgekommen, sich bei Max zu beschweren.

Im Büro war die Stimmung noch immer still und gedrückt. Bree, ein weiteres Mitglied ihrer Einheit, hatte als Einzige versucht, sich Winter vorsichtig anzunähern.

Doch Winter war nicht danach, mit jemandem zu reden. Sie wusste den Beistand zu schätzen, entzog sich aber dem Gesprächsversuch der anderen so höflich und dankbar, wie sie konnte. Bree nahm es ihr nicht übel. Sie nickte Winter einfach nur mitfühlend zu und ließ sie in Ruhe.

Selbst nach weiteren drei Stunden hatte es keinen Fortschritt beim Handy gegeben. Zugleich arbeitete das Computer-Forensik-Team an Heidis Laptop, hatte es aber noch nicht knacken können. Wie erwartet war das gesamte System streng gesichert und mit Kill Switches gespickt, die für ein Löschen der Festplatte sorgen würden, sollte jemand beim Hacken des Geräts eine einzige falsche Eingabe machen. Die Stimmung in der IT-Abteilung war angespannt, und immer wenn Winter hereinschaute, um nach Fortschritten zu fragen, erntete sie böse Blicke.

Als sie begriff, dass sie im Büro nichts Sinnvolles beitragen konnte, nahm sie ihre Sachen und ging.

Sie telefonierte vor dem Losfahren aus dem Wagen, und

Aiden erklärte sich bereit, sie beim Thema Täterprofil zu unterstützen. In der Hoffnung auf ein paar Erkenntnisse fuhr sie zu seiner Wohnung. Es war ihr, als tickte eine Zeitbombe, eine Uhr in ihrem Kopf zählte die Sekunden. Sie hatte sogar schon auf eine Vision gehofft. Für die Chance, Heidis nächsten Plan zu durchkreuzen, nähme sie den Schmerz und die vorübergehende Einsatzuntauglichkeit gern in Kauf.

Bei Aiden angekommen, stellte sie fest, dass er inzwischen ein wenig erholt aussah. Obwohl sie ihm eine Weile kein Essen hatte bringen können, hatte er zugenommen. Die eingefallenen Wangen glätteten sich, und das Gehen mit dem verletzten Bein schien ihm allmählich besser zu gelingen.

Sein Gesicht verzog sich zu einem schiefen Lächeln, als sie mit einer Tüte unterwegs besorgter Donuts zur Tür hereinkam.

„Wollen Sie mich weiter aufpäppeln?“

„Sind Sie immer noch zu mager und halb tot?“

„Ganz so schlimm ist es nicht mehr. Ich mache brav meine Physiotherapie.“

„Schwester Ratched hat Sie nicht in den Wahnsinn getrieben? Ihre Physiotherapeutin?“

„Nur beinahe.“ Er lächelte spöttisch, aber ohne Bitterkeit. „Ich glaube, sie schließt mich allmählich ins Herz. Nach der gestrigen Sitzung hatte ich längst nicht mehr so schlimme Schmerzen. Kommen Sie rein.“

Winter legte die Donuts in Griffweite auf Aidens Couchtisch, aber er machte keine Anstalten, sich zu bedienen.

„Bringen Sie mich auf den neuesten Stand“, bat er sie stattdessen, als sie sich im Sessel ihm gegenüber niederließ.

„Es gibt nicht viel, was Sie noch nicht wissen“, begann sie und ließ den Kopf gegen das weiche Polster der Rücklehne sinken. „Wir haben Heidis Haus gefunden, und sie hat es in die Luft gejagt. Ein Handy muss geortet werden, und wir haben einen Laptop, der wahrscheinlich alle Geheimnisse verraten würde, wenn wir uns Zugang verschaffen könnten, aber bisher hatten wir kein Glück."

„Warum sind Sie nicht bei Ming und Dalton?"

„Sun hat mich von den Ermittlungen abgeschnitten." Winter öffnete die Augen. Sie wussten, dass sie vor Zorn hart und kalt funkelten. „Diese brillante, kundige, professionelle Agentin, von der alle schwärmen? Nicht nur ist sie eine fiese Zicke, sie mag auch niemanden, der eine Konkurrenz für sie darstellen könnte. Haben Sie gehört, dass sie Insiderwissen besaß und es zurückgehalten hat? Die mutmaßlichen Täter oder zumindest Heidi haben ihr E-Mails geschickt. Das hat sie absichtlich verschwiegen. Wir sollten einen Blick in ihren Computer werfen."

Aiden machte ein nachdenkliches Gesicht. „Ich habe davon gehört. Ich weiß, dass sie ehrgeizig ist, aber so eine Masche hätte ich ihr nicht zugetraut."

„Sie ist eine Teflon-Frau. Das hat Bull gesagt." Bei seinem Namen würgte sie an ihren Schuldgefühlen. „Wie hat sie sich da rausgewunden?"

Aiden sah sie mit hochgezogenen Augenbrauen an. „Das bleibt Suns und Osbournes Geheimnis."

Sie fühlte sich getadelt und reagierte verärgert. „Trotzdem ist es nicht richtig."

„Nein", stimmte er ihr zu. „Sie hätte es besser wissen müssen. Aber Sie können davon ausgehen, dass sie sich ab jetzt auf dünnem Eis bewegt. Wie steht es mit Ihnen? Ich habe selbst schon einmal einen Kollegen verloren. Es ist nicht einfach, selbst dann, wann man ihn nicht gut gekannt hat."

„Nein, es ist nicht einfach. Es kommt mir so vor, als wäre es meine Schuld." Sie wehrte mit der Hand eine automatische Entgegnung ab. „Schlucken Sie es herunter", riet sie ihm. „Sie können nichts sagen, was ich nicht schon gehört hätte oder was mich irgendwie aufmuntern würde. Ich bin dabei, es zu verarbeiten."

Er nickte. Manchmal wusste sie seine nüchterne, emotionslose Haltung sehr zu schätzen, und das war einer dieser Momente. Sie wollte niemandes Mitgefühl, und er bot es ihr nicht an.

„Jedenfalls sollten Sie nicht zögern, mit jemandem darüber zu reden, falls Sie es brauchen."

„Das mache ich. Und Sie? Ist Ihnen als unserer Intelligenzbestie schon irgendwas eingefallen, was uns weiterhilft?"

Aiden griff in die Tüte mit Donuts und angelte einen ohne Guss heraus.

„Einen ohne alles?" Angesichts seiner Wahl verzog sie das Gesicht. „Warum überrascht mich das nicht?"

„Halten Sie den Mund", antwortete er milde und biss hinein. „Ich habe über die Sache nachgedacht und ein wenig recherchiert. Ich habe vielleicht eine Idee, wie Heidis nächster Überfall aussehen wird, aber es ist nur eine Vermutung."

Winter beugte sich vor. „Erzählen Sie."

„Legen Sie dann aber nicht los, ohne den Rest Ihres Teams einzubeziehen", ermahnte er sie.

Sie schüttelte den Kopf und sah ihn ungeduldig an. „Sie schinden Zeit."

„Ich glaube, dass sie mit der Kragenbombe abschließen wird."

Winter wusste sofort, auf welchen Fall Aiden anspielte. Damals hatte er die Ermittler vollkommen verblüfft. Außerdem würde er in Anbetracht der vorangegangenen Verbrechen auf eine perverse Weise Sinn ergeben.

2003 war ein Pizzabote in einer Filiale der National Bank Group aufgetaucht und hatte am Schalter zweihundertfünfzigtausend Dollar in bar verlangt. So viel Geld war nicht da.

Stattdessen verließ er die Bank mit knapp unter neuntausend Dollar, schien sich aber nicht viel daraus zu machen, sondern schnappte sich auf dem Weg zur Tür einen Lutscher aus einem Behälter auf der Theke.

Die Polizei stellte ihn nicht weit vom Tatort entfernt. Jemand hatte an seinem Hals eine Bombe angebracht. Er tischte ihnen eine dubiose Geschichte über einige Leute auf, die ihm einen Stahlkragen mit dem Sprengkörper umgeschnallt und ihm eine Liste mit Anweisungen gegeben hätten, die er ausführen müsse. Sollte er seinen Auftrag nicht befolgen, würden sie die Bombe in die Luft jagen.

Tatsächlich war sie kurz darauf explodiert, unmittelbar bevor das Entschärfungskommando eintraf. Sie riss dem Mann ein faustgroßes Loch in die Brust und tötete ihn auf der Stelle. Bei den Ermittlungen nach Motiven und Tätern kam ein ziemliches Durcheinander heraus, doch der Überfall wurde mit großer Sensationsgier aufgenommen. Der Mann wurde vor laufender Kamera getötet, und noch immer kursierten Videos davon im Internet.

„Warum meinen Sie, dass sie sich für dieses Vorbild entschieden hat?", fragte Winter, die Heidi unbewusst die Täterschaft an dem hypothetischen Verbrechen zuschrieb. „Um Ryan O'Connelly loszuwerden?"

Aiden nickte. „Bisher hat sie weithin bekannte Fälle gewählt. Ich glaube, sie hat ihre Pläne geschmiedet, um berühmt-berüchtigt zu werden. Um allen eine lange Nase zu drehen, uns eingeschlossen, und zu beweisen, dass sie intelligenter ist als alle bisherigen Kriminellen *und* die Bullen, die gegen sie ermitteln. Bisher schneidet sie dabei ganz gut ab", räumte er ein.

„Sie glauben also, dass sie Ryan nur seines Namens und seines Rufs wegen mit ins Boot geholt hat. Am Ende wird sie ihn in die Luft sprengen und damit beweisen, dass sie auch die Schlauere ist. Wenn die Presse das zusammenträgt, wird Heidi sich für alle Zeiten einen Namen gemacht haben."

„So dürfte der Plan aussehen."

„Glauben Sie, dass sie die Tat in der Stadt des ursprünglichen Kragenbombers durchführen wird?"

„Bei diesem Punkt bin ich mir nicht sicher." Aiden biss von seinem Donut ab. „Beim letzten Überfall hat sie einen neuen Ort gewählt. Vielleicht erschien ihr das auf eine komplizierte Weise naheliegend, nachdem ArmorGuard Security Dunbar gekauft hatte. Oder vielleicht auch, um uns abzuschütteln. Oder es war ihr einfach zu viel, quer durchs Land zu fliegen. Die NBG-Bank liegt in Erie, Pennsylvania. Von New York aus sind es mit dem Auto nur sechs oder sieben Stunden."

„Aber wie zwingt sie O'Connelly, bei alldem mitzumachen?"

Aiden zuckte in offensichtlichem Frust mit den Schultern. „Das müssten Sie ihn fragen."

„Hoffentlich werden wir Gelegenheit dazu bekommen." Die Theorie war ziemlich gewagt, zugegeben. Aber es war mehr, als sie vorher gehabt hatten.

„Ich muss zurück ins Büro", sagte Winter. „Versuchen Sie bitte, Sun so weit zu bringen, dass sie mir zuhört. Vielleicht kann Noah etwas machen."

„Stellen Sie es möglichst so dar, dass sie den Vorteil sieht, der für sie selbst dabei herausspringt", riet Aiden ihr. „Falls es helfen könnte, soll sie mich anrufen."

Winter stand auf. Ja, es war eine gewagte Annahme, aber die Vermutung fühlte sich richtig an. Zumindest war Winter jetzt von einem neuen Gefühl der Dringlichkeit erfüllt. Die Zeit wurde knapp, das wusste sie. Sie arbeiteten gegen eine Uhr, die sie nicht sehen konnten. „Ich fahre zurück. Danke."

„Bedanken Sie sich nicht jetzt schon", meinte Aiden grinsend. „Falls ich recht habe, geben Sie ruhig dem Mann den

Verdienst, dem er gebührt. Andernfalls behalten Sie es für sich."

Sie wandte sich zur Tür, nun wieder voll motiviert. „Ich melde mich."

„Machen Sie das", rief er ihr nach. „Halten Sie mich auf dem Laufenden."

Sie schloss die Tür hinter sich und ging raschen Schrittes zum Lift. Von unterwegs schickte sie Noah eine Nachricht: *Ich hab eine Idee. Bereite Sun darauf vor und bring sie dazu, dass sie mir zuhört. Sag ihr, Parrish habe einen neuen Ansatz für uns und ich sei auf dem Weg.*

Als der Lift im Erdgeschoss ankam, hatte Noah bereits zurückgeschrieben: *Mach ich. Bis gleich.*

Im Auto würde sie noch einmal versuchen, Ryans Handy zu erreichen. Schaden konnte es ja nicht.

Kaum hatte sie die Wohnung verlassen, sank Aidens Stimmung.

So war es in letzter Zeit immer gewesen. Winter kam hereingeplatzt, voller Dringlichkeit und Energie. Wenn sie ging, war es, als saugte sie all dieses Leben mit sich aus dem Raum, so dass seine selbstauferlegte Einsamkeit ihm nach ihrem Aufbruch schneidend bewusst wurde.

Es verstörte ihn. Seine Selbstbeherrschung, seine Disziplin, seine Losgelöstheit von allem ... jedes Mal spürte er in ihrer Nähe, wie ihn diese Tugenden verließen. Mit Unbehagen dachte er an das kleine Päckchen, das die Post gestern geliefert hatte. Es lag in seinem Arbeitszimmer auf dem Schreibtisch. Als er es bestellt hatte, war ihm das Geschenk wie eine gute Idee vorgekommen, doch jetzt erschien es ihm einfach sentimental. Rührselig. Trotzdem würde er es ihr geben. Er hinterfragte seine Entscheidungen nur selten. Doch danach ... musste er Winter beiseiteschieben. Sie in die

Schublade für Unantastbares zurückbefördern, in der sie sich vor seiner Verletzung befunden hatte.

Mit einem Blick auf die Wanduhr fragte er sich, wie früh eigentlich zu früh für einen Drink war.

Zum Teufel. Er war erwachsen.

Er stemmte sich hoch und humpelte zu der mit Schnitzereien verzierten Teakholzbar in der Zimmerecke. Hoffentlich lag er mit Heidi Presleys nächstem Schritt richtig. Er wollte nicht, dass das Leuchten der Hoffnung – und sei's drum, Heldenverehrung – in Winters Augen verglühte.

Irgendwann würde es so weit sein, dachte er bedauernd. Aber er brauchte den Prozess nicht zu beschleunigen.

29

Es war stockdunkel. So dunkel, dass man nicht merkte, ob man die Augen geöffnet oder geschlossen hatte.

Ryan tappte von Schmerzen gepeinigt zum Bett. Was tat mehr weh – sein Arm oder die Beule am Hinterkopf, mit dem er bei seinem Sturz auf dem Boden aufgeschlagen war? Die Spinnweben, die sein Gesicht streiften, bemerkte er kaum, und es machte ihm auch nichts aus, dass er sich das Knie heftig an der Ecke des Bettgestells stieß.

Sobald er das Bett gefunden hatte, ließ er sich schwerfällig auf die Matratze fallen. Es gab keine Laken, die er hätte zerreißen können, um sie als Verband zu verwenden. Er quälte sich aus seinem Hemd und hätte bei jeder Bewegung, die seinen verletzten Arm oder seine geschwollene Hand erschütterte, am liebsten geschrien. Behutsam drückte er das zum Polster gefaltete Hemd auf seinen Arm und stieß zischend den Atem aus, als er bei der Berührung vor Schmerz Sternchen sah.

Er befand sich in einer schlimmen Verfassung. Aber sie war nicht so schlimm, wie sie hätte sein können.

Ryan war nicht mit leeren Händen zurückgekehrt. Auf

seinem Weg durch den Hauptraum hatte er ein kleines graues Päckchen entdeckt, das unmittelbar vor dem Vorratsraum auf einem Wandbord lag. Heidi hatte darauf bestanden, dass er sein Handy in dem grauen Nylonbeutel aufbewahrte. Vermutlich war er eine Art Faradaykäfig, der verhinderte, dass ein Signal entwich, mit dem man das Gerät orten könnte.

Ryan lächelte im Dunkeln, als er das Handy aus dem Säckchen zog. Das vertraute Gewicht des glatten iPhones in seiner Hand munterte ihn bereits ein wenig auf. Er schaltete den Klingelton bis auf ein Vibrieren aus und stellte den Energiesparmodus ein, um die verbliebenen acht Prozent Akkuladung möglichst lange zu strecken.

Er steckte noch immer in der Klemme, aber wenigstens gab es jetzt wieder Optionen. Ohne nachzudenken, berührte er seine Brust an der Stelle, wo normalerweise seine Saint-Dismas-Medaille hing. Das erinnerte ihn jedoch nur daran, dass er vom Pech verfolgt war, seit die ganze Sache begonnen hatte.

Dann klingelte sein Handy.

Er starrte es einen Moment lang an, wie es leuchtend in seiner Hand vibrierte. Die Nummer kannte er nicht. Oben meinte er, ein Dielenbrett knarren zu hören. Möglicherweise war es einfach ein Knacken im Holz, wie es in alten Häusern vorkommt, aber er konnte sich nicht sicher sein.

Er drückte auf Annehmen.

„Hallo?", sagte er, die Stimme kaum lauter als ein Flüstern.

ACH DU HEILIGE SCHEIẞE, sie hatte ihn dran. Ryan O'Connelly.

Winter klammerte die Finger ums Lenkrad.

„Ryan? Hier spricht Special Agent Black vom FBI. Sie sind in Gefahr. Sie müssen uns sagen, wo Sie sich aufhalten."

Ein kurzes Auflachen ertönte, sofort gedämpft. „Da haben Sie verdammt recht. Ich bin in Gefahr. Gerade hat sie mich angeschossen. Ich glaube nicht, dass ich daran sterbe, aber diese verrückte F…"

„Heidi Presley", bestätigte Winter. „Sagen Sie mir, wo Sie sich befinden."

„Das weiß ich nicht. Sie hat mich betäubt. Ich bin in einem Kellerraum, aber ich könnte nicht sagen, wo, selbst wenn mein Leben davon abhinge. Was es vermutlich tut."

Winter hätte fast vor Verzweiflung gestöhnt. Machte er ihr etwas vor und wollte sie in eine Falle locken? Doch seine Stimme klang aufrichtig und, was überzeugender war, verängstigt. „Ich werde versuchen, Ihnen zu helfen, aber Sie müssen so lang wie möglich am Telefon bleiben."

Mit Nerven, die vor Aufregung vibrierten, lenkte sie ihren Wagen aus der Parklücke.

„Mein Handy-Akku ist beinahe leer", warnte er sie. „Und ich weiß auch nicht, wann sie zurückkommt."

„Ich beeile mich."

Jetzt, wo sie eine Verbindung hatte, wollte sie nicht auflegen, aber sie musste ins Büro zurückkehren, damit die Techniker sich erneut daranmachten, Ryans Handy zu orten. Es würde jetzt Signale senden.

„Wo hat die Kugel Sie getroffen? Was ist passiert?"

„Ich habe versucht zu fliehen", räumte Ryan mit bekümmerter Stimme ein. „Es war nicht gut durchdacht."

Bei der nächsten roten Ampel schaute Winter nach beiden Seiten und überfuhr sie dann rasch. „Erzählen Sie mehr."

„Ich konnte mich aus Handschellen befreien. Anschließend habe ich Heidi überrumpelt und geschlagen. Ich hatte gehofft, sie wäre k.o. Aber sie hat mich mit ihrer Waffe erwischt. Am Oberarm. Und mir gedroht, nächstes Mal auf die Knie zu schießen. Anscheinend will sie mich lebendig haben, aber mir ist nicht klar, warum. Sie hat wirklich so ausgesehen, als hätte sie mich am liebsten in den Kopf geschossen."

Reden Sie weiter, nötigte sie ihn im Geist. Noch zwei Minuten bis zum Büro.

„Wissen Sie, was sie gerade plant? Halten Sie es für möglich, dass Sie sich in Pennsylvania befinden?"

„Ich wüsste nicht, wieso. Ich dachte, wir wären in Vermont. Da haben wir uns zwischen dem Überfall auf das Phoenix und dem Ding im Depot aufgehalten. Hören Sie, es tut mir leid …"

„Dafür ist jetzt keine Zeit", unterbrach sie ihn. „Erzählen Sie mir das später. Wo genau waren Sie in Vermont?"

Er nannte ihr eine Stadt, die sie nicht kannte, und sie speicherte sie im Gedächtnis, während sie praktisch auf zwei Rädern um die letzte Ecke raste.

„Wir finden Sie", versprach sie.

Wie genau sie das anstellen wollten, wusste sie selbst nicht.

Sie parkte und stürzte zum Bürogebäude los, froh, dass sie am Morgen bequeme Schuhe angezogen hatte. Auf dem Weg durch die Eingangshalle fing sie einige neugierige Blicke auf, beachtete sie aber nicht. Zum Glück war gerade der Lift im Erdgeschoss eingetroffen, und zwei Leute stiegen aus. Sie schob sich an ihnen vorbei und drückte eine Taste. Die Tür glitt quälend langsam zu.

„Hören Sie", sagte Ryan. „Sie müssen mir einen Gefallen tun."

„Ganz schön dreist, aber ich höre zu." Auf der Anzeige über der Lifttür schnurrten die Zahlen vorbei. Eins … zwei … hoffentlich brach die Verbindung nicht ab.

Doch Ryans Stimme blieb klar und deutlich, so vernehmlich wie die Dringlichkeit in seinen Worten. „Auf Jamaika gibt es eine Frau. Sie hat einen kleinen Sohn. Ich möchte, dass die beiden beschützt werden. Heidi hat sie als Drohmittel verwendet. Mein Schicksal ist meine Sache … aber bitte, sorgen Sie dafür, dass die beiden Schutz bekommen."

„Wie heißt die Frau, und wo wohnt sie?"

„Ionie Clarke. Sie lebt in Ocho Rios. Arbeitet als Zimmermädchen im Jamaica Inn."

„Ich schaue, was ich machen kann."

Endlich ging die Lifttür auf, und sie rannte auf dem kürzesten Weg zu Dougs Büro. Er lächelte sie schüchtern an, doch als er ihr Gesicht sah, wurde er besorgt.

„Jetzt orten. Das Handy", flüsterte sie, einen Finger über das Mikrofon gelegt.

Als er lostippte, legte sie das Handy auf den Schreibtisch und schaltete den Lautsprecher ein.

„Danke", sagte Ryan mit einem Hauch von Erleichterung in der Stimme. „Und wenn Sie jetzt einfach …"

Was immer er noch hatte erbitten wollen, es wurde von einem kreischenden Geräusch und seinem scharf eingezogenen Atem unterbrochen.

„Du hast dein Handy genommen, nicht wahr?", ertönte eine Frauenstimme. „Ganz schön mutig. Ist mir gerade erst aufgefallen. Gib es her." Man hörte ein metallisches Klicken, dann raschelnde Geräusche eines Kampfes und ein Schmerzstöhnen.

„Wer ist dran?" In Heidi Presleys Stimme lag nichts als distanzierte Neugier.

Winter war sich nicht sicher, wie sie antworten sollte. Sie schaute auf Doug. Er erwiderte ihren Blick und bedeutete ihr, weiterzureden, während er mit einer Hand tippte. Rundum versammelten sich weitere Agents.

„Winter Black", antwortete sie im selben Tonfall wie Heidi. Kühl und distanziert.

„Nun, Winter", antwortete Heidi. „Zu welchem Dienst gehören Sie? Zur hiesigen Polizei? Zum FBI?"

Winter zog die Augenbrauen zusammen. Sie spürte, dass die Frau mit ihr spielte. Heidi Presley wusste ganz genau, wer sie war. Winter spielte trotzdem mit. „Zum FBI."

„Ich hatte auf Sun gehofft." Erneut kreischte es laut, dann fiel eine Tür krachend zu. Heidi musste Ryan wieder eingeschlossen haben. „Allerdings war sie bisher eine herbe Enttäuschung."

Winter griff nach einem Zettel, schrieb *Ming und Dalton holen* darauf und reichte ihn der Agentin, die ihr am nächsten stand. Die rannte sofort los.

„Das würde sie gar nicht gern hören", erwiderte Winter. „Sie hat sich ziemlich geschmeichelt gefühlt, von Ihnen für den Fall ausgewählt worden zu sein."

Eine kurze Pause entstand, und Winter glaubte schon, die Verbindung sei abgebrochen. Doch dann hörte sie, wie eine weitere Tür zufiel und das Schloss mit einem Klicken einrastete.

„Sie sind die Agentin, die mein Haus gefunden hat, oder?"

„Eine von ihnen. Ja." *Schmier ihr Honig ums Maul,* dachte Winter bei sich. *Damit sie weiterredet.* „Sie waren eine ziemliche Herausforderung."

„Sie sind die junge Frau. Die mit dem langen dunklen Haar. Woher wussten Sie, wo mein kleines Versteck war? In dem Haus in Saint Ignace?"

Winter spürte die Blicke der anderen auf sich. Alle kannten die Geschichte inzwischen. Offensichtlich hatten sich mehr Leute als nur Heidi dasselbe gefragt. Mit einem leichten Gefühl von Unbehagen lenkte sie ab.

„Sie haben uns zugesehen, hm? Das überrascht mich nicht. Es wäre eine Schande, eine so raffinierte Falle zu stellen und dann das Feuerwerk zu verpassen. Welchen Brandbeschleuniger haben Sie für die Explosion verwendet?

Ich habe mich gefragt, wie Sie es geschafft haben, dass das Feuer so heiß und schnell brennt."

Heidi stieß ein leises Lachen aus. Es klang eingerostet und ungeübt. Kein Geräusch, das zu ihrem Standardrepertoire gehörte.

„Vielleicht setzen wir uns ja mal zusammen, wenn das alles vorbei ist. Plaudern ein bisschen", bot Heidi an. „Nur zu gern würde ich all meine kleinen Tricks mit jemandem teilen, der sie zu schätzen weiß."

„Wie wäre es mit morgen früh? Bestimmt gibt es ein Café in der Nähe der NBG-Bank von Erie", antwortete Winter, ganz ihrem Bauchgefühl vertrauend.

Hinter ihr ging die Tür auf, und Sun und Noah stürmten herein. Sun drängte sich mit wütender Miene durch den kleinen Menschenauflauf.

Winter beachtete sie nicht und wandte sich weiter an Heidi. „Ich würde mich ja schon heute mit Ihnen zusammensetzen, aber leider braucht man ein bisschen Zeit, um von Richmond nach Pennsylvania zu kommen."

„Oh, ich habe die falsche Agentin ausgesucht, nicht wahr?" Heidis Stimme klang beinahe bewundernd. „Sie sind diejenige, mit der ich von Anfang an hätte reden sollen. Mit dem Wissen, dass Sie mir dicht auf den Fersen sind, macht es noch viel mehr Spaß."

„Es geht nur um Sie", bestätigte Winter. „Nicht um O'Connelly. Mir ist klar, dass er bloß ein Rädchen im Getriebe ist. Kein Planer." Es kam Winter so vor, als trage sie die Schmeichelei zu dick auf, und sie verzog das Gesicht. *Einen Gang zurückschalten.*

Doug schob ihr einen Zettel hin. Bevor Winter ihn nehmen konnte, hatte Sun ihn sich geschnappt. Doch Winter hatte gelesen, was darauf stand. *Erie, Pennsylvania.* Das Signal des Handys war von einem Funkmast in Erie weitergeleitet worden. Aiden hatte recht.

Suns Gesicht hatte rote Flecken, und ihre Augen loderten vor Zorn. Sie öffnete den Mund, um etwas zu sagen, doch Noah brachte sie mit einer zügelnden Hand auf der Schulter und einem Kopfschütteln zum Einhalten.

„Nein, natürlich hatte O'Connelly mit der Planung nichts zu tun", stimmte Heidi kalt und beiläufig zu. „Er ist einfach nur ein nützlicher Idiot, dessen Wert für mich bald ausgeschöpft ist. Ich bin mir ziemlich sicher, dass selbst er das inzwischen kapiert hat, so dumm er auch anderweitig sein mag."

„Allerdings frage ich mich, wie nützlich er wirklich war. Die Feinheiten Ihres Plans konnte er nicht würdigen."

„Sie haben vollkommen recht. Er ist zimperlich." Heidis Stimme war von Abscheu erfüllt. „Ich habe vorab gründlich über ihn recherchiert, aber schon bald wurde mir klar, dass jeder beliebige bezahlte Verbrecher Besseres geleistet hätte."

„Er hat Charlotte Edwards auf dem Gewissen. Allein das reicht schon für den elektrischen Stuhl."

Heidi schnaubte. „Er sagte, er habe sie im Schlaf in den Kopf geschossen. Das glaube ich ihm nicht."

Winter erstarrte. Wusste Heidi, dass die betagte Erbin lebte? Hatte sie im Nachhinein die Arbeit ihres ‚Partners' überprüft?

„Nein, er hat sie nicht mit einem Kopfschuss getötet", antwortete Winter, um einen vertraulichen Tonfall bemüht. „In der Autopsie zeigte sich, dass es Herzversagen war. Er hat sie buchstäblich zu Tode erschreckt."

Heidi lachte erneut. Etwas Wahnsinniges schwang in diesem Gelächter mit.

„Wusste ich doch, dass er mich angelogen hatte. Der verdammte Feigling."

„Warum haben Sie ihn überhaupt eingeplant? Sie brauchten ihn doch gar nicht. Das alles hätten Sie allein geschafft."

„Na ja, alles bis auf den letzten Akt", erklärte Heidi. „Ich hätte mich auch für etwas anderes entscheiden können, aber dann wäre das Ende kein solcher Knüller. Also, so gern ich mit Ihnen plaudere, ich habe bis morgen früh noch alle Hände voll zu tun. Bestimmt habe ich Ihnen inzwischen genug Zeit gegeben, um Ihre Vermutung zu bestätigen. Wir befinden uns in Pennsylvania. Versuchen Sie ruhig, uns zu finden, aber bis morgen früh um neun wird Ryan nicht zu sprechen sein. Sollten Sie ihn vorher aufsuchen wollen, werde ich ihn einfach nur vorzeitig töten. Bis bald also, Agent Black."

Heidi legte auf, und es war, als stießen alle im Raum kollektiv den Atem aus.

„Agent Black", sagte Sun schneidend mit klirrend kalter Stimme. „Ich möchte unter vier Augen mit dir sprechen. Und zwar sofort."

Einen Moment lang reagierte Winter nicht auf die Agentin, auf eigene Gefahr, wie sie wusste. Sie verschränkte den Blick mit Doug.

„Wir brauchen diesen Laptop. Bitte."

Er nickte wortlos, noch immer überwältigt von dem Gespräch, das er gerade mit angehört hatte. Er stand schwerfällig auf und winkte sein Team zu sich.

„Winter", blaffte Sun sie an.

Sie spürte Noahs Blick auf sich, doch sie folgte Sun.

30

„Spar dir die Tirade", riet Winter, im Konferenzsaal angekommen, Sun beim Hinsetzen.

Sun sah sie wütend an. „Du ..."

„Wir müssen jetzt sofort Flüge buchen. Wir können keine Zeit auf kleinliche Machtkämpfe verschwenden."

„Ja, natürlich sagst du das", klagte Sun sie in bitterem Zorn an. „Wieder mal schlägst du zu und rettest den Tag. Machst auf Einzelkämpferin und bringst den Bösewicht ganz allein zu Fall."

„Ehrlich?" Winter verschränkte die Arme vor der Brust und lehnte sich auf dem Stuhl zurück. „Du willst das jetzt alles durchkauen? Es geht hier um mindestens ein Menschenleben."

„Ryan O'Connelly ist mir scheißegal."

„Und anscheinend ist dir auch die Filialleiterin einer Bank in Kalifornien scheißegal, die ihrem Mann nach jahrzehntelanger Ehe von der Seite gerissen wurde? Oder ein Wachmann in New York, der nie wieder heimkommen wird, um seine Enkel zu küssen? Oder Bull Durham? Unser Kollege? Dir ist nur eine einzige Person nicht scheißegal, und das bist du. Wie kannst du jetzt auf mir herumhacken, während du selbst *wusstest,* dass du über Insiderinformationen verfügst? Wenn hier eine eine Einzelkämpferin ist, dann du."

Sun erbleichte, hielt aber die Stellung. „Ich mache mir Sorgen, weil du ein unberechenbarer Risikofaktor bist. Du bist eine neue Agentin. Du kannst nicht einfach alle wie eine Dienstbotenschar herumscheuchen, während deine Entscheidungen immer nur auf deinem Bauchgefühl beruhen. Du bringst Kollegen in Gefahr. Du kontaktierst impulsiv und eigenmächtig Verdächtige, ohne einen Plan zu haben. Ohne Verstärkung im Hintergrund."

„Wirklich, Sun? Mich hältst du für einen unberechenbaren Risikofaktor? Glaubst du etwa nicht, dass du einige Risiken hättest vermindern können, wenn du neue Informationen sofort weitergegeben hättest?"

Endlich ein direkter Treffer.

Ohne dass sie sich irgendwie bewegt hätte, schien Sun in sich zusammenzufallen. Ihr Gesicht blieb hart, aber ihre Stimme war leise. „Okay. Du gewinnst. Du bist besser."

„Ach, werd endlich erwachsen." Winter reagierte schroff, verärgert über den Aufschub und nicht willens, sich mit dem Konflikt ihrer Kollegin zu beschäftigen. „Jetzt hast du einfach nur Selbstmitleid. Falls das wichtig für dich ist: Nicht ich hatte die jüngste Idee, dass uns morgen um neun Uhr früh in Erie, Pennsylvania, eine Wiederaufführung des Kragenbombenverbrechens bevorsteht. Sondern Parrish. Als du mich heute Morgen von den Ermittlungen abgeschnitten und dich geweigert hast, mich mit Noah und dir zusammenarbeiten zu lassen, habe ich ihn besucht, um seine Einschätzung zu hören. Falls das hier ein Wettkampf ist, gewinnt *er. Er* ist besser."

Sun zog einen Stuhl heran und setzte sich. Ihr Gesicht

war der Inbegriff des Elends. Zwar fielen keine Tränen, doch ihre Augen waren rot gerändert. Sie holte tief Luft.

„Es tut mir leid. Ich werde das nicht noch einmal sagen, und niemand außer uns beiden wird es erfahren, aber es tut mir leid. Das alles ist meine Schuld, von Anfang an. Ich habe es vollkommen falsch angepackt. Es sollte mein Durchbruch werden. Heidi Presley hatte die E-Mail mir geschickt. Ich wollte sie zu Fall bringen. Und den entscheidenden Schritt auf der Karriereleiter machen."

„Doch statt allein daran zu arbeiten, hattest du plötzlich mich an der Backe."

Sun nickte. „So war es. Wie soll ich glänzen, wenn ich nur einmal wegzuschauen brauche, und schon rettest du jemandem das Leben oder findest die entscheidende Spur oder bist genau zur richtigen Zeit am richtigen Ort?"

„Glaubst du etwa, das mache ich, um dich schlecht dastehen zu lassen?" Winter schnaubte, bemühte sich aber, soweit ihr das unter den Umständen gelang, freundlich zu klingen. „Ich kann dir nur sagen, dass ich hier bin, um eine Aufgabe zu erledigen. An einer Beförderung liegt mir nichts, und ich habe nicht vor, deine Rivalin zu werden. Aber uns jetzt hier einen Wettkampf liefern? Das dürfen wir nicht. Wir können nur weitermachen und versuchen, die Sache gut zu Ende zu bringen. Wir müssen sofort Flüge reservieren."

„Du hast recht. Es tut mir leid", wiederholte Sun. Sie griff nach dem Telefon im Konferenzraum und wählte jemanden an. „Wir brauchen den nächsten Flug von Richmond nach Erie. Einen Nonstop-Flug wird es nicht geben, aber wir sollten am besten schon gestern ankommen. Besser noch, chartere ein Flugzeug und ruf mich zurück, sobald du es hast."

„Hast du einen neuen persönlichen Assistenten, von dem ich nichts weiß?"

„Das war Dalton." Sun sah Winter mit finster zusammengezogenen Augen an. „Er wenigstens lässt sich von mir herumscheuchen."

„Ja, so ist Noah. Total umgänglich. Also wie lautet der Plan, Frau Ermittlungsleiterin?"

Es war ein Zugeständnis, und Sun fasste es als ein solches auf. Sie erkannte Winters Versöhnungsgeste mit einem angedeuteten Lächeln an.

„Wir fliegen nach Erie, sprechen uns mit der Polizei vor Ort ab und hoffen, dass wir O'Connelly finden, bevor Heidi ihn oder sonst jemanden in die Luft jagt. Einen Plan darüber hinaus gibt es nicht." Sie zögerte, aber nur kurz. „Hast du weitere Ideen?"

„Noch nicht. Vielleicht ändert sich das, falls Doug Jepson mit Heidis Laptop weiterkommt. Bis dahin müssen wir einfach flexibel bleiben und uns gegenseitig den Rücken freihalten."

Sun zog die Augenbrauen hoch. „Tun wir das denn?"

„Das sollten wir jedenfalls."

Das Telefon im Konferenzraum läutete, und Sun nahm ab. Sie hörte einen Moment lang zu und stieß einen anerkennenden Laut aus. „Danke, Dalton. Wir sind unterwegs."

DAS WAR'S. Heidi war eigentlich stolz darauf, ihre Emotionen immer unter Kontrolle zu haben. Aber in diesem Moment hätte sie am liebsten freudig gekichert.

Sechs Jahre der Planung. Sogar länger, wenn Sie an die dunkle Zeit mit ihrem Vater dachte. Die langen, nervigen Stunden, die sie am Bett ihrer kranken Mutter gesessen hatte. Die anderthalb Jahrzehnte als freie IT-Mitarbeiterin, ständig mit Füßen getreten, bei der Vergabe besserer Aufträge übersehen und ganz allgemein als Müllkippe für beschissene Jobs und Probleme ausgenutzt, für die kein anderer sich die Zeit nehmen wollte.

Das alles hatte zum heutigen Tag geführt.

Das Waldhäuschen, das sie für den letzten Akt gemietet hatte, lag in unmittelbarer Nähe von Erie und doch abgeschieden genug. Das Grundstück war dicht mit Bäumen bewachsen. Allein schon die Zufahrt war eine Viertelmeile lang, und Überwachungskameras deckten jeden Meter ab. An Heidi würde sich keiner heimlich heranschleichen. Unterdessen hatte sie das einzige Fenster zur Welt im Blick, das sie brauchte. Sie hielt es in ihrer Hand.

Sie lehnte sich im Schneidersitz auf der Couch zurück und setzte ihren Laptop auf den Schoß ab. Mit der Maus blätterte sie durch die Live-Ansichten der Überwachungskameras. Alle funktionierten, doch die Aufnahmen waren nicht so scharf, wie sie es hätten sein sollen. Heidi wäre fast in Panik geraten, doch dann schaute sie aus dem Wohnzimmerfenster und entdeckte, dass es schneite. Draußen schwebten große Flocken träge herab und bedeckten bereits den Boden. Sie entspannte sich wieder.

Auf dem Split-Screen vor ihr hatte sie rechts Ryan O'Connelly.

Sie schnalzte missbilligend mit der Zunge. Er sah viel kaputter aus als damals beim ersten Treffen im Flughafen von Bismarck. Jetzt hing sein glänzend schwarzes Haar schlaff und strähnig herab. Die Augen, die einen so hübschen Blauton hatten, waren trübe, und die Haut darum herum von feinen Fältchen durchzogen, das machten die Anspannung und der Schmerz. Am Mund hatte er eine entzündete Stelle, wahrscheinlich vom Stress. Seine Schultern hingen herab, als könnte er der um seinen Hals befestigten Vorrichtung entkommen, wenn er sich nur weit genug in sich selbst zurückzöge.

Sie lachte glucksend. „Tut mir leid, Ryan", sagte sie laut. „Dieses Ding geht nicht ab. Man wird dich damit begraben müssen."

Bei ihren Worten zuckte er zusammen.

„Sorry. Ich hatte das Mikrofon vergessen. Tut mir leid."

Er trug ein kabelloses Headset. In der Hand hielt er eine Liste mit Anweisungen, doch sie hatte beschlossen, dass sie auch die Möglichkeit haben wollte, ihn akustisch zu erreichen. So könnte sie ihm unterwegs noch neue Anweisungen erteilen, falls ihr etwas Gutes einfiel. Damit alle etwas zu rätseln hatten.

Die andere Hälfte des Split Screens zeigte die Sicht aus dem heruntergekommenen kleinen Haus, das sie gemietet hatte.

Davor parkten in einer Entfernung, die den Beamten wohl als bombensicher erschien, mindestens ein Dutzend Polizeiwagen. In einem grauen SUV saß das FBI-Team. Der große gutaussehende Mann und die beiden Frauen. Der Mann interessierte sie nicht. Dagegen behielt sie die Dynamik zwischen den beiden Frauen genau im Auge.

Heidi hatte Sun Ming ausgewählt, weil sie der Frau ihre Selbststilisierung als Superprofi abgenommen hatte. Doch anscheinend war Winter Black die bessere Agentin. Ob sie die beiden irgendwie gegeneinander ausspielen könnte? Special Agent Black, die Unerschütterliche, und Special Agent Ming, die Frau auf dem ewigen Ego-Trip? Das wäre ein interessantes Experiment.

Sie schaute auf die Uhr. Drei Minuten vor neun.

Es war einfacher als erwartet gewesen, Ryan die Kragenbombe anzulegen. Sie hatte sie nach der Anleitung gebaut, die sie im Netz gefunden hatte, aber das eine oder andere abgeändert. Die ursprüngliche Bombe hatte nur geringen Schaden angerichtet, der auf ihren Träger beschränkt geblieben war. Diese jedoch würde Ryan und jeden in die Luft sprengen, der das Pech hatte, in seiner Nähe zu sein. Ein eigens hinzugefügtes Kästchen mit Schrapnellkugeln sollte sich zusätzlich verheerend auf alle Umstehenden auswirken.

Sie hatte den ursprünglichen Entwurf verwendet, eine Art übergroße Handschelle mit daran befestigten Sprengsätzen, und ihn verbessert.

Es hatte nur einen einzigen riskanten Moment gegeben, nämlich als sie die Vorrichtung in den Kellerraum brachte, in dem sie Ryan gefangen hielt. Sie musste ihn dazu bringen, so lange still sitzen zu bleiben, bis sie ihm das Ding umgeschnallt hatte, und zwar durch eine glaubhafte Drohung, die ihn zur Gefügigkeit zwang. Das hatte sie durch demonstratives Herzeigen des Fernzünders erreicht – der noch nicht aktiviert war, aber das wusste er nicht. Außerdem war er nach dem Schuss in den Arm vom Blutverlust geschwächt.

Gut, dass Ryan sich als ein solcher Feigling erwies. Und seine beste Fluchtchance hatte der Ahnungslose bereits vergeben. Sie wünschte, sie hätte sich die Zeit genommen, ihn bei ihrer letzten direkten Begegnung darüber aufzuklären.

Im Verlauf der letzten Tage hatte sie entdeckt, wie sehr sie es genoss, einen verzweifelten, verängstigten Menschen zu beobachten. Im direkten Kontakt machte das mehr Spaß als durch den Filter einer Kamera.

Als sie ihm den Kragen umlegte, war er so fügsam gewesen, dass sie ihm sogar gestattet hatte, die Toilette zu benutzen. Ein kleines Detail, das sie vergessen hatte. Uups.

Jetzt sah sie zu, wie er aufstand und vorsichtig hin und her ging. Sie lächelte. Er wusste, dass sie sein Leben in Händen hielt. Außerdem wusste er, dass sie es auslöschen würde. Derzeit könnte sich seine verbliebene Lebenszeit durchaus auf nur wenige Minuten belaufen.

Der von ihm inszenierte Verführungsversuch war ein großer Fehler gewesen. Dass sie auf diesen Trick hereingefallen war, sich von ihm hatte betrunken machen lassen … bei der Erinnerung wurde sie rot. Er hatte jeden Moment des Schmerzes und der Angst, der ihm bevorstand, verdient.

Wenn sie könnte, würde sie dieses Schauspiel ewig ausdehnen.

Um Punkt neun Uhr stieg Agent Ming aus dem Wagen und setzte ein Megafon an den Mund.

„Ryan O'Connelly", hörte Heidi über Ryans Headset. „Hier spricht das FBI und die Polizei von Erie. Kommen Sie langsam mit erhobenen Händen aus dem Haus."

Ryan wollte sich in Bewegung setzen, zögerte aber.

„Geh nur", ermunterte ihn Heidi, die sich direkt über das Headset an ihn wandte. „Legen wir los."

Er ging zur Haustür, und sie sah, wie seine Hand zitterte, als er sie auf die Klinke legte. Gut. Sie wollte, dass er vor Angst bebte. Dass er völlig kirre war.

„Es gibt keine Hoffnung für dich, Ryan. Am besten, du bringst es schnell hinter dich", gurrte sie ihm ins Ohr.

Sie wechselte die Kameras, sodass der Split-Screen nun auf der einen Seite wie zuvor den Blick aus dem Haus zeigte, auf der anderen Seite aber das Bild der Überwachungskamera an der Straße vor ihrem derzeitigen Aufenthaltsort. Hierher konnte man ihr unmöglich gefolgt sein, und es würde sie hier auch niemand aufspüren. Falls aber schließlich doch jemand auftauchte, wäre sie längst über alle Berge. Trotzdem zahlte es sich aus, auf Nummer sicher zu gehen.

Inzwischen war Ryan auf die Vorderveranda hinausgetreten.

„Leg los", befahl sie. „Sag ihnen, was dein erster Punkt auf der To-do-Liste ist."

Sie regelte die Lautstärke an ihrem eigenen Headset herunter, als seine Stimme zu laut aus den Ohrhörern dröhnte: „Ich soll eine NBG-Bank ausrauben."

„Ich sehe dich, Ryan", lachte Heidi. „Lass den Scheiß."

Er hatte den Beamten mit Lippenbewegungen das Wort „Hilfe" signalisiert. Und noch nicht einmal besonders vorsichtig.

„Sie haben ein Headset auf", rief Agent Black. „Kann Heidi Presley uns in diesem Moment hören?"

„Sag ihnen, dass ich das kann. Und sie sollen besser keine Verzögerungstaktik versuchen, sonst werde ich ungeduldig. Und wenn ich ungeduldig werde, mit dem Fernzünder in der Hand, rutscht mir leicht mal der Finger aus."

Er wiederholte die Botschaft für die Versammelten.

Dann hatte Heidi eine Idee. „Sag ihnen, ich möchte, dass Agent Black dich zur NBG fährt."

Heidi beobachtete die Reaktionen der Agents aufmerksam. Agent Ming machte ein verärgertes Gesicht. Der große Tölpel von Mann schüttelte sofort den Kopf und trat beschützend auf Agent Black zu. Interessant.

Da sollte sie die Glut wohl noch ein wenig schüren. „Sag ihnen, dass das nicht verhandelbar ist. Agent Ming ist inkompetent und überflüssig. Durch das Zurückhalten von Informationen hat sie die Ermittlungen von Anfang an gefährdet. Es ist entschieden: Ich will Agent Black."

Ryan gab die Forderung Wort für Wort weiter.

Es war ein Vergnügen, Agent Ming dabei zu beobachten, wie sie erbleichte und dann praktisch vor Zorn vibrierte. Obwohl der Mann dazwischenzutreten versuchte, schob sie sich dicht an die andere Agentin heran und zischte ihr mit finsterer Miene etwas zu. Agent Black drückte sie weg. Hätte Heidi doch hören können, was die beiden sagten.

Es war, als schaute man eine Seifenoper. Normale Menschen und ihre kleinlichen Dramen waren so vorhersehbar. Gleich würden die Frauen sich prügeln.

Doch die beiden bekamen sich in den Griff. Agent Black sagte leise etwas zu ihrem Team, und weder ihre Kollegin noch ihr Kollege machte dabei ein glückliches Gesicht.

„Wir nehmen meinen Wagen, Heidi", rief sie. „O'Connelly, wir fahren los."

Die Polizeibeamten von Erie wichen vor Ryan zurück, als

er langsam und vorsichtig die Treppe hinunterstieg. Er verhielt sich, als würde eine falsche Bewegung ihn in einen menschlichen Feuerball verwandeln. Und so falsch lag er damit gar nicht.

Heidi beobachtete entzückt, wie Agent Black ihm die Tür der schwarzen Limousine aufhielt und dabei aussah wie ein Chauffeur. Er glitt auf den Beifahrersitz, und sie ging um den Wagen herum. Bevor sie einstieg, schaute sie zum Haus zurück. Und direkt in die Kamera, die Heidi über der Haustür angebracht hatte und die eigentlich nicht zu entdecken hätte sein sollen.

Agent Black winkte ein wenig und lächelte. Es war, als könnte sie Heidi durch die Kamera hindurch sehen. Genau wie im Haus in Saint Ignace, wo sie das Versteck unter den Bodenbrettern entdeckt hatte. Sie hatte gewusst, dass sich dort ein Geheimfach befand und dass es mit einer Sprengfalle gesichert war.

Bei dieser Erinnerung verdüsterte sich Heidis gute Laune.

Sie streichelte den Schalter des Fernzünders in ihrer Hand. Sie könnte ihn jetzt betätigen. Die Sache zu Ende bringen.

Doch das wäre nicht das große Finale, das sie sich erhofft hatte.

Nein, entschied sie. Zieh es durch. Bleib beim ursprünglichen Plan. Doch wenn sie dann wirklich den Schalter drückte, würde sie darauf achten, dass Agent Black in der Nähe war.

Die Frau war ihr nicht geheuer.

31

Noah schäumte vor Wut.

Er war sauer auf Winter, die klug genug hätte sein sollen, sich nicht in direkte Lebensgefahr zu begeben. Erneut. Außerdem war er sauer auf Sun, weil sie so etwas zugelassen hatte, und auf sich selbst, weil er nicht eingegriffen hatte.

Winters angedeutetes Winken war ihm nicht entgangen. Man hatte natürlich vermutet, dass das Haus mit Überwachungskameras gespickt war, mittels derer Heidi Ryans letzte Vorstellung verfolgen würde. Winter reizte absichtlich eine Killerin und lud gleichzeitig das nächste Opfer in ihr Auto. Und dieses Auto würde sie nun selbst fahren.

Falls sie das Ganze überlebte, könnte er durchaus beschließen, sie eigenhändig zu erwürgen.

„Das war Scheiße", sagte er, die Stimme heiser vor unterdrücktem Zorn. „Du bist ja eine tolle Ermittlungsleiterin. Ich kann es nicht fassen, dass du dir die Situation so entgleiten lässt."

Sun nahm kurz den Blick von der Straße. Sie fuhren als Erste in der Kolonne, die dem Leihwagen zur NBG-Bank folgte. „Mich macht es auch nicht glücklich, vor der Polizei vorgeführt zu werden."

„Du bist dermaßen egozentrisch", platzte Noah der Kragen. „Du hast bereitwillig zugelassen, dass Winter mit einem mutmaßlichen Täter ins Auto steigt, an dem eine Bombe befestigt ist, die explodiert, sobald eine Psychopathin den Schalter umlegt!"

„Ich habe schon begriffen, was du meinst." Sun seufzte. „Aber so sehr mich das Eingeständnis auch schmerzt, Winters *Bauchgefühl* war richtig. Heidi amüsiert es, uns gegeneinander auszuspielen. Wir müssen sie in dem Glauben wiegen, dass sie damit Erfolg hat. Das wird sie von allem anderen ablenken, was sonst noch passiert."

„Von allem anderen." Er schnaubte. „In diesem Plan, den wir zusammengeschustert haben, kann so viel schieflaufen, dass er wahrscheinlich den Bach runtergeht, bevor wir auch nur richtig angefangen haben."

Sun warf ihm einen mitfühlenden und ein wenig traurigen Seitenblick zu. „Du magst sie wirklich sehr, oder?"

„Wir sind Freunde."

„In unserer Abteilung gab es ein ganz anderes Gerücht, als ihr gemeinsam in Harrisonburg ermittelt habt."

„Das ist derzeit absolut belanglos, Sun."

Er starrte durch die Windschutzscheibe auf die Fahrerin und den Beifahrer des Wagens vor ihnen. Winter Black, FBI-Agentin, und Ryan O'Connelly, international berüchtigter Kunst- und Schmuckdieb, unterwegs zu einem gemeinsamen Bankraub. Sie wirkten so normal. Wie zwei Menschen, die auf dem Weg zur Arbeit eine Fahrgemeinschaft bilden oder zusammen zum Frühstück ausgehen. Eigenartig war nur die Verdickung an Ryans Hals, die Sprengladung.

Nun fiel auch noch Schnee. Große nasse Flocken, die sofort liegen blieben. Das hatte man der Nähe des Lake Erie zu verdanken. Im Lokalradio waren über dreißig Zentimeter vorhergesagt worden. Für ihre Operation könnte sich das als nützlich oder als schädlich erweisen. Was von beidem, würde sich zeigen.

Es gab einfach zu viele Unwägbarkeiten. Wie jetzt zum Beispiel. Wenn nun der Wagen auf einer Eisfläche ins Schleudern geriete? Und im Graben landete? Würde der Sprengsatz bei einer solchen Erschütterung explodieren? Ohne sich dessen gewahr zu werden, holte Noah sein abgenutztes Kartenspiel aus der Brusttasche seines Hemds und mischte es. Doch anders als sonst gelang es dem Rascheln und Wispern der Karten diesmal nicht, seine Nerven zu beruhigen.

Er war froh, dass Sun fuhr. Er wäre zu aufgeregt und unkonzentriert, um ein zuverlässiger Fahrer zu sein.

„Sie kommt da heil wieder raus, Dalton." Die Worte klangen ruhig und selbstgewiss.

Auch das kotzte ihn an: Sun war in dieser Situation so verdammt gelassen. Und Winter ebenfalls. Er war im Moment der Einzige, mit dem die Nerven durchgingen.

„Das hoffe ich für dich, Darling", antwortete Noah grimmig.

Es war keine Ermahnung. Es war eine Drohung.

RYAN roch die säuerliche Ausdünstung seiner eigenen Angst. Es war kalt, denn draußen herrschten minus sechs Grad, doch in seinen Achseln sammelte sich Schweiß.

Er versuchte, ruhiger zu atmen. Sein Keuchen drang laut durch die Stille im Wagen, und er wusste, dass Heidi ihn hören konnte. Dass sie seine Angst genoss.

Die Frau am Steuer schaute zu ihm herüber und lächelte.

Seit sie ins Auto gestiegen waren, hatte sie kein Wort gesagt, doch hin und wieder sah sie ihn an und warf ihm ein beruhigendes Lächeln zu. Er versuchte, es zu erwidern und ein wenig zu flirten, wie der Ryan O'Connelly von einst es getan hätte, doch es misslang ihm. Statt zu lächeln, verzog sich sein Gesicht zu einer Grimasse. Zumindest fühlte es sich so an.

Der Stahlbügel um seinen Hals war schwer. Die Kabel – blaue, rote, grüne und schwarze – konnte er mit einem Schielen nach unten erspähen. Das Gewicht stammte sicher von einer dicht gepackten Ladung tödlichen Sprengstoffs. Herzschlag für Herzschlag spürte er seine Angst davor, dass etwas, was er tat – oder eine Laune Heidis –, alles in die Luft jagte.

Die vergangene Woche hatte ihm einiges über sich selbst offenbart. Er war ein Feigling. Er wollte nicht sterben, doch dem Tod war das gleichgültig. Er war ihm dicht auf den Fersen.

Würde er in seinen letzten Lebensminuten etwas Heroisches vollbringen? Oder würde er sich vor Angst in die Hose machen? Vermutlich wohl leider Letzteres.

Mehr als seinen eigenen Tod fürchtete er jedoch die Gefahr für Ionie und Christopher. Er hatte seine Beziehung mit Ionie nicht anders behandelt als seine flüchtigen Abenteuer zuvor. Es gelang ihm meist mühelos, schöne Frauen für sich zu erobern, doch Ionie erinnerte ihn unangenehm an seine eigene Vergangenheit. Außerdem gab sie ihm Gedanken an die Zukunft ein, was sogar noch erschreckender war.

Er machte ihr keinen Vorwurf daraus. Sie hatte ein warmes, großzügiges und niemals forderndes Naturell. Noch immer meinte er zu hören, wie sie ihm nachts beim Liebesspiel mit ihrem melodischen Akzent Koseworte ins Ohr flüsterte. Auch Christopher konnte er keinen Vorwurf machen. Er war ein rührend liebes Kind und unglaublich süß, aber nicht das hatte ihm Angst gemacht. Sondern die Tatsache, dass er Ionie und sich selbst als Paar vor sich sehen konnte, das zusammen mit Christopher eine Familie bildete und im Inselparadies gemeinsam alt wurde. In diesem Bild würde er seine „Karriere“ aufgeben, oder wie auch immer man seine Tätigkeit nennen wollte. Er würde Ionie unterstützen, damit sie sich nicht mehr Tag für Tag abrackern und hinter achtlosen Touristen herräumen musste, während sie ihren Sohn in eine Tagesstätte schickte.

Die Angst davor, sich zu binden, hatte ihn dazu verführt, zu viel zu trinken. Und so hatte er immer wieder mit der geheimnisvollen Anruferin geplaudert, statt dem Reiz des Unbekannten zu widerstehen.

Aus dem Headset drang ein Knistern in seine Ohren und schreckte ihn auf.

„Warum ist es so still bei euch, Ryan? Du heckst doch nicht irgendwas aus?“

Nach dem Blick zu schließen, den die FBI-Agentin ihm zuwarf, hörte sie Heidis Stimme genauso deutlich wie er selbst.

Er räusperte sich. „Nein. Ich genieße einfach nur den Schnee. Es ist eine schöne Fahrt.“

„Sarkasmus ist derzeit unangebracht, findest du nicht?“

Ein Anfall von Angst durchschoss ihn.

„Stimmt. Du hast recht. Es tut mir leid.“

„Du hast die Anweisungen für den Überfall auf die NBG griffbereit?“

Ja, hatte er. Mit seinen schweißnassen Handflächen hatte er die Tinte auf dem Blatt zwar verwischt, aber er kannte den Text auswendig. *Geh rein. Sag der Person am Schalter, dass ich zweihundertfünfzigtausend Dollar will.*

Erneut knisterte es im Headset.

„Bitte?“, fragte er, ein Gefühl von Panik in der Brust. Was, wenn sie ihm Anweisungen erteilte, er sie aber nicht verstand?

„Ich sagte … wird stören … das Wetter … werde dich … auf Kamera … befolge Liste."

Während sein Herz laut hämmerte, sagte die Agentin: „Offenbar erschwert der Schneesturm die Funkverbindung." Ihre Stimme war so ruhig und beiläufig, als spreche sie mit einem Fremden neben ihr im Bus.

„Ich glaube, sie sagte, dass sie mich über die Kamera verfolgt. Falls ich sie nicht verstehe, werde ich einfach die schriftlichen Anweisungen ausführen."

„Ich bin Winter", sagte die Agentin und betätigte den Blinker.

„Ryan."

„Weiß ich." Sie lächelte schief. „Ich habe Ihre jüngste Karriere verfolgt."

Er verzog das Gesicht.

Sie legte den Finger an die Lippen, als es im Headset erneut statisch knisterte.

Doch Worte waren nicht zu vernehmen.

„Wir bleiben einfach gelassen und tun, was Heidi uns aufträgt", sagte Winter. Sie stellte die Scheibenwischer schneller. Kaum hatten deren Arme den Schnee von der Scheibe gefegt, sammelte sich schon wieder neuer. „Alles wird gut."

„Nein, bestimmt nicht." Heidis Stimme und Kichern drangen glasklar aus dem Headset, bevor das Knistern wieder einsetzte.

Winter verdrehte die Augen. *Doch, wird es,* bedeutete sie Ryan mit Lippenbewegungen.

Ryan versuchte, sich keine Hoffnungen zu machen. Aber die Agentin verhielt sich so lässig. Hatte sie einen Plan in der Hinterhand? Würde er vielleicht trotz allem mit heiler Haut davonkommen?

Er versuchte wirklich, sich keine Hoffnungen zu machen,

aber etwas, das Hoffnung gefährlich nahe kam, keimte dennoch in seiner Brust.

WINTER SPÜRTE O'CONNELLYS ANGST. Sie war ansteckend.

Um seinetwillen behielt sie jedoch die professionelle Maske der Gelassenheit auf.

„Nur noch ein paar Minuten", sagte sie in dem Wissen, dass Heidi sie wahrscheinlich hören konnte. „Vorausgesetzt, der Schnee kostet uns nicht zu viel Zeit. Die NBG liegt etwa eine Meile entfernt."

Ryan erwiderte nichts. Das erwartete sie auch gar nicht. Er starrte aus dem Fenster auf den dichten Vorhang aus weißen Flocken.

Der Schneefall legte sogar zu, und der Sturm blies heftiger. Sie musste hoffen, dass sich das als günstig erweisen würde.

Es stand so viel auf dem Spiel.

Zum Beispiel ihr eigenes Leben.

Sie hatte noch immer das Gesicht vor Augen, das Noah gemacht hatte, als sie sich bereit erklärte, Ryan zu fahren. Falls sie das hier heil überstand, würde er sie eigenhändig umbringen. Hoffentlich entwickelte er Verständnis. Sie wusste, dass er in ihrer Lage genauso gehandelt hätte.

Vor ihnen geriet ein Van unvermittelt ins Schleudern, und Winter tippte mit zusammengebissenen Zähnen die Bremse an. Der Fahrer des Vans lenkte zu stark gegen, und das Fahrzeug schlenkerte erst nach rechts und dann nach links.

Sie umklammerte das Lenkrad so fest, dass ihre Knöchel weiß wurden. Einen Unfall brauchten sie jetzt *wirklich* nicht.

Zum Glück konnte sie der vereisten Stelle ausweichen, die den Van ins Rutschen gebracht hatte. Sie umfuhr ihn, da er halb im Straßengraben lag. Die Schnauze steckte dort fest, während sein Heck auf die Fahrbahn hinausragte.

„Das war knapp", stieß sie hervor, als sie an dem Wagen vorbei waren.

„Kein Scheiß", stimmte Ryan ihr zu. Es klang so, als würde er fast an den Worten ersticken.

„Die Straßen sind heute ziemlich speziell."

Danach war es im Inneren des Wagens wieder still. In ihrer derzeitigen Lage wirkte Smalltalk unangebracht.

Sie hätte gern etwas Beruhigendes gesagt. Ryan damit getröstet, dass alles gut werden würde. Dass sie einen Plan hatten. Doch da ihr die Zuhörerin bewusst war, fuhr sie einfach schweigend weiter und konzentrierte sich auf die von Schneematsch bedeckte Fahrbahn vor ihnen.

32

Heidi war von Jubel erfüllt.

Sie hatte die Kragenbombe mit einer nach vorn ausgerichteten Kamera versehen, die ihr eine gute Sicht auf das Armaturenbrett verschaffte. Hätte Ryan ein wenig weiter hinten gesessen, hätte sie aus dem Fenster schauen können, doch vorläufig musste sie sich mit dem Ausblick auf das Armaturenbrett begnügen.

Jedes Mal, wenn die Kamera bebte, weil Ryan vor Angst zitterte, verkniff sie sich ein Grinsen.

Es irritierte sie nicht einmal, dass die Funkverbindung zum Headset gestört war. Die Body-Cam würde es ihr ja zeigen, falls die beiden irgendwas anzustellen versuchten.

Erstaunlich, wie ruhig Agent Black blieb. Das war bewunderungswürdig. Black musste wissen, dass ihr Leben sich derzeit in Heidis Hand befand. Die Frau war wirklich faszinierend.

Sie hörte einen weiteren Gesprächsschnipsel.

Etwas über die schlechten Straßenverhältnisse.

Gut, dass die Agentin am Steuer saß. Ryan wäre inzwischen längst gegen einen Telefonmast gekracht.

Plötzlich kam Heidi eine Idee. So würde der Spaß noch größer. „Nimm Agent Black mit dir in die Bank."

„Agent Black", hörte sie Ryans Reaktion verstümmelt über das Headset. „Sie möchte, dass Sie mich in die Bank begleiten."

„Sag ihr, sie soll den Geldsack halten", fügte Heidi hinzu. Warum sollte sie die Situation nicht so drehen, dass es ihr Vergnügen erhöhte? Das konnte nicht schaden.

„Ich hab sie gehört", erfolgte die Antwort der Agentin. „Ich gehe mit …" Der Rest ihrer Worte verlor sich in einem Schwall von statischem Knacken und Knistern. Dann fiel das Headset ganz aus.

Heidi hielt Ryans Kamera genau im Blick, doch diese und folglich auch er hatten sich nicht bewegt. In Verbindung mit dem Wetter hatte die Entfernung dem Signal den Rest gegeben. Egal. Immerhin hatte sie schon eine Menge Spaß damit gehabt. Sie schaltete ihr eigenes Headset aus, setzte es ab und warf es neben sich auf die Couch. Die beiden würden schon bald in der Bank eintreffen. Mit Fingern, die nur so über die Tastatur flogen, rief sie die Überwachungskameras der NBG-Bank auf, zu denen sie sich schon vorher Zugang verschafft hatte.

Nun würde sie zuschauen, wie das Täubchen ins Nest flog.

„Nicht bewegen", befahl Winter.

Sie streckte die Hand aus und nahm ihm das Headset vom Kopf.

„So", sagte Winter zufrieden, nachdem sie es aus dem Fenster in den Schnee geworfen hatte. Im Rückspiegel sah sie, dass der Wagen hinter ihnen - Noah saß am Steuer und Sun auf dem Beifahrersitz – es plattfuhr. „Jetzt können wir uns offen unterhalten. Wie geht es Ihnen?"

„Ich habe eine verdammte Heidenangst“, gab Ryan zu. „Sind Sie sicher, dass Heidi uns nicht hören kann?“

„Ganz sicher. Allerdings tragen Sie eine Body-Cam, passen Sie also auf, auf wen Sie sie richten.“

„Woher wissen Sie das? Sie hat nichts dergleichen gesagt.“ Ryan schaute an sich hinunter und fasste seine Brust ins Auge.

„Ich weiß eine Menge. Ich kann Ihnen noch nicht sagen, dass sie sich entspannen dürfen oder sich keine Sorgen zu machen brauchen, aber bleiben Sie standhaft.“

„Etwas anderes bleibt mir im Moment auch gar nicht übrig.“

„Geht es mit Ihrem Arm? Er wirkt ziemlich steif.“

„Er tut weh. Im Moment liegt mir Schlimmeres auf der Seele.“

„Wir haben keine Zeit mehr zum Reden“, sagte Winter und warf einen prüfenden Blick auf Ryan, um seine Verfassung einzuschätzen. Er stand kurz vor einem Panikanfall. „Dort vorn ist die NBG. Halten Sie die Ohren steif, aber reagieren Sie flexibel, okay?“

Er warf ihr ein mattes Lächeln zu. „Hab ich eine andere Wahl?“

„Nein.“

„Konnten Sie das veranlassen, worum ich Sie am Telefon gebeten habe? Nicht dass ich irgendwelche Gefälligkeiten verdient hätte, aber es ging mir nicht um mich …“

„Die Frau und ihr Sohn befinden sich in Schutzgewahrsam, bis das alles vorbei ist.“

„Danke.“ Er stieß langsam den Atem aus, und seine Schultern wirkten etwas weniger verspannt. „Dann bin ich wohl für alles bereit.“

Winter bremste und bog nach links ab. „Gut. Jetzt steht erst einmal ein Bankraub an.“

Der Parkplatz war zum größten Teil leer, und Ryan ballte

die Hände im Schoß. „Wenigstens sorgt das schlechte Wetter dafür, dass die Leute zu Hause bleiben."

Winter seufzte. „Wir sind Glückspilze, nicht wahr?" Sie parkte den Wagen. „Das eben war mein Ernst, O'Connelly", ermahnte sie ihn. „Sie müssen je nach Situation reagieren und mir vertrauen. Kapiert?"

„Sicher. Es ist ja nicht so, als hätte ich irgendwas zu verlieren."

„Okay. Dann mal los."

Sie öffnete die Wagentür und stieg aus. Er folgte ihrem Beispiel.

Der Schnee fiel so dicht, wie Ryan es schon seit Jahren nicht mehr gesehen hatte. Wenn er nicht gerade einen Auftrag ausführte, hielt er sich in angenehm temperierten Klimaregionen auf. Der Wind vom Lake Erie pustete durch sein langärmliges Hemd und blies ihm Schnee ins Gesicht. Hoffentlich würde der beim Schmelzen keinen Kurzschluss an seinem Kragen verursachen. Das Gewicht des eiskalten, klobigen Stahlbügels drückte ihn im Nacken.

Er hätte die Vorrichtung gern vor dem Schnee abgeschirmt. Die Arme darüber verschränkt, um sie für alle Fälle abzudecken. Aber er wollte sie nicht berühren.

Als sie bei der Tür des Bankgebäudes ankamen, hatte Ryan einen guten Zentimeter Schnee auf dem Kopf und den Schultern.

„Sie sehen aus wie ein Yeti", bemerkte Winter, die ihm die Tür aufhielt.

„Bei Ihnen ist es auch nicht viel besser." An ihren langen schwarzen Wimpern glitzerten Schneekristalle. Sie lächelte ihn an, und er war dankbar für ihren Versuch, beruhigend auf ihn zu wirken. „Bringen wir es hinter uns."

Die Eingangshalle war menschenleer, abgesehen von zwei Schalterangestellten hinter der Theke.

„Hi", sagte Ryan. Ziemlich einfallslos, aber er hatte nicht

wirklich Zeit gehabt, über seine Rolle nachzudenken. Am besten kam er gleich zur Sache. Er räusperte sich. „Das ist ein Banküberfall. An mir ist eine Bombe befestigt, und ich kann Ihnen versichern, dass sie explodiert, wenn Sie meine Anweisungen nicht wörtlich befolgen. Ich möchte von Ihnen beiden, dass sie eine Tasche mit zweihundertfünfzigtausend Dollar füllen, oder meine … Komplizin … wird diese Apparatur um meinen Hals in die Luft jagen, und dann sind wir alle am Arsch."

„Jawohl, Sir."

Die weibliche Angestellte begab sich überraschend gelassen in einen rückwärtigen Raum. Der Mann blieb, wo er war. Er wirkte angespannt, schwieg aber.

„Sie machen das gut", sagte Winter in scherzendem und sogar ein wenig fröhlichem Tonfall zu Ryan. „Es ist, als hätten Sie Erfahrung."

„Hoffentlich muss ich so was nie wieder machen."

„Dazu werden Sie wohl keine Gelegenheit bekommen, selbst wenn wir das hier heil überstehen."

„Das ist okay. Ich habe den Spaß am Stehlen verloren."

„Schauen Sie sich in alle Richtungen um", wies Winter ihn an. „Heidi soll alles sehen können, damit sie nicht glaubt, wir würden einen Trick versuchen."

Ryan drehte sich gehorsam langsam im Kreis.

„Da hast du deinen Kick, du Schlampe", murmelte er erbittert.

Mit einer Tasche voller Geldscheine kehrte die weibliche Angestellte in kürzester Zeit zurück. Sie trat vor den Schalter, stellte die Tasche in beträchtlichem Abstand zu Ryan ab und schlüpfte rasch wieder hinter die Theke.

Seine Nerven waren zum Zerreißen gespannt, doch es stürmten keine Polizisten durch die Tür herein. Nirgends ertönten Alarmsirenen. Und sie wurden auch nicht zum schlechtestmöglichen Zeitpunkt von auftauchenden Kunden gestört, die eine Chance witterten, sich als Helden zu beweisen.

Er öffnete die Tasche und beugte sich mit der Kamera auf seiner Brust darüber, damit Heidi alles gut sehen konnte. Vorhin war es schrecklich gewesen, ihren Atem im Ohr zu haben, während sie jedes seiner Worte belauschte. Aber jetzt fand er es sogar noch schlimmer, nicht zu wissen, wo sie sich befand und was sie tat. Sie war wie eine Schlange, die sich zusammengerollt hat, um jeden Moment zuzustoßen.

„Die Tasche trage ich", sagte Winter. „Vergessen Sie nicht, den Lutscher mitzunehmen."

Er sah sie verblüfft an und spürte, wie seine Arme sich mit Gänsehaut überzogen. War sie eingeweiht? Hatte Heidi eine ‚Partnerin'? „Woher wissen Sie von dem Lutscher?"

Sie sah ihn nicht an, sondern legte sich einfach nur die schwere Tasche über die Schulter. „Wie schon gesagt, ich weiß eine Menge."

Ryan drängte seine Paranoia zurück und trat zum nächsten Schalter. Der Mann dahinter wich zurück, als bedrohte Ryan ihn mit einer geladenen Waffe. Was ja in gewisser Weise auch stimmte.

Ryan nahm einen Lutscher mit Kirschgeschmack aus dem Behälter auf der Theke. Beim Gedanken an etwas Essbares wurde ihm schlecht, aber trotzdem zog er die Verpackung ab und steckte sich das Ding in den Mund. Widerlich süßes, künstliches Kirscharoma überflutete seine Zunge, und seine Speicheldrüsen produzierten Unmengen von Spucke. Hoffentlich blieb ihm die Peinlichkeit erspart, dass er sich erbrechen musste.

„Sind Sie so weit?" Winter erwartete ihn bei der Tür. „Was steht jetzt auf Ihrer Liste?"

„Wir sollen zum McDonald's nebenan fahren. Es ist nur ein kurzes Stück zu Fuß, aber sie will uns über Kamera erfassen und traut mir nicht zu, dass ich es ohne Überwachung auf meinen eigenen verdammten Beinen schaffe."

„Okay." Winter klatschte in die Hände. „Dann also zu McDonald's."

HEIDI LIEß den Bildschirm nicht aus den Augen und trommelte dabei ungeduldig mit den Fingern auf dem Sofapolster herum.

Ryans Zeit war bald abgelaufen, dachte sie. Nur noch einige wenige Minuten.

Bisher waren sie voll im Plan. Die Body-Cam hatte alles aufgezeichnet, abgesehen von einem kurzen Moment, als Ryan aus dem Wagen gestiegen war und sich dem Wind zugewandt hatte, der die Linse mit wehendem Schnee bedeckte.

Das Bild nur von Wassertröpfchen auf der Kameralinse getrübt, beobachtete sie, wie die beiden in das Bankgebäude gingen. Die Schalterangestellten gerieten nicht in Panik und taten, was Ryan ihnen auftrug. Wenige Minuten später kam eine von ihnen mit dem geforderten Geld zurück.

„Gut gemacht", murmelte sie. Sie wusste Tüchtigkeit zu schätzen.

Ryan und Agent Black verließen das Gebäude und machten sich auf den Weg zum Wagen. Die FBI-Agentin trug die schwere Tasche. Einen Moment schien es, als würde Ryan auf dem schneebedeckten Parkplatz ausrutschen, und Heidi verkrampfte sich. Gerade *jetzt* sollte er wirklich nicht hinfallen. Es war zu früh für die Explosion.

Doch Agent Black packte ihn am Arm und stützte ihn. Bestens. Heidi konnte kaum glauben, dass die Agentin eine Berufsanfängerin war. Wer aber war sie dann? Während sie den Bildschirm betrachtete, ließ ihr die Frage keine Ruhe.

Jetzt kam noch einmal ein kniffliger Teil. Die Reichweite

der NBG-Bank-Außenkamera erstreckte sich nicht bis zu dem Bereich des Parkplatzes, in dem die beiden den schwarzen Leihwagen geparkt hatten. Und die Linse der Body-Cam wurde schon wieder von Schnee zugeweht. Es dauerte nicht lange, und auf dem Video war nichts mehr zu sehen. Der Schnee würde schmelzen, sobald Ryan ins warme Auto stieg, doch bis dahin konnte Heidi nur nach dem Bild der Überwachungskamera gehen.

Es gefiel ihr nicht, aber sie durfte sich deswegen nicht verrückt machen.

Mit der Hand dicht über dem Schalter der Fernbedienung sah sie den beiden zu, wie sie den Aufzeichnungsbereich der Kamera verließen.

Alles würde prima laufen, beruhigte sie sich. Besser als prima.

Es war genial.

Sie gönnte ihnen nur die kurze Zeitspanne, die sie brauchten, um zum Parkplatz des McDonald's zu gelangen. Dort gab es weitere Überwachungskameras, die ihr gestatten würden, die beiden erneut zu beobachten.

In ihrem Kopf begann ein Countdown.

Winters Hand, mit der sie Ryan am Arm gepackt hielt, zitterte vor Schreck und Kälte. Er war bleich geworden, als hätte er begriffen, wie nahe er einem Sturz gewesen war und was in diesem Fall hätte passieren können.

„Ruhig bleiben", ermahnte sie ihn leise.

Er nickte steif, brachte jedoch kein Wort heraus.

Jenseits der bepflanzten Böschung, die den Parkplatz von der Straße abgrenzte, stand ein weißer Kleintransporter auf der Fahrbahn. Die Polizei hatte den Verkehr auf beiden Seiten abgeriegelt.

„Sie müssen jetzt schnell, aber trotzdem vorsichtig

marschieren“, sagte Winter und stellte die Geldtasche neben dem Wagen ab, in dem sie hergefahren waren.

Sofort ging die Beifahrertür auf, und ein dunkelhaariger Mann mit einem sperrigen Metallobjekt um den Hals streckte die Hand nach der Tasche aus und nahm sie an sich. Am Steuer saß eine Frau, die wie Winters Ebenbild aussah. Wenn die Agentin nicht immer noch seinen Arm festhielte, würde Ryan glauben, dass es sie selbst wäre.

„Was läuft hier?“, fragte er mit vor Angst rauer Stimme.

„Heidis Pläne haben sich geändert“, antwortete Winter und führte ihn eilig weiter.

Sie half ihm über die Böschung, die bereits mit einer Handbreit Schnee bedeckt war. Die Hecktür des Kleintransporters ging auf, und sie dirigierte ihn dorthin. Drinnen saßen zwei sehr ernst wirkende Bombenexperten. Einer streckte sofort die Hände nach der Body-Cam aus und klebte die beschneite Linse mit Band ab.

„Dann wollen wir Sie mal entschärfen“, sagte er. „Bevor das Isolierband wieder abfällt.“

Wenige Sekunden später waren einige Drähte durchgeschnitten, und der Gesichtsausdruck der beiden Spezialisten löste sich. Der Kollege des Ersten nickte. „Alles okay.“

Winter lächelte Ryan strahlend an. „Herzlichen Glückwunsch. Sie sind keine wandelnde Zeitbombe mehr.“

Ryan ließ sich ungläubig auf den Boden des Transporters sinken, das Gesicht noch immer von Anspannung gezeichnet. „Sind Sie sicher?“

„Ja, bin ich. Die beiden Männer bringen Sie jetzt zur Untersuchung ins Krankenhaus. Übrigens sind Sie hiermit offiziell festgenommen. Auf dem Weg zum Krankenhaus wird man Ihnen Ihre Rechte vorlesen.“

Einer der Spezialisten hantierte an Ryans Kragen, öffnete ihn mit raschen, sicheren Bewegungen und nahm ihn ab.

Ein Schauder durchlief den Befreiten, als ihm buchstäblich eine Last von den Schultern fiel.

Hinter ihnen rollte der schwarze Leihwagen mit der Beamtin und dem Beamten, die er eben gesehen hatte, übertrieben vorsichtig vom Parkplatz.

Ihre Doppelgänger fuhren los.

Zum ersten Mal glaubte er wirklich, dass er sich in Sicherheit befand. Die Agents hatten es geschafft.

„Ich hätte nie geglaubt, dass ich mich einmal so sehr über eine Verhaftung freuen würde", scherzte Ryan mit einer Andeutung seines alten Lächelns auf den Lippen. „Danke."

„Gern geschehen." Winter erwiderte das Lächeln. „Beim letzten Teil haben Sie Ihre Sache gut gemacht. Bis bald. Wir müssen noch einiges erledigen, bevor wir Sie offiziell verhören können."

Ein weiterer Wagen hielt neben dem Transporter. Winter stieg dort ein und überließ O'Connelly der Obhut der Entschärfungsspezialisten und der Polizei von Erie.

„Saubere Arbeit, Black", sagte Sun. „Schön, dass du es nicht vermasselt hast."

„Danke. Ich freue mich auch, dich wiederzusehen, Ming. Noah?"

Er saß am Steuer und schenkte ihr allenfalls einen kurzen Blick im Rückspiegel. Sein Gesicht war grimmig verzogen, was eine spätere Strafpredigt ankündigte, aber Winter war nur froh, noch am Leben zu sein. Sie streckte die Hand zu ihm nach vorn und drückte seine Schulter. Seine Muskeln waren hart wie Stein.

„Fahr vorsichtig", ermahnte sie ihn. „Die Straßenverhältnisse sind gerade beschissen."

Er fuhr vorsichtig, aber Winter spürte trotzdem seinen kaum gebändigten Zorn. Ihr letzter Halt lag nur vier Meilen entfernt, doch die Straßen waren *tatsächlich* beschissen, und es kam auf jede Minute an. Häuser jagten an ihnen vorbei, und mit dröhnendem Motor bretterten sie über die State Street zum Stadtrand von Erie.

Sie hatten Sicherheitsvorkehrungen getroffen, aber nur einige wenige.

Heidi würde ihnen bald auf die Schliche kommen.

33

„Los, los“, murmelte Heidi ungeduldig. Drei Minuten verstrichen, dann vier und fünf. Was zum Teufel hielt die beiden so lange auf?

Sie warf einen Blick auf die Videoaufzeichnungen der Überwachungskameras, mit denen sie das Grundstück ums Haus bestückt hatte. Auf der Zufahrt, die zur Straße führte, rührte sich nichts. Keine Reifenspuren, keine Polizeiautos, nicht mal ein verirrter Hirsch.

Also zurück zur Überwachungskamera der NBG-Bank. Der Leihwagen der Agentin war noch immer nicht vom Parkplatz her aufgetaucht. Es juckte Heidi in den Fingern, die Bombe zu zünden, aber sie wollte *sehen*, wie es geschah. Agent Black und Ryan bewegten sich langsamer vorwärts als eine vertrocknete Schnecke.

Endlich kam der Wagen in Sicht, und sie stöhnte auf. Er setzte rückwärts vom Parkplatz und rollte dann langsam, ärgerlich langsam, zum benachbarten McDonald's.

„Ihr versucht wohl, das Unvermeidliche hinauszuzögern“, knurrte sie. „Funktioniert nicht.“

Sie schaltete zu den Überwachungskameras auf dem

McDonald's-Gelände um und sah, wie die Schnauze des Wagens erschien. Die Bildqualität war körniger und nicht so deutlich, aber sie konnte zwei Personen erkennen, die im Wagen saßen. Der Passagier war offensichtlich Ryan. Sein Umriss war massiger. Winter saß am Steuer.

Ryans Body-Cam war noch immer von Schnee verklebt. Hätte er das Headset auf den Ohren, könnte sie ihn anweisen, die Linse abzuwischen.

Nun, die beiden würden unmöglich heil aus der Sache herauskommen, sie sollte sich deswegen also keine Sorgen machen.

Dennoch fühlte sie sich beunruhigt.

Sie beobachtete über die McDonald's-Kamera, wie der Wagen in eine Parklücke setzte. Gemäß der zweiten Serie von Anweisungen stiegen die beiden dann aus. Agent Black blieb an Ort und Stelle stehen, das Gesicht im Schneetreiben von ihrem dunklen Haar gepeitscht. Ryan, dessen hängenden Schultern man ansah, dass er besiegt war, nahm die Tasche vom Rücksitz und warf sie sich über die Schulter.

Stirnrunzelnd betrachtete Heidi das Video, das seine Body-Cam sendete. Man sollte meinen, inzwischen müsste der Schnee geschmolzen oder von der Linse gerutscht sein. Doch die Aufzeichnung war noch immer verschwommen. Auf dem Bild dieser Kamera konnte sie überhaupt nichts erkennen. Wie enttäuschend.

Sie hatte gehofft, das Zentrum der Explosion zu sehen. Buchstäblich.

Mit der Tasche beladen, ging Ryan zaghaft über den rutschigen Asphalt zu der Stelle, die seinen Anweisungen entsprach. Nun stand er direkt neben dem leuchtenden Pfeil, der den Weg zum goldenen Torbogen des Drive-in wies.

Heidi spähte mit zusammengekniffenen Augen auf den Bildschirm und verfluchte das schlechte Wetter.

Sie hatte gehofft, dass ein Van voller Kinder in der Nähe

sein würde. Oder dass vielleicht ein Bus mit einer Basketballmannschaft neben Ryan parken würde. Gewillt, sich mit fetttriefendem Essen zu mästen, würden den Männern stattdessen Glasscherben und Stahlnägel um die Ohren fliegen.

Tja. Sie konnte eine Menge kontrollieren und hatte das auch getan. Aber das Wetter gehörte nicht dazu.

„Gehen Sie näher zu ihm, Agent Black", murmelte Heidi. „Ein kleines bisschen näher."

Als hätte die Agentin Heidis Worte gehört, nahm sie einen Mantel vom Rücksitz des Wagens. Sie trat zu Ryan, der elend auf dem Boden kauerte, und legte ihm den Mantel über.

„Wie nett. Sie schützt ihn vor dem Schnee."

Mit freudig funkelnden Augen nahm sie den Fernzünder vom Sofapolster neben sich.

„Dann sagt schön Lebwohl, meine Freunde."

Die Tür von Heidis Waldhäuschen flog auf und krachte laut gegen die Wand. Durch die Öffnung drangen ein Schwall eiskalter Luft und wirbelnde Schneeflocken ein. Gleich darauf explodierte eine Blendgranate.

Begleitet von einem verstörend grellen Lichtblitz erschütterte ein ohrenbetäubendes Krachen den Raum. Die Beamten in der schwarzen Uniform eines SWAT-Spezialeinsatzkommandos mussten von der Decke herabfallenden Gipskartontrümmern ausweichen.

„Polizei! Hände hoch!"

Zumindest glaubte Heidi, dass sie das riefen. Es klingelte in ihren Ohren, und im Kopf dröhnte das Hämmern ihres Herzschlags. Sie war kaum noch fähig, etwas zu sehen, zu denken oder zu hören, doch sie kämpfte sich da heraus. Mit aller Kraft, die ihr noch zur Verfügung stand, hob sie den Fernzünder hoch.

„Einen Schritt näher, und ich sprenge Ihre Agentin in die Luft!", schrie sie. Zumindest glaubte sie, dass sie das schrie.

Ihre Stimme drang nur gedämpft und dünn zu ihren Ohren durch.

Allmählich konnte sie wieder etwas sehen, auch wenn noch immer schwarze Punkte vor ihren Augen tanzten. Sie zwinkerte mehrmals, um eine klarere Sicht zu bekommen.

Lachend drückte sie den Fernzünder, aber keiner der Beamten regte sich. Sie standen einfach nur da, die Gewehre auf ihren Kopf gerichtet.

Sie lachte lauter - sogar in ihren eigenen Ohren klang es wahnsinnig - und betätigte den Zünder erneut. „Sie haben die beiden getötet. Sie haben eine Agentin getötet. Sie sind schuld. Sie haben sie auf dem Gewissen." Sie verstand kaum selbst, was sie sagte. Und spürte kaum, wie ihr Daumen immer wieder den Schalter drückte. Hörte das laute Klicken kaum.

Warum reagierten die Beamten nicht?

Der Trupp Polizisten wich auseinander und ließ drei weitere Personen durch den schmalen Eingang herein. Heidi blinzelte erneut. Es waren Agent Black und Agent Ming in kugelsicheren Westen, gefolgt von ihrem großen dummen Partner.

Agent Black sah Heidi in die Augen und lächelte.

HEIDI ERWIDERTE DAS LÄCHELN. Ihr Gesicht ließ Sun erschauern. Ein Ausdruck des Triumphs zog Heidis Mundwinkel nach oben. Das war keineswegs die Miene, die man bei einer mutmaßlichen Täterin sehen wollte, die gerade festgenommen wurde.

Noch immer lächelnd hob Heidi den Zeigefinger und betätigte einen zweiten Schalter des Zünders.

Das Haus schien auf seinem Fundament zu schwanken. In der Nordwestecke des Wohnzimmers riss eine Explosion ein Loch in den Boden, und Holz- und Metallsplitter flogen durch den ganzen Raum. Sun spürte, wie etwas ihre Wange traf und einen brennenden Schmerz hinterließ. Sofort trat Chaos ein.

„Alle zurück!", schrie Noah, während der Raum sich rasch mit Rauch füllte.

Heidi stand noch immer reglos an Ort und Stelle. Aus ihrem rechten Arm ragte ein wohl zehn Zentimeter langer Metallsplitter. Sie schien ihn überhaupt nicht wahrzunehmen.

Dafür bildete sie sich viel zu viel auf die Tatsache ein, dass sie den Einsatz der Blendgranate mit einer eigenen genialen Idee erwidert hatte.

Ein Polizist, der gerade neben dem von der Schutzbrille abgedeckten Bereich eine Wunde im Gesicht erhalten hatte, stieß auf dem Weg zur Tür kräftig gegen Sun. Auf dem cremeweißen Teppich lag eine Polizistin und stöhnte leise. Noah kauerte sich bei ihr nieder und schirmte ihren Körper mit seinem eigenen ab.

Irgendwas im Keller des Hauses fiel mit einem lauten Krachen um. Von dem Lärm klingelten Sun die Ohren.

In dem Chaos hätte sie fast übersehen, dass Winter sich mitten in den dichter werdenden Qualm stürzte.

Heidi befand sich nicht mehr im Raum. Und Winter war ebenfalls verschwunden.

Sun rannte ihnen durch die Rauchschwaden nach.

34

Winter zog ihre Dienstwaffe. Blinzelnd spähte sie in den beißenden Rauch, bemüht, nur flach zu atmen. Der Qualm war erstickend. Heidi musste dem Sprengsatz etwas zugesetzt haben, sonst wäre die Rauchwolke nicht so undurchdringlich.

Bisher hatte sie keinen Trick ausgelassen. Sie hatten geglaubt, sie eingeholt zu haben, aber sie war ihnen immer noch einen halben Schritt voraus.

„Heidi, stehen bleiben!", rief Winter, die Hände vor sich ausgestreckt. Sie versuchte sich in Erinnerung zu rufen, wie es im Wohnzimmer ausgesehen hatte, doch der Rest des Hauses war ihr vollkommen unbekannt. Wenn sie nicht aufpasste, würde sie gegen eine Wand stoßen.

Ein Stück weiter vorn entdeckte sie durch den dichten Rauchschleier hindurch einen roten Schimmer.

Ein wenig zuversichtlicher drang sie weiter vor.

Ein Schuss krachte, und jemand riss sie am Rücken ihrer Weste nach hinten.

„Was zum Teufel hast du vor, Cowboy?", zischte Sun wütend. „Soll sie dir den Kopf wegpusten?" Die Worte klangen gedämpft. Winter konnte kaum etwas hören, doch Suns Gesichtsausdruck hätte keine Worte gebraucht.

Sun deutete mit einer Kopfbewegung auf die Gipskartonwand neben ihnen. Darin klaffte ein Loch von fünf Zentimetern Durchmesser.

Winter erkannte mit einem knappen Nicken die Rettung durch Sun an. „Sie hat sich in den hinteren Bereich des Hauses zurückgezogen. Wahrscheinlich hat sie einen Fluchtplan."

Langsam und vorsichtig schlichen sie weiter.

„Könnte sie nicht bereits draußen sein?", fragte Sun leise. „Sie wird hier doch keine Zeit verschwenden. Wahrscheinlich steht draußen ein Auto mit einer Notfalltasche bereit."

„Nein", antwortete Winter. Weiter vorn sah sie noch immer einen rötlichen Schimmer und konnte nur hoffen, dass sie sie nicht beide in eine Falle führte. „Sie ist noch hier."

Sie kamen an einer offenen Tür vorbei. Sun überprüfte den Raum kurz, doch niemand befand sich darin.

„Woher weißt du das?"

„Ich weiß es einfach. Halt den Kopf unten."

„Das sagst ausgerechnet du."

Auf der anderen Seite des Flurs lag ein Badezimmer, und sie gingen daran vorbei. Es wurde immer schwieriger, etwas zu sehen, da der Rauch aus dem Loch im Wohnzimmerboden durch den Rest des Hauses gequollen war.

Der Flur führte in eine Küche. Bevor sie dort eintreten konnten, krachten zwei Schüsse, gefolgt von einem schrillen Kichern. Winter erwiderte das Feuer und zielte dabei auf den rötlichen Schimmer, der vermutlich von Heidis Pistole stammte. Sie zog Sun mit sich hinunter auf den Boden.

„Genug, Heidi!", schrie Sun. „Es ist vorbei!"

„Noch nicht." Heidi klang, als ob sie sänge.

Im relativen Schutz des Flurs richtete Sun sich in die Hocke auf und zielte in die Richtung der Stimme.

Wieder ein Schuss. Dieser riss ein Stück Gipskarton aus der Decke.

Sun schoss zurück. Ein Stöhnen war der Lohn und zeigte, dass sie Heidi getroffen hatte.

Es folgten schnell hintereinander vier weitere Schüsse.

„Du hast sie irgendwo erwischt. Sie schießt wild in die Gegend“, sagte Winter mit zusammengebissenen Zähnen zu Sun, während Gipsbrocken auf sie herabregneten.

Man hörte, wie eine Tür aufging, und kaltes Licht strömte in die Küche.

„Moment“, mahnte Winter Sun, die sofort loslaufen wollte. „Das SWAT-Team hat mit Sicherheit Leute hinter dem Haus postiert. Heidi ist nicht dumm und weiß das.“

Tatsächlich fiel ein weiterer Schuss in ihre Richtung. Dann setzte der rötliche Schimmer sich in Bewegung.

Winter zielte, zwang ihre Hände mit einem tiefen Atemzug zur Ruhe und schoss.

Diesmal stürzte das rote Leuchten mit einem Schrei zu Boden.

Heidi lag auf dem Rücken hinter der Kücheninsel, die ihr Deckung geboten hatte. Einer der Schüsse hatte sie in die rechte Flanke getroffen.

„Die letzte Kugel“, sagte Heidi, und als sie hustete, quoll Blut aus ihrem Mund. Mit einem triumphierenden Lächeln sah sie zu ihnen hinauf. Ihre Zähne waren rot überströmt. Ihre blassblauen Augen glitzerten im Wahn. „Die hab ich mir für alle Fälle aufgehoben.“ Sie beugte den Arm und setzte die Ruger an die Schläfe. „Wie lange wird's wohl dauern, bis jemand einen Film über mich dreht?“

Bevor Winter etwas erwidern konnte, drückte Heidi ab.

ALS SIE AUS dem hinteren Bereich des Hauses zurückkehrten, erwartete Noah sie mit vor der Brust verschränkten Armen.

Sun und Winter hatten sich gegenseitig die Arme um die Schultern gelegt, als wären sie Veteranen ihres eigenen kleinen Krieges.

Er musterte beide prüfend. Über Suns einem Wangenknochen verlief ein Schnitt, doch keine der beiden hatte einen Schuss abbekommen. Er dagegen hatte sich während der Schießerei hinten im raucherfüllten Haus gefühlt, als würde er um dreißig Jahre altern.

„Ihr seht zufrieden aus."

„Game over", sagte Sun einfach.

Winter nickte und steckte die Hände in die Hosentaschen. „Mit Heidi ist es aus und vorbei."

„Wenn nächstes Mal ein Team zusammengestellt wird, will ich mit keiner von euch zusammen sein", schoss Noah zurück. „Ihr seid beide vollkommen plemplem."

Er machte auf dem Absatz kehrt und ging zum Wagen, ohne den Schnee zu beachten, der ihm in die Schuhe kroch. Jede Faser seines Körpers drückte Zorn aus. Am liebsten hätte er auf etwas eingedroschen. Etwas kaputtgeschlagen. Als er daher eine Hand auf dem Arm fühlte und wütend herumfuhr, war es keine Überraschung, dass Winter angesichts seiner gefletschten Zähne zurückschreckte.

„Lass mich in Ruhe." Er sprach jedes seiner Worte deutlich und mit grollender Stimme aus, wollte Missverständnisse vermeiden.

Ein Teil ihres Haars hatte sich aus dem strengen Knoten gelöst, zu dem sie es zurückgebunden hatte, und lange schwarze, mit Gipsstaub bedeckte Strähnen schmiegten sich an ihre Wange. Dicke Schneeflocken fielen vom Himmel und landeten auf den staubigen Schultern ihrer Jacke. Unter der Wirkung des Adrenalins, das noch immer in ihrem Blut kreisen musste, leuchteten ihre blauen Augen so hell wie zwei Laserstrahlen.

Er dachte nicht darüber nach. Er packte sie einfach um

die Taille, zog sie an sich, legte den Mund auf ihren und bestrafte sie mit einem heftigen, ihre Lippen quetschenden Kuss.

Winters Lippen waren zunächst kalt, erwärmten sich aber rasch. Für einen kurzen Moment lag sie zögernd in seinem Arm. Ohne sich zu wehren, aber auch ohne den Kuss zu erwidern. Dann sprang er mit einem Jaulen zurück, denn sie hatte ihn in die Unterlippe gebissen. Kräftig.

„Was zum Teufel sollte das, Dalton?“ Ihr blasses Gesicht war rot angelaufen, und sie atmete heftig. Ihre Lippen waren tiefrot.

Er musste die Hände in die Hosentaschen stecken, um sie nicht erneut zu packen.

„Ich will hängen, wenn ich das weiß“, blaffte er zurück. „Du machst mich wahnsinnig.“

„Also, tu das nicht noch mal.“ Sie beobachtete ihn misstrauisch, als würde er gleich über sie herfallen. Zum Teufel, vielleicht hatte sie damit ja ganz recht.

„Tu *du* das nicht noch mal. Dich vor Kugeln werfen.“

„Spiel nicht den Beschützer.“

„Steig nicht mit Fremden, an denen eine Bombe befestigt ist, ins Auto, nur weil eine Serienmörderin es dir befiehlt.“

„Hast du Weihnachten schon was vor?“

Er zögerte nur einen Moment, die Augenbrauen noch immer finster zusammengezogen. „Nein.“

Auch sie schaute finster. „Es ist mir gerade wieder eingefallen. Gramma hat mich gebeten, dich einzuladen. Grampa vermisst seinen Poker-Kumpel.“

Noah starrte sie nieder. Er würde sie niemals verstehen.

„Gibt es Hackbraten?“

„Vielleicht.“

Dann holte sie aus und boxte ihn auf den Arm. Er schaute böse und widerstand dem Drang, sich die Stelle zu reiben, wo sie ihn getroffen hatte. Sie tat weh.

„Wofür war das?“

„Du bist über mich hergefallen. Jetzt bin ich über dich hergefallen. Also sind wir quitt. Sind wir wieder Freunde?“

Er starrte sie einen langen Moment an.

„Ja klar. Wir sind Freunde.“

Er sah ihr nach, als sie davonging. Sun, die ganz in der Nähe stand, schnaubte. Er wurde rot. Er hatte ihre Anwesenheit glatt vergessen.

„Tut mir leid, dass du das sehen musstest“, sagte er.

„Schon gut. Damit du Bescheid weißt: Auch ich hab mich vor eine Kugel geworfen.“

„Ja?“ Er hörte nur mit halbem Ohr hin.

„Und auch ich wäre mit O'Connelly ins Auto gestiegen, wenn Heidi es von mir verlangt hätte.“

Jetzt wurde er aufmerksam. Diesmal sah er sie wirklich an und machte ein böses Gesicht. „Das wäre dumm gewesen.“

Ihr Gesicht verzog sich zu einem Lächeln. „Möchtest du mich bestrafen?“

Endlich kapierte er. „Du willst mich absichtlich verlegen machen. Das ist gemein.“

„Weiß ich. Sorry.“ Das Funkeln in ihren dunklen Augen sah ganz und gar nicht nach Entschuldigung aus. „Ach ja, und noch was, Dalton?“ Sie deutete auf ihren Mund. „Deine Unterlippe blutet.“

35

Ich zappte durch die Fernsehsender, rastlos und vom prickelnden Gefühl einer Vorahnung erfüllt. So spät am Abend lief nicht viel. Kitschige, vorhersehbare Weihnachtsgeschichten auf Hallmark. Ich grinste höhnisch. Trickfilme, die einem jugendlichen Publikum nicht zuträglich waren. Moderatoren von nächtlichen Talkshows, die sich für witzig hielten. Fast wollte ich schon aufgeben und den Fernseher ausschalten, da stieß ich zufällig auf einen reinen Nachrichtensender.

Die Fernbedienung schon auf den Apparat gerichtet, erstarrte ich mitten in der Bewegung.

Schau sich das einer an. Ich setzte mich gerader hin. Es war mein Mädel.

Es war die Aufzeichnung einer Pressekonferenz. Der Bankraub in Kalifornien, das Hotel und das Geldtransport-Depot in New York – all das hatte ein und dieselbe Lady ausgeheckt. Wer hätte das gedacht? Fast wäre sie entkommen, doch als das FBI sie schließlich erwischte, brachte sie sich um.

Frauen waren schwach.

Die kleine Asiatin auf dem Podium erzählte, wie sie und ihre Kollegen es geschafft hatten, aber ich beachtete sie nicht. Ich beobachtete Winter, die im Hintergrund stand. Als die Asiatin Winter das Mikrofon übergeben wollte, damit sie selbst etwas sagen konnte, lehnte mein Mädel einfach nur mit einem Lächeln ab.

Braves Kind.

„Dass eine Frau lehrt, erlaube ich nicht, auch nicht, dass sie über ihren Mann herrscht; sie soll sich still verhalten."

1 Timotheus 2, 12.

Eine meiner Lieblingsstellen.

Ich lachte leise und erwartete das, was kommen würde, mit einem eigenartigen, glühenden Stolz, erfüllt vom Gefühl der ironischen Widersinnigkeit der Situation. Mein süßes kleines Mädel machte sich nichts aus öffentlicher Aufmerksamkeit, so viel war sicher. Ich bekam inzwischen wirklich das Gefühl, dass ich sie allmählich kennenlernte. Ich würde gern Zeit mit ihr verbringen. Sie noch besser kennenlernen.

Ich verfolgte die Pressekonferenz weiter und genoss den Anblick meines Mädels. Das machte mir tatsächlich so viel Spaß, dass ich beinahe vergaß, wo ich mich befand, bis ein Wagen in die Zufahrt einbog und das Licht der Autoscheinwerfer über die Zimmerdecke strich.

Voller Bedauern und verärgert, nicht die ganze Sendung sehen zu können, blies ich meinem Mädel einen Luftkuss zu.

„Bis bald", flüsterte ich und schaltete den Fernseher aus, um im Dunkeln zu sitzen.

Ich war bereit.

Die Haustür ging auf, und ein Mann und eine Frau kamen herein. Er lachte über etwas, was sie gesagt hatte, und die beiden blieben in der Diele stehen, küssten sich unter dem mächtigen Kronleuchter. Ich versuchte abzuwarten, bis sie fertig waren. Es war jedoch ein langer Kuss, und da ich un…geduldig wurde, räusperte ich mich laut.

Die Frau, zum Ausgehen gekleidet – wahrscheinlich für die Weihnachtfeier einer Firma -, fuhr mit einem Quietschen zusammen. Der Mann schaltete die Deckenlampe im Wohnzimmer ein, worüber ich froh war, weil ich so die Frau besser sehen konnte. Ein süßes kleines Ding. Zierlich und mit Kurven an genau den richtigen Stellen. Glänzendes dunkles Haar, das im Rücken über ihr nettes rotes Kleid herabfiel.

Im wahren Leben war sie sogar noch hübscher als im Fernsehen, wo sie einer ganzen Kirche voller Heiden die Schrift verkündete und sich benahm, als stünde es ihr zu, ihnen zu predigen.

Aber es stand ihr nicht zu.

Warum hören die Leute nicht stattdessen auf mich?

„Wer sind Sie?", fragte der Mann, griff in seine Tasche und holte ein Handy hervor.

Die Frau, die jetzt keine großen Reden mehr schwang, ging hinter ihm in Deckung.

Sie schrie, als ich von der bequemen Ledercouch der beiden aufstand. Dabei hatte ich noch gar nichts getan, was Geschrei verdient hätte, und so lachte ich leise. Lächelnd brachte ich sie mit einer Geste zum Schweigen, hob meine Pistole und schoss dem Mann in die Stirn.

Eine Beutelratte zu töten, ist schwieriger.

Der Mann brach fast lautlos auf dem Boden zusammen, und die Frau schrie erneut mit hoher, schriller Stimme, die mir in den Ohren wehtat.

„Ruhe", befahl ich in meinem schärfsten Tonfall.

Sie hörte nicht auf mich.

Winter würde nicht so schreien, dachte ich. Sie würde garantiert mit Zähnen und Klauen kämpfen. Der Gedanke munterte mich ein wenig auf.

„Ruhe", sagte ich und richtete die Waffe auf sie. „Es sei denn, du willst neben deinem Mann landen."

Endlich hörte sie auf zu kreischen, doch ihre grauen Augen waren aufgerissen und standen voll Tränen, und ihr Mund war ein wenig geöffnet, als könnte sie jederzeit wieder anfangen.

„Schon besser“, lobte ich sie. „Du brauchst keine Angst zu haben. Ich muss dich einfach nur eine kleine Lektion lehren, das ist alles.“

Ein Schauer lief Winter den Rücken hinunter, als sie die Hand hob, um an Aidens Tür zu klopfen. Er war so heftig, dass sie zögerte. Und die innere Unruhe, die die Empfindung begleitete, erfüllte sie mit einem zittrigen Gefühl.

Sie ließ die Hand sinken, beinahe so weit, dass sie sich umdrehen und gehen wollte, doch da öffnete sich die Tür.

Aiden stand im Rahmen und empfing sie mit seinem rätselhaften, angedeuteten Lächeln. Außerdem hielt er sich ohne Gehstock aufrecht.

„Wollten Sie die ganze Nacht dort stehen?“

Sie schüttelte das eigenartige Gefühl ab, das Besitz von ihr ergriffen hatte. „Können Sie hellsehen oder was?“

„Nein. Der Sicherheitsmann in der Eingangshalle gibt mir immer Bescheid, wenn jemand mich besucht. Kommen Sie rein.“ Er bewegte sich nicht mühelos, doch sein Gang war viel sicherer als bei ihrem letzten Besuch.

„Sollten Sie das? So ohne Ihren Gehstock herumlaufen?“, fragte sie ihn argwöhnisch.

Er warf ihr einen Blick über die Schulter zu und ließ sich in seinem Sessel nieder. Während ihrer Abwesenheit hatte er die düstere Übellaunigkeit, die während seiner Genesung so typisch für ihn gewesen war, ein Stück weit abgelegt. Verglichen damit wirkte der neue Aiden beinahe fröhlich. Es war eigenartig, ihr aber sehr angenehm.

„Sie klingen wie Schwester Ratched. Ihr zufolge muss ich

die Krücke noch einen ganzen Monat lang benutzen und kann erst in zwei Wochen wieder zur Arbeit gehen. Ich versuche, sie auf eine herunterzuhandeln."

„Klingt so, als würden Sie sie allmählich lieb gewinnen. Wie ist sie?" Winter lächelte, denn sie stellte sich die Frau als einen bärbeißigen Patientenschreck vor, gewaltig und muskulös.

Aiden hob lächelnd die Hand über den Kopf. Da er saß, zeigte er auf diese Weise eine Größe von unter eins siebzig an. „Ungefähr so groß." Dann umriss er mit den Händen eine übertriebene Sanduhrform. „Und ungefähr diese Figur."

Winter verdrehte die Augen, ließ sich ihm gegenüber in den Sessel fallen und stellte ihre Handtasche neben sich auf den Boden. „Männer. Ihr seid doch alle gleich. Ich glaube, Noah hat den Entschluss gefasst, einen Versuch bei Bree zu starten. Ich bin mir noch nicht sicher, ob ich ihm sagen sollte, dass Bree nicht so tickt."

Aiden lachte glucksend und nickte. „Er soll es selbst herausfinden. Bree wird es ihm sanft vermitteln. Würden Sie uns ein Glas Wein holen? Sie haben heute gar kein Essen mitgebracht."

„Sie verdienen selbst dann mehr Geld als ich, wenn Sie nur Krankengeld beziehen. Nächstes Mal laden Sie mich ein. Aber ich nehme ein Glas Wein als Anzahlung an."

Sie ließ sich in seiner modernen, eleganten Küche Zeit. Sie war keine großartige Köchin, aber hier sah es viel schöner aus als in ihrem eigenen in Beigetönen gehaltenen Apartmenthaus. Überall schimmerten Edelstahl und gebürstetes Nickel.

„Ich warte", rief Aiden ihr in Erinnerung. „Ich möchte die Geschichte Ihrer erfolgreichen Verbrecherjagd hören."

Sie brachte ein Glas Riesling für Aiden und für sich selbst ein dunkles Craft Beer.

Er zog die Augenbrauen hoch und musterte ihr Gesicht. „Also doch nicht in der richtigen Stimmung für Wein?"

Sie seufzte. „Ich weiß nicht, in welcher Stimmung ich bin. Eine Flasche Craft Beer kam mir vernünftiger vor, als Ihren ganzen Whiskey auszutrinken."

„Erzählen Sie."

Diese beiden Worte und das entspannte Schweigen, das ihnen folgte, waren Balsam für ihre Seele. Sie holte tief Luft.

„Es war nicht *meine* erfolgreiche Jagd." Sie schob sich eine verirrte Haarsträhne hinters Ohr. „Es war genauso sehr Ihre oder die von Doug, Sun, Noah oder sonst jemandem. Sie hatten recht mit Ihrer Vermutung, dass die Kragenbombe das Finale bilden sollte. Das war unser erster richtiger Durchbruch. Den Rest haben wir allerdings Doug und seinem Computer-Forensik-Team zu verdanken."

„Doug." Aiden machte ein nachdenkliches Gesicht. „Ein großer Kerl? Sieht aus wie ein Kameradouble von Terry Crews?"

„Genau der. Während wir auf dem Weg nach Erie waren, hat er in Richmond alles Wichtige herausgefunden. Er hat sich in Heidis Computer gehackt und ihre verschlüsselten Dateien geöffnet. Übrigens hat er gesagt, so was Kompliziertes will er nie wieder machen."

Aiden nickte. „Aber er hatte Erfolg."

Winter trank einen großen Schluck Bier. „Ja. Es ist ihm gelungen, mit welchen magischen Tricks auch immer. Um zwei Uhr morgens konnte er uns Heidis Pläne in allen Einzelheiten verraten: die Liste, die Ryan O'Connelly abarbeiten sollte, die Kontaktleute, die sie für ihre Überfälle angeworben und anschließend ermordet hat, und sogar das Mittel, mit dem sie den vorzeitigen Tod ihrer Mutter herbeigeführt hat. Zum Glück hatte sie auch beschrieben, wie sich Ryan O'Connellys Kragenbombe entschärfen ließ. Um vier Uhr früh hatte Doug sich in alle Sicherheitskameras gehackt, die uns zeigten, was Heidi sah, und sie zu unserem Vorteil manipuliert."

„Der Mann hat eine Gehaltserhöhung verdient."

„Das kann man wohl sagen. Er hat sogar daran gedacht, ihren eigenen Trick mit der Endlosschleife zu verwenden. Er hat die Kamera, die die Zufahrt zu Heidis Waldhäuschen zeigte, entsprechend manipuliert und so die Annäherung des SWAT-Teams verborgen. Ich habe Max bereits gesagt, dass er mit Dougs Chef sprechen soll. Wahrscheinlich ist irgendeine Art von Belobigung fällig."

„Gut." Aiden warf ihr einen abschätzenden Blick zu. „Gib Ehre, wem Ehre gebührt. Das zahlt sich auf lange Sicht immer aus."

„Außerdem habe ich Max gebeten, die stellvertretende Direktorin Ramirez zu informieren, dass du mitgeholfen hast."

„Ebenfalls gut." Aiden hob sein Glas zu einem stummen Toast. „Danke, dass du daran gedacht hast."

Er rutschte in seinem Sessel zurück und trank einen Schluck Wein. Offensichtlich hatte das Prahlen mit seiner gerade erst zurückgewonnenen Gehfähigkeit seinem verletzten Bein zugesetzt, doch Winter entschied sich dafür, diesen Punkt nicht anzusprechen.

„Hatte Heidi auch ihren Nervengaslieferanten aufgelistet?", fragte er.

„Oh ja. Säuberlich geordnet in einer Tabelle, in der auch die Kosten für alles und ihre Kontaktpersonen in den Firmen angeführt waren, bei denen sie Dinge bestellt hatte. Wie bereits vermutet, war das Gas ein Fentanyl-Derivat. Bei seinem Einsatz beträgt die Todesrate fünfzehn Prozent."

„Und was ist mit dem Raubgut?"

„Das wurde beim letzten Akt in die Luft gesprengt. Das Geld ist nur noch Rauch und Asche." Winter lächelte schief. „Aber Charlotte Edwards wird ihren Schmuck zurückbekommen und darf jetzt endlich allen Bescheid geben, dass sie noch lebt. Dank der pingeligen Buchführung konnten wir erkennen, dass Heidi das Geld gar nicht brauchte. Auch wenn sie im Laufe der Jahre eine Menge in ihren Plan investiert hatte, besaß sie auf mehreren Konten noch immer Millionen. Ihre Eltern waren Lebensversicherungsfans … oder vielmehr Heidi."

Aiden schüttelte offensichtlich fasziniert den Kopf. „Dann hat sie am Ende also doch gewonnen."

„Ich habe darüber nachgedacht", räumte Winter ein. „Ja, hat sie. An dem Geld hat ihr nie etwas gelegen. Es ging ihr nur um den Ruhm als berüchtigte Verbrecherin. Und den hat sie definitiv erlangt. Wir können den Fall abschließen, zumindest zum größten Teil, aber letztlich hat sie tatsächlich gewonnen. Das ist ein verstörendes Gefühl."

Aiden beugte sich vor, die Ellbogen auf die Knie gestützt. *„Zum größten Teil* abschließen? Was ist noch offen?"

Sie konnte ihre Überraschung nicht verbergen. „Ryan ist verschwunden. Wundert mich, dass Ihre Zuträger Sie nicht darüber informiert haben."

Aiden machte ein finsteres Gesicht. „Ich bin dem Büro schon zu lange fern. Allmählich fürchten sie mich weniger."

„Da ist etwas, was mir nicht aus dem Kopf geht. Ryan ist aus dem Krankenhaus geflüchtet. Wie kann jemand, der mit Handschellen am Bett fixiert ist und bewacht wird, aus dem Klinikzimmer entkommen?"

„Wenn er Hilfe hat?"

„Ich weiß nicht recht." Sie zuckte mit den Schultern und lächelte ein wenig. „Niemand scheint eine Ahnung zu haben. Verstehen Sie mich nicht falsch. Ich mochte ihn. Alles andere wäre auch schwierig gewesen. Sun fühlt sich als Ermittlungsleiterin verantwortlich, sie hat seine Spur aufgenommen, aber mir ist es ehrlich gesagt egal, wenn er ungeschoren davonkommt."

Aiden sah sie kopfschüttelnd an. Es zuckte um seine Lippen. „Ich bezweifle, dass viele in unserem Beruf diese Ansicht teilen."

Winter hob die Schultern. „Er hat seine Lektion gelernt. Ein Dieb, der sich gebessert hat."

„Mehr oder weniger."

Winter trank einen letzten Schluck Bier und stand auf. „Ich muss los. Ich verbringe Weihnachten bei meinen Großeltern." Ganz kurz wäre sie beinahe schmerzlich zusammengezuckt. Sie wusste nicht, ob Aiden jemanden hatte, mit dem er Weihnachten feiern konnte, aber sie nahm bereits Noah mit zu den Großeltern. Falls sie jetzt auch noch Aiden einlüde, würde es einfach nur chaotisch werden. Selbst wenn Noah nicht dabei wäre, hätte Aiden nicht in ein Familienfest gepasst. Dafür war er zu sehr Einzelgänger.

Doch er beruhigte sie.

„Viel Spaß." Sein Lächeln war schalkhaft. „Ich werde ein paar zusätzliche Physiotherapiestunden buchen."

„Na ja, sollte Schwester Ratched Sie nicht genug auf Trab halten, hätte ich noch das hier."

Sie griff nach ihrer Handtasche. Sie hatte hin und her überlegt, ob sie es ihm geben sollte, doch sie vertraute ihm. Das konnte sie ihm auch zeigen.

„Frohe Weihnachten", sagte sie trocken und reichte ihm einen Manila-Umschlag.

Er sah sie kurz an. Dann öffnete er die Klammer und zog die Fotokopie eines Bildes heraus. Er sog scharf die Luft ein. „Das ist er."

„Der Preacher", bestätigte Winter, ohne sich zu wundern, dass er genau wusste, wem die Zeichnung nachempfunden war. „Fragen Sie nicht, wie, kopieren Sie das Bild nicht, zeigen Sie es keinem, außer ich erlaube es. Verstanden?"

„Das würde ich niemals tun." Ohne ihren herrischen Tonfall zu beachten, studierte Aiden die Zeichnung. Das runde Gesicht. Das fröhliche Lächeln. Das weiße Haar und der weiße Bart. Die schwarzen, unergründlichen Augen.

„Ich dachte, Sie würden vielleicht helfen wollen. Ich habe auch noch ein paar Gedanken notiert. Ideen, mit denen ich mich beschäftigt habe."

Aiden blickte mit undeutbarer Miene zu ihr auf. „Das will ich. Ich habe nur darauf gewartet, dass Sie mich darum bitten." Er stand ein wenig steifbeinig auf und legte den Umschlag neben seinem Weinglas auf den Tisch. „Tatsächlich habe ich ebenfalls etwas für Sie."

„Frohe Weihnachten habe ich nicht so gemeint", wandte Winter ein, als er nach hinten ging. „Das war kein richtiges Weihnachtsgeschenk." Er beachtete sie nicht und kehrte mit einer kleinen, in silberfarbenes Geschenkpapier eingeschlagenen Schachtel zurück. „Sie sind doch nicht etwa shoppen gegangen?"

„Amazon. Die verpacken das sogar. Sie können es im Auto aufmachen."

„Oh nein." Winter nahm das Päckchen lächelnd entgegen. „Wenn Sie uns schon beide durch ein Geschenk verlegen machen, kann ich das auch noch steigern, indem ich es vor Ihren Augen öffne."

Zu ihrer Belustigung wurde er ein wenig rot.

Der großartige SSA Aiden Parish, und es war ihm peinlich wie einem ganz normalen Menschen. Als Nächstes würde er ihr erzählen, dass er seine Hose ein Bein nach dem anderen anzog wie jeder Idiot. Und dass er aufs Klo ging wie Krethi und Plethi.

Bei dem Gedanken musste sie lachen, riss das Geschenkpapier ab und machte die Schachtel auf. Darin lag eine kitschige, aber niedliche Plüschkatze. Sie trug eine Polizeiuniform.

Zu Winters Entsetzen füllten ihre Augen sich mit Tränen. „FBI-Agents hatten sie leider nicht."

Sie räusperte sich, doch ihre Stimme klang immer noch belegt. „Das war doch nicht nötig."

„Ich hatte nicht die Absicht, Sie traurig zu machen."

Sie legte die Schachtel auf den Couchtisch und klemmte sich die Katze unter den Arm. Mit zwei Schritten war sie bei Aiden, umarmte ihn impulsiv und drückte ihn an sich. Nach einem Moment der Verblüffung erwiderte er ihre Umarmung. Nur kurz, aber fest.

„Tut mir leid", entschuldigte Winter sich, trat zurück und wich seinem Blick aus. „Ich weiß, dass Sie nicht auf Umarmungen stehen. Das hat mich einfach nur an die witzigen Geschenke erinnert, die Sie mir früher immer zu den Festtagen geschickt haben. Seit Jahren habe ich keines mehr bekommen, und ich wusste gar nicht, wie sehr ich die vermisst habe."

Aiden räusperte sich. Er nahm die Schachtel und brachte sie zur Altpapierkiste in der Küche. „Schon gut. Ich weiß auch nicht, warum ich das Geschenk besorgt habe. Sie sind kein Kind mehr."

„Ich breche jetzt auf."

Sie nahm ihre Handtasche und ging zur Tür. Das hier war Folter.

„Fahren Sie vorsichtig. Grüßen Sie Ihre Großeltern von mir."

„Mach ich. Frohe Weihnachten, und ich ruf Sie an, wenn ich wieder hier bin."

Winter konnte Aidens Wohnung gar nicht schnell genug verlassen.

NUN, das war glatt gelaufen.

Auf dem Rückweg zu seinem Sessel verzog Aiden das Gesicht. Sein Bein brachte ihn um. Er konnte jedermann problemlos anlügen, aber bei Winter fiel es ihm unglaublich schwer. Dafür kannte sie ihn schon zu lange. Noch aus einer Zeit, als er ein jüngerer, weniger zynischer Mann gewesen war. Bevor die größte Niederlage seiner Karriere ihn verhärtet und der Ehrgeiz die Klauen in ihn geschlagen hatte.

‚Schwester Ratched' war eine achtundfünfzigjährige Frau mit zwei Enkelkindern. Wenn sie gehört hätte, wie er heute über sie geredet hatte, hätte sie ihm eine Ohrfeige verpasst. Doch er hatte gespürt, dass er allmählich weich wurde. Dass er sich auf Winters fast regelmäßige abendliche Besuche freute. Während sie weg war, hatte er beschlossen, für Distanz zwischen ihnen zu sorgen, bevor er etwas tat, was sie beide bereuen würden.

Solange sie ihn als einen armen, einsamen Fürsorgefall betrachtete, ähnlich einem verletzten Tier, würde sie weiter vorbeikommen. Ihm weiter Essen besorgen. Ihn unterhalten. Ihn aufmuntern. Eine quälende Nähe herstellen.

Er nahm den Umschlag in die Hand, den sie ihm dagelassen hatte, und zog das Bild des Preachers heraus. Es wirkte nicht weniger professionell, als wäre es von einem Polizeizeichner angefertigt worden. Wenn er eine Aufstellung von Männern vor sich hätte, könnte er den Gezeichneten mühelos herauspicken.

Winter hatte Talent, aber sie hatte noch etwas anderes. Eingeschlossen in ihrem Kopf verfügte sie über den Schlüssel zum Fang des Preachers. Und nach dem Umschlag in seiner Hand zu schließen, vertraute sie ihm.

Nicht zum ersten Mal dachte er darüber nach, was jemand mit Winters Fähigkeiten für seine Abteilung bedeuten würde. Die Abteilung für Verhaltensanalyse könnte sie gut gebrauchen. *Er selbst* könnte sie gut gebrauchen. Mit ihren Einblicken oder ihrem Bauchgefühl oder was immer es war, würde sie die Erfolgsrate der Ermittlungen nach oben schnellen lassen. Sie würde so zutreffende Verbrecherprofile erstellen, dass …

Gleich nach ihrem Einstand im FBI von Richmond hatte er versucht, sie in seine Abteilung versetzen zu lassen, doch sie war nicht geschmeidig oder leicht zu beeinflussen. Etwas, was er zugleich an ihr bewunderte und hasste.

Vielleicht befände er sich jetzt in einer besseren Verhandlungsposition.

Nur musste er zunächst für Distanz sorgen.

36

„Ich freue mich, dass Noah mitgekommen ist." Gramma Beth trank ihren Kaffee. Sie und Winter hatten gerade die Papierreste eingesammelt, die vom Auspacken der Geschenke am Weihnachtsmorgen zurückgeblieben waren.

„Es war nett von euch, ihn einzuladen." Winter trank auch selbst einen Schluck Kaffee. Weil Weihnachten war, hatte Gramma ihm einen Schuss Baileys zugesetzt. Winter zog die Beine an und nahm eine Häkeldecke von der Lehne der Couch. „Er sagte, er würde sein letztes Gehalt dafür sparen, ihm sei schon klar, dass Grampa ihn wieder beim Pokern abzocken werde."

Wie aufs Stichwort hörte man aus Grampas Zimmer hinten im Haus einen Mann dröhnend auflachen, gefolgt von Noahs lautem Stöhnen.

„Klingt so, als hätte er recht gehabt." Beths Antwort war nachsichtig, und ein sanftes Lächeln spielte um ihre Lippen. „Dein Grandpa ist ein Hai."

„Wo wir gerade von Grampa Jack reden ...", begann Winter und biss sich auf die Unterlippe. „Er ..."

Beth hob die Hand. „Ich weiß. Mit deinem verrückten Job hast du genug Sorgen. Deinem Grandpa geht es bestens."

„Er sieht nicht gut aus."

„Lass ihn das nicht hören. In Florida geht es ihm bestimmt wieder besser. Dann ist er öfter draußen. Er liebt das warme Wetter."

Angesichts der sanft schimmernden Weihnachtsbaumlichter und der knackenden Scheite im Kaminofen konnte man sich leicht einreden, alles sei in Ordnung.

„War er beim Arzt?"

Beth schnaubte, es war eher ein feines Naserümpfen. „Ein Gespann Maultiere könnte man leichter dorthin treiben."

„Ich könnte mit ihm reden."

Der Grandpa, bei dem Winter aufgewachsen war, war ein großer, bärenstarker Kerl gewesen, der ständig deftige Witze riss und nach English Leather Aftershave roch. Der Grandpa, der sie begrüßt hatte, als sie jetzt über Weihnachten heimgekommen war, wirkte kleiner, geschrumpft. Alt. Gutmütig und witzig wie eh und je, aber stiller. Zögernder.

Winters Großmutter, noch immer reizend, obwohl ihr Gesicht von feinen Falten gezeichnet war, lächelte einfach nur. Das Lächeln war gleichzeitig traurig und beruhigend.

„Du kannst es versuchen, aber er ist beinahe siebenundachtzig. Keiner von uns lebt ewig, Liebling."

Sie verstummten und beobachteten, wie die Flammen um die Holzscheite auf dem Ofenrost loderten.

„Ich werde trotzdem mit ihm reden. Wie geht es denn *dir?*"

Beth lächelte sie liebevoll an. „Du weißt ja, dass ich vorhabe, bis hundert weiterzumachen. Ich habe einfach zu viel zu tun."

„Dein Bridge-Club. Deine Ehrenämter. Und natürlich der Hackbraten, den du für deinen gefräßigen Gast zubereiten musst."

Beth lachte. „Es ist schön, wenn jemand meine Kochkunst so zu schätzen weiß."

Winters Großmutter war eine Mischung aus June Cleaver und Betty Crocker. Beim Kosten ihrer Fudge Brownies waren schon erwachsene Männer in Tränen ausgebrochen, und Grandpa sagte noch heute gern, sie habe die hübschesten Haxen, die er je bei einer Frau gesehen habe.

Winter fragte ihn nie, was er mit Haxen meinte. Das wollte sie gar nicht wissen.

Beth stand auf und schüttelte die Falten aus ihrem langen, nach unten weiter fallenden Hemdblusenkleid. Sie hatte es mit einer grünen Schärpe um die schlanke Taille gegürtet, und unter ihren weißen Locken lugten kleine Weihnachtsglöckchen-Ohrringe hervor, die beim Gehen klingelten. Da sie gemütlich zu Hause zusammensaßen, trug sie kirschrote Ballerinas statt ihrer üblichen High Heels.

„Ich weiß, dass es noch nicht mal Mittag ist, aber ich hole jetzt dieses selbst gemachte Erdnussbutter-Fudge aus dem Kühlschrank. Soll ich dir irgendwas aus der Küche mitbringen?"

„Nein, alles gut." Winter kuschelte sich enger in die Häkeldecke. „Geradezu vollkommen."

Doch kaum hatte Beth das Zimmer verlassen, da klingelte Winters Handy.

„Nicht rangehen", sagte sie laut zu sich selbst. „Du hättest nicht sagen sollen, dass alles vollkommen ist. Das fordert das Schicksal heraus."

Über Weihnachten zu Hause bei den Großeltern zu sein, war himmlisch. Zum Dinner würde es Großmutters glasierten Honigschinken geben. Verdammt, die Außenwelt sollte jetzt nicht hier eindringen.

Doch sie warf einen Blick aufs Display. Der Anrufer war Aiden.

„Bitte sag, dass du mir einfach nur Frohe Weihnachten wünschen willst und mir nichts mitteilen musst, was mit der Arbeit zu tun hat."

„Tut mir leid." Aidens Stimme klang angespannt. „Ich hätte dich nicht angerufen, wenn es nicht wichtig wäre."

Sie warf die Häkeldecke von den Schultern und setzte sich auf. Bei seinem Tonfall durchlief sie ein Frösteln, und sie hatte Mühe, von gemütlicher Weihnachtsstimmung in den FBI-Modus umzuschalten.

„Was gibt's?"

„Ich glaube, dass er zurück ist. Ich glaube, er hat wieder angefangen."

Noah hatte ihre Stimmung anscheinend von ganz hinten im Haus erspürt. Er kam aus dem Flur herein. „Was ist los?", zischte er.

Sie brachte ihn kopfschüttelnd mit erhobener Hand zum Schweigen. Dass jetzt gleich auch noch ihre Großeltern neugierig würden, könnte sie wirklich nicht gebrauchen. Sie wollte sie auf keinen Fall mit dieser Sache belasten.

„Woher weißt du, dass es sich um den Preacher handelt?" Sie sprach in unterdrücktem Tonfall. Kaum lauter als ein Flüstern. Gramma Beth und Grampa Jack *durften* das nicht mitbekommen.

„Ich kenne mich mit seiner Vorgehensweise sehr gut aus." Die Antwort klang unheilvoll. „Heute Morgen wurden ein Mann und seine Frau von einer Nachbarin aufgefunden. Sie hatte bemerkt, dass bei ihnen die Haustür offen stand. Er war mit einem Kopfschuss getötet worden. Sie wurde schrecklich misshandelt. Die Kehle durchgeschnitten. Zeugen gibt es nicht. Wir öffnen die Akte wieder. Nicht, dass sie jemals wirklich geschlossen war."

Winter machte die Augen zu. „Kreuze?"

„Natürlich."

„Wie lautet die Bibelstelle?"

„Erster Brief an Timotheus, Kapitel zwei, Vers zwölf."

Als Winter mitbekommen hatte, dass die Medien den Mörder ihrer Eltern den *Preacher* getauft hatten, hatte sie versucht, die Bibel zu lesen. Obwohl damals noch ein Kind, hatte sie verstehen wollen, was im Kopf des Mannes vor sich ging.

Doch sie erinnerte sich nicht an den Vers, und so fragte sie: „Wie lautet er?"

„Dass eine Frau lehrt, erlaube ich nicht, auch nicht, dass sie über ihren Mann herrscht; sie soll sich still verhalten", zitierte Aiden. Sie hatte keinen Zweifel, dass er die Stelle bereits auswendig kannte.

„Die Frau hat sich also nicht still verhalten?"

„Nein. Sie hatte eine Predigtsendung im Fernsehen und war sehr beliebt."

Winter presste die Fingerspitzen an die Schläfen. Sie wusste nicht, ob sie den Preacher und die Auswahl seiner Opfer jemals begreifen würde.

Immerhin dieser Fall wirkte ziemlich eindeutig. Er hatte eine Predigerin aufs Korn genommen, weil er überzeugt war, dass Frauen still sein und nicht über Männer herrschen sollten.

Aber warum hatte er Winters Mutter als Opfer ausgewählt?

Diese Frage zu verstehen, war ihr genauso wichtig, wie den Drecksack zu fassen.

„Wo ist es passiert?" Sie versuchte, sich möglichst viele Informationen zu verschaffen.

„In Chattanooga."

„Okay. Wir kommen zurück."

„Wir?"

„Noah ist hier."

Es folgte ein kurzes Schweigen, und Winter verzog gequält das Gesicht.

„Na gut", fuhr Aiden schroff fort. „Gib mir Bescheid, sobald ihr in Richmond seid. Ich komme ins Büro."

„Bist du dir sicher, dass du das schon schaffst?"

„Ich lasse mich fahren. Kein Problem. Bis später." Er legte auf, sodass sie keine weiteren Einwände erheben konnte.

Sie warf das Handy auf die Couch.

Für einen Moment wurde sie von glühendem Zorn überwältigt und musste das Gesicht in die Hände legen, um sich unter Kontrolle zu bekommen.

„Ich hasse ihn aus ganzem Herzen", flüsterte sie. Sie spürte, wie das Polster nachgab, als Noah sich neben sie setzte. Er zog sie an sich, doch nicht einmal die Wärme seines kräftigen Körpers konnte durch den Eispanzer dringen, der sich bei Aidens Nachricht um sie gelegt hatte.

„Parrish?", fragte er hoffnungsvoll. Die beiden mochten sich nicht, doch die Frage war scherzhaft gemeint, und das wusste sie.

„Nein."

„Ich gehe packen", sagte Noah. „In zehn Minuten bin ich zum Aufbruch bereit." Doch er rührte sich nicht. Sie war dankbar, dass sein beruhigender, starker Körper an ihrer Seite verharrte.

„Ich will da nicht hin." Es klang bockig, doch das Gefühl stieg aus ihrem tiefsten Inneren auf. Mit jeder Faser ihres Seins widerstrebte es ihr, dieses Haus und ihre Familie, ihren sicheren Hafen, zu verlassen. Selbst Noah gehörte mit seiner Freundschaft zu diesem Hort der Geborgenheit.

Wenn sie jetzt ginge, dann mit dem Gefühl, all das aufs Spiel zu setzen.

„Das kann ich gut verstehen. Ich möchte auch nicht von hier weg."

„Er hat mir meine Eltern und meinen Bruder genommen. Und jetzt raubt er mir die gemeinsame Zeit mit meinen Großeltern."

„Dann geh und schnapp ihn dir. Bring es zu Ende."

Als Gramma Beths laute Stimme ertönte, hob Winter hastig den Kopf. Grandma hielt einen kleinen Teller voll Fudge in Händen. Der Blick ihrer blauen Augen begegnete dem von Winter klar und fest, und Grampa Jack stand hinter ihr, die Hand auf ihre Schulter gelegt. Sie waren ein tolles Team, dachte Winter. Doch Grampa, sonst immer der Stärkere der beiden, hatte seine Kraft an Beth übergeben. Jetzt war sie diejenige, die ein vor Entschlossenheit hartes Gesicht machte.

„Ich packe euch jedem einen Teller zum Mitnehmen ein." Trotz ihrer energischen Miene klang Beths Stimme ruhig und heiter. „Ich habe das Kochen zum größten Teil schon gestern erledigt, nur für den Fall, dass so etwas passiert."

„Es tut mir leid." Die Worte fühlten sich schwach und unzureichend an, und Tränen schnürten Winter die Kehle zu.

„Das muss es nicht." Gramma Beths Stimme blieb fest. „Das ist dein Weg. Wir haben uns darauf eingestellt. Du musst aufbrechen und die Sache beenden."

„Du bist eine FBI-Agentin, ein ganz scharfer Hund", sagte Grampa Jack in grollendem Bass. „Vergiss das nicht. Wir erwarten dich hier, wenn du deine Aufgabe abgeschlossen hast."

Mit seiner kräftigen Hand drückte Noah ihre Schulter in einer tröstenden Geste.

Jetzt reichte es, gelobte sich Winter. Der Preacher hatte ihnen schon genug weggenommen.

Sie würde ihn zur Strecke bringen.

Ende
Fortsetzung folgt …

Danke fürs Lesen.
Alle Bände der Winter-Black-Serie sind bei Amazon erhältlich.

DANKSAGUNG

Wie bedankt man sich angemessen bei all den Menschen, die einem geholfen haben, aus einem Traum Wirklichkeit zu machen? Lassen Sie es mich versuchen.

Zusätzlich zu meiner Familie, deren zuverlässige Unterstützung für mich das Fundament ist, auf dessen Grundlage ich meine Gedanken mit genug Zeit und Energie zu Papier bringen kann, möchte ich mich bei den Lektor*innen bedanken, die meine Worte auf Hochglanz poliert haben.

Ein großer Dank gilt meinem Verlag für seine Bereitschaft, das Risiko mit einem Neuling einzugehen, bis ich Selbstbewusstsein entwickelt hatte und eine gestandene Autorin wurde.

Mehr aber als all diesen möchte ich Ihnen, liebe Leserinnen und Leser, danken. Sie haben sich für eine Unbekannte entschieden und diesem Buch Ihr wichtigstes Gut gewidmet, Ihre Zeit. Ich hoffe von ganzem Herzen, dass es sich für Sie gelohnt hat.

Alles Liebe

Mary

ÜBER DEN AUTOR

Mary Stone lebt mit ihren zwei wilden Jungs und einem sehr geduldigen Ehemann in Gesellschaft von zwei Hunden und vier Katzen in den majestätischen Blue Ridge Mountains des östlichen Tennessee.

Als Kind ging sie jeden Abend mit der Frage ins Bett, welche Kreatur wohl im Dunkeln darunter lauern mochte. Erst als sie älter wurde, begriff sie, dass das Wesen, das sie am meisten fürchten musste, der Mensch war.

Heute schreibt sie eindringliche Geschichten mit starken Heldinnen und niederträchtigen Verbrecher*innen. Sie lädt Sie in ihre Welt ein, die mit FBI-Agent*innen und Serienmörder*innen bevölkert ist, niemals aber mit schwachen, hilfsbedürftigen Frauen. Bei ihr können Frauen sich selbst behaupten, sie begegnen den Männern, seien es Helden oder Bösewichter, auf Augenhöhe.

Erfahren Sie mehr über Mary Stone auf ihrer Website.
www.authormarystone.com

facebook.com/authormarystone
goodreads.com/AuthorMaryStone
bookbub.com/profile/3378576590
pinterest.com/MaryStoneAuthor

Printed in Germany
by Amazon Distribution
GmbH, Leipzig

28055617R00188